HEYNE <

Zum Buch

Roman »Nero« Winter sitzt am frühen Morgen mitten im Kölner Dom, in seiner Hand ein Zünder, verbunden mit einem Sprengstoffgürtel, der das Gotteshaus auf einen Schlag in Schutt und Asche legen kann. Seine Forderung: 50 Millionen Euro, die Hälfte soll auf ein kubanisches Konto überwiesen und weitere 25 Millionen in bar gezahlt werden, dazu freien Abzug. Als zusätzliches Druckmittel teilt er der Polizei mit, er habe seine Stieftochter entführt und lebendig begraben. Sie wird sterben, wenn seine Forderungen nicht umgehend erfüllt werden.
Zufällig am Ort des Geschehens ist der dienstunfähige Kriminalkommissar Martin Landgräf. Vor einem halben Jahr verfolgte er Nero durch Köln und erlitt dabei einen schweren Herzinfarkt. Und nun wird ausgerechnet er von Roman Winter als Vermittler ausgesucht. Um seiner Forderung Nachdruck zu verleihen, kündigt Winter einen weiteren Bombenanschlag an. Tatsächlich explodiert kurz darauf ein Sprengkörper in einer Kölner Industriebrache, ein Mensch kommt ums Leben. Eine weitere Explosion soll am Nachmittag stattfinden, diesmal mit schrecklichen Folgen. Die Uhr tickt unerbittlich.

Zum Autor

Rudi Jagusch, 1967 geboren, lebt mit seiner Familie in einem kleinen Dorf bei Köln. Als Bücherwurm entdeckte er bereits als Jugendlicher seine Leidenschaft zum Schreiben. Bekannt wurde er durch zahlreiche Krimis mit regionalem Einschlag. »Amen« ist sein erster Thriller.

RUDI JAGUSCH

AMEN

Thriller

WILHELM HEYNE VERLAG
MÜNCHEN

Verlagsgruppe Random House FSC® N001967
Das für dieses Buch verwendete
FSC®-zertifizierte Papier *Holmen Book Cream*
liefert Holmen Paper, Hallstavik, Schweden.

Originalausgabe 03/2014

Printed in Germany 2014
Redaktion: Heiko Arntz
Umschlaggestaltung: Johannes Wiebel/punchdesign, München
unter Verwendung von Motiven von Ulza/Shutterstock und
Mr. Nico/photocase.com
Satz: KompetenzCenter, Mönchengladbach
Druck und Bindung: GGP Media GmbH, Pößneck
ISBN 978-3-453-41055-8

www.heyne.de

1

»Alle raus hier, schnell«, rief der Domschweizer mit überschlagender Stimme. Mit großen Schritten und wehendem roten Rock lief er an Martin Landgräf vorbei, der im Halbdunkel eines mächtigen Tragpfeilers des Kölner Doms auf der Gebetsbank kniete.

Seit seiner schweren Erkrankung schlief er nachts unruhig. Um seine Familie nicht zu stören, zog es ihn hinaus ins erwachende Köln und zum Gebet in die Basilika. Normalerweise nutzte er hier die Ruhe vor dem Ansturm der Touristenmassen, um sich zu sammeln und den Geruch nach Weihrauch zu genießen, der beruhigend auf ihn wirkte. Doch heute schien ihm dieser dämliche Wächter einen Strich durch die Rechnung machen zu wollen. Ärgerlich schaute er dem davoneilenden Mann nach.

Kurz hielt der bei einem Kollegen inne. »... hat eine Bombe ...« Mit einem Arm winkte er hektisch in Landgräfs Richtung, dann zog er den anderen Wächter mit sich zum Hauptportal hinaus.

Dumpf rollte das Geräusch der zufallenden Tür durch das Hauptschiff des Doms. Mit einem leisen Echo verklang es und hinterließ die angenehme Stille, die Landgräf so sehr schätzte. Missmutig schüttelte er den Kopf. Eine Bombe? Er musste sich verhört haben. Dass ihn sein Beruf, durch den er letztlich krank geworden war, bis hierhin verfolgen würde, hielt er für ziemlich ausgeschlossen.

Landgräf senkte den Blick, faltete die Hände und murmelte: »Vater unser, der du bist im Himmel …«

Ein irres Kichern drang an seine Ohren.

»… geheiligt werde dein Name.«

Er hörte ein Plumpsen, als ob ein schwerer Rucksack auf den Boden gefallen wäre. »Zu uns komme dein Reich.«

»Verfluchte Scheiße, ist das kalt. Da friert man sich ja den Arsch ab«, ertönte eine Männerstimme.

Waren denn heute Morgen alle verrückt geworden? Landgräf fuhr hoch und versuchte den Störenfried auszumachen. Im Dom erlebte man ja so einiges: Leute, die sich angeregt unterhielten, als ob sie sich gegenüber in der Halle des Hauptbahnhofs befänden, oder Eltern, die ihre Kinder herumtoben ließen wie auf dem Spielplatz. Aber eine derart rüde Ausdrucksweise und das zu dieser frühen Stunde, das ging eindeutig zu weit. Einen Funken Anstand und Respekt konnte man wohl verlangen. Im Übrigen war das mit der Kälte maßlos übertrieben. Zwar war es ein wenig schattig, doch die Temperatur lag eher im zweistelligen Plusbereich als in der Nähe des Gefrierpunkts. Wie es nicht anders zu erwarten war an einem Frühlingstag kurz vor Einzug des Sommers.

Die Strahlen der aufgehenden Sonne brachen sich in den östlichen Fenstern des Kapellenkranzes und schienen den Worten des Mannes ebenfalls Hohn sprechen zu wollen. Für einen Moment fühlte sich Landgräf, als befände er sich inmitten eines riesigen Kaleidoskops. Bunt reflektierten die von zahllosen Besuchern abgewetzten Steinplatten am Boden das Licht.

Suchend ließ er den Blick über die Bänke wandern. Niemand zu sehen. Er sah auf die Uhr. Zehn nach sechs. Er war zwar immer einer der Ersten, doch in der Regel blieb er nie lange allein. Inzwischen hätten sich schon Touristen einfinden müssen. Landgräf hörte ein Martinshorn, weit weg, von den mächtigen Mauern des Doms gedämpft, dann ein weiteres. Ein mulmiges Gefühl breitete sich in seiner Magengrube aus.

In diesem Moment erklang wieder das Kichern. Dann: »Kommt nur, ihr Loser! Hört euch an, was ich zu sagen habe!«

Erschrocken zuckte Landgräf zusammen. Das kam von weiter vorn. Das Holz unter seinen Knien knarrte, als er sich aufrichtete, um in Richtung Altar zu linsen.

Tatsächlich.

Genau in der Mitte, dort, wo sich das Hauptschiff des Gebäudes mit dem Querschiff schnitt, bei dem großen Holzpodest, auf dem sich der Altar befand, saß ein Mann auf der untersten Stufe.

»Jetzt geht der Tanz los«, sagte der in diesem Moment und strich sich die dunklen Haare nach hinten. Landgräf hatte einen Obdachlosen erwartet, der hier im Suff Selbstgespräche führte. Doch der Mann da vorn war eindeutig kein Penner, dazu passten nicht die schicken Klamotten, die er trug. Dazu passte auch nicht, was der Mann mit der linken Hand umklammert hielt. Es sah aus wie der Griff eines Joysticks. Und am oberen Ende leuchtete verräterisch eine rote LED.

Ein Zünder, da war Landgräf sich sicher.

Und wo ein Zünder war, da war eine Bombe nicht weit. Die unförmige Wölbung am Bauch des Mannes, über den locker ein Pullover hing, ließ keinen Zweifel daran, wo sich der Sprengstoff befand.

Im Stillen leistete Landgräf dem Aufseher von eben Abbitte.

Der Mann auf der Podeststufe schaute nach oben, als ob er etwas an der Decke suchen würde. Das Licht der Morgensonne huschte über sein Gesicht, und für einen Atemzug spiegelte es sich in seinen Augen.

Landgräf erschrak, als er ihn erkannte. Diese Augen! Nie würde er sie vergessen. Selbst auf die Distanz und im Halbdunkel glaubte er es zu erkennen: Sie waren von unterschiedlicher Farbe – eins hellblau, das andere dunkelbraun. Entsetzt ließ er sich auf das Kniebrett fallen und zog den Kopf ein. Am liebsten wäre er den Domwächtern hinterhergerannt. Aber seine Beine zitterten wie Espenlaub und würden ihn vermutlich keine zwei Meter weit tragen. Sein Brustkorb war wie eingeschnürt. Ängstlich legte er eine Hand darauf. Sein Puls raste, keuchend schnappte er nach Luft. Landgräf zwang sich, gleichmäßig zu atmen. In seinem Kopf rasten die Gedanken.

Das konnte nicht sein! Landgräf musste sich zusammenreißen, dass er es nicht laut herausschrie. Wie wahrscheinlich war es, genau hier und jetzt den Mann wiederzutreffen, den er vor sechs Monaten so verbissen gejagt hatte? So einen Zufall gab es doch gar nicht.

Sein Herz vollführte einige Zusatzschläge. Die Rhythmusstörungen traten immer dann auf, wenn er sich zu sehr aufregte. »Ist reine Kopfsache«, hatte der Arzt in der Reha gesagt. »Ihnen fehlt nichts.«

Landgräf glaubte ihm nicht.

Hoffentlich ließ ihn sein Herz nicht wieder im Stich wie beim letzten Mal, als er dem Mann, der dort in der Mitte des Doms auf dem Boden hockte, gegenübergestanden hatte.

2

Ein Aufschrei ging durch das Rhein-Energie-Stadion. In der Südkurve skandierten die Fans »Schiri raus«-Rufe, Fäuste wurden in die Höhe gerissen, Leuchtraketen abgefeuert, ein Hexenkessel überschäumender Gefühle. Die Nummer zehn des FC krümmte sich mit schmerzverzerrtem Gesicht am Boden. Eine Traube von Spielern bedrängte wild gestikulierend den Schiedsrichter.

Kriminalhauptkommissar Martin Landgräf schlenderte am Spielfeldrand entlang. Da er sich für Fußball nicht sonderlich interessierte, schenkte er dem Spielgeschehen keinerlei Beachtung. Er wich der Auswechselbank aus, vor der sich gerade ein Spieler warm machte. Der Trainer stand mit rotem Kopf neben dem jungen Mann und brüllte ihm Anweisungen ins Ohr, unterstrich dabei jedes Wort mit einer energischen Handbewegung.

Landgräf schüttelte verständnislos den Kopf. Diese Leute taten, als ginge es um Leben und Tod. Deren Sorgen möchte ich haben, dachte er. Er wandte den Blick ab, sah in die Menge. »Wo bist du, du Schweinehund?«, murmelte er.

»Hast du was gesagt?«, hörte er die Stimme von Günther Noske, dem Leiter des SEK, über das Headset.

Plötzlich brach Jubel aus.

Landgräf wandte sich zum Spielfeld. Ein Spieler der gegnerischen Mannschaft verließ wutentbrannt den Platz und lief ihn dabei fast um.

»Martin? Hast du etwas gesehen?«, fragte Noske.

»Nein, nichts«, antwortete Landgräf ins Mikro. »Hab nur mit mir selbst gesprochen.« Er seufzte. »Fünfzigtausend Besucher. Ausgerechnet heute ausverkauft. Macht es nicht einfacher, den Mistkerl zu finden.«

»Mir musst du das nicht erzählen«, kam es von Noske zurück.

»Ja, ja, schon klar.« Landgräf schloss die Augen und rieb sich mit Daumen und Zeigefinger den Nasenrücken. Sie hatten es bei der Einsatzbesprechung lang und breit beredet. Es war unwahrscheinlich, dass Nero so blöd sein würde, hier aufzutauchen, um das Geld persönlich in Empfang zu nehmen. Doch die Hoffnung starb zuletzt.

Zusätzliches Wachpersonal hatte die Besucher bis auf die Unterhosen gefilzt. Außer ein paar Klappmessern und einigen Dosen Pfefferspray war nichts Gefährliches aufgetaucht. Dazu hatten sie den ganzen Tag das Stadion vom Keller bis zu den obersten Lampen am Flutlichtmast nach Sprengstoff durchsucht. Eine Bombe konnten sie nicht finden, ansonsten hätten sie das Spiel nicht freigegeben. Vermutlich hatte Nero eine falsche Fährte gelegt. Seit einigen Monaten spielte er mit ihnen Katz und Maus. Anfangs war man den Drohungen nur routinemäßig nachgegangen. Dann vor zwei Monaten hatte Nero eine Bombe auf dem Schrottplatz nahe der Ausfahrt Bocklemünd hochgehen lassen. Es war ein Fingerzeig gewesen, aber ausreichend genug, um das SEK in Alarmbereitschaft zu versetzen.

Als Landgräf die Augen wieder öffnete, fiel ihm ein Mann auf, der im Mittelblock aufstand und die Stufen hinauf in Richtung Ausgang schlenderte. Seltsam. Das Spiel steht auf der Kippe und der Typ geht, dachte Landgräf und ließ den Zuschauer nicht aus den Augen.

Der Mann blieb auf der Treppe stehen, zögerte, drehte dann um und ging zurück zu seinem Platz.

Aha, na schön. Landgräf schlug den Kragen seiner Jacke hoch, sah in den Himmel und verzog das Gesicht. Sprühregen rieselte vor den Scheinwerfern des Flutlichts herunter. Es wurde langsam mehr als ungemütlich. Er schaute auf die Uhr. Noch fünf Minuten, dann würde der FC eine erneute Heimniederlage einstecken, und das so kurz vor der Winterpause. Ihm war es egal. Aber er mochte es nicht, wenn die Kollegen sich montagmorgens über nichts anderes unterhielten als über verpasste Torchancen und falsche Schiedsrichterentscheidungen. Es gab schließlich wichtigere Dinge auf der Welt.

Gespannt verfolgte er die letzten Sekunden auf der Anzeigetafel. Ein Mittelsmann würde mit Sicherheit das Durcheinander ausnutzen, das entstand, wenn alle gleichzeitig das Stadion verlassen wollten. Fünfzigtausend Menschen, die in kürzester Zeit durch die wenigen Tore ins Freie drängten. Perfekt, um unauffällig einen Griff in eine Mülltonne zu tun.

Zwei Minuten Verlängerung wurden angezeigt. Die gegnerische Mannschaft spielte auf Zeit, wechselte einen Spieler aus. Begleitet von Buhrufen aus der Südkurve schlenderte der Mann vom Platz. Mit Elan sprintete der Ersatzspieler über den Rasen, konnte jedoch seine spielerischen Fähigkeiten nicht mehr unter Beweis stellen. Der Schiedsrichter gab nur kurz den Ball frei, steckte dann seine Pfeife in den Mund und blies dreimal kurz hinein. Das Spiel war vorbei.

»Passt gut auf, Jungs«, murmelte er ins Mikro. »Jetzt oder nie.«

»Wir sind bereit«, bestätigte Noske.

Rasch begab sich Landgräf zum Ausgang von Block S. Die Tribüne leerte sich zusehends. Zufriedene Gesichter wechselten sich mit mürrischen Blicken ab, je nach Farbe der Fankleidung.

»Da wühlt jemand im Mülleimer«, rief Noske heiser. »Ich hab ihn auf dem Monitor.«

Landgräfs Herz begann wild zu pochen. Ein schmerzhafter Stich folgte. Er versuchte den Schmerz zu ignorieren. Das kam in letzter Zeit häufiger vor und würde auch wieder vergehen. Vorsichtig spähte er um den Pfeiler herum, hinter dem er sich verbarg.

Ein pickeliger Teenager kramte in dem Papierkorb, in dem sie vor einigen Stunden das Geld deponiert hatten. Fünfzigtausend Euro in kleinen Scheinen. Das Pickelgesicht schwankte hin und her. Offensichtlich war er ziemlich angeheitert. Ungestüm zog er die Tüte mit dem Geld heraus und blickte hinein. Abschätzend sah er sich um, seine Hände zitterten.

Landgräf zuckte zurück, versteckte sich hinter dem Pfeiler. Jetzt nur nicht auffallen. Das Pickelgesicht sollte sich in Sicherheit wiegen.

»Der Typ ist es. Hat sich die Tüte unter sein FC-Trikot gestopft«, berichtete Noske. »Sieht jetzt aus wie eine schwangere Tunte und macht sich auf dem Weg.«

»Bestens«, sagte Landgräf. »Vielleicht haben wir ja Glück, und er führt uns direkt zu Nero.«

»Na, ich bin gespannt«, murmelte Noske skeptisch.

Landgräf wollte etwas erwidern, aber in diesem Moment schwankte das Pickelgesicht eilig an ihm vorbei zum Ausgang, ohne nach links oder rechts zu schauen. In den Reihen der anderen Bierbauchträger fiel sein vorgestülptes Trikot nicht mehr weiter auf.

»Also schön«, sagte Noske. »Dann mach ich mich jetzt auch auf den Weg.«

»Seid vorsichtig. Nero darf davon nichts mitbekommen, sonst fliegt uns die halbe Stadt um die Ohren«, warnte Landgräf und schickte sich an, den jungen Mann ebenfalls zu verfolgen.

Landgräf saß auf dem Beifahrersitz des unauffälligen Ford Mondeo. Neben ihm flegelte sich sein Kollege Hauptkommissar Manfred Schmitz, die Knie drückten gegen das Lenkrad, die Schultern stießen fast gegen die Nackenstütze. Sein kräftiger Körper war eindeutig zu groß für einen automobilen Durchschnittssitz.

Gemeinsam blickten sie zu Pickelgesicht hinüber, der mit einigen Kumpels auf dem Neumarkt saß und eine Flasche Wodka kreisen ließ.

Noske und sein Team hielten sich versteckt und warteten auf den Zugriffsbefehl.

Schmatzend kaute Schmitz seinen Salat, den er geordert hatte, als sie auf der Fahrt hierher an einem Drive-in gehalten hatten. Die Narben auf seinem rechten Unterarm hoben sich blass von der ansonsten gut gebräunten Haut ab.

Landgräf rümpfte die Nase. »Wie kannst du das Grünzeug nur fressen? Schmeckt doch nach nichts.« Er riss ein großes Stück von seinem Hamburger ab und kaute genüsslich.

Skeptisch schaute Schmitz ihn an. »Meinst du, ich will so enden wie du?« Er drückte den Zeigefinger in Landgräfs Speckrolle, die über den Gürtel der Jeans quoll. »Weißt du, dass sie dich im Präsidium Homer Simpson getauft haben?«

»Hab davon gehört«, sagte Landgräf und legte eine Hand auf seinen Bauch. »Alles teuer bezahlt«, verteidigte der sein Übergewicht.

»Mit zu vielen Kohlenhydraten und Cholesterin«, konterte Schmitz.

»Das schmiert die Blutbahnen.«

Verständnislos schüttelte Schmitz den Kopf. »Du wirst schon sehen, was du davon hast.« Damit schien das Thema für ihn erledigt zu sein. Er wies mit dem Kinn in Richtung Pickelgesicht. »Was schlägst du vor?«

Nachdenklich trank Landgräf einen Schluck Cola. »Kommt mir seltsam vor. Ich kann mir nicht vorstellen, dass der sich einfach so mit den Tausendern auf den Neumarkt hockt, wenn er ein Geldbote ist. Abliefern wäre die richtige Vorgehensweise.«

»Könnte eine Art Prüfung von Nero sein. Ob wir etwas unternehmen und damit verraten, dass wir seine Anweisungen nicht befolgt haben.«

»Er wird kaum erwarten, dass wir das Geld nicht im Auge behalten«, sagte Landgräf. »Egal, wie oft er das fordert.« Er grübelte, während er die Jugendlichen beobachtete. Eine Geldübergabe im alten Stil war heutzutage eine idiotische Sache. Jeder Gauner, der etwas mehr Grips als ein Fisch hatte, musste mit einer Verfolgung rechnen. Also was sollte das Ganze? Steckte trotz des dilettantischen Vorgehens ein Plan dahinter? Suchte Nero vielleicht nach Möglichkeiten einer gefahrlosen Übergabe und inszenierte deswegen das ganze Brimborium?

Die Gruppe auf dem Neumarkt schien die Welt um sich herum vergessen zu haben. Die Jungs soffen, lachten und grölten, scherten sich nicht um die Passanten, die auswichen und ihnen vorwurfsvolle Blicke zuwarfen.

»Die Wodkaflasche hat er mit dem Geld aus der Tüte gekauft«, sagte Schmitz. Er pulte sich mit dem Fingernagel Essensreste aus einer Zahnlücke. »Riskiert doch niemand, der einen Auftraggeber im Nacken hat.«

Landgräf schob den letzten Bissen seines Hamburgers in den Mund, leckte sich die Fingerspitzen ab und spülte mit Cola nach. »Vielleicht verprasst er nur seine Entlohnung.«

»Und hockt seelenruhig im Kreis seiner Kumpels, während sein Auftraggeber wartet?«

Die Motorik des Pickelgesichts wurde immer fahriger und unkontrollierter. Die Tüte mit dem Geld schwankte bedenklich in seiner rechten Hand. Sollte es Neros Plan gewesen sein, einen Mittelsmann zu schicken, der für ihn die Kastanien aus dem Feuer holte, dann war das gründlich schiefgegangen. Er hätte sich nicht einen Alkoholiker aussuchen sollen, dem der Rausch lieber war als die Zukunft, auch wenn diese nur aus dem nächsten Tag bestand. So weit voraus dachten solche Leute nicht. Ein Anflug von Mitleid regte sich in ihm. Der Junge war höchstens zwanzig und schon ein Säufer. Schaffte er nicht bald den Absprung, war ihm ein Leben in der Gosse sicher. Immer auf der Suche nach Alkohol, um sich den Tag erträglich zu saufen und die Minderwertigkeitsgefühle für einige Stunden zu verdrängen. Was war in seiner Kindheit falsch gelaufen, dass er so auf den Hund kommen konnte? War er ohne jeden Zuspruch, ohne jede Liebe aufgewachsen? Waren seine Eltern ebenfalls Trinker gewesen? Oder hatten ihn falsche Freunde auf die schiefe Bahn gebracht?

Landgräf schüttelte sich, um die düsteren Gedanken zu verscheuchen. Egal was den jungen Kerl aus der Bahn geworfen hatte: Er war es leid zu warten und schnappte sich den Hörer des Funkgerätes. »Nehmt ihn fest! Wir treffen uns im Präsidium.«

»Wurde ja auch Zeit«, murmelte Schmitz und startete den Wagen. »Mal sehen, was der Kleine zu erzählen hat.« Er fädelte in den Verkehr ein und gab Gas, während Noske mit seinem Team den Neumarkt stürmte.

Landgräf hieb mit der Faust auf den Tisch. »Wer ist dein Auftraggeber?«

Pickelgesicht, der sich als Oliver Hornbusch, achtzehn

Jahre alt, ausgewiesen hatte, verzog keine Miene. Er beugte sich vor und sah Landgräf aus kleinen Pupillen an. »Hab ich dir doch schon tausendmal verklickert. Nix Auftraggeber, nix abgesprochen. Alles Zufall.«

Landgräf sah entnervt zur Decke, wo eine nackte Leuchtstoffröhre ihr kaltes Licht verbreitete. So kamen sie nicht weiter. Seit einer Stunde verhörten sie Hornbusch, und bisher hatten sie nichts erfahren, was sie nicht ohnehin schon wussten.

In der Ecke lehnte Schmitz an der Wand des Vernehmungszimmers. Jetzt drückte er sich mit der Schulter ab und setzte sich auf die Tischkante. Aus der Brusttasche seines Hemdes fingerte er eine Packung Zigaretten, klopfte eine Kippe heraus und bot sie Hornbusch an.

Mit zittrigen Fingern griff Hornbusch danach. »Danke.«

Schmitz gab ihm Feuer.

»Spielst hier den guten Cop, was?«, nuschelte Hornbusch zwischen zwei Zügen und grinste schmierig. »Ich kenn die Tricks. Aber trotzdem danke.«

Landgräf ließ sich von Schmitz ebenfalls eine Zigarette und Feuer geben. Genüsslich zog er den Rauch ein, der sofort seine Nerven beruhigte. Seit sie im Vernehmungszimmer waren, hatte er nicht mehr geraucht. Eine ganze Stunde lang. Normalerweise qualmte er zwei Packungen am Tag, da blieb kaum eine Minute ohne Kippe zwischen den Fingern. Sein Chef, Kurt Schmadtke, hatte ihm bereits angedroht, seinen Schreibtisch vor die Tür zu stellen. Als ob er etwas dafürkonnte, dass im Präsidium Rauchverbot herrschte. Nur im Vernehmungszimmer setzten sie sich hin und wieder darüber hinweg, wenn es angeraten schien, um einen Verdächtigen gefügig zu machen. So wie in diesem Fall.

Schmitz lachte. »Blödsinn«, sagte er und klopfte Hornbusch auf die Schulter. »Wir sind hier alles gute Cops. Nur die vielen Überstunden, die sind Gift für die Seele. Und wenn wir übermüdet sind, werden wir schon mal etwas grimmig.«

»Versteh ich«, gab sich Hornbusch weltmännisch. »Bulle sein ist auch scheiße.« Er aschte seine Zigarette achtlos auf den Boden ab.

»Du sagst es«, bestätigte Schmitz und seufzte theatralisch. Lässig wies er mit dem Kinn auf Landgräf. »Der liebe Kollege ist so oft hier, dem mussten wir letztens zeigen, wo er wohnt. Hatte er echt vergessen.«

Hornbusch lachte, seine Mundwinkel zuckten amüsiert. Für einen Moment vergaß er sein cooles Gehabe.

»Pass auf, ich verrate dir jetzt was Wichtiges«, raunte Schmitz und beugte sich zu Hornbusch hinab. »Aber das behältst du schön für dich, verstanden? Wenn nicht …« Er sah demonstrativ zu Landgräf. »Wenn nicht, dann werden wir zu den Gebrüdern Grimmig. Verstanden?«

»Gebrüdern was?«

»Vergiss es. Hör einfach zu. Ich hab einen überlebenswichtigen Rat für dich.«

Zögerlich nickte Hornbusch. »Okay, von mir aus. Kann ja nicht schaden.«

»Pass auf!«, wiederholte Schmitz und beugte sich weiter vor, um es ihm ins Ohr zu flüstern. »Was du da gefunden hast, das ist Mafiageld. Schmutziges Geld, Drogen und so, du verstehst?«

Hornbusch schluckte. »Echt? Die Mafia? In Deutschland?«

»Glaub mir, Junge, die gibt es überall.«

»Und die schmeißen einfach so Geld in Mülleimer?«

»Das sollte jemand anderes mitnehmen und säubern.«

»Geldwäsche?«, hauchte Hornbusch.

Mit dem Zeigefinger tippte Schmitz ihm auf die Brust. »Genau. Du bist ein schlaues Bürschchen. Wir wollen da einen dicken Fisch an Land ziehen.« Er richtete sich auf, streckte sich. »Einen richtig dicken. Dagegen ist Michael Corleone der reinste Goldfisch im Wasserglas.«

»Corle wer?«, fragte Hornbusch.

»Der Pate?«, fragte Schmitz.

Der junge Mann zuckte mit den Schultern. »Kenn ich nicht.« Und als Schmitz ihn fassungslos ansah: »Ehrlich nicht!«

Schmitz lachte und winkte ab. »Na ja, nicht so wichtig.« Dann verfinsterte sich seine Miene.

Sein schauspielerisches Talent überraschte Landgräf immer wieder. Der Kollege hätte bei jedem Laientheater sofort die Hauptrolle übernehmen können.

»Was ist?«, fragte Hornbusch. Schweiß bildete sich auf seiner Stirn. Sein rechtes Bein zuckte nervös auf und ab.

»Du bist so gut wie tot«, sagte Schmitz und machte einen zerknirschten Eindruck.

Hornbusch schreckte zusammen. Seine Zigarette fiel auf den Boden. »Ey, was soll das heißen? Ich hab doch nichts damit zu tun«, fuhr er auf und fuchtelte mit den Armen.

»Das spielt keine Rolle«, erklärte Schmitz. »Unser Mann, also der große Fisch, lässt die Geldboten umlegen, sobald sie den Zaster übergeben haben. Ist einfach sicherer für ihn. Und das ist auch der eigentliche Grund, warum wir ihn jagen. Denn bei Mord verstehen wir nun mal keinen Spaß.« Er bückte sich, hob die Kippe vom Boden auf und drückte sie im Aschenbecher auf dem Tisch aus. »Dem Big Boss ist es vollkommen egal, dass du nichts damit zu schaffen hast. Du hast sein Geld. Das wird er sich holen und dann …« Er brach ab, streckte den Zeigefinger, stellte den Daumen auf und zielte auf Hornbuschs Kopf. »Bumm.«

Hornbusch machte ein Gesicht, als wolle er in Tränen ausbrechen, er zitterte am ganzen Körper. »Mann, ich hab wirklich nichts damit zu tun. War alles nur Zufall.« Er winselte fast.

Bedauernd zuckte Schmitz mit den Schultern. »Pech für dich.«

Hornbusch wurde kreidebleich. Seine Hand schoss nach vorn und umklammerte Schmitz' vernarbten Unterarm. »Sie müssen mich beschützen!«, rief er schrill.

Schmitz sah ihn fragend an. »Warum sollten wir das tun? Du hast uns ja auch nicht geholfen.«

»Aber ich hab euch doch alles erzählt. Ich bin ins Stadion und hab mir das Spiel angesehen, und dann hab ich was zu futtern gesucht. Ehrlich, Mann, so war es.« Verzweifelt huschte sein Blick zwischen Landgräf und Schmitz hin und her.

»Woher hattest du das Geld für die Eintrittskarte?«, fragte Landgräf scharf.

Hornbusch ließ Schmitz' Arm los und legte die Hände in den Schoß. Verlegen sah er zu Boden und schwieg.

Schmitz seufzte und wandte sich ab.

Landgräf tat es ihm gleich. »Na dann«, murmelte er. »Ich hätte dich klüger eingeschätzt. Eine Hand wäscht die andere, den Spruch kennst du doch, oder?«

Sie gingen zur Tür.

»Wartet«, rief Hornbusch.

Die beiden Kommissare drehten sich um. Schmitz verschränkte die Arme vor der Brust.

Hornbusch fuchtelte mit den Händen. »Ich … ich … Ach, was soll's.« Er straffte sich. »Ich hab da einen Kumpel von früher, sind zusammen zur Schule gegangen. Wir konnten uns immer gut leiden. Der macht ab und zu den Ordner im Stadion. Dann lässt er mich umsonst rein. Aber nur Stehplatz. Ich hab nichts gesagt, weil … Ich will halt nicht, dass er Ärger bekommt.«

»Wir sind an deinem Kumpel nicht interessiert«, sagte Landgräf, »nur an deinem Auftraggeber.«

Hornbusch sah ihn hilflos ans. »Es gibt keinen Auftraggeber. Es war nur ein bescheuerter Zufall.«

Schmitz zog die Tür auf und trat zur Seite. »Okay. Du kannst gehen.«

Hornbusch riss die Augen auf, rührte sich nicht vom Fleck. Einen Moment lang sah er sie an. Dann sackte er in sich zusammen. »Ich … Sie … Ach, Mist, verdammt noch mal. Es hat sich so angehört, als wäre es eine todsichere Sache, Mann«, sprudelte es plötzlich aus ihm heraus. »Ich konnte ja nicht ahnen, dass da noch so ein …, so ein Obermotz mit drinhängt …«

Landgräf setzte sich. »Vergiss den Obermotz mal für einen Moment. Was genau habt ihr abgemacht?«

Hornbusch zierte sich erneut.

»Okay, fangen wir anders an. Wie hat er das Ganze angeleiert? Wie kam der Kontakt zustande?«, fragte Landgräf, um die Hürde niedrig zu setzen. Er wusste aus Erfahrung: War diese erst erfolgreich übersprungen, konnte man die Latte höher legen.

»Er hat mich abgefangen.«

»Wo?«

»Ich hab da einen Schlafplatz, direkt am Bahndamm, ein altes Schrebergartenhäuschen.«

Aus seiner Zeit als Streifenpolizist wusste Landgräf, dass das nicht ungewöhnlich war. In der Nähe von Bahntrassen war es zu laut, zu dreckig und zu unwegsam, als dass jemand freiwillig dort spazieren ging. Die Obdachlosen waren ungestört.

»Wieso gerade du?«

»Vermutlich weil ich vertrauenswürdig aussehe.«

Schmitz lachte. »Scheint ja ein großer Menschenkenner zu sein, dein Auftraggeber.« Dann wurde er wieder ernst. »Du hattest also niemals zuvor Kontakt mit dem Kerl?«

Hornbusch schüttelte den Kopf. »Ich schwör's.«

»Wie sah er aus?«, fragte Landgräf.

»Normale Größe.«

»Weiter!«

Hornbusch biss sich auf die Unterlippe und überlegte konzentriert. »Dunkle Haare hatte er, eine richtige Matte. Schickimicki-Kleidung, Krokodil auf der Brust, 501 am Arsch.«

»Narben, Warzen oder andere Auffälligkeiten?«

»Na ja …« Hornbusch brach ab und runzelte die Stirn.

»Was?«, drängte Landgräf.

»Seine Augen«, stieß Hornbusch aus. »Er hatte unterschiedliche Augenfarben. Ja, das eine Auge war dunkelbraun und das andere blau. Echt seltsam. Hatte die ganze Zeit so ein Scheißgefühl, als der mich anglotzte.«

»Okay, gut«, brummte Schmitz. »Und jetzt erzähl doch mal, was er genau von dir gewollt hat.«

»Also, ich sollte zum Spiel gehen und die Tüte aus dem Mülleimer fischen. Reinglotzen verboten.« Er senkte den Kopf. »War aber neugierig. Und als ich die Kohle sah, hab ich gedacht …, wird schon nicht … so schlimm sein, wenn ich mir was davon … äh … leihe.«

Mit auf dem Rücken verschränkten Armen schlenderte Schmitz auf und ab. »Wo sollte die Übergabe stattfinden?«

»Weiß nicht, er wollte wieder Kontakt mit mir aufnehmen.«

»Wie?«

»Weiß nicht, ehrlich nicht«, murrte Hornbusch.

»Hat er dir noch weitere Instruktionen gegeben?«

»Instruk…?«

»Anweisungen.«

»Ich sollte mich ganz normal verhalten. Wie immer. Daher hab ich auch am Neumarkt abgehangen. Bin da ja immer abends unterwegs.«

Schmitz blieb stehen. »Was noch?«, fragte er scharf.

Hornbusch wand sich auf seinem Stuhl. »Und ich sollte Haken schlagen.«

»Haken?«

»Ja, Verfolger abhängen, kreuz und quer durch Köln latschen, durch dunkle Gassen und so weiter. Aber ihr seid mir ja zuvorgekommen.« Hornbusch straffte sich. »Was ist jetzt? Helfen Sie mir, dem Obermotz zu entkommen?«

»Sonst noch was, das wir wissen müssten?«, fiel Landgräf ihm ins Wort. Wenn sie Hornbusch weiterhin im Ungewissen ließen, würde er weiterplappern.

»Nee, ey, ich hab euch alles gesagt.« Er sah von einem zum anderen. »Echt jetzt, alles. Versprochen.« Er hob die Hände und kreuzte Zeige- und Mittelfinger. »Ich schwör's.«

»Dabei überkreuzt man die Finger nicht«, sagte Landgräf. Hornbusch war wirklich nicht der Hellste.

»Nicht?« Rasch spreizte Hornbusch alle Finger. »Dann eben so. Ich schwör's.«

»Also gut«, sagte Landgräf und stand auf. »Du zeigst uns jetzt deinen Schlafplatz.« Er hatte die winzige Hoffnung, Hornbusch würde dort vielleicht noch etwas Wichtiges in den Sinn kommen. »Anschließend schauen wir, wie wir dir helfen können.« Unwirsch zog er ihn auf die Beine und schob ihn vor sich her zur Tür hinaus.

Ein Güterzug rollte kaum zwanzig Meter entfernt an ihnen vorbei. Die Räder der Waggons quietschten so ohrenbetäubend, dass Landgräf Zahnschmerzen bekam.

Hornbusch zwängte sich durch eine Johannisbeerhecke und winkte ihnen, ihm zu folgen.

»Scheiße«, fluchte Schmitz. »Mann, gerade erst gekauft.«

Landgräf hielt den Strahl seiner Taschenlampe in

Schmitz' Richtung. Ärgerlich starrte der auf einen Riss in seiner Daunenjacke.

Hornbusch stapfte unterdessen weiter voraus auf eine Wellblechhütte zu, die in einem winzigen Garten von annähernd fünfundzwanzig Quadratmetern stand. Ringsherum versperrte eine mannshohe Hecke die Sicht auf die Parzelle. Nur durch den schmalen Durchgang, den sie gerade benutzt hatten, konnte man hineinschauen.

Der Güterzug entfernte sich, und eine wohltuende Ruhe kehrte ein.

Hornbusch zog einen Schlüssel unter seinem Sweatshirt hervor, der an einem Lederband um seinen Hals baumelte. Der Eingang zur Blechhütte war mit einer schweren Kette und einem Vorhängeschloss gesichert. Er steckte den Schlüssel hinein und schloss auf.

»Meine Güte«, knurrte Schmitz. »Man könnte meinen, er würde Goldbarren da drinnen aufbewahren.« Sie folgten Hornbusch ins Innere. »Dabei brauchst du nur ein Stück von dem Blech abzureißen und das ganze Heiligtum … O Mann!« Er schlug die Hand vors Gesicht und würgte. Es stank entsetzlich: nach Schweiß, Urin, Kloake. Der Raum war winzig. Zu dritt passten sie kaum hinein. Die einzigen Möbel waren eine Liege und ein Campingtisch mit einem Gaskocher darauf. An der Wand über der Liege hing ein Regal, auf dem zahlreiche leere Bierflaschen von Hornbuschs Alkoholproblem zeugten. Eine halb leere Wodkaflasche stand griffbereit am Kopfende der Liege auf dem nackten Boden, der notdürftig von einem fadenscheinigen Teppich bedeckt war.

Mit der Schuhspitze tippte Landgräf etwas Dunkles

auf dem Boden an. Es kullerte davon. Rattenkot, stellte er fest. Seine vage Hoffnung, dass die Spurensicherung hier etwas Brauchbares finden würde, zerstob augenblicklich. »Hier könnte ich auch nur besoffen überleben«, murmelte er angewidert. »Was für ein Schweinestall.«

»Nichts für Weicheier«, lachte Hornbusch und zündete eine Petroleumlampe an, die er unter der Liege hervorgeholt hatte. Als die Flamme brannte, stellte er die Lampe auf den kleinen Tisch, legte sich auf sein Bett und verschränkte die Arme hinter dem Kopf. Er schien sich hier pudelwohl zu fühlen.

»Gütiger Gott«, murrte Schmitz, der sich noch immer die Nase zuhielt. »Hast du eine Wasserleiche unter dem Bett?«

Hornbusch sah ihn verständnislos an. »Wasserleiche? Quatsch! Wieso Wasserleiche?«

»Der Geruch, Mann«, erklärte Schmitz und fächelte sich Luft zu.

Hornbusch schnupperte demonstrativ. »Ich riech nichts.«

Schmitz verdrehte die Augen.

»Und hier hat dich der Kerl aufgesucht?« Landgräf wollte es hinter sich bringen, und dann so schnell wie möglich raus.

»Ja«, bestätigte Hornbusch, angelte sich die Wodkaflasche und trank einen großen Schluck. Mit dem Handrücken wischte er sich über den Mund. »Der hat noch nicht mal geklopft. Stand einfach plötzlich vor mir und starrte mich mit seinen Monsteraugen an.« Er schüttelte sich und nahm noch einen Schluck. »Braun und blau, hab ich genau gesehen.«

»Fällt dir noch was ein? Hat er irgendetwas angefasst?« Landgräf sah sich um. Er wusste, es war eine dumme Frage. Niemand würde hier freiwillig etwas anrühren.

Hornbusch überlegte kurz. »Nee. Stand da einfach wie ’ne Erscheinung. Wodka hab ich ihm angeboten. Aber er wollte nicht. Und den Rest hab ich euch ja schon erzählt.«

Schmitz seufzte. »Ich glaube, den Weg hätten wir uns sparen können.« Er blickte Landgräf an. »Komm, lass uns abhauen.«

»Wie jetzt?«, rief Hornbusch und setzte sich auf. »Ich denke, ihr wollt mich vor dem Obermotz beschützen?

Schmitz sah ihn ungerührt an. Dann holte er sein Portemonnaie aus der hinteren Hosentasche, zückte einen Zehneuroschein und warf ihn aufs Bett.

Hornbusch glotzte den Polizisten fassungslos an.

»Schenk ich dir«, erklärte Schmitz. »Hol dir noch eine Pulle bei Lidl. Wird dir helfen, den Obermotz zu vergessen.«

Sie traten ins Freie.

»Findest du es richtig, einem Alki noch Geld zu geben?«, fragte Landgräf.

»Spiel jetzt nicht den Moralapostel«, knurrte Schmitz. »Der holt sich doch sowieso seine Ladung, egal ob ich ihm Geld gebe oder nicht. Die zehn Euro machen den Kohl nicht fett.«

»Ey«, jaulte Hornbusch halbherzig, »ihr könnt mich doch nicht … Wenn ich morgen ein Loch im Kopf hab, dann seid ihr Schuld.« Er kam aus der Bude und folgte ihnen.

Schmitz winkte ab. »Ich rede mit dem Obermotz, mach dir keine Sorgen.«

»Aber haben Sie nicht gesagt, Sie suchen noch nach dem Typen?«

Hat wohl gerade seinen hellen Moment, dachte Landgräf. Im Grunde war der Junge ihm nicht unsympathisch. Landgräf nahm sich vor, morgen mal bei der Stadt anzurufen. Vielleicht schickten die ja einen Sozialarbeiter vorbei.

Landgräf zwängte sich durch den Zuweg. Er wollte so schnell wie möglich zurück ins Präsidium und die Datenbank durchgehen. Zwar gab es in einer Großstadt unzählige Männer mit dunklen Haaren – unterschiedliche Augenfarben hingegen waren nun wirklich nicht sehr verbreitet. Wenn Nero jemals auffällig geworden war, dann würde er sich finden lassen.

Als Landgräf durch das Gebüsch auf den kleinen Weg trat, den sie gekommen waren, spürte er, wie ihn Schwindel ergriff. Er taumelte und stieß dabei fast mit einem Jogger zusammen, der hier gerade entlangtrabte. Bei dem Versuch, ihm auszuweichen, geriet der Jogger ins Straucheln und schlug der Länge nach hin.

»Was …?«, hörte Landgräf Schmitz hinter sich ausrufen.

Landgräf hob eine Hand. Alles in Ordnung. Der Schwindel verschwand so schnell, wie er gekommen war. Nur sein Herz tat noch ein paar Extraschläge.

Der Jogger rappelte sich hoch und klopfte sich Erde von der Hose.

»Entschuldigen Sie«, stammelte Landgräf. Das Ganze

war ihm peinlich. »Selbstverständlich zahle ich Ihnen die Reinigung.«

»Schon okay«, murmelte der Mann und lächelte Landgräf freundlich an. »Ist nichts weiter passiert.« Er strich sich mit einer Hand durch seine schwarzen Haare.

»Doch, doch, geben Sie mir einfach …« Landgräf brach ab. Der Lichtkegel seiner Taschenlampe erhellte das Gesicht des Fremden. Er schluckte, konnte den Blick nicht abwenden. Das eine Auge des Mannes war braun, das andere blau. Landgräf stand wie gelähmt da. Seine Gedanken rasten.

Während er noch fieberhaft überlegte, was zu tun war, trat Hornbusch aus dem Gebüsch.

»Ey, das ist doch der Typ!«

Das Lächeln auf dem Gesicht des Mannes gefror. Ansatzlos sprang er vor, schubste Landgräf gegen Schmitz und rannte den Weg hinunter.

»Der haut ab«, schrie Hornbusch.

»Ach nee«, knurrte Schmitz. »Schnellmerker.« Er spurtete los.

Landgräf setzte sich ebenfalls in Bewegung. Gleichzeitig versuchte er Ordnung in seine Gedanken zu bringen. Was machte Nero hier? Wusste er nichts davon, dass sie Hornbusch aufgegriffen hatten? Wollte er seine Beute abholen? Oder war er ihnen bewusst bis hierher gefolgt? Brauchte er den Kick, sie bei ihren Ermittlungen zu beobachten?

Landgraf schnaufte wie eine altersschwache Dampflok, während er lief. Lange würde er das nicht durchhalten. Kurz überlegte er, einen Warnschuss abzugeben. Doch das Ziehen der Pistole hätte ihn aus dem Rhythmus gebracht, und so entschied er sich dagegen. Der Lichtstrahl seiner Taschenlampe hüpfte auf und ab. Unter seinen Füßen knirschte Kies. Nach etwa zwanzig Metern knickte der Weg nach links ab. Als Landgräf um die Ecke bog, sah er hundert Meter weiter vorn die Mauer einer Gewerbehalle, die das Weiterkommen unmöglich machte. Eine Sackgasse, jubilierte er stumm und mobilisierte noch einmal alle Kräfte. Gleich würden sie ihn haben, gleich wäre die monatelange Suche zu Ende.

Der Mann war bereits stehen geblieben, und Schmitz hatte sein Tempo gedrosselt, sodass Landgräf ihn schließlich einholte. Wenige Meter von ihnen entfernt, zögerte der Mann kurz, dann brach er nach links durch die Hecke. Geäst krachte.

»Mist«, presste Schmitz hervor und warf sich ebenfalls in die Büsche. Ohne zu zögern, folgte Landgräf ihm. Äste peitschten ihm ins Gesicht, Dornen rissen an seiner Kleidung und an seiner Haut. Mit einem Arm versuchte er seine Augen zu schützen. Endlich waren sie durch und standen am Fuß des Bahndamms.

Unter Zuhilfenahme der Hände krabbelte Nero hoch und hatte schon fast den oberen Rand erreicht. Wenige Meter noch und er würde über die Gleise entkommen.

Schmitz kämpfte sich nach oben, Schottersteine rutschten unter seinen Füßen weg. Landgräf folgte ihm, ignorierte einen Stein, der ihn fast ins Gesicht traf. Sein Blick war auf die Dammkrone gerichtet, auf Nero, der sich gerade aufrichtete und einen kurzen Blick zurückwarf. Der Mond stand hinter ihm, und sein Körper warf einen langen, drohenden Schatten.

Verächtlich lachte er auf.

Schmitz und Landgräf hielten inne und starrten nach oben.

»Schlappschwänze!«, rief Nero, drehte sich um und verschwand aus ihrem Blickfeld.

»Freu dich nicht zu früh«, keuchte Schmitz und legte einen Gang zu.

Landgräf hatte Mühe, ihm zu folgen. Oben angekommen, richtete er sich auf und wollte auf der anderen Seite der Böschung wieder hinabrennen. Aber er kam nicht weit. Sein rechter Arm schmerzte, als ob er sich ihn verbrannt hätte, sein Rücken fühlte sich an wie durchgebrochen, und in seiner Brust schien ein Feuer zu toben. Wie in Zeitlupe sah er Schmitz Nero nacheilen. Landgräf wollte ihn rufen. Doch seine Stimmbänder waren wie gelähmt. Er brachte nur Gurgellaute zustande, taumelte zur Seite, drehte sich und fiel rücklings auf die Steine. Das Letzte, was er sah, bevor er in die erlösende schwarze Watte sank, war der Mond, der hell und friedlich auf ihn herabschien.

3

Das war vor einem halben Jahr gewesen. Zwei Monate hatte er nach dem Infarkt im Krankenhaus und in der Reha-Klinik verbracht. Eine deprimierende Zeit voller Selbstvorwürfe. Jetzt lebte er mit zwei Bypässen, die wunderbar funktionierten. Dreißig Kilo brachte er heute weniger auf die Waage. Von Homer Simpson war nichts mehr vorhanden, eher glich er Goofy. Jede Menge Ärzte hatte er konsultiert, die ihm allesamt versicherten, er wäre so gut wie neu und unterliege keinerlei körperlichen Einschränkungen. Er hatte es ausprobiert, das Pensum langsam gesteigert. Von ausgedehnten Spaziergängen über kleine Laufrunden bis zum intensiven Radfahren. Seine Kondition wurde von Tag zu Tag besser. Körperlich fühlte er sich so gut wie seit seiner Jugendzeit nicht mehr. Selbst im Bett lief es jetzt wieder rund, seine Frau liebte seinen gestählten Körper. Nur leider hatte er damit seinen Kopf nicht bezwungen. Albträume plagten ihn, ließen ihn die schrecklichen Sekunden mit den unmenschlichen Schmerzen auf dem Bahndamm stetig neu erleben. Tagsüber war es auch nicht viel besser. Die Todesangst, die wie eine alles verschlingende Welle immer und immer wieder über ihn hinwegrollte, lähmte seinen Geist. Deswegen hatte er seinen Dienst noch nicht wieder aufgenommen, was nicht gerade auf große Begeisterung bei seinem Chef Kurt Schmadtke gestoßen war.

Die Martinshörner waren verstummt. Landgräf hockte auf seiner Kirchenbank und versuchte sich vorzustellen, was draußen gerade vor sich ging: Ein Lagezentrum wurde eingerichtet und ein Statiker herbeizitiert, der vorhersagen konnte, wie sich eine Explosion im Dom auswirken würde. Außerdem bezog das SEK bestimmt bereits Stellung. Und tatsächlich: Wie aufs Stichwort hörte Landgräf ein Geräusch, als ob eine Rattenfamilie über den Boden huschen würde. Wissend lächelte er. Das war das Sondereinsatzkommando. Er sah auf die Uhr. Eine Viertelstunde, nachdem der Alarm ausgelöst wurde. Noske hatte ganze Arbeit geleistet.

»Ihr Arschgeigen«, rief Nero.

Landgräf spähte über die Banklehne vor ihm.

Nero hielt die Hand mit dem Zünder nach oben. »Nur zur Info: Solange ich den Knopf gedrückt halte, passiert nichts.« Sein tiefes Lachen rollte vom Echo verstärkt durch das Kirchenschiff.

Abgebrühter Hund, dachte Landgräf. Seltsamerweise berührte ihn die Nachricht nicht weiter. Hier und jetzt den Tod zu finden, entzweigerissen von einer Explosion, erschien ihm tröstlicher, als weiter mit seinen Ängsten leben zu müssen. Sogleich meldete sich sein schlechtes Gewissen. Seine Frau würde sich bedanken, wenn er sie mit den beiden Kindern alleinließe.

Ein kaum wahrnehmbarer Lufthauch strich über den Boden. Kurz darauf hörte Landgräf eine Tür zufallen.

»Susann Lebrowski«, rief eine Frauenstimme. Sie kam vom Hauptportal. »Polizei Köln. Darf ich mich nähern?«

Sie schickten die Psychologin vor, dachte Landgräf. Sie musste neu sein, er kannte ihren Namen jedenfalls nicht.

»Sie sind die Unterhändlerin?«, fragte Nero ohne eine Spur von Unsicherheit.

»Nicht direkt, ich ...« Sie brach ab.

Landgräf stöhnte innerlich auf. Sie hatten eine Anfängerin geschickt. Vermutlich war das ihr erster Einsatz.

»Ja«, versuchte sie ihren Fehler auszubügeln.

Nero lachte gackernd auf. »Eine Frau, ts, ts. Die Bullen sind auch nicht mehr das, was sie mal waren«, grunzte er. »Aber kommen Sie ruhig her. Ich beiße nicht.«

Das Klackern von Absätzen hallte durch das Kirchenschiff, und kurz darauf tauchte aus dem Halbdunkel eine Frau auf. Sie trug ihre blonden Haare zum Zopf gebunden und steckte in einer hochpreisig aussehenden Kombination aus Hose und Blazer. Auf den ersten Blick wirkte sie selbstsicher, das Kinn vorgestreckt, den Rücken durchgedrückt. Allerdings wurde dieses Bild durch ihr nervöses Fummeln an einem der Knöpfe ihrer Jacke zunichtegemacht. Landgräf schätzte sie auf Ende zwanzig.

Als sie die Bankreihe erreichte, in der er saß, bemerkte sie ihn. Erschrocken zuckte sie zusammen und wäre fast zurückgewichen.

Landgräf legte den Zeigefinger auf die Lippen und machte Zeichen, dass sie weitergehen solle.

Kaum merklich nickte sie und ging noch ein paar Schritte, bis Nero ihr Einhalt gebot.

»Halt!«, rief er barsch. »Was torkeln Sie da herum? Haben Sie sich Mut antrinken müssen? Das wäre mir gar nicht recht. Ich möchte, dass alle bei klarem Verstand sind.«

»Neue Schuhe«, murmelte Susann Lebrowski einigermaßen geistesgegenwärtig. »Ich bin hier …«

»Ist draußen alles abgesperrt?«

Lebrowski stutzte. Dann sagte sie: »Ja.«

»Und Sie sind die Dumme, die das kürzeste Streichholz gezogen hat?«

Lautlos rutschte Landgräf ein Stück auf dem Boden herum, um einen Blick den Gang entlang riskieren zu können. Lebrowski lehnte mit der Hüfte leicht an einer Bank. Er hoffte, dass das nur eine lässige Geste war und nicht der Beginn eines Kreislaufversagens. Nero lächelte maliziös.

»Also, ich bin hier …«, setzte Lebrowski erneut an, doch Nero ließ sie nicht aussprechen.

»Sie wollen wissen, was ich fordere.«

»Ich bin hier, um mit Ihnen zu reden.«

Nero lächelte süffisant. »So, so. Einfach nur reden, und hinterher geht es mir dann viel besser, und wir vertragen uns alle und gehen glücklich und zufrieden nach Hause, ja?« Er schien sich bestens zu amüsieren.

Lebrowski verlagerte ihr Gewicht, das Holz der Bank, an der sie lehnte, knarrte. Der Stoff ihrer Jeans spannte sich über ihre runden Hüften und modellierte ihre tolle Figur.

»Also schön«, setzte sie neu an. »Ich bin hier, um zu hören, was Sie fordern.«

»Schon besser. Prächtig. Reden wir also über meine erste Forderung.«

»Wie Sie wünschen.«

»Sie ist einfach umzusetzen.« Nero zwinkerte ihr zu.

»Okay.«

»Zieh. Leine.«

Susann Lebrowski stieß sich von der Bank ab und stellte sich aufrecht hin. Sie strich sich eine Strähne hinters Ohr, ihre Finger zitterten. »Ich verstehe nicht.«

»Mit einer Schlampe verhandle ich nicht. Das ist das Erste, was ich verlange«, wies er sie brüsk an.

Hörbar schnappte sie nach Luft, schien für einen Moment die Fassung zu verlieren, fing sich aber sofort wieder. »Ich versichere Ihnen …«

»Ist mir scheißegal, was du versicherst. Und wenn du dich hier nackt ausziehst. Verschwinde! Kehr an deinen Schreibtisch zurück und schreib weiter deine Gutachten. Koch für deinen Chef Kaffee und klimper mit deinen Wimpern. Ich rede kein Wort mehr mit dir.«

»Aber Sie müssen doch mit jemandem …«

»Nicht mit Weibern.« Nero reckte den Kopf. »Ich nehme lieber den Kerl, der dort im Schatten sitzt und meint, ich wäre so blöd, dass ich ihn nicht bemerkt hätte.« Nero lachte. »Dabei ist er vorhin vor mir hier rein und hat sich direkt dort hingesetzt.«

Landgräfs Herz setzte einen Schlag aus, um dann in doppelter Geschwindigkeit die Arbeit wieder aufzunehmen. Einige Sekunden verharrte er regungslos in der absurden Hoffnung, Nero hätte womöglich nicht ihn gemeint.

Vorsichtig spähte er über die Banklehne.

Nero reckte sich noch höher und winkte ihn heran. »Jetzt komm schon her! Wie gesagt, ich beiß nicht.« Er lachte und wedelte mit dem Zünder in der Luft herum. »Das Ding hier könnte allerdings leicht Gulasch aus dir machen.«

4

Ines Winter erwachte aus ihrem unruhigen Schlaf. Vorsichtig öffnete sie die Augen. Ein scharfer Schmerz schoss durch ihren Kopf, schien ihn spalten zu wollen. Sie stöhnte und bedeckte mit der flachen Hand die Augen, um das grelle Licht der Deckenlampe abzuschirmen. Unerbittlich kehrten ihre Erinnerungen zurück.

Roman hatte sie geschlagen.

Eigentlich nichts Ungewöhnliches. Doch diesmal war es schlimmer gewesen als sonst, ein vollkommener Ausraster.

Ächzend stemmte sie sich auf die Ellenbogen, ihr Kreislauf sackte in den Keller, ihr Blickfeld verengte sich. Plötzlich spürte sie, wie jemand sie am Oberarm berührte. Panisch wich sie aus. Roman würde sie diesmal umbringen. Sie drohte in Ohnmacht zu fallen, kämpfte gegen die Bewusstlosigkeit an. Da strich ein warmer, feuchter Waschlappen über ihre rechte Wange, und sie wusste, wer das war. Erleichtert seufzte sie und entspannte sich. Augenblicklich ging es ihr ein wenig besser, ihre Sicht klärte sich.

»Guter Hund«, stieß sie aus.

Die Schäferhündin lag neben ihr auf der unbenutzten Seite des Doppelbetts und wedelte freundlich mit dem Schwanz. Roman war anscheinend nicht zurückgekehrt, zumindest hatte er das gemeinsame Schlafzimmer gemieden.

»Ist schon gut, Camira.« Sie versuchte den rechten Arm zu heben, um den feuchten Liebesbeweis der Hündin abzuwehren, die immer wieder mit der Zunge über ihre Wange strich. Aber ihre Muskeln gehorchten nicht. Der rechte Arm war praktisch lahmgelegt. Mit links funktionierte es. Sie kraulte das Fell. »Bist eine Gute«, flüsterte sie, glücklich, dass Roman die Hündin nicht mitgenommen hatte.

Zufrieden winselte Camira und sah sie aus treuherzigen Augen an.

Eine Weile streichelte sie weiter, kämpfte sich dann stöhnend auf die Beine. Alles an ihrem Körper schmerzte, sie schien innerlich zu brennen. Sie biss die Zähne aufeinander und schlurfte in die Küche.

Erschöpft lehnte sie sich gegen den Tisch, auf dem noch der Topf mit den Dosenravioli von gestern Abend stand. Sie horchte.

Camira war ihr gefolgt und hechelte aufgeregt. Ansonsten war es still. Erleichtert stieß sie den Atem aus. Roman war nicht da. Fieberhaft versuchte sie, einen klaren Gedanken zu fassen. Sie musste etwas unternehmen, bevor er zurückkam. Da fiel ihr Romans Vorhaben wieder ein. Sofort brach ihr der Schweiß aus. Gehetzt sah sie sich um. Die Digitalanzeige der Backofenuhr schimmerte grünlich. Fünf nach halb sieben. Sie erschrak. Offensichtlich hatte sie die ganze Nacht bewusstlos im Bett gelegen. Das Spiel – es war bereits lange zu Ende. Mit zittrigen Fingern schaltete sie das Radio ein, das unter dem Küchenschrank hing. Falls Roman eine Bombe gezündet hatte, dann würde sie es in gut zwanzig Minuten erfahren. Wenn sie es nicht schon vorher brachten.

Sie trat ans Fenster und lehnte sich vorsichtig mit der Stirn gegen das Glas. Der Anblick der Wohnsilos deprimierte sie, Betonklötze, soweit das Auge reichte. Bunte Graffiti verunzierten die Wände überall dort, wo die Sprayer einigermaßen gefahrlos herankamen. Unrat lag herum, und die wenigen Bäume, die zwischen den Betonplatten ihre Kronen dem Himmel entgegenstreckten, wirkten inmitten der tristen Wohnwelt deplatziert. Wie anders hatten sie doch früher gelebt.

Sie seufzte. Anfänglich schien ihre Beziehung so verheißungsvoll, ein Leben in Liebe und gegenseitiger Wertschätzung, ohne materielle Begrenzungen. Gemeinsam hatten sie jahrelang Höhen und Tiefen durchlebt, in den letzten Monaten aber nur noch in den Abgrund geblickt. Ines grübelte darüber nach, ob sie Mitschuld an dem Desaster trug.

Ihre Gedanken flogen in die Vergangenheit, zu dem Zeitpunkt vor über zwanzig Jahren, als alles mit einer Katastrophe begann.

5

Spätsommer 1988

Entsetzt schaute Ines auf den Schwangerschaftstest, den sie mit verkrampften Fingern in ihrer Hand hielt.

Positiv!

Ihre Knie wurden weich, und sie ließ sich auf die Toilette sinken.

Schwanger, mit achtzehn.

Es war doch nur einmal gewesen. Wut stieg in ihr auf und schnürte ihr die Kehle zu. Das war so schrecklich ungerecht. Nur weil Francesco nicht aufgepasst hatte. Der lief jetzt über Ibizas Strände und vergnügte sich mit anderen Frauen, ohne zu ahnen, was er hier angerichtet hatte. Sie kannte noch nicht einmal seine Adresse oder Telefonnummer.

Warum hatte sie nicht darauf bestanden, dass er ein Kondom benutzte? Statt seine Ausrede zu akzeptieren, dass keine Drogerie in der Nähe sei. Verflucht! Was war denn das für ein lächerliches Argument?

Ines meinte noch die salzige Luft des Meeres auf ihren Lippen zu schmecken und die Wärme des Sandes an ihren Hüften zu spüren. Sie waren allein gewesen, weitab der Hotelburgen und der belebten Strandpromenade. Das Mondlicht hatte auf der Wasseroberfläche geglitzert wie kleine Sterne, die ins Wasser gefallen waren. Das leise Plätschern der Wellen, die flammenden Küsse und seine erfahrenen Hände hatten sie berauscht und leider die Vernunft ausgeschaltet. Es war so wundervoll gewesen.

Sie schlug die Hände vors Gesicht und schluchzte.

»Weinst du, Schatz?«

Ihre Mutter.

Ines sprang auf, starrte gebannt auf die Türklinke, die sich langsam nach unten bewegte.

»Seit wann schließt du denn ab?«, fragte ihre Mutter erstaunt.

Seit ich die verflixte Brut in mir trage, hätte Ines am liebsten geschrien. »Ich habe … Na, du weißt schon … Ich wollte nicht, dass mein Bruderherz mich überrascht«, stammelte sie stattdessen. Sie steckte den Schwangerschaftstest in ihre Hosentasche und öffnete die Tür.

Ihre Mutter lächelte entschuldigend. »Tut mir leid, ich wollte nicht stören. Ich müsste nur mal schnell …« Sie brach ab. Mit großen Augen starrte sie über Ines' Schulter hinweg. Ihre Lippen formten ein stummes O.

Verwirrt drehte sich Ines um. Auf dem Waschbeckenrand lag immer noch die Verpackung des Schwangerschaftstests. Es durchfuhr sie heiß und kalt. Sie war wie gelähmt.

»Mein Gott!« Ihre Mutter packte sie bei den Schultern und wirbelte sie herum. »Ines, du bist doch nicht etwa …«

Sie hielt den Handrücken vor den Mund und hauchte: »Sag es mir! Ja oder Nein?«

»Mama, ich … ich …«, stotterte Ines, verstummte und blickte verlegen zu Boden.

»O Gott!«, stöhnte ihre Mutter auf.

»Was ist denn hier los?«

Panik ergriff Ines, als nun auch noch ihr Vater aus dem Wohnzimmer kam.

»Deine Tochter ist schwanger.«

»Wie? Schwanger? Mit achtzehn?« Ihr Vater sah sie unter buschigen Augenbrauen hervor ernst an.

»Ja und? Mit achtzehn ist sie schließlich volljährig, oder etwa nicht?«, platzte ihre Mutter heraus, und Ines wusste nicht recht, ob es anklagend oder verteidigend gemeint war. Ungläubig schaute sie von einem zum anderen.

Zu allem Überfluss gesellte sich jetzt noch ihr Bruder Lars dazu. »Ich werde Onkel und das mit fünfzehn? Ist ja geil.« Ein schadenfrohes Lächeln grub sich in seine Mundwinkel.

Wut wallte in Ines auf. Vor wenigen Minuten hatte sie ein intimes Geheimnis gehabt und den Wunsch verspürt, einfach nur allein zu sein, um nachzudenken. Nun eskalierte die Situation, und wenn es so weiterging, würde spätestens übermorgen das ganze Dorf von ihrer Schwangerschaft wissen. Sie spürte bereits die hämischen Blicke der Nachbarn, hörte das Getratsche.

Ihr Vater kam näher. Sie roch sein Aftershave. Diesen Duft hatte sie früher als Kind immer gemocht, den Hauch von Moschus, männlich. Jetzt stieß sie der Geruch eher ab.

Behutsam legte er seine Hände auf ihre Oberarme. »Wer … Ich meine, mit wem, äh …«

»Auf Ibiza«, murmelte sie. »Ich hab da einen Jungen kennengelernt.«

»Gut. Und wie heißt er?« Der Druck seiner Hände wurde kräftiger.

»Ich kenne nur seinen Vornamen. Mehr nicht«, gab sie zu. Sie hörte sich an wie ein Flittchen.

Das Gesicht ihres Vaters erstarrte. Dann holte er tief Luft, räusperte sich. »Unter diesen Umständen gibt es nur eine Möglichkeit. Das Kind wird abgetrieben.«

»Was?« Sie konnte nicht glauben, was sie da gerade gehört hatte. Als vor ungefähr zwei Jahren die geschiedene Nachbarin den Entschluss gefasst hatte, ihr Kind abzutreiben, da hatte Ines' Vater wochenlang den Moralprediger herausgekehrt. Und keine Gelegenheit ausgelassen zu betonen, dass sich das für eine gläubige Katholikin nicht gehörte. Und jetzt? Dieser Heuchler. Entschlossen riss sie sich los. »Ich entscheide, was geschieht, und niemand anders.«

»Kind, sei doch vernünftig«, sagte ihre Mutter beschwörend. »Was dein Vater vorschlägt, ist die einzige Möglichkeit. Denk an die Leute, das Gerede.«

Das war zu viel. »Das Gerede?«, schrie Ines. Sie spürte, wie ihr Tränen in die Augen stiegen. »Das ist es, wovor du Angst hast? Vor dem Gerede? Nicht etwa davor, dass es für mich schwierig werden könnte, mit Kind ein Studium zu beginnen? Dass ich überfordert sein könnte? Dass ich vielleicht einfach noch zu jung bin?« Wütend ballte sie die Fäuste. Viel fehlte nicht und sie wäre auf ihre Mutter losgegangen. »Ich bekomme ein Kind, Mama! Dass ich einen Fehler gemacht habe, dafür kann das Kleine nichts.« Sie holte tief Luft. Der hilflose Blick, den ihre Mutter mit ihrem Vater wechselte, besänftigte sie ein wenig. Die Situation war auch für die Eltern nicht einfach, die beiden fühlten sich höchstwahrscheinlich genauso hilflos wie sie.

Ines' Wut ebbte ab. Sie legte sanft beide Hände auf ihren Bauch, sah von einem zum andern. »Die Nachbarn sind mir scheißegal«, verkündete sie trotzig. Sie schnappte sich die Jacke vom Garderobenhaken und rannte aus dem Haus, die Straße runter, nur fort. Tränen verschleierten ihren Blick. Hin und wieder stolperte sie über ein Hindernis, das sie nicht bemerkt hatte. Ihre Gedanken fuhren Karussell und kamen nicht zur Ruhe.

Sie lief, bis sie nicht mehr konnte. Keuchend hielt sie an und sah sich um. Sie stand auf einer Anhöhe. Das Dorf, in dem sie ihre Kindheit verbracht hatte, breitete sich zu ihren Füßen aus. Die Kirche in der Mitte, um sie herum die Fachwerkhäuser, hinter deren Wänden spießige Menschen mit längst überholten Moralvorstellungen lebten.

Erschöpft setzte sie sich auf einen umgestürzten Baumstamm am Wegesrand und stützte den Kopf in die Hände. Alles war urplötzlich aus den Fugen geraten: nur wegen eines Urlaubsflirts, infolge einer einzigen Dummheit. Wütend trat sie nach einem Stein. Einige Male sprang er über den Weg und kullerte ins Gestrüpp. Ein Sperling flatterte aufgeschreckt davon.

Am liebsten wäre sie mit ihm geflogen, hoch, dem

Himmel entgegen, frei und unbekümmert, um alle Probleme auf der Erde zurückzulassen …

Wie lange würde es dauern, bis sich das junge Leben regte? Mein Gott, sie wusste so wenig von den Dingen. Ein Kind, nein, ihr Kind wuchs in ihr heran. Ein kleines Geschöpf, unschuldig an der Situation und vollkommen hilflos. Sie stellte sich vor, wie sie das friedlich schlummernde Baby in den Armen hielt. Eine Welle der Zuneigung schwappte über sie hinweg, spülte ihre Wut davon und hinterließ in ihr ein warmes Gefühl. Sie straffte sich. Sie würde ihr Kind auf die Welt bringen. Niemand hatte das Recht, dem Kleinen das Leben vorzuenthalten, keiner würde es ihr wegnehmen. Es war allein ihre Entscheidung, sie war schließlich volljährig, ganz recht, und konnte selbst sagen, wo es langging. Mit neuem Mut stand sie auf. Ihre Eltern hatten ihr gar nichts zu sagen.

Frei und stark sein, dachte sie, und die richtigen Entscheidungen treffen, darauf kam es jetzt an.

Ein Dreivierteljahr später war von der Euphorie, die sie dort auf dem Hügel in ihrem Heimatdorf gespürt hatte, nichts mehr übrig.

Das Geschrei ging ihr durch Mark und Bein. Wütend nahm sie Patricia aus dem Bettchen und hielt sie mit ausgestreckten Armen von sich. »Gib endlich Ruhe!«, schrie sie das Kind an. »Ich bin am Ende, hörst du? Hör endlich auf!« Sie schüttelte Patricia. Der Kopf des Kindes flog vor und zurück. Doch der Sirenenton, den dieses Kind ausstieß, nahm an Intensität nur noch zu.

Ines legte Patricia zurück ins Bett und hielt sich verzweifelt die Ohren zu. Was sollte sie nur machen? Sie hatte schon alles versucht, hatte sie gestillt, ihr den Bauch massiert, hatte ihr vorgesungen und sie gebadet. Aber dieses Kind war nun einmal ein Schreikind. Sie hielt es nicht mehr aus, war vollkommen mit den Nerven am Ende.

Seit sie sich für das Kind entschieden hatte, ging alles schief. Zuerst der Schulabbruch, die Folge einer schwierigen, kräftezehrenden Schwangerschaft. Dann dieser fürchterliche Streit mit ihren Eltern, als sie ihnen mitteilte, dass sie den Entschluss gefasst habe, das Kind nicht abzutreiben. Seit sie nach Köln gezogen war, hatten sie keinen Kontakt mehr. Den Gang ins Krankenhaus hatte sie alleine antreten müssen. Niemals zuvor hatte sich Ines so verlassen gefühlt wie bei Patricias Geburt.

Dann gab es noch die Mietschulden. Täglich drohte der Vermieter, der unter ihr wohnte, mit einer Zwangsräumung. Außerdem beschwerte er sich regelmäßig über das schreiende Kind. Gleich würde er bestimmt wieder an die Decke klopfen.

Ines ertrug es einfach nicht mehr. »Was soll ich denn nur machen?« Ihr Blick fiel auf das Kopfkissen. Wie ferngesteuert streckte sie die Hand aus. Weich schmiegte sich der Stoff an ihre Hand. Sie hob das Kissen an, ließ es sekundenlang über Patricias Gesicht schweben. Dann senkte sie es behutsam ab. Patricias Geschrei wurde leiser, gedämpfter, erträglicher. Ines drückte kräftiger. Die Schreie wurden leiser und leiser, klangen fast friedlich.

Patricia strampelte wild, doch das störte ja niemanden. Wichtiger war, dass endlich Ruhe einkehrte. Mehrere

Stunden am Stück schlafen, dachte Ines wie berauscht. Ausgeruht in den Tag starten, die Vögel zwitschern hören, mit Patricia am Küchentisch sitzen und …

Verwirrt sah sie auf ihre Hand. Entsetzen packte sie und fuhr wie ein Blitz durch ihren Körper. Sie riss das Kissen hoch.

Gierig schnappte die Kleine nach Luft. Patricias Gesicht hatte eine blaue Färbung angenommen.

Entsetzt ließ Ines das Kissen zu Boden fallen, hob ihre Tochter aus dem Bett und drückte sie an sich. »Mein Gott«, schluchzte sie auf und überschüttete das Kind mit Küssen. »Patricia, verzeih mir, bitte, bitte.«

Das Baby schnappte noch ein paarmal nach Luft und fing dann wieder an zu schreien.

Ines drückte es zärtlich an sich. »Ja, schrei nur, schrei, mein Kleines. Hauptsache, du lebst.« Ines lachte und weinte gleichzeitig. »O mein Gott, was ist nur mit mir los? Es tut mir so leid.«

Du bist der Situation nicht gewachsen, bist ja selbst noch ein Kind, meldete sich mahnend ihre innere Stimme. Das Eingeständnis ließ sie taumeln. Sie lehnte sich mit der Schulter gegen die Wand und betrachtete die Unordnung in ihrem kleinen Apartment: schmutzige Wäsche auf dem Boden, in der Spüle das dreckige Geschirr, der überquellende Mülleimer, der Boden klebrig und fleckig, die Fenster schmierig, außer dem neuen Kinderbettchen nur Möbel vom Sperrmüll. Nicht einmal einen Kühlschrank besaß sie. Das Geld dafür hatte sie in Babywäsche investiert.

Hier konnte sie nicht bleiben. Das war keine angemessene Umgebung, um ein Kind großzuziehen. Sie musste eine Lösung finden. Notfalls würde sie wieder bei ihren Eltern angekrochen kommen und um Hilfe betteln. Hauptsache, ihrer Kleinen würde es gut gehen. Fest drückte sie Patricia an sich. »Ich habe doch sonst niemanden«, schluchzte Ines. »Niemanden.«

Gleich am nächsten Tag packte sie das Nötigste in ihre Tasche, schnappte sich Patricia und machte sich auf den Weg. Sie schlich sich an der Wohnungstür ihres Vermieters vorbei und schlug den Weg zum Bahnhof ein. Geld für eine Fahrkarte besaß sie nicht, den letzten Euro hatte sie am Kiosk für einen Becher heißen Kaffee ausgegeben. So fuhr sie schwarz, so weit es ging.

In Düren warf ein Kontrolleur sie aus der Bahn. Sie verlegte sich aufs Trampen und hatte Glück. Eine Frau Mitte dreißig nahm sie in ihrem grünen Van mit. Auf dem Rücksitz schlummerten friedlich ihre beiden Kinder. Für Patricia hatte sie sogar noch einen passenden Kindersitz im Kofferraum. Auf der Fahrt erzählte die Frau ihre komplette Lebensgeschichte. Ines spürte sofort einen Stich der Eifersucht. Die Frau schien ihr Leben im Griff zu haben: ein Mann, ein Haus, zwei pflegeleichte Kinder, ein cooles Auto und ein fettes Sparkonto. Was wollte man mehr?

»Ich würde dich ja nach Hause fahren, aber ich habe einen Termin beim Kinderarzt«, entschuldigte sich die Frau. Sie hielt an der Kreuzung an, an der es rechts zu dem Dorf ging, in dem ihre Eltern wohnten.

»Kein Problem, danke«, entgegnete sie. »Ist ja nicht

mehr weit.« Sie verabschiedete sich und stieg mit Patricia aus, die auf der Fahrt sofort eingeschlafen war und zu Ines' Überraschung jetzt in ihren Armen weiterschlief. Als ob sie die Veränderung spürte und guthieß.

Der Van verschwand hinter dem nächsten Hügel, das Brummen des Motors hielt sich noch eine Weile in der Luft, verstummte schließlich.

Ines legte sich Patricia an die Schulter und spähte die Straße entlang. Kurz überlegte sie, die restlichen fünfzehn Kilometer zu Fuß zu gehen, entschied sich dann dagegen. Mit der Tasche auf dem Rücken und Patricia im Arm würde ihr schnell die Puste ausgehen. Da war es schon besser, hier an Ort und Stelle auf einen hilfsbereiten Fahrer zu warten. Sie sah nach oben. Graue Wolken zogen vorüber, verdeckten die Frühlingssonne. Zumindest regnete es nicht, dachte sie und setzte sich auf ihre Tasche.

Patricia wurde unruhig und wand sich in ihrem Arm. Ines ließ sich kurz entschlossen im Schneidersitz auf dem Grünstreifen nieder, knöpfte ihre Bluse auf und gab Patricia die Brust.

Gierig schmatzte die Kleine drauflos.

Zufrieden beobachtete Ines ihre Tochter. Patricias gleichmäßige Mundbewegungen hypnotisierten sie. Ihre Augenlider wurden schwer. Schließlich verlor sie den Kampf und nickte ein.

»Netter Anblick.«

Ines schreckte auf.

Vor ihr hockte ein kräftiger Mann und starrte ungeniert auf ihre entblößte Brust. Ein Schmunzeln umspielte seine Mundwinkel.

Hastig legte sie Patricia vor sich auf den Boden und knöpfte ihre Bluse zu. »Sind Sie ein Spanner, oder was soll das werden?«, fuhr sie ihn an.

Der Mann stemmte sich in die Höhe und lächelte. »Das hat man nun davon, wenn man helfen will.« Er drehte sich um und ging zu einem BMW hinüber, der zehn Meter weiter am Straßenrand parkte. Der Motor erkaltete knisternd.

Nachdem sie sich von ihrem Schreck erholt hatte, schnappte sich Ines die schlafende Patricia und stand auf. »Moment. Warten Sie doch!«

Der Mann wandte sich um. »Ich dachte, ich sei unerwünscht?«

Erst jetzt bemerkte Ines seine unterschiedlichen Augenfarben, eins braun, eins blau. Entschuldigend zuckte sie mit den Schultern. Sie musterte ihn. Rasch kam sie zu dem Ergebnis, dass er ihr gefiel: kantiges Kinn mit einem süßen Grübchen in der Mitte, durchtrainierte Figur, gepflegte dunkle Lockenmähne und modisch gekleidet.

Er sah an sich herab. »Irgendwas nicht in Ordnung? Sie schauen mich an, als ob ich nackt wäre.«

Sie spürte, wie sie rot wurde. »Äh, nein, nein, stimmt schon alles. Fahren Sie zufällig da lang?«, lenkte sie ab und wies mit der Hand die Richtung.

»Könnte schon sein«, antwortete der Mann.

Ines schmolz dahin. Seine sonore, dunkle Stimme ließ jede Faser in ihrem Körper vibrieren. Am liebsten hätte sie ihn gepackt und hier und jetzt hemmungslos geküsst.

Reiß dich zusammen, schalt sie sich selbst. Der hat bestimmt nicht auf einen hergelaufenen Teenager mit Kind gewartet. »*Könnte sein?* Präziser geht es nicht?«

Er sah in die Richtung, in die sie gedeutet hatte. »Ich überlege noch.«

Ines legte sich Patricia an die Schulter. »Sagen Sie mir bitte Bescheid, wenn Sie sich entschieden haben.« Gespielt gelangweilt drehte sie sich um.

Der Mann lachte. »Das gefällt mir. Also gut, ist meine Richtung.«

»Würden Sie mich ein Stück mitnehmen?«

»Unter einer Bedingung.«

Ines stutzte. Meinte er das ernst? Er würde doch nicht von ihr verlangen … Er sah eigentlich nicht aus wie irgend so ein Perversling. »Und die wäre?«, fragte sie vorsichtig nach.

Er kam näher und reichte ihr die Hand. »Dass wir uns duzen. Ich heiße Roman. Das Gesieze geht mir mächtig auf den Zeiger. Da fühle ich mich immer so alt.«

Das hatte sie nicht erwartet. Erleichtert atmete sie durch, schlug freudig ein und nannte ihren Namen. »Geht mir genauso. Ziemlich spießig. Roman also.«

Freundlich lächelte er und strahlte eine Natürlichkeit aus, die Ines faszinierte.

»Du kannst meine Hand wieder loslassen.«

Gedankenverloren nickte Ines.

Roman hob die Augenbrauen. »Hallo? Darf ich meine Finger zurückhaben?«

Verwirrt blickte sie auf ihre Hand. Tatsächlich hielt sie seine noch immer fest. »O Gott, ja natürlich … Entschuldigung«, stammelte sie und zog ihre Hand so hastig zurück, als ob sie sich verbrannt hätte. Verdammt, wie peinlich, fluchte sie stumm.

»Okay. Wo wir das jetzt geklärt haben, schlage ich vor, du legst die Kleine einfach auf den Rücksitz«, überging er galant die peinliche Szene. »Ich werde ganz vorsichtig fahren.«

»Ich weiß nicht.« Ines sah zum Wagen und zögerte. »Ist trotzdem ein bisschen gefährlich.«

Roman legte den Kopf schief. »Ich habe leider keinen Kindersitz …«

Kurz überlegte Ines. Sie hätte liebend gern neben ihm gesessen. Wenn er nicht scharf bremste, würde Patricia auf dem Rücksitz bestimmt nichts passieren, und vom Motorengeräusch würde sie außerdem bald einschlafen. Aber schließlich überwogen ihre Bedenken, und sie entschied sich anders. »Ich setze mich hinten rein«, sagte sie und krabbelte mit Patricia im Arm in den Fond des Wagens. Augenblicklich fing die Kleine an zu schreien. Entschuldigend blickte sie zu Roman hoch.

»Kräftiges Würmchen«, sagte er herzlich, während er ihr die Tasche reichte.

Den Mann schien nichts aus der Ruhe zu bringen, dachte Ines und schob ihr Gepäck neben sich auf den Sitz. Ein angenehmes Kribbeln überzog ihre Haut, ihr Herz klopfte wild. Mit beiden Händen rieb sie sich das Gesicht. O Gott, stöhnte sie stumm, ich habe mich Hals über Kopf in einen Fremden verliebt.

Roman stieg ein und startete den Motor. »Dann also los.«

Obwohl Ines Patricia fest im Arm hielt, fuhr Roman vorsichtig, als würde er rohe Eier transportieren. Er beschleunigte sanft, blieb immer unter der erlaubten Höchstgeschwindigkeit und bremste vor Straßeneinmündungen früh ab.

»Bist du von hier?«, fragte er irgendwann, ohne den Blick von der Straße abzuwenden.

Ines antwortete ausweichend, dass sie aus Köln komme. Sie wollte nicht über sich und ihr Leben reden.

Roman schien ihre Verlegenheit bemerkt zu haben. »Na komm, nicht so schweigsam. Du kennst doch das ungeschriebene Gesetz des Per-Anhalter-Fahrens.«

»Ein Gesetz?« Sie runzelte die Stirn.

Roman blickte in den Rückspiegel und lachte. »Der Fahrer nimmt den Anhalter mit, und der muss dafür den Fahrer unterhalten. Also, leg mal los.«

Ines zögerte kurz, gab sich dann einen Ruck. Warum sollte sie ihm nicht alles erzählen? Schließlich würde sie in zehn Minuten aus seinem Wagen steigen und ihn nie wiedersehen. Ihre Sorgen mit jemandem teilen zu können, davon hatte sie in den letzten Monaten mehr als einmal geträumt. Und jetzt saß sie im Wagen dieses gut aussehenden Mannes, der sich so verständnisvoll nach ihren Lebensumständen erkundigte. Wie konnte sie da widerstehen? Also erzählte sie ihm alles. Angefangen von dem Urlaub auf Ibiza, ihrer ungewollten Schwangerschaft, dem Krach mit den Eltern und ihrem Auszug bis zum heutigen Tag.

»Und jetzt bin ich auf dem Weg zurück zu meinen Eltern. Die reumütige Tochter, die auf den Knien um Verzeihung bittet! Wie ich das hasse«, rief Ines eine Viertelstunde später aus und sah mit grimmiger Miene zum Fenster hinaus.

Roman nieste.

»Bist du etwa erkältet?«, fragte Ines. »Nicht dass Patricia sich ansteckt. Das kann ich gerade gar nicht gebrauchen.«

»Keine Sorge. Es ist nur …« – er stockte und sah in den Rückspiegel – »… dein Parfum. Es passt überhaupt nicht zu einer solch attraktiven Frau. Es ist … billig.« Entschuldigend zuckte er mit den Schultern. »Wenn du meine Freundin wärst, dann würde ich dich mit Chanel übergießen.«

Ines war sprachlos. Sie hatte ihm ihr Herz ausgeschüttet, und er beschwerte sich über ihr Parfum. Sie wusste nicht, ob sie beleidigt sein sollte. Dann erst wurde ihr bewusst, dass er ihr ein Kompliment gemacht hatte. Ines schwieg verwirrt.

Sie erreichten den Ortsrand. Ines räusperte sich und beschloss, nicht weiter darüber nachzudenken. Sie hatte jetzt wirklich andere Sorgen. »Die Straße führt an einem kleinen Weiher vorbei. Von dort sind es nur ein paar Schritte zu meinen Eltern. Da kannst du mich dann rauslassen.«

Sekunden später tauchte der Teich auf. Auf der Wasseroberfläche schwammen Seerosenblätter, einige Enten zogen ihre Bahnen.

»Wie malerisch«, sagte Roman und trat behutsam auf die Bremse. Die Reifen knirschten auf dem unbefestigten Seitenstreifen, bis der Wagen stand. Ohne Eile nahm Ines

Patricia hoch. In ihr sträubte sich alles dagegen auszusteigen. Obwohl sie den Mann auf dem Fahrersitz noch keine halbe Stunde kannte, genoss sie seine Nähe, empfand sie als wohltuend. Sie hatte sich schon lange nicht mehr so gut gefühlt, so geborgen und sicher.

Auch Roman schien es nicht eilig zu haben, sich zu verabschieden. Schließlich drehte er sich auf dem Sitz zu ihr um. Er lächelte verlegen. »Bevor du aussteigst, möchte ich dir was sagen. Ich weiß, es hört sich vielleicht verrückt an …« Er fuhr sich mit der Hand durchs Haar.

»Ja?«, stieß Ines heiser hervor. Ihr wurde schwindelig.

Roman holte tief Luft. »Ich habe das Gefühl, dass wir uns nicht zufällig getroffen haben. Kannst du das verstehen?«

Ines' Herz vollführte einen Freudensprung. O verdammt, du hast dich tatsächlich verknallt, dachte sie. Unter seinen Blicken wurde ihr heiß, Schmetterlinge flatterten in ihrem Bauch.

»Hör zu, ich mache dir ein Angebot«, sagte er. »Du kommst mit, wohnst ein paar Tage bei mir, und wir schauen, wie es sich entwickelt.«

Patricia fing an zu wimmern. Ines ignorierte es, so gut sie konnte. Hier passierte gerade etwas ganz Wichtiges, und sie wollte keine Sekunde verpassen. »Ich kenne dich doch überhaupt nicht«, gab sie zu bedenken, obwohl sie sich ihm am liebsten sofort an den Hals geschmissen hätte. Aber ein kleiner Funken der Vernunft flackerte noch tief in ihrer Seele.

Roman kratzte sich die Wange. Er schien nachzudenken. Dann hellte sich seine Miene auf. Er griff in sein

Sakko, zog seine Brieftasche heraus und entnahm ihr eine Visitenkarte.

»Hier, nimm. Schreib auf die Rückseite eine kurze Mitteilung für deine Eltern. Die Karte werfen wir ihnen in den Briefkasten. So können sie sich jederzeit bei dir melden, und du kannst in Ruhe überlegen, wie alles weitergehen soll.« Er lächelte zuversichtlich.

Ines zögerte, hielt die Visitenkarte in der Hand, ohne recht zu begreifen. »Also … Ich meine …, warum …?«, stotterte sie.

Er zog die Stirn kraus. »Damit alles seine Ordnung hat.«

»Nein, nein, das meinte ich nicht. Ich meine: Warum machst du das? Wir kennen uns kaum. Ist das so eine Samaritersache, oder was ist mit dir los?«

Roman lachte. »Also wirklich! Ich biete dir die Chance deines Lebens, und du zierst dich.« Er sah nach draußen. Ein Traktor mit einem Güllefass auf dem Anhänger fuhr an ihnen vorbei. Weiter hinten sah man eine Frau in Kittelschürze, die vor ihrem Haus die Bodenplatten fegte und ab und zu argwöhnisch zu ihnen herüberäugte. Roman nickte in die Richtung. »Willst du wirklich hierhin zurück? In dieses Kaff? Zu deinen Eltern? Was glaubst du, wer dein Kind erziehen wird? Du oder deine Mutter?«

»Ich habe keine Wahl«, gab Ines kleinlaut zurück.

»Jetzt hast du eine.«

»Aber …«

Er hob die Handflächen. »Ich will dich nicht drängen.« Damit öffnete er die Tür und stieg aus. »Denk einfach eine Weile in Ruhe darüber nach, okay?«, sagte er und lehnte sich lässig gegen die Motorhaube, verschränkte die Arme und betrachtete die Landschaft.

Ines kniff die Augen zusammen. Sie horchte tief in sich hinein. Alles in ihr sehnte sich danach, in Romans Arme zu sinken. Nur war das vielleicht eine überspannte Reaktion, ihre Sehnsucht nach einem starken Partner an ihrer Seite? Konnte sie ihren Gefühlen in ihrer derzeitig aufgewühlten Verfassung trauen? Ihr kamen Geschichten in den Sinn von ahnungslosen Frauen, die in die Hände von perversen Triebtätern fielen … »Ach hör auf«, murmelte sie und musste unwillkürlich lächeln. »So einer läuft nachts im Park oder in dunklen Gassen herum. Der kreuzt nicht mit seinem schicken BMW am helllichten Tag durch die Eifel.« Sie öffnete die Augen und lehnte sich im Sitz zurück.

Patricia jammerte leise.

Gedankenverloren schob sie ihr den Schnuller in den Mund und musterte die Visitenkarte. Was riskierte sie schon? Sie war ganz unten angekommen, kroch gerade reumütig zu ihren Eltern zurück. Tiefer konnte man doch gar nicht mehr sinken. Und ihr Herz riet ihr, alle Bedenken über Bord zu werfen und sich auf den Versuch einzulassen.

In diesem Moment setzte Roman sich wieder auf den Fahrersitz.

Ein Hauch frischer Luft strich über Ines' Wangen.

»Und?«

Sie wedelte mit der Visitenkarte. »Du bist also Roman Winter? Immobilienmakler? Wohnhaft in Köln?«

Er lächelte spöttisch und wirkte auf Ines wie ein Filmstar. »Gib dir einen Ruck. Du kannst schließlich jederzeit wieder gehen, wenn es dir nicht gefällt«, sagte er leichthin. »Und wenn es schiefgeht, fahre ich dich persönlich zu deinen Eltern. Versprochen.«

Patricia spuckte den Schnuller aus und fing an zu schreien.

Ines nahm sie in die Arme und streichelte ihr den Bauch.

Fragend hob er die Augenbrauen.

»Koliken«, erklärte sie.

Er schmunzelte. »Auch die werde ich ertragen.«

Sie sah zum Fenster hinaus. Die Frau war mit Fegen fertig und starrte jetzt ungeniert zu ihnen rüber. Ihr Mann kam aus dem Haus und stellte sich an ihre Seite. Sie sprachen über sie.

Wenn du jetzt aussteigst, wirst du dich dein Leben lang über die verpasste Chance ärgern, dachte sie. Ihre Eltern kamen ihr in den Sinn. Ihre Mutter würde keine Gelegenheit auslassen, ihr Vorhaltungen zu machen. Und auf die hämischen Anspielungen ihres pubertierenden Bruders konnte sie auch verzichten. Am schlimmsten aber würde die Enttäuschung ihres Vaters sie verletzen. Er, der verhinderte Musiker, hatte immer davon geträumt, dass sie einmal Musikerin werden würde. Von klein auf bekam sie Oboenunterricht und machte rasch vielversprechende Fortschritte auf dem Instrument. Ihr Vater ging bereits davon aus, dass die Met in New York ihr künftiger Arbeitsplatz werden könnte. Realistischerweise hätte es vielleicht sogar für ein gutes Rundfunkorchester gereicht – wenn Patricia nicht dazwischengekommen wäre.

Bei ihrem überstürzten Aufbruch hatte sie das Musikinstrument achtlos in ihrem Mädchenzimmer zurückgelassen.

Auf das alles konnte sie verzichten, sofern es denn irgendwie zu umgehen war. Die Chance dazu saß vor ihr auf dem Fahrersitz.

Sie gab sich einen Ruck und lächelte Roman an. »Okay, versuchen wir es.«

»Und die Visitenkarte?«, fragte er.

»Scheiß drauf«, antwortete Ines fest entschlossen.

Er grinste, drehte sich nach vorn und startete den Motor.

6

Ines schreckte aus ihren Tagträumen auf. Die Uhr am Backofen zeigte drei Minuten vor Sieben. Rasch fütterte sie Camira, brühte sich einen Tee auf und schluckte zwei Ibuprofen. Endlich war es so weit. Der Jingle im Radio kündigte die Nachrichten an. Ines setzte sich auf einen Stuhl am Küchentisch. Mit angehaltenem Atem horchte sie. Schon die ersten Worte des Sprechers ließen ihr das Blut in den Adern gefrieren. In ihren Ohren rauschte es, nur Bruchstücke drangen zu ihr durch.

»... ein Unbekannter ... mit einem Sprengkörper ... weiträumig abgesperrt ...«

O Gott, Roman hat es tatsächlich getan, dachte sie. Das große Finale angepfiffen, wie er es immer nannte. Oder war das nur ein schrecklicher Zufall? Saß dort im Dom ein anderer? Jemand, der auf die gleiche Idee gekommen war? Der Gedanke war absurd, und doch klammerte sie sich an ihn wie an einen Strohhalm.

Schwankend stand Ines auf und eilte ins Schlafzimmer. Hektisch durchwühlte sie den Kleiderschrank. Nach wenigen Sekunden schloss sie die Türen wieder und lehnte sich mit dem Rücken dagegen. Roman hatte den Gürtel mitgenommen. Die Pistole fehlte auch. Zweifellos: Der Mann mit der Bombe im Dom war Roman. Sie richtete sich auf, ging wie in Trance zurück in die Küche und griff zum Tee, doch ihre Hände zitterten so sehr, dass sie nicht trinken konnte. Der Sprecher brachte noch eine weitere Schreckensmeldung.

»In Köln-Weiden wurde ein Mann Opfer eines Gewaltverbrechens ... Die Polizei sucht fieberhaft ...«

»Nein«, hauchte Ines entsetzt und ließ die Tasse fallen. Der Tee verteilte sich zwischen den Tellern und tropfte auf den Boden. Eine schreckliche Vorahnung beschlich sie. »Er wird doch nicht ...«

Sie wirbelte herum und suchte das Telefon, das irgendwo auf der Arbeitsfläche zwischen der Post und alten Zeitungen vergraben war. Die Schmerzen in ihren Gliedern, im Gesicht – sie spürte sie kaum noch, ja, sie waren ein Witz im Vergleich dazu, was sie erleiden müsste, wenn sich ihre Befürchtungen bewahrheiten sollten.

7

Mit weichen Knien stand Landgräf auf und trat in den Mittelgang der Kirche. Er zögerte einen Moment. Dann ging er zu der Polizistin, die ihn ratlos ansah. Landgräf versuchte ein aufmunterndes Lächeln. Dann wandte er den Blick und sah Nero an. Der wirkte angespannt und abgekämpft. Immer wieder irrte sein Blick durch den Dom. Rostrote Flecken verunzierten seinen hellbraunen Pullover, die Haare klebten fettig am Kopf. Auch seine Jeans sah mitgenommen aus, die dunklen Lederhalbschuhe waren zerkratzt.

Nero bemerkte Landgräfs musternde Blicke. Er sah an sich herab und strich mit der freien Hand seine Hose glatt. »Hatte vorhin eine kleine Auseinandersetzung. Schöner Mist, diese Blutflecken. Kriegt man die wieder raus?« Er sah Susann Lebrowski fragend an.

Die Polizistin zuckte unwillkürlich zusammen. »Bestimmt«, sagte sie schließlich.

»Ich denke, darüber werden Sie sich keine Gedanken mehr machen müssen«, sagte Landgräf.

Neros Kopf fuhr hoch. »Ich werde nicht einfahren. Ihr werdet schön machen, was ich sage, und dann bin ich weg.«

»Das meinte ich ja«, sagte Landgräf. »Sie werden natürlich einen Haufen Geld verlangen. Und damit können Sie sich praktisch jeden Tag neue Klamotten kaufen.«

Nero lachte laut auf. »Genauso ist das.«

»Sie verlangen also Geld?«, schaltete sich Susann Lebrowski ein.

Neros Miene wurde wieder ernst. »Pass mal auf, Schätzchen: Zunächst will ich, dass du deinen süßen Arsch rausschiebst. Dein Job hier ist zu Ende«, knurrte er. »Ich dachte, das wäre inzwischen klar geworden.«

Landgräf betrachtete Nero. Ganz offensichtlich ein Frauenhasser reinster Güte. Sein Weltbild war einfach strukturiert: Der Mann erlegt das Wild und macht Feuer, das Weib kocht und kümmert sich um die Nachkommen. In dieses Bild passte keine studierte Frau, die auf Augenhöhe mit ihm verhandelte.

Susann Lebrowski straffte sich. Ihre Finger zupften nervös an dem Jackenknopf, und ihr Hals färbte sich rötlich. Bevor sie etwas Unbedachtes äußern konnte, sprach er sie an. »Ist schon in Ordnung«, sagte er mit ruhiger Stimme. »Ich denke, ich komme mit der Situation zurecht. Sie können getrost gehen.« Er berührte sie behutsam an der Schulter, um sie zum Rückzug zu bewegen. Es konnte nur von Vorteil sein, Neros erste und mit Sicherheit einfachste Forderung zu erfüllen. »Ich werde mit ihm sprechen.«

»Aber das geht doch nicht«, protestierte die Polizistin halbherzig.

»Das bestimmen nicht Sie oder ich. Wir sollten besser tun, was der Mann verlangt.« Er lächelte sie aufmunternd an und versuchte zuversichtlicher zu erscheinen, als er war. Offensichtlich konnte er Susann Lebrowski überzeugen.

»Also schön. Na gut.« Sie nickte knapp, sah ihm noch einmal fest in die Augen und ging dann mit klappernden Absätzen den Gang hinunter. Kurze Zeit später fiel die Tür dumpf ins Schloss.

Landgräf wandte sich an Nero. »Zufrieden?«

»Sie können mit Frauen umgehen. Gefällt mir.«

Landgräf ging nicht darauf ein. Ihm fiel auf, wie Nero von einem Moment auf den anderen zwischen Du und Sie wechselte. Vermutlich je nach Anspannung oder nach dem Grad der Geringschätzung.

»Glauben Sie wirklich, Sie kommen damit durch?«, fragte er stattdessen. »Ist schon ein ziemlich gewagter Plan, sich mit einer Bombe in den Dom zu setzen. Ich hoffe, Sie verzeihen mir meine Offenheit.«

»Kein Problem, besser ein offenes Wort als langes Herumgerede.« Nero wiegte den Kopf. »Was meinen Plan angeht … Nun, ich denke, ich hab einfach ein verdammt gutes Argument, um die Typen da draußen zu überzeugen.« Mit der Rechten tippte er sich auf den Bauch. »Mein Sprengstoff reicht aus, um den Dom zu Feinstaub zu pulverisieren. Im Falle des Falles wird nur noch ein Loch im Boden übrig bleiben.«

»Bevor es so weit kommt, haben Sie eine Kugel im Hirn. Die da draußen sind nicht untätig.«

Nero lachte grollend. »Glauben Sie wirklich?« Er hob seine linke Hand. »Hier hab ich den Zünder. Totmannschaltung. Sie wissen, was das bedeutet? Wenn mir jemand die Birne wegballert, öffnet sich meine Hand, und der Sprengstoff wird gezündet.« Seine Arme fuhren in die Höhe, und er hauchte: »Wumm.«

Landgräf schluckte. Erneut zitterten seine Knie. Irritiert schloss er für einen Moment die Augen und horchte in sich hinein. Er spürte Todesangst in sich aufsteigen. Anscheinend hing er doch an seinem kümmerlichen Leben. Eine Insel fernab von jeder Zivilisation, oder zumindest fernab von jedem Sprengstoff, erschien ihm plötzlich sehr verlockend. »Darf ich mich setzen?«

Mit dem Kinn wies Nero auf die erste Bank, die von seinem Platz auf der Treppenstufe gut drei Meter entfernt stand.

Für einen Überraschungsangriff deutlich zu weit, dachte Landgräf und setzte sich. Irgendwo über ihnen raschelte es.

Neros Kopf ruckte hoch. Nervös suchte er nach dem Ursprung des Geräusches. »Scheißkerle«, zischte er. »Vermutlich haben mich schon zig Scharfschützen im Visier.« Er hob die Hand mit dem Zünder. »Solange ich den gedrückt halte«, schrie er, »passiert nichts. Lass ich los, dann …«

»Schon gut«, fiel ihm Landgräf ins Wort. »Ich denke, das ist inzwischen allen klar. Wir müssen also eine Lösung finden. Und zwar bevor sie einschlafen.« Er sprach laut und deutlich. Er wusste, dass der Einsatzleiter nicht nur Scharfschützen in Position gebracht hatte, sondern auch Kameras und Hochleistungsmikrofone, mit denen sie ihr Gespräch aufmerksam verfolgen würden.

Mit dem Zeigefinger deutete Nero in seine Richtung. »Du bist ein schlaues Kerlchen. Jetzt pass mal auf.«

Jetzt waren sie also wieder per Du.

Nero holte tief Luft. »Ich will fünfzig Millionen Dollar und freien Abzug.« Aus seiner Hosentasche zog er ein mehrfach gefaltetes Papier und warf es Landgräf vor die Füße. »Die Hälfte geht auf dieses Konto. Die andere will ich bar.«

Landgräf hob den Zettel auf und faltete ihn auseinander. In krakeliger Schrift waren Buchstaben und Zahlenreihen darauf geschrieben. Er sah auf und konnte sich ein spöttisches Grinsen nicht verkneifen. »Kuba? Haben Sie sich das gut überlegt? Die frieren das Geld doch sofort ein.«

»Sollen sie sogar.« Nero grinste zurück. »Ist mein Eintrittsgeld für das schöne Land.«

Kein Auslieferungsabkommen, dachte Landgräf. Nicht dumm, könnte sogar funktionieren.

»Sobald die Kohle hier ist, wird mich ein freundlicher Polizist zum Flughafen bringen. Dort wird ein Learjet für mich bereitstehen. Ziel: Havanna.«

Landgräf schnaufte verächtlich. »Damit kommen Sie niemals durch. Sobald Sie hier raus sind, haben Sie eine Kugel im Kopf.«

»Du riskierst eine ziemlich große Klappe.«

Landgräf zuckte mit den Schultern. »Ich dachte, Sie wissen ein offenes Wort zu schätzen?« Er wusste, dass er deeskalierend auf Nero einwirken sollte, aber vielleicht war es wirklich das Klügste, möglichst ehrlich mit ihm zu sprechen.

»Okay, pass auf«, forderte Nero. »Damit ihr mir glaubt, dass ich es ernst meine. Ich habe noch ein paar andere

Asse im Ärmel.« Er grinste hämisch. »Ich hab eine Geisel. Meine Stieftochter.« Er sah auf seine Armbanduhr. »Einige Stunden wird sie dort, wo sie sich derzeit aufhält, durchstehen. Aber ihre Uhr tickt. Je eher wir hier alles über die Bühne bringen, desto wahrscheinlicher ist es, dass sie überlebt.«

»Was haben Sie mit ihr gemacht?« Landgräf wurde mulmig zumute.

»Begraben. Lebendig.« Er lachte gackernd. »Die wird Augen machen, wenn sie aufwacht.«

»Ihre eigene Stieftochter ...« Ein Schauder ließ Landgräf frösteln. Unwillkürlich stellte er sich vor, wie es war, in einer engen Holzkiste zu liegen, in vollkommener Dunkelheit, die verbrauchte Luft in die brennenden Lungen einzusaugen ...

»Und das ist noch nicht alles«, fuhr Nero fort. Er beugte sich vor, wie um Landgräf etwas Vertrauliches mitzuteilen. »Um ein bisschen Schwung in die Sache hier zu bringen, hab ich ein paar Sprengkörper in der Stadt versteckt. Die werden nach und nach hochgehen. So lange, bis meine Forderung erfüllt worden ist.«

Landgräf schluckte. »Wann?«

Nero sah auf seine Uhr. »Jetzt ist es sieben ... In zwei Stunden. Dann wird jeder sehen und hören, dass es mir ernst ist. Ich denke, Sie sollten jetzt erst einmal losziehen und den Menschen da draußen die frohe Botschaft verkünden.« Er wedelte mit der Hand zum Zeichen, dass Landgräf sich entfernen durfte. »Und beehren Sie mich bald wieder. Sie bleiben mein Kontaktmann, klar? Ach, wie ist überhaupt Ihr Name?«

»Landgräf. Martin Landgräf.«

»Landgräf. Sehr schön. Und wehe, das Mädel taucht hier noch mal auf.«

Ohne eine weiteres Wort stand Landgräf auf und eilte zum Ausgang. Er musste dringend frische Luft schnappen.

Es blieben weniger als hundertzwanzig Minuten, um die erste Explosion zu verhindern. Und Neros Stieftochter hatte vielleicht nicht einmal diese kümmerlichen zwei Stunden, um zu überleben.

8

Roman Winter gähnte zufrieden. Alles lief nach Plan. Die Anspannung fiel ein wenig von ihm ab. Der Mann war ein echter Glücksfall, ganz offensichtlich nicht auf den Kopf gefallen und nicht kriecherisch unterwürfig. Er würde alles richtig weitergeben.

Er lockerte die Schultern und ließ den Kopf kreisen. Jetzt waren die da draußen erst mal beschäftigt. Irgendwann würde Landgräf zurückkommen und fingierte Probleme vorschieben, um Zeit zu gewinnen. Möglicherweise würde er sogar versuchen, an sein Gewissen zu appellieren. Vorausgesetzt, die Polizei traute ihm diese Aufgabe zu und war bereit, einen Zivilisten in den Fall einzubeziehen. Vielleicht rannte dieser Landgräf auch einfach schreiend davon. Eben hatte er zwar nicht den Eindruck gemacht, aber er war für so etwas nun einmal nicht ausgebildet. Schlimmstenfalls würde die Schlampe wieder auftauchen. Egal, es gab ohnehin nichts zu bereden. Er würde das Ding hier durchzuziehen und die Kohle bekommen. Dann hätte er ein für alle Mal ausgesorgt. Das Leben in Armut kotzte ihn an, und nach den Ereignissen der vergangenen Nacht gab es ohnehin kein Zurück mehr …

***

Blind vor Wut war er durch die Kölner Innenstadt gelaufen. Die Passanten wichen ihm aus, weil sie spürten, dass man ihm besser nicht in die Quere kam.

Dieses Miststück!

Roman konnte es einfach nicht fassen.

Er kratzte sich an der Hüfte. Die Streifen Paketband, mit denen er den Sprengstoff auf die Haut geklebt hatte, juckten unangenehm.

Hätte er doch nicht ihr Handy kontrolliert! Dann hätte er nie davon erfahren.

Andererseits musste man ein wachsames Auge auf die Weiber haben, sonst tanzten sie einem auf der Nase herum. Die Bestätigung dafür lieferte ihm gestern ihre SMS. In letzter Zeit hatte er sich zu sehr mit anderen Dingen beschäftigen müssen, und die Schlampe nutzte es schamlos aus und betrog ihn.

Über zwanzig Jahre waren sie jetzt zusammen – seit damals, als er sie buchstäblich von der Straße aufgelesen hatte. All die Jahre war alles wunderbar gelaufen. Sie waren gemeinsam durch dick und dünn gegangen und jetzt das.

Verdammt!

Er hatte Ines in den letzten Monaten vernachlässigt, gar keine Frage. Aber warum zeigte sie kein Verständnis dafür, dass diese Nero-Sache seine volle Aufmerksamkeit verlangte? Ein wenig Zuspruch und moralische Unterstützung von ihrer Seite hätten ihm gutgetan. Schließlich sollte auch sie davon profitieren. Stattdessen setzte sie immer diesen anklagenden Blick auf, presste die Lippen aufeinander und schwieg. Das machte ihn rasend.

Ob sie ihm etwa die Zärtlichkeiten übel nahm?

Er blieb stehen und kicherte. »Zärtlichkeiten«, murmelte er, »das ist gut.«

»Ja, Mann, ganz richtig. Die Liebe, ja, ja ... Könnte was zu beißen gebrauchen.«

Irritiert zog Roman die Augenbrauen zusammen. Erst jetzt bemerkte er, dass er direkt neben einem Stadtstreicher stand, der es sich in einem Hauseingang gemütlich gemacht hatte. Ein grauer, struppiger Bart bedeckte das ausgemergelte Gesicht. Gelbliche Augen wiesen auf eine fortgeschrittene Leberzirrhose hin. Die Beine in eine fleckige Wolldecke eingehüllt, hielt er Roman einen Pappbecher entgegen.

Geld! Er hatte vergessen, sein Portemonnaie einzustecken. Roman linste in den Becher. Drei, vier Münzen, die silbern schimmerten. Besser als nichts.

Mit eisernem Griff packte er die Hand des Mannes und verdrehte ihm den Arm. Der Stadtstreicher stöhnte auf, die Münzen fielen zu Boden.

»Hey, Mann! Was soll ...«, fing der an, doch Roman unterbrach ihn mit einer Ohrfeige.

»Halt's Maul! Ist besser für dich.« Seelenruhig sammelte er die Münzen auf und setzte seinen unbestimmten Weg fort.

»Du Schläger!«, rief ihm der Mann hinterher, heulend vor ohnmächtiger Wut.

Roman bog in die nächste Seitenstraße ein und ließ den zeternden Stadtstreicher hinter sich.

Schläger, pah. Okay, hin und wieder rutschte ihm die Hand aus. Zugegeben, es kam vor. In jüngster Vergangenheit hatte Ines es häufiger zu spüren bekommen. Sein Nervenkostüm litt unter der Anspannung, und da verlor er schon mal die Kontrolle. Er musste sich einfach abreagieren. Aber das war noch immer kein Grund, sofort einem anderen in die Arme zu laufen. Gerade in Zeiten wie diesen sollte man doch zusammenhalten und auch verzeihen können.

Er wich einem Lieferwagen aus, der den Gehsteig zuparkte. Wütend trat er gegen den vorderen Kotflügel. »Scheißkarre«, zischte er. Er überquerte die Nord-Süd-Fahrt, folgte der Breite Straße und ließ sich vom warmen Licht des McDonald's anlocken. Eine lange Schlange wartete vor dem Verkaufstresen. Doch Roman ging einfach nach vorn und orderte: »Eine große Cola.« In der Hand hielt er die Münzen des Penners.

»Ey, was is'n dat? Stell dich hinten an«, fuhr ihn der junge Mann an, der eigentlich an der Reihe gewesen wäre. Er trug seine Baseballkappe verkehrt herum und schien keinen Spaß zu verstehen.

Roman ignorierte ihn.

Der Jüngling ließ nicht locker. »Hörste schwer oder wat? Ich bin dran!«

Die Verkäuferin schaltete sich ein. »Stimmt. Bitte stellen Sie sich hinten an«, säuselte sie freundlich.

Roman legte den Kopf schief. »Ignorieren Sie den ungehobelten Patron einfach. Er weiß nicht, was sich gehört.«

»Wat laberst du da, du Penner?« Der Mann wedelte mit ausgestreckter Hand vor Romans Nase herum.

Mit Daumen und Zeigefinger rieb sich Roman den

Nasenrücken. »Nur eine Cola, dann bin ich sofort weg, und Sie können hier in aller Ruhe weitermachen«, sagte er und kämpfte dabei gegen das Verlangen an, dem Jüngling die Fresse zu polieren.

»Hören Sie«, die Verkäuferin sah ihn tadelnd an, »ich will keinen Ärger, das verstehen sie doch sicher. Bitte stellen …«

»Hör mal gut zu«, fiel Roman ihr ins Wort. Er beugte sich über den Tresen. »In der Zeit, wo ihr hier herumdiskutiert, hättest du mir schon längst die Cola rüberschieben können. Ich will nur eine Cola, mehr nicht. Dafür stelle ich mich nicht hinten an.«

»Hau ab oder ich mach dich fertig«, drohte der junge Mann.

Roman sah starr zu der Verkäuferin. Würde er sich jetzt zu dem Typen umdrehen, könnte er für nichts garantieren. »Eine große Cola.« Er sagte es leise und betonte jedes Wort einzeln.

Unschlüssig flog der Blick der Verkäuferin von einem zum anderen.

In diesem Moment tauchte ein Kollege neben ihr auf und stellte einen Pappbecher auf den Tresen. »Große Cola, wie gewünscht«, sagte er übertrieben freundlich. »Ich hoffe, damit kehrt wieder Ruhe ein.«

Zufrieden schnappte Roman sich den Becher, warf die Münzen auf den Tresen. »Na, geht doch.«

Viel hatte nicht mehr gefehlt, und er hätte seinen ganzen Frust in den Körper dieses Jünglings gerammt. Er musste sich abreagieren, um wieder klar denken und derartigen Situationen souveräner begegnen zu können.

Draußen an der frischen Luft blieb er erst einmal stehen. Ihm war eine Idee gekommen. Nachdenklich nuckelte er am Strohhalm. Wenn er nun diesem Arschloch einen Besuch abstattete und ihm eine kleine Lektion erteilte? Von wegen Frau ausspannen. Ines gehörte ihm!

Roman kniff die Augen zusammen, versuchte sich an jedes Detail ihrer Beichte zu erinnern. Eine Penthousewohnung in Köln, hatte sie gesagt. Schon mal gut, da musste er nicht um die halbe Welt reisen. Und den Namen des Arschlochs hatte er in der SMS gelesen. Eugen, nein, Egon war es gewesen, Egon Grotzek. Doktor, Dr. Egon Grotzek hatte in der Signatur gestanden.

Roman feixte. Der Typ hatte tatsächlich der SMS an seine Geliebte eine Signatur beigefügt. Mein Gott, was für ein Aufschneider. Dazu noch dieser lächerliche Name.

Er drehte sich im Kreis, um sich zu orientieren. Friesenplatz, gut. Von hier aus kam er mit der U-Bahn überallhin. Er musste nur noch Grotzeks Adresse ausfindig machen. Aber das war leicht. Er würde einfach einen Kumpel um Hilfe bitten. Mit der freien Hand fingerte er sein Handy aus der Tasche.

Einen Anruf später machte er sich auf den Weg, um diesem Dr. Grotzek zu zeigen, wo der Hammer hing.

***

Das Vibrieren des Handys riss ihn aus seinen Gedanken. Möglichst unauffällig steckte er den Daumen in die Außentasche seiner Jacke und öffnete sie einen Spaltbreit. Verstohlen sah er hinein. Das Gerät lag tief im Stoff, mit dem Display nach oben. Es war nicht auszuschließen, dass die Aktivitäten seines Handys überwacht wurden. Es war daher besser, vorsichtig zu sein und niemanden mit der Nase draufzustoßen.

Ines, las er.

Er ließ die Tasche wieder zufallen und grinste. Bestimmt hatte sie gerade aus dem Radio davon erfahren, was er hier trieb, und wollte sich jetzt wieder einschleimen. Ja, am Strand von Kuba war es auf jeden Fall schöner als in einem Wohnsilo mit Schimmel an den Wänden.

Aber da konnte sie lange warten, dass er ihr verzieh.

»Bis zum Sankt Nimmerleinstag. Amen«, murmelte er und musste laut lachen.

9

Draußen am Portal wurde Landgräf von Susann Lebrowski in Empfang genommen. Jemand hatte sie mit einem Headset ausgestattet. Ihre Wangen waren von hektischen Flecken gerötet. Sie sah aus wie eine Börsenmaklerin kurz vor der Öffnung der Märkte an einem schwarzen Finanztag. »Bitte kommen Sie mit. Ich soll Sie zur Einsatzzentrale bringen.«

»Geben Sie mir eine Minute zum Luftholen«, bat er und lehnte sich mit dem Rücken gegen die Tür. Er schloss die Augen und bemühte sich, seine Atmung unter Kontrolle zu bringen. Aus dem Umfeld der unmittelbaren Gefahr entflohen, wurde ihm zum ersten Mal richtig bewusst, was hier vor sich ging. Wenn der Verrückte im Dom den Sprengstoff zündete, würde es hier ein neues »9/11« geben. Kaum auszumalen, welche Auswirkungen das für die Stadt und für das ganze Land haben würde.

»Geht es Ihnen gut?«, hörte er Susann Lebrowski fragen.

Er öffnete die Augen und nickte.

»Sie sehen aber nicht so aus. Kreislauf? Soll ich einen Arzt verständigen?«

Tatsächlich zitterten seine Beine schon wieder. Am liebsten hätte er sich in sein Bett verkrochen und die Decke über den Kopf gezogen. »Geht schon«, antwortete er. Kneifen kam nicht infrage. Nero würde darauf bestehen, weiter mit ihm als Unterhändler zu sprechen. Wer weiß, wie dieser Verrückte reagierte, wenn jemand anderes seinen Platz einnahm.

Susann Lebrowski sah ihn an. Ihre zu schmalen Strichen gezupften Augenbrauen waren fragend erhoben.

»Mir geht es gut, wirklich«, versicherte Landgräf. »Es ist nur … die Situation.« Er seufzte und lachte unlustig. »Erlebt man ja nicht alle Tage.«

Sie schaltete das Headset aus. »Kann ich verstehen. Eben, als ich da vor dem Kerl stand« – sie nickte in Richtung Dom – »wäre ich fast gestorben vor Angst.« Sie lächelte verlegen.

Landgräf drückte sich von der Tür ab. »Sie haben Ihre Sache sehr gut gemacht. Dass Nero mit Frauen nicht klarkommt, konnte niemand ahnen. Sie hatten keine Chance, zu ihm durchzudringen. Und jetzt bringen Sie mich bitte zum Einsatzleiter.«

Dankbar lächelte sie ihn an. »Die haben ihre Zelte im Domforum aufgeschlagen.«

Landgräf blickte quer über den Platz zu dem kastenartigen Bau. Das verglaste Erdgeschoss erlaubte normalerweise den Blick ins Innere. Heute verhinderten dies schwarze Stoffbahnen, die vor die Scheiben gehängt worden waren. Polizisten in grünen Overalls mühten sich damit ab, Sandsäcke aufzustapeln. Unzählige Einsatzwagen standen in der Komödienstraße, in der Trankgasse und vor dem Römisch-Germanischen Museum. Behelmte Männer und Frauen in dunklen Kampfanzügen sicherten schwer bewaffnet alle Zugänge zum Dom.

»Die Evakuierung der Umgebung ist angelaufen«, berichtete Susann Lebrowski. »Eine Hundertschaft filtert gerade den Hauptbahnhof. Der U-Bahn-Verkehr ist eingestellt worden, die Straßen sind abgeriegelt. Vom Zentrum aus werden die Bewohner der umliegenden Straßen aus den Häusern geholt und in Turnhallen außerhalb der Innenstadt gebracht.«

»Wie lange wird es dauern, bis alle in Sicherheit sind?«

Sie zuckte mit den Schultern. »Schwer zu sagen, aber ich bin zuversichtlich, dass die Evakuierung zügig und glatt vonstatten gehen wird. Koblenz ist 2011 ebenfalls weiträumig evakuiert worden, als eine Fliegerbombe im Rhein entschärft wurde. Die Größenordnung ist vergleichbar. Was die in Rheinland-Pfalz schaffen, können wir auch. Sind Sie aus Köln?«

Er nickte.

»Wohnen Sie in der Innenstadt?«, fragte sie, als er nichts sagte.

Landgräf sah sie an. Ihm war eigentlich nicht nach Plaudern zumute. Doch es war gut, ein wenig Normalität zu spüren.

»Fast. In Deutz.«

»Könnte mir gefallen. Ich komme aus Leverkusen.« Sie seufzte. »Nicht gerade mein Favorit, war aber während des Studiums preiswerter als Köln … « Sie sah zu den Turmspitzen hinauf. Sie seufzte. »Wir sollten jetzt wirklich los.«

Gemeinsam überquerten sie den Domvorplatz.

Die Wache vor dem Haupteingang des Domforums machte bereitwillig Platz und ließ sie eintreten. Im Inneren herrschte hektische Betriebsamkeit. Leute liefen hin und her, tippten auf Notebooks, telefonierten oder taten beides gleichzeitig. An der rechten Seite des foyerartigen Eingangsbereichs standen zwei Frauen mit Headsets und dicken Filzschreibern in den Händen an einem riesigen Stadtplan. Landgräf sah, wie eine von ihnen ein Häkchen in eins der geplotteten Häuser malte. Evakuiert, dachte er. Weiter zur Mitte hin trennten flexible Wände einen Teil des Raums ab. Die Temperatur erinnerte Landgräf an eine Dampfsauna, und die schwarzen Stoffbahnen an den Fenstern lösten bei ihm sofort ein Gefühl der Beklemmung aus. Sein Hals war wie zugeschnürt, und er spürte einen unangenehmen Druck auf der Brust. Die Hektik um ihn herum war er nicht mehr gewohnt, und während seiner Rekonvaleszenz hatte er sich geschworen, sich dem auch nie wieder auszusetzen. Am liebsten wäre er ins Freie geflüchtet.

»Hinter den Trennwänden.« Susann Lebrowski schob ihn sanft in die Richtung.

Mechanisch setzte er einen Fuß vor den anderen, bemüht, nicht über die Kabelstränge zu stolpern, die kreuz und quer über dem Parkettboden lagen. Landgräf wunderte sich, dass sie die BAO, die »Besondere Aufbauorganisation«, wie es im Fachjargon hieß, so nah bei der Bombe eingerichtet hatten. Er wollte sie gerade danach fragen, als eine Männerstimme rief: »Mensch, Martin! So sieht man sich wieder!«

Die hünenhafte Gestalt seines Kollegen Schmitz kam auf ihn zugestampft. Er grinste von einem Ohr zum anderen.

»Manfred«, murmelte Landgräf.

»Sie kennen sich?« Susann Lebrowski sah die beiden erstaunt an.

Schmitz ließ seine riesige Pranke auf Landgräfs Schulter fallen. »Sag bloß, du weißt nicht, wer das ist?«

Susann Lebrowski zuckte nur die Schultern.

»Martin Landgräf, der Schrecken aller Bombenleger.«

Verlegen lächelte Landgräf.

»Sie sind ein Kollege? Ihr habt zusammengearbeitet?«, kombinierte Susann Lebrowski.

Entschuldigend hob Landgräf die Hände. »Ich war zuständig im Fall Nero, bis mich ein kleines Malheur schachmatt gesetzt hat.«

Über Susann Lebrowskis Gesicht huschte ein Schatten. »Und warum sagt ihr mir das nicht gleich, verdammt?«, fuhr sie die Männer an.

Schmitz lachte und winkte ab. »Man kann nicht an alles denken. Jetzt weißt du's ja.« Er legte Landgräf einen Arm um die Schulter. »Komm schon. Wir dürfen keine Zeit verlieren. Wir müssen die schöne Stadt Köln vor einer Katastrophe bewahren.«

10

Roman Winter saß auf dem Podest beim Altar und wippte mit dem rechten Knie. Warten war noch nie seine Stärke gewesen. Wenn er sich etwas in den Kopf gesetzt hatte, konnte es nicht schnell genug gehen. Ein wenig Zeit musste er denen da draußen natürlich lassen, das war ihm klar. Die Frage war nur: Was war angemessen? Wie lange brauchten sie, um das Geld zu beschaffen und die Transaktionen vorzunehmen? Und wie konnte er sicher sein, dass sie ihn nicht hinhielten, um ihn zu zermürben? Aber sich darüber Gedanken zu machen, dafür war es ebenfalls noch zu früh. Vorerst hieß es also warten.

Er ließ den Blick schweifen. Wie riesig das Kirchenschiff über ihm aufragte! Eine Orgel hing etwas schräg vor ihm knapp unter dem Dach. Ihre silbrigen Pfeifen glänzten wie frisch poliert.

»Zwischen Himmel und Hölle«, rief er. Er hatte Gefallen daran gefunden, seine Stimme durch den Dom rollen zu lassen. Die Worte hallten nach und verklangen in der Ferne.

Wie viel Platz hier zur Verfügung stand! Tausende von Gläubigen konnten gemeinsam ihr Sakrament empfangen.

Die Höhe und Weite des Raums beeindruckte Roman. Das war doch ganz was anderes als diese Enge, die er noch vor wenigen Stunden ertragen musste …

***

Keine Stunde, nachdem er seine Cola getrunken hatte, stand Roman vor dem Haus, in dem Grotzek wohnte. Dreizehn, vierzehn Stockwerke, schätzte er. Das Penthouse befand sich ganz oben. Er ließ den Blick über die Balkonreihen gleiten. Blumenkästen zierten die nüchternen Eternitplatten. Hinter den meisten Fenstern flackerte bläuliches Fernsehlicht.

Während er noch überlegte, wie er sich Zutritt verschaffen sollte, kam ihm der Zufall zu Hilfe. Die Haustür ging auf, und eine blonde Frau erschien. Ohne zu zögern, huschte er an ihr vorbei in den Hausflur.

»Gehören Sie hierher?«, fragte sie und musterte ihn skeptisch.

»Dr. Grotzek, ganz oben«, murmelte Roman überrascht. Er hatte nicht erwartet, in so einem Wohnsilo nach einer Legitimation gefragt zu werden.

»Na, Sie scheinen sich ja auszukennen.« Sie nickte ihm zum Abschied zu und eilte in die Dunkelheit davon.

Einen Moment sah er ihr nach. Süßer Po, dachte er und wandte sich ab. Rechts an der Wand hingen drei Reihen silbriger Briefkästen, links konnte man in einem rechteckigen Glaskasten die Hausordnung studieren. Daneben versperrte eine grau gestrichene Stahltür den Zugang zum Keller.

Ein Aufzug befand sich direkt gegenüber des Hauseingangs, an der Seite führten Stufen in die oberen Geschosse.

Da er keine Lust verspürte, bis in die vierzehnte Etage zu laufen, ging er zum Aufzug und drückte den Anforderungsknopf. Während er wartete, bemerkte er eine Werkzeugkiste, die auf halber Höhe auf der Treppe nach oben stand. Bei ihnen zu Hause könnte man eine solche Kiste keine zwei Minuten unbeaufsichtigt lassen, ohne dass sie Füße bekommen würde.

Er hörte Schritte, kurz darauf stieß jemand die Stahltür auf. Ein übergewichtiger Glatzkopf trat in die Eingangshalle und grüßte freundlich. »Also, das mit dem Aufzug ist ja schon ärgerlich. Dass nun aber auch noch der Müllschacht verstopft ist, das geht einfach nicht. Da müssen wir etwas unternehmen. Ich habe keine Lust, jeden Abend zu Fuß den Müll runterzubringen.« Der Glatzkopf zog den Reißverschluss seiner teuren Trainingsjacke höher und stellte sich neben Roman. Dann erst sagte er: »N'Abend.«

Roman antwortete nicht. Die Aufzugtür glitt auf.

»Huch«, sagte der Glatzkopf überrascht, als er den am Boden hockenden Monteur entdeckte, der an der Bedienungstafel schraubte.

»Guten Abend die Herren. Bin gleich so weit. Läuft eigentlich wieder wie geschmiert, muss testweise nur noch mal alle Etagen durch. Wenn Sie wollen, kommen Sie ruhig mit, dauert bloß etwas länger.«

Resigniert zuckte der Glatzkopf mit den Schultern. »Lieber langsam fahren als schnell laufen.« Meckernd lachte er über seinen flauen Scherz.

Sie betraten den Fahrstuhl. Der Monteur drückte die Knöpfe aller Etagen, die Tür schloss sich, und der Aufzug setzte sich in Bewegung.

Zunächst verlief alles reibungslos. Der Aufzug hielt, die Türen öffneten sich. Sie warteten, bis sie sich wieder schlossen und es weiterging.

Zwischen dem dreizehnten und vierzehnten Stock ruckte der Aufzug plötzlich heftig, dann stoppte die Aufwärtsbewegung. Das Licht flackerte und erlosch für einige Sekunden, flammte dann wieder auf.

Auf das Gesicht des Monteurs trat ein dümmlicher Gesichtsausdruck.

»Saubere Arbeit«, lästerte Roman.

»Ich kann mir das nicht erklären«, jammerte der Monteur und sah ratlos das Bedienfeld an.

Der Glatzkopf, dessen bleiche Gesichtsfarbe Grund zur Besorgnis gab, wurde ganz zappelig. »Heißt das, wir sitzen hier fest?«

»Immer mit der Ruhe«, sagte der Monteur. »Ich ruf bei der Bereitschaft an.« Er griff in die rechte Tasche seiner Latzhose, dann in die linke. Schließlich öffnete er die Brusttasche und sah hinein. »Ach, Kacke!«

»Was ist?«, fragte der Glatzkopf.

»Mein Handy. Ist unten in der Werkzeugkiste.« Er sah zu den Männern auf. »Kann mir vielleicht einer von Ihnen sein Handy leihen?«

Der Glatzkopf wurde noch bleicher. Auf seiner Oberlippe zeigten sich Schweißperlen. »Soll das heißen, Sie können niemanden benachrichtigen? Es wird also länger dauern?«

»Möglich«, erklärte der Monteur

Roman schüttelte den Kopf. Er würden diesen Leuten bestimmt nicht sein Handy geben. Der Monteur blickte erwartungsvoll zum Glatzkopf.

Der hieb wütend gegen die Aufzugwand. »Ja, glauben Sie denn, ich stecke mein Telefon ein, wenn ich den Müll runterbringe?«, schrie er.

»Na klasse«, stellte der Monteur fest. »Dann kann ich auch nicht den Kollegen um Hilfe bitten.«

Mit panisch aufgerissenen Augen sah der Glatzkopf ihn an. »Sie werden doch sicherlich in der Zentrale vermisst? Und die schicken dann jemanden?«

»Die ist nur bis zehn besetzt. Danach läuft alles über Bereitschaft. Abgerechnet wird erst am Montag.«

Verstohlen betrachtete Roman den Glatzkopf. Irgendwas stimmte nicht mit dem Kerl. Er zitterte inzwischen am ganzen Körper, und der Schweiß lief ihm nur so die Schläfen herunter.

»Wollen Sie nicht endlich etwas unternehmen?«, fauchte der Glatzkopf den Monteur an.

»Zum Beispiel?« Der Monteur verschränkte die Arme und sah ihn provozierend an.

»Machen Sie noch mal den Kasten da auf und sehen Sie nach, ob irgendein Kabel durchgeschmort ist. Verdammt, wie blöd kann man denn sein?«

Der Glatzkopf gestikulierte wild und stieß dabei den Monteur an, der lässig eine Hand ausstreckte, um den Glatzkopf auf Distanz zu halten. Doch kaum hatte er den Mann berührt, stieß dieser ihn mit beiden Händen von sich. Mit voller Wucht schlug der Monteur gegen die

Wand mit der silbrigen Haltestange, über der ein Spiegel hing. Man hörte ein unangenehmes Knacken, als der Kopf gegen das Glas prallte, das sich augenblicklich spinnennetzartig mit Rissen überzog. Der Monteur verdrehte die Augen und sackte bewusstlos zusammen.

Der Glatzkopf sah überrascht auf den am Boden liegenden Mann, als wüsste er nicht, wie der da hingekommen war.

Genervt verdrehte Roman die Augen.

»Na bravo«, murrte er. »Und jetzt reparieren Sie den Fahrstuhl, oder was?«

»Es tut mir leid«, jammerte der Glatzkopf. »Wirklich, es tut mir leid. Es ist diese Enge hier.«

Roman horchte auf. »Klaustrophobie?«

Der Glatzkopf nickte mit leerem Blick.

Roman kniete sich neben den bewusstlosen Monteur. Zur Seite gekippt lehnte er an der Wand mit dem Spiegel. Ein dünner Streifen Blut floss aus dem linken Nasenloch über seine Oberlippe. Der linke Arm stand in einem grotesken Winkel ab.

»Sieht gar nicht gut aus«, stellte Roman fest.

»Er muss in die stabile Seitenlage«, sagte der Glatzkopf weinerlich. »Lassen Sie mich mal. Ich bin Arzt.«

Innerlich zuckte Roman zusammen. Er erhob sich, ballte die Fäuste und dachte fieberhaft nach. Der Glatzkopf war also Arzt und wohnte offensichtlich ganz oben, wie er selbst vorhin erzählt hatte. Konnte es sein, dass dieser übergewichtige, blasse Mehlsack Grotzek war? Unmöglich, einfach lächerlich. Fast hätte er laut losgelacht. Niemals würde Ines ihn für so ein schlabbriges Käsebrötchen eintauschen. Aber es blieben Zweifel. Bei den verdammten Weibern wusste man nie so genau. Sicher hatte der Doktor ein gut gefülltes Bankkonto. Das tröstete schon mal über ein verkorkstes Aussehen hinweg.

Inzwischen hatte der Glatzkopf sich neben den Monteur gehockt. Er brachte ihn mit professionellen Handgriffen in die stabile Seitenlage und fühlte ihm den Puls.

Roman seufzte. Er würde schon noch herausfinden, ob dieser Typ Grotzek war. Aber zunächst einmal mussten sie aus dem verdammten Fahrstuhl raus. Er trat an die Bedientafel und drückte mehrmals den Alarmknopf.

»Ist kaputt«, hörte er in diesem Moment die matte Stimme des Monteurs.

Erstaunt sah Roman nach unten. Der Mann hatte die Augen geöffnet und starrte zur Decke. Sein Adamsapfel hüpfte auf und ab.

»Gott sei Dank«, seufzte der Glatzkopf.

Stöhnend richtete der Monteur sich ein wenig auf, wobei der Glatzkopf ihm behilflich war. Im nächsten Moment erbrach er sich auf den Fahrstuhlboden.

Spritzer des Erbrochenen besprenkelten Romans schwarze Lederschuhe. Der säuerliche Geruch ließ ihn würgen. Hastig zog er sich sein Taschentuch aus der Hosentasche, hielt es sich unter die Nase und zwang sich dazu, durch den Mund zu atmen. Es machte ihm nichts aus, Leute krepieren zu sehen, doch was Gerüche anging, war er äußerst empfindlich. Dem Glatzkopf schien der Gestank nichts auszumachen.

»Ist mir schlecht«, stöhnte der Monteur. Er lehnte sich gegen den Glatzkopf.

»Es tut mir sehr leid«, brachte dieser nun vor. »Ich wollte sie nicht verletzen. Es ist nur diese Enge, die ich nicht ertrage, und als Sie mir dann auch noch zu nah rückten …«

Der Monteur hustete gequält.

»Hören Sie«, fuhr der Glatzkopf fort, »Sie müssen möglichst schnell in ein Krankenhaus. Wie es aussieht, haben Sie eine Gehirnerschütterung. Gibt es denn gar nichts, was wir tun können, um hier rauszukommen?«

Angestrengt schluckte der Mann und schloss die Augen. »Es … hängt davon ab, wo wir stecken.« Er hustete heftig. »Wenn wir ein wenig Glück haben, bestünde da schon eine Möglichkeit …«

Roman wurde hellhörig. »Und die wäre? Raus damit!«

»Da gibt es eine Klappe.« Der Monteur sah zur Decke. »Man … muss … dort hoch.«

»Auf die Kabine?«, fragte Roman.

Der Monteur nickte kaum merklich. »Nehmen Sie … den Schlüssel …« Er holte einen Sechskant aus seiner Brusttasche.

Roman nahm ihn entgegen, stellte sich unter die Stelle, die der Monteur fixierte, und drückte gegen die Deckenverkleidung.

»Mehr links.«

Roman drückte kräftiger. Mit einem Plopp löste sich ein Teil der Decke. Er nahm das Element herunter und stellte es an die Wand. Das freigelegte Loch gab den Blick auf eine Revisionsklappe frei.

»Wie ich eben schon … sagte«, presste der Monteur heraus, »da müssen Sie durch … aufs Dach. Dann mit dem …«

»Schon klar«, unterbrach Roman, der seine Ungeduld kaum verbergen konnte. »Strengen Sie sich nicht mehr an als nötig.« Er wandte sich an den Glatzkopf, der dem Ganzen interessiert zugesehen hatte. »Helfen Sie mir mal«

Der Glatzkopf ließ von dem Monteur ab, der sich sicherheitshalber auf den Boden hockte, und trat neben Roman.

»Machen Sie mal eine Räuberleiter«, forderte Roman. Einen Moment lang sah der Glatzkopf ihn verdutzt an. Endlich begriff er und faltete die Hände. Mit dem linken Fuß stemmte Roman sich hoch.

»Sie haben ja einen ganz schönen Ranzen am Leib«, stöhnte der Glatzkopf. »Hoffentlich ist das Loch in der Decke groß genug.«

Irritiert sah Roman nach unten. »Bitte?«

Grinsend deutete der Glatzkopf mit dem Kinn auf seinen Bauch.

Der Sprengstoffgürtel. Für einen Moment hatte Roman ihn völlig vergessen. Sein Pullover, den er über dem Hosenbund trug, war deutlich sichtbar ausgebeult. »Wir werden sehen«, murmelte er. Mit der Hand stieß er gegen die Luke. Sie hob sich einige Zentimeter, fiel dann polternd zurück in die Ausgangslage.

»Mit Schwung«, murmelte der Monteur, »nicht so zaghaft.«

Roman versuchte es erneut, diesmal mit aller Kraft. Die Luke flog auf, drehte sich in ihren Scharnieren und landete krachend auf dem Fahrstuhldach.

»Bei drei drücken Sie mich so weit, wie es geht, nach

oben«, wies er den Glatzkopf an, umklammerte die Kante der Luke und zählte laut. Es klappte beim ersten Versuch. Roman konnte sich aus dem Inneren des Aufzugs auf das Dach ziehen, wobei er mit dem Bauch auflag. Der Sprengstoffgürtel drückte schmerzhaft in seine Magengrube. Vorsichtig fasste er um und stemmte sich weiter hinauf. Endlich saß er auf dem Dach. Es roch nach ranzigem Schmiermittel. Aus der Kabine hörte er eine schwache Stimme. Er beugte sich über die Luke. »Was?«

»Der Monteur fragt, wo sich die Tür befindet«, sagte der Glatzkopf.

Roman schaute sich um. Das Licht aus dem Inneren des Aufzugs reichte aus, um Einzelheiten zu erkennen. Der Fahrstuhlkorb hing an einem armdicken Drahtseil. Links von der Kabine liefen weitere straff gespannte Seile die Wand entlang. Er wusste, dass sich daran das Gegengewicht befand. Über sich sah er den Schacht, der bereits nach wenigen Metern endete. Durch Löcher in der Decke verschwanden die Drahtseile. Dort oben musste sich der Aufzugsraum befinden. Roman drehte sich um. Hinter sich konnte er die Tür zum Flur der obersten Etage erkennen, knapp eine Handbreit über dem Kabinendach.

»Bin gleich wieder da«, rief er den Männern in der Kabine zu und drückte sich an dem Trageseil vorbei zur Tür. Das Licht war hier nur noch schwach, auf den ersten Blick entdeckte er nichts. Aus seiner Jackentasche kramte er sein Feuerzeug hervor. Nach einigen Zündversuchen flammte es auf. Er hielt es hoch und endlich sah er im flackernden Licht der Flamme die Vertiefung, in der er den Schlüssel ansetzen musste. Er stellte sich auf Zehenspitzen und steckte den Sechskant hinein. Mit einer kräftigen Vierteldrehung im Uhrzeigersinn entriegelte er die Tür.

»Und?«, hörte er den Glatzkopf rufen.

Mit beiden Händen fasste Roman in den Spalt der Türhälften und drückte sie auf. Es ging leichter als erwartet.

»Hat funktioniert«, rief er über die Schulter. »Ich hole jetzt Hilfe.«

»Super. Bis gleich.« Die Stimme des Glatzkopfs klang deutlich erleichtert.

»Freu dich nicht zu früh«, murmelte Roman, schob sich in den Flur und stand auf. Er drückte den Lichtschalter neben der Tür, und eine Reihe Leuchtstoffröhren flackerte auf. Seine Augen mussten sich erst an das helle Licht gewöhnen. Mit der Hand schirmte er sie ab und wandte sich zum Treppenhaus. Dabei fiel sein Blick auf das goldene Namensschild neben der Wohnungstür links von ihm. »Grotzek« stand dort in verschnörkelter Schrift. Er hielt inne und sah sich um. Eine weitere Wohnungstür befand sich rechts. Auf dem Schild war »Paulsen« eingeprägt. Roman grübelte. Der Glatzkopf war unterwegs nicht ausgestiegen, obwohl sie auf jeder Etage einen Stopp eingelegt hatten. Das hieß, der Typ war definitiv entweder Grotzek oder Paulsen.

Ohne weiter nachzudenken, drückte er den Klingelknopf.

Vernehmlich schlug ein Gong in der Wohnung an. Kurz darauf konnte er Schritte hören. Roman lupfte am Rücken den Bund seines Pullovers und packte den Griff der Browning, die er verborgen im Halfter trug.

»Wer ist da?«, hörte er eine Stimme hinter der Tür fragen.

»Der Glücksbote«, trällerte Roman freundlich. »Ich habe ein gesungenes Telegramm für Sie.«

Einen Moment blieb es still. Dann klackte ein Riegel, ein Schlüssel drehte sich im Schloss, und die Tür wurde geöffnet. Ein großer schlanker Mann sah ihn verdutzt an. Er trug weit geschnittene Kleidung, die Roman an einen Judoanzug erinnerte. Sein dichtes schwarzes Haar war an den Schläfen ergraut. »Sie singen mir was?«, fragte er mit volltönender Bassstimme. »Das hatte ich noch nie.« Ein freundliches Lächeln stahl sich in seine Mundwinkel. »Dann legen Sie mal los.«

»Sind Sie Dr. Grotzek?«, fragte Roman. Seine Stimme klang belegt, er hatte einen Kloß im Hals.

»Ja, ja, höchstpersönlich.« Erwartungsvoll sah der Doktor ihn an.

Roman kämpfte gegen die Migräneattacke an. Nur jetzt nicht schlappmachen, spornte er sich selbst an. Sein Blick klärte sich wieder, das Rauschen in seinen Ohren ließ nach.

Roman setzte ein hässliches Grinsen auf, dann zog er die Browning.

11

Unwillig folgte Landgräf seinem Kollegen Schmitz um die Raumteiler herum. Er wünschte sich weit weg, die Hektik hier in Raum gefiel ihm überhaupt nicht. Sofort spürte er, wie seine Angst zurückkehrte. Vor anderthalb Stunden noch ein dienstunfähiger Beamter war er jetzt Teil der Maschinerie geworden, die versuchte, einem Irren das Handwerk zu legen. Dabei konnte seine Psyche zurzeit keine Aufregung gebrauchen.

»Meine Damen und Herren, hier ist unser Unterhändler.« Schmitz wies mit ausgestrecktem Arm auf ihn wie ein Conférencier, der eine neue Nummer präsentiert.

Um einen runden Tisch herum saßen sechs Männer und eine Frau. Zwei der Männer waren Kollegen, die übrigen kannte er nicht. Sie unterbrachen ihre Besprechung und musterten Landgräf.

Landgräfs Chef Kurt Schmadtke war ebenfalls da und fixierte ihn streng über den Rand seiner Lesebrille hinweg. Er hatte ein Kinnbärtchen und einen gedrehten Schnäuzer à la Salvador Dalí, den er hegte und pflegte wie andere Leute ihre Rosenstöcke. »Erholt siehst du aus. Hast es dir anscheinend gut gehen lassen, während wir uns abgeschuftet haben.« Neben ihm hockte der bullige Noske, der ihm freundlich zuzwinkerte.

Landgräf zog eine ärgerliche Grimasse. »Wart ab, bis dich der Herzkasper erwischt. Danach sprechen wir uns wieder.«

»Lass dich nicht provozieren, Martin«, lachte Schmitz und klopfte ihm auf die Schulter. »Du weißt doch, wie unser Miesepeter immer drauf ist. Wenn ich kurz vorstellen darf…« Er wies auf einen Herrn in einem edlen dunklen Anzug: »Dompropst Heinrich Traunstein. Er ist für alles zuständig, was im und um den Dom herum vor sich geht.«

Mit sorgenvoller Miene nickte er Landgräf zu. Seine von einem dunklen Haarkranz umgebene Kopfhaut schimmerte schweißnass.

Schmitz deutete auf die beiden Männer um die vierzig, die neben dem Dompropst saßen. »Die Kollegen dort sind vom LKA, Joachim Wildrup und Frank vom Dörp. Sie werden uns unterstützen. Ebenso wie die bezaubernde Dame hier rechts von uns.«

Die bezaubernde Dame mochte Ende fünfzig sein, sie hatte graues Haar, trug ein graues Kostüm, doch die stahlblauen Augen, die Landgräf in diesem Moment anblitzten, verrieten einen geradezu jugendlichen Elan.

»Frau Dorothee Ritter ist die Schnittstelle zum BKA«, erklärte Schmitz.

»Sie kommen aus Wiesbaden?«, fragte Landgräf erstaunt und sah auf die Uhr. Er überschlug die Fahrzeit mit zwei Stunden.

»Ja, gerade eingetroffen«, bestätigte sie.

Bevor er sie fragen konnte, wie sie das bewerkstelligt hatte, wurde seine Aufmerksamkeit auf einen kleinen Mann gelenkt. Er saß direkt links von ihm und zappelte wie ein Pennäler auf dem Stuhl herum. »Können wir jetzt weitermachen? Ich habe nicht den ganzen Tag Zeit«, quengelte er. »Die Vorstellungsrunde können Sie auch später fortsetzen.«

Schmitz lachte dröhnend. »Und dieser unruhige Geist, der sich vermutlich gerade zweitausend Kilometer weit weg wünscht, ist Henry Batistuda, Statiker und Architekt.« Er zeigte auf die Pläne, die ausgebreitet auf dem Tisch lagen. »Er wollte uns gerade erklären, wie sich eine Explosion auf den Dom auswirken würde.«

»Ja, genau. Wenn ich dann jetzt bitte fortfahren dürfte«, grummelte Batistuda und stand auf. Offensichtlich wollte er sich in seinem unterbrochenen Vortrag nicht weiter aufhalten lassen. Er beugte sich über die Pläne.

Landgräf räusperte sich vernehmlich.

»Was ist?«, fuhr Batistuda ihn an.

»Verzeihen Sie, Ihren Pflichteifer in allen Ehren. Aber ich denke, es gibt im Moment Wichtigeres zu besprechen.«

Batistuda lief rot an. »Ich habe weiß Gott anderes zu tun. Wenn ich weg bin, können Sie stundenlang darüber debattieren, wie man die Explosion verhindert. Vorher werde ich Ihnen aber erklären, was diese Explosion anrichtet. Also …«

»Das hat noch einen Moment Zeit«, unterbrach ihn Schmadtke. »Also, Martin, lass hören, was du so aufgeschnappt hast. Wenn es dich nicht überanstrengt …«

»Aber …«, fuhr Batistuda auf, doch Wildrup legte ihm beschwichtigend eine Hand auf den Unterarm. »Solange ein Ultimatum läuft, wird die Bombe nicht hochgehen. Sie brauchen sich keine Sorgen zu machen.«

Das rechte Auge Batistudas zuckte nervös. Dann atmete er tief durch und ließ sich resigniert auf seinen Stuhl fallen.

Landgräf, Schmitz und Susann Lebrowski setzten sich ebenfalls.

»Ihr habt vermutlich das meiste schon mitbekommen«, begann Landgräf, »trotzdem fange ich von vorn an, sicher ist sicher.«

In den nächsten Minuten fasste er alles zusammen, was im Dom seit der Öffnung um sechs Uhr vorgegangen war. Niemand unterbrach ihn. Als er fertig war, blickte er in die Runde: »Und, was habt ihr bisher unternommen?«

Schmadtke strich mit Zeigefinger und Daumen über sein Kinnbärtchen, bevor er antwortete. »Ehrlich gesagt: nicht viel.«

Landgräf stutzte. »Was soll das heißen?«

Schmitz beugte sich zu ihm. »Überleg selbst.«

Landgräf wollte etwas erwidern, aber vom Dörp kam ihm zuvor.

»Wir wissen nichts über den Kerl«, erklärte der Mann vom LKA. »Er ist noch immer der große Unbekannte.«

Landgräf begriff. Sie hatten Nero lange im Visier gehabt und ihn sogar einmal fast geschnappt. Aber tatsächlich wussten sie so gut wie nichts über ihn. Natürlich kannten sie auch die Adresse der Stieftochter nicht, die Nero erwähnt hatte, geschweige denn Neros eigene. Es gab somit keine Anlaufstellen für einen Einsatz. Und die Suche nach den angeblichen Bomben in der Stadt, mit denen Nero drohte, wäre die sprichwörtliche Suche nach der Nadel im Heuhaufen.

»Scheiße«, flüsterte Landgräf, als ihm die Situation klar wurde. Nero hielt zurzeit alle Trümpfe in der Hand. »Wir müssen auf die Forderung eingehen«, sagte er mutlos. »So idiotisch sie auch ist.«

»Idiotisch, hm? Wenn ich Sie da korrigieren dürfte«, meldete sich Dorothee Ritter. Aus ihrer Handtasche zog sie ein silbernes Zigarettenetui. Mit einem Knopfdruck ließ sie den Deckel aufspringen. Kurz darauf blies sie eine imposante Qualmwolke in die Luft. »Auf der Fahrt hierher habe ich mit einigen Fachleuten in Frankfurt und im Auswärtigen Amt telefoniert.«

Landgräf staunte nicht schlecht. Mit Blaulicht und über zweihundert Sachen auf der Autobahn unterwegs und dabei in Seelenruhe telefonieren. Die Frau hatte wirklich Nerven.

»Um es kurz zu machen: Neros Plan könnte durchaus aufgehen. Eine Überweisung auf das genannte Konto in Kuba ist möglich. Und zur politischen und finanziellen Lage des Inselstaates muss ich nicht viel erläutern. Vermutlich werden sich die Führer des Regimes auf Neros Deal einlassen. Wir können noch nicht einmal ausschließen, dass er das Ganze im Vorfeld mit der kubanischen Regierung ausgehandelt hat.«

»Was?«, entfuhr es Landgräf. »Der hat mit Castro geklüngelt? Wollen Sie uns das wirklich weismachen?«

Seelenruhig zog Dorothee Ritter an ihrer Zigarette.

»Ich will niemandem etwas weismachen, Herr Landgräf.« Ihre Stimme klang schneidend. Offensichtlich duldete die Frau in Grau keine Widerworte. »Wir stützen uns bei unseren Vermutungen auf Wahrscheinlichkeitsanalysen. Mit näheren Ausführungen möchte ich Sie nicht langweilen. Uns allen sollte aber klar sein: Wir müssen davon ausgehen, dass Nero vom Gelingen seines Plans hundertprozentig überzeugt ist. Da im Dom hockt kein Verzweifelter mit einer abstrusen Idee oder jemand, der nur einige Stunden Aufmerksamkeit genießen möchte. Ganz im Gegenteil: Er hat einen Plan, und es wird schwer werden, ihn davon abzubringen.«

»Bin nicht ich hier die Psychologin?«, murmelte Susann Lebrowski kaum hörbar an Landgräfs Seite.

Dorothees Ritter graue Augen blitzten auf. »Wer hier was beiträgt, ist irrelevant. Hauptsache, es bringt uns weiter.«

»Was werden Sie unternehmen?«, fragte der Dompropst mit belegter Stimme. Mit dem Zeigefinger zog er an seinem Kragen. Jegliche Farbe war aus seinem Gesicht gewichen.

»Festsetzen«, antwortete Dorothee Ritter. Sie aschte auf den Boden. »Und so Zeit gewinnen. Parallel bereiten wir alles nach seinen Wünschen vor. Wir fahren zweigleisig.«

»Festsetzen? Aber wäre es nicht …« Die Stimme des Dompropstes versagte. Er schluckte schwer, dann fuhr er fort. »Sollten wir ihn nicht besser ziehen lassen? Sie können doch immer noch an einem anderen Ort zugreifen.«

Spöttisch zog Dorothee Ritter einen Mundwinkel nach oben. »Das würde bedeuten, unnötig Menschenleben zu riskieren. Hier haben wir in Kürze alles evakuiert. Der Personenschaden wird sich in Grenzen halten.«

Der Dompropst lief rot an, seine Augen weiteten sich. »Aber … der Dom«, hauchte er. »Wir können ihn doch nicht einfach opfern.«

12

Beklommen legte Ines das Telefon auf das Sofa. Egon hob nicht ab. Ohne Erfolg hatte sie es über das Festnetz und das Handy probiert. Das Einzige, was sie gehört hatte, war seine Mailbox gewesen beziehungsweise seine Stimme auf dem Anrufbeantworter. Für Ines bestand kein Zweifel daran, dass Roman Egon etwas angetan hatte.

Ines würgte, schmeckte Magensäure auf der Zunge. Sie humpelte zur Toilette und übergab sich.

Als sie sich aufrichtete, schmerzte ihre Speiseröhre von den Kontraktionen. Keuchend rang sie nach Luft. Als die nächste Welle abebbte, schlich sie zurück ins Wohnzimmer. Sie ließ sich auf das Sofa fallen, nahm das Telefon zur Hand und versuchte es erneut. Während sie dem nervtötenden Klingelsignal lauschte, fiel ihr Blick auf das gerahmte Foto an der Wand. Roman und sie vor dem Brandenburger Tor. Das war kurz nach der Wende gewesen, 1989 in Berlin.

* * *

»Mensch, was für Straßen haben die denn hier? Jeder Feldweg bei uns ist besser in Schuss.« Roman lachte.

Schweigend saß Ines auf dem Beifahrersitz und sah sich die Landschaft an, die an ihnen vorüberzog. Vierzig Jahre Sozialismus hatten dieses Land geformt: graue Häuser mit bröckelndem Putz und einsturzgefährdeten Dächern, stinkende Autos, trist gekleidete Menschen und dazu Geld, das nichts wert war. Die löchrige Landstraße, über die sie gerade durch die DDR rumpelten, rundete das Bild ab.

Zärtlich streichelte Roman ihre Schulter. »Aber denk an meine Worte. Hier wird in Kürze die Post abgehen. Und ich werde mir eine goldene Nase verdienen.«

Ines antwortete nicht, schaute weiter zum Fenster hinaus. In Gedanken war sie bei Patricia.

»Ich werde den Ossis alles abkaufen, was die mir anbieten«, sagte Roman. »Ich werde ein ganz dicker Fisch im Immobiliengeschäft. Wart's nur ab.«

»Können wir bei nächster Gelegenheit anrufen?«, bat sie. »Ich mache mir Sorgen.« Das schlechte Gewissen peinigte sie. Patricia in die Obhut eines Pärchens zu geben, das sie bisher nur einmal gesehen hatte – dazu hätte sie sich von Roman nicht überreden lassen dürfen.

Roman zog die Stirn kraus. »Deiner Kleinen geht es gut, habe ich dir doch schon tausendmal gesagt. Es sind alte Freunde von mir. Wir kennen uns bereits ewig. Äußerst zuverlässig. Sei doch froh, die Heulboje mal für ein paar Tage los zu sein.«

Empört richtete sich Ines im Sitz auf. »Patricia fehlt mir. Wie kommst du darauf, dass ich froh sein könnte?«

Roman setzte den Blinker und überholte einen altersschwachen Lastwagen. »Ja, ja, sicher, mir fehlt die Kleine auch, glaub mir. War nur ein Scherz.« Er streichelte wieder ihre Schulter. »Komm, mach dir keine Sorgen. Ich kann schließlich nichts dafür.« Er lachte. »Ich würde ja selbst gern anrufen. Aber in diesem Paradies für Bauern und Arbeiter ein Telefon zu finden ist nicht einfach. In ein paar Tagen sind wir doch wieder zurück.« Er schenkte ihr ein zuversichtliches Lächeln.

Resigniert schwieg sie und schluckte ihre Bedenken hinunter. Wenn Roman sich etwas in den Kopf gesetzt hatte, dann war er nicht mehr davon abzubringen. Versuchte man es trotzdem, reagierte er jähzornig und laut. Das war sein Makel. Auf der anderen Seite war er ein zärtlicher und einfallsreicher Liebhaber, überhäufte sie mit Geschenken und verwöhnte sie gern. Das waren die Stunden, in denen Ines die Welt um sich herum vergaß und sich glücklich diesem Mann hingab.

»Komm, entspann dich«, sagte er mit sanfter Stimme. »Ich verspreche dir, sobald wir im Hotel ankommen, kannst du als Erstes telefonieren.« Er ließ seine Hand an ihrer Seite hinabgleiten und begann ihren Schenkel zu streicheln. »Und danach … Na ja, lass dich überraschen …«

Ihr Unterleib prickelte angenehm. »Und du bist sicher …«

»Ganz sicher, Patricia geht es gut«, unterbrach er sie. Seine Hand fuhr über den Stoff ihrer Jeans. Er zwinkerte ihr zu. »Wer weiß, vielleicht gelingt uns ja noch ein zweiter Schreihals. Was meinst du?«

Sie schloss die Augen, lehnte den Kopf gegen die Stütze und genoss das wohlige Gefühl, das von ihrem Schenkel zum Bauch hinaufkroch. Ein Kind mit Roman. Davon träumte sie seit ihrer ersten gemeinsamen Nacht. »Na gut«, flüsterte sie. »Ich bin wohl einfach zu gluckenhaft.«

Er lachte. »Schön, dass du es selbst einsiehst.« Er öffnete ihren Hosenknopf und Reißverschluss und schob seine Hand hinein.

»Nicht. Du musst dich aufs …«

»Kein Problem.«

Sie wollte protestieren, doch es war immer das Gleiche – sie konnte ihm einfach nicht widerstehen. Sie rutschte tiefer in den Sitz und stöhnte leise auf.

Die nächsten vier Tage fuhren sie von Stadt zu Stadt. Dresden, Leipzig, Magdeburg, Karl-Marx-Stadt und schließlich Berlin. Dort stiegen sie in einem Fünf-Sterne-Hotel ab. Nach den Nächten in einfachen Gasthäusern, mit Badezimmern und Toiletten auf dem Gang, genoss Ines den Luxus.

Roman sah sie allerdings nur selten. Tagsüber traf er sich mit potenziellen Verkäufern. Abends aß er mit Kollegen, um ein Gespür für das Geschäft in der Hauptstadt der DDR zu bekommen, wie er ihr gestenreich verdeutlichte, wenn er nachts angetrunken ins Zimmer stolperte. Nicht nur seine Alkoholfahne widerte Ines an, sondern auch der Gestank nach Zigarettenqualm und Parfum. Mehr als einmal zweifelte sie an seinen Ausführungen über seine täglichen Erlebnisse.

Aber wenn er sie wenig später nach einem erfrischenden Bad in seinen starken Armen hielt, sie streichelte und zärtlich liebte, dann verdrängte sie erfolgreich alle Skepsis. Solange er sie so sehr verwöhnte, wollte sie sich nicht beschweren. Schließlich waren sie nicht verheiratet.

Am dritten Tag wurde es Ines allerdings langweilig trotz der hoteleigenen Sauna, der Massagen und des Pools. Daher war sie froh, dass Roman ihr für den Nachmittag die Besichtigung des Brandenburger Tors und des Reichstags versprochen hatte.

Bis dahin blieben ihr noch einige Stunden. Sie überlegte, ob sie noch einmal ins KaDeWe gehen sollte, verspürte aber keine rechte Lust. Dorthin hatte sie ihr Weg schon in den letzten beiden Tagen geführt. Schließlich entschied sie, sich an der Hotelbar einen frühen Cocktail zu gönnen.

Als sie sich auf einen Barhocker setzte und einen Sex on the Beach bestellte, bedachte der südamerikanisch aussehende Barkeeper sie mit einem verschmitzten Lächeln. »Sind Sie allein in Berlin?«, fragte er, als er ihr wenig später den Cocktail hinstellte.

»Sie sind neugierig«, antwortete sie. Sein Interesse schmeichelte ihr.

Der Barkeeper lächelte wieder. »Nein, nur höflich. Ein bisschen Small Talk kann nie schaden.«

»Small Talk, aha.« Sie glaubte ihm kein Wort.

»Keine Sorge, kostet nichts extra.« Er zwinkerte ihr zu.

Ines saugte an ihrem Strohhalm. Wirklich ein süßer Typ, dachte sie. »Bin auf der Durchreise«, offenbarte sie ihm. Ein wenig Plaudern würde ihr die Zeit verkürzen, bis Roman endlich wiederkam.

Zwei Stunden und drei weitere Drinks später wusste sie, dass er Tim hieß, zweiundzwanzig Jahre alt war, Sohn einer deutschen Mutter und eines brasilianischen Vaters, der im diplomatischen Stab seiner Botschaft in der Bundesrepublik arbeitete. Ines fühlte sich beschwipst. Sie genoss Tims Flirterei. Gerade als sie ein weiteres Mixgetränk ordern wollte, ertönte hinter ihr eine vertraute Stimme.

»Du scheinst dich ja gut zu amüsieren.«

Sie zuckte zusammen. Schuldbewusst wandte sie sich um.

Roman stand hinter ihr und sah sie wütend an.

Kichernd sah sie auf die Uhr. »Mach doch nicht so ein Gesicht, Schatz. Du bist übrigens zu früh.«

»Zu früh für was?«, fragte Roman und stemmte die Fäuste in die Seite.

Tim nahm ihr leeres Glas von der Theke. »Sie haben eine bezaubernde Frau. Sie können sich glücklich schätzen.«

»Lass die Finger von ihr!«, blaffte Roman ihn an.

Verständnislos blickte Ines zu Roman. »Was ist denn mit dir los? Ich habe doch nur geplaudert. Du übertreibst maßlos.«

»Allerdings«, murmelte Tim kaum hörbar. Er zwinkerte Ines zu. »Geht aufs Haus. Sonst bekommen Sie noch Ärger mit Ihrem Aufpasser.« Er wandte sich ab und ging zu einem Gast, der am anderen Ende des Tresens Platz genommen hatte.

Roman blickte ihm hinterher, und einen Moment lang fürchtete Ines, er würde sich auf den jungen Mann stürzen. Dann aber entspannte er sich, lachte unsicher und rieb sich mit Daumen und Zeigefinger den Nasenrücken.

»Du hast recht. Entschuldige bitte, ich hatte einen anstrengenden Tag. Lass uns gehen, ja?« Er knallte einen Fünfziger auf die Theke. »Rest ist für Sie«, rief er dem Barkeeper zu.

Er drehte sich um und schritt, ohne auf Ines zu warten, aus der Bar. Mit einem mulmigen Gefühl im Bauch folgte sie ihm.

Doch ihre Sorge war unbegründet. Wenig später zeigte sich Roman bereits wieder von seiner besten Seite. Den Vorfall in der Bar erwähnte er nicht mehr. Ines vermutete, dass ihm sein Auftritt inzwischen peinlich war.

Am Brandenburger Tor bat er einen graublau gekleideten Polizisten, ein Foto von ihnen zu schießen. Abends gingen sie in die Staatsoper. Für Ines ein faszinierendes Erlebnis. Trotz ihres langjährigen, intensiven Oboeunterrichts hatte sie sich noch nie eine Oper bewusst angehört. Gebannt folgte sie jetzt der Handlung auf der Bühne, lauschte den Arien, genoss den Anblick der Kostüme und des effektvollen Bühnenbilds. Niemals hätte sie geglaubt, dass eine Oper sie derart fesseln könnte.

Anschließend schlenderten sie Arm in Arm zum Hotel zurück. Nach einer zärtlichen Nacht und einem traumlosen Schlaf wachte Ines am nächsten Morgen im sonnendurchfluteten Zimmer auf.

Roman saß bereits fertig angezogen auf dem Stuhl vor der Kommode und las die Zeitung.

Ines rekelte sich und blickte auf den Wecker. Es war erst kurz nach acht. »Du bist schon wach?«, murmelte sie verschlafen.

Lächelnd faltete er die Zeitung zusammen. »Ich musste noch etwas vor der Abreise erledigen.«

»So früh am Morgen?« Sie runzelte die Stirn.

Er lachte. »Tja, der Kollege, mit dem ich verabredet war, will heute weiter nach Wien. Daher hat er um einen frühen Termin gebeten. Ich hätte dich ja geweckt, aber du hast so fest geschlummert, da wollte ich nicht stören.«

Geschmeidig glitt Ines aus dem Bett. Nackt schlenderte sie zu ihm und schlang ihre Arme von hinten um seinen Oberkörper. Sein Haar roch frisch gewaschen nach einer Spur Orange. Zärtlich hauchte sie ihm einen Kuss in den Nacken. »Ein männlicher Kollege, hoffe ich?«

Er streichelte ihre Finger. Am Verlobungsring blieb er hängen und spielte mit dem Diamanten. »Natürlich, was denkst du denn, ich habe nur mit männlichen Maklern zu tun.«

Ines schmunzelte. Ihr Argwohn löste sich in Luft auf. Was wusste sie schon groß vom Immobiliengeschäft. Eigentlich war sie froh, dass Roman sie damit in Ruhe ließ. Sie brauchte keinen Mann, der ihr stundenlang erzählte, was er am Tag Aufregendes und Wichtiges erledigt hatte. Lasziv schob sie sich auf seinen Oberschenkel, wollte ihn überreden, noch einmal ins Bett zu kommen. Dabei setzte sie sich aus Versehen auf seine rechte Hand.

Roman zuckte mit schmerzverzerrtem Gesicht zusammen, stieß sie unsanft von sich.

»Was ist?«, fragte Ines besorgt.

Roman war aufgesprungen und umklammerte sein Handgelenk. »Nichts. Wohl verstaucht. Bin vorhin auf der Treppe gestolpert und habe versucht, mich mit der Hand abzufangen.« Er lachte. Ines stutzte. Sein Lachen hörte sich nicht echt an.

»Ich werde alt und gebrechlich«, fügte er hinzu. »Jetzt mach dir mal keine Sorgen. Komm, mach dich fertig, damit wir frühstücken können. Ich habe einen Bärenhunger.«

Nachdenklich ließ sie ihn allein und ging ins Bad. Roman verbarg ihr etwas, das spürte sie.

Beim Auschecken hatte sie den Vorfall bereits wieder vergessen. Roman nahm gerade die Rechnung entgegen, um sie zu prüfen, als Ines plötzlich den Namen Tim hörte. Zwei weibliche Hotelangestellte, die am anderen Ende der Rezeption mit Aktenordnern beschäftigt waren, unterhielten sich leise, aber aufgeregt. Unauffällig trat Ines zu ihnen.

Die zierlichere der beiden nickte heftig. »Ja, wenn ich es dir doch sage. Im Hinterhof. Nach seiner Nachtschicht. Der arme Kerl. Ist für Kai eingesprungen, Doppelschicht, und jetzt das.«

Die andere Angestellte, älter und korpulenter, hielt sich die Hand vor den Mund. »Schrecklich«, stieß sie hervor.

»Als sie ihn gefunden haben, war er ohne Bewusstsein. War schlimm zugerichtet. Ich hab gehört, der Kiefer ist mehrmals gebrochen.«

Die Ältere schüttelte fassungslos den Kopf. »Armer Tim. Der ist doch so ein Lieber. Wer tut denn so was?«

Die Zierliche zuckte mit den Schultern. »Ausgeraubt wurde er nicht. Vermutlich war's ein Geisteskranker.«

»Kommst du?«, hörte Ines in diesem Moment Romans Stimme, der die Formalitäten erledigt hatte und sich jetzt zum Ausgang begab. Sie eilte ihm nach. Draußen auf dem Gehsteig hielt sie ihn am Oberarm fest. »Hast du gehört, was die beiden Angestellten gerade erzählt haben?«

Roman hob eine Augenbraue und sah Ines an. »Nein. Wieso sollte ich zwei Hotelknechte belauschen?«

»Tim ist zusammengeschlagen worden.«

»Tim?«

»Der Barkeeper.«

Sie waren am Wagen angekommen. Roman verstaute das Gepäck, öffnete die Tür, zögerte aber beim Einsteigen und sah nach oben. »Ach, der hieß also Tim?«

»Ja.«

»Zusammengeschlagen, sagst du?«

Sie sah ihn über das Wagendach hinweg an. »Im Hinterhof.«

Er seufzte. »Armer Kerl. Anscheinend ein gefährliches Pflaster hier.«

»Das ist alles, was dir dazu einfällt?«, fuhr Ines ihn an.

»Jetzt beruhig dich bitte. Ich kenne den Typen überhaupt nicht, warum sollte ich da großes Mitleid verspüren. Und ganz davon abgesehen, vermutlich hat er es auch verdient.«

Ungläubig sah sie ihn an. »Wie kannst du so etwas sagen? Wie kann man so etwas verdient haben?«

Er zuckte mit den Schultern. »Ich habe ihn ja kennengelernt. Er muss sich nicht wundern, wenn er mit eifersüchtigen Ehemännern aneinandergerät.«

Ines glaubte ihren Ohren nicht zu trauen. Ihr fiel keine Erwiderung darauf ein, so enttäuscht war sie von seiner Gleichgültigkeit. Schweigend ließ sie sich in den Beifahrersitz sinken und verschränkte die Arme vor der Brust.

Roman nahm neben ihr Platz. »Er wird schon wieder auf die Beine kommen.« Zuversichtlich lächelte er ihr zu und steckte den Schlüssel ins Zündschloss. »Mach dir über einen Wildfremden nicht solche Sorgen.«

Dann bemerkte sie seine blau angelaufenen und geschwollenen Fingerknöchel, und ihr stockte der Atem. Ein Schwindel packte sie. Konnte es sein, dass Roman … Sie blinzelte einige Male, wandte den Blick ab. Unmöglich, redete sie sich ein, er war schließlich kein Schläger. Sie dachte an die letzte Nacht, in der er sie verwöhnt hatte mit seinen zärtlichen Händen. Solche Hände konnten doch nicht brutal zuschlagen.

»Hast du was?«, fragte Roman und streichelte ihren Oberschenkel. »Du denkst hoffentlich nicht immer noch über diesen Timo nach?«

»Tim«, murmelte sie. Mehr brachte sie nicht zustande. Wie gebannt starrte sie auf Romans geschwollene Hand, die über den Stoff ihrer Jeans strich.

***

Ines riss sich aus ihren Gedanken. Schon damals hätte sie der Sache mit Tim, dem Barkeeper, auf den Grund gehen müssen. Stattdessen hatte sie die Augen verschlossen. Zu verlockend war das Leben ohne Entbehrungen an Romans Seite gewesen, als dass sie es mit unbequemen Fragen aufs Spiel setzen wollte. Oberflächlich war sie gewesen.

Heute schämte sie sich dafür. Einen Moment horchte sie noch dem Rufzeichen des Telefons, dann drückte sie den Ausschaltknopf. Entschlossen richtete sie sich auf. Sie musste Gewissheit haben, und dafür gab es nur einen Weg. Dieser würde sie direkt zu Egon Grotzeks Penthouse führen.

Als Ines ihre Jacke überstreifte, wedelte Camira erwartungsvoll mit dem Schwanz.

Sie hob den Zeigefinger. »Es wird ein langer Weg werden. Ich habe nämlich kein Geld mehr für den Bus. Dass mir keine Klagen kommen.«

Camira spitzte die Ohren und legte den Kopf schief. Manchmal war die Hündin wirklich ihr einziger Trost.

Unten auf der Straße zog Camira wild an der Leine, als wüsste sie, was auf dem Spiel stand. »Sachte, sachte«, keuchte Ines, obwohl sie selbst am liebsten gerannt wäre. Aber die Schmerzen durchfluteten ihren Körper heftiger denn je. Die Strecke zu Egons Wohnung zu Fuß zurückzulegen, traute sie sich plötzlich nicht mehr zu. Entschlossen zog sie Camira von einem Baum fort, an dem sie schnupperte. »Komm, wir nehmen die U-Bahn.« Sie musste wissen, was mit Egon los war. Dafür war sie bereit, eine Anzeige wegen Schwarzfahrens zu riskieren.

Furcht schnürte ihr die Kehle zu. Wenn Roman in Rage geriet, war er unberechenbar. Sie traute ihm längst alles zu, auch einen Mord.

13

»Irrelevant«, wiegelte Dorothee Ritter ab. »Und vielleicht wird es mit dem baulichen Schaden ja gar nicht so tragisch. Das Gebäude hat schon den Zweiten Weltkrieg überstanden«, versuchte sie einige ermutigende Worte für den Domprobst zu finden. »Hören wir uns jetzt an, was uns Herr Batistuda dazu sagen kann.« Sie wies mit der Hand auf den Statiker.

Sichtlich froh, endlich an der Reihe zu sein, sprang Batistuda auf und beugte sich erneut über die Pläne, die auf dem Tisch lagen. »Der Kölner Dom ist ein wundervolles Bauwerk«, begann er. »Während meines Studiums habe ich mich eine Weile mit der Architektur beschäftigt. Nach dem Ulmer Münster ist er mit knapp über 157 Metern Höhe das zweithöchste Kirchengebäude Europas sowie das dritthöchste der Welt.« Er deutete auf eine Stelle des Plans.

Landgräf erkannte die beiden Türme.

»Übrigens durfte ich als Student mal eine Nacht allein im Innern verbringen. Eine wundervolle Erfahrung.« Verzückt sah Batistuda von einem zum andern. »Kunsthistoriker bewundern vor allem die einmalige Harmonisierung der verschiedenen geschichtlichen Stilelemente …«

»Kommen Sie zur Sache«, fiel ihm Dorothee Ritter ins Wort.

Batistuda zuckte zusammen. Er öffnete den Mund, aber es kam kein Laut heraus.

Die BKA-Mitarbeiterin ließ ihre Kippe auf den Boden fallen und trat sie mit der Fußspitze aus. »Was wir von Ihnen wissen wollen, ist, was passiert, wenn der Irre die Bombe zündet. Mehr nicht.«

Irritiert blickte Landgräf sie an. Dorothee Ritter schien zu glauben, dass sie hier das Sagen hatte. Das aber war mit Sicherheit nicht der Fall. Selbst wenn die Bedrohung einen politischen Hintergrund hätte, würde bei der derzeitigen Lage die örtliche Polizei den Einsatz leiten und nicht LKA oder BKA. Landgräf wandte den Blick ab und sah zu Kurt Schmadtke hinüber. Er war hier doch der Chef, oder etwa nicht?

Der hüstelte in die hohle Hand. »Frau Ritter, Sie und die Kollegen vom LKA sollen uns beraten und nicht die Leute verschrecken. Solange ich die BAO hier leite, darf ich bitte ein Mindestmaß an Respekt und Höflichkeit erwarten.«

Dorothee Ritter sah Schmadtke versonnen lächelnd an – eine Schlange, die ihre Beute fixierte. »Dann leiten Sie mal Ihre *Besondere Aufbauorganisation*. Solange wir Ergebnisse erzielen, soll es mir recht sein. Sie kennen sicher die Redewendung«, sagte sie, »Höflichkeit ist eine Zier, doch weiter kommt man ohne ihr.« Sie wandte sich wieder an Batistuda, der noch immer mit offenem Mund dastand. Er war es ganz offensichtlich nicht gewohnt, in seinen Vorträgen unterbrochen zu werden. »So, Meister, jetzt von vorn«, sagte Dorothee Ritter, »Bombe im Dom, bumm. Was passiert?«

»Bumm?«, wiederholte der Domprobst entgeistert.

»Bumm, genau«, bestätigte Dorothee Ritter.

Batistuda fand endlich seine Sprache wieder.

»Also, ähm, vermutlich stürzt der Dom zusammen wie …, wie ein Kartenhaus.« Entschuldigend sah er den Domprobst an.

»Gott steh uns bei«, rief dieser, faltete die Hände und schaute zur Decke.

Wildrup runzelte die Stirn. »Und wieso hat er dann den Krieg so gut überstanden, wie Frau Ritter eben erwähnte?«

Batistuda massierte sich den Nacken. »Ja, ja, der Krieg. Die Bombenangriffe, stimmt schon«, murmelte er. »Schlimme Sache damals.« Er räusperte sich, schien nach Worten zu suchen, dann fuhr er fort. »Die Erklärung ist im Grunde recht einfach«, sagte er. »Das Bauwerk ist so konstruiert, dass es einen enormen Druck von außen nach innen aushält. Schauen wir uns das Dach an.« Suchend blätterte er in den Plänen. »Ah, hier.« Er zog ein Blatt hervor und hielt es auf Bauchhöhe, sodass jeder die Zeichnung sehen konnte. »Einer der Strebebögen.« Mit dem Zeigefinger fuhr er eine schwarze Linie entlang. »Sie befinden sich an den Außenwänden der Seitenschiffe, wie Sie wissen.« Er tippte auf einen gezeichneten Pfeil. »Ein Kraftvektor. Daran können Sie erkennen, wie die Kräfte abgeleitet werden.« Er sah auf. »Wie entsteht nun diese Kraft, werden Sie sich fragen. Nun, wenn Sie in Physik …«

»Irrelevant«, unterbrach ihn Dorothee Ritter. »Die Kräfte entstehen durch die Erdanziehung und das Gewicht des Kirchendachs. Mehr müssen wir nicht wissen.« Mit einer wirschen Handbewegung forderte Dorothee Ritter Batistuda zum Weiterzusprechen auf.

»Ähm, ja«, sagte Batistuda. »An Ihnen ist eine Physikerin verloren gegangen.«

Sein Blick verriet Landgräf, dass er vermutlich am liebsten den Kraftvektor in Dorothee Ritters Brust gerammt hätte.

»Die Strebebögen übertragen genau genommen den Seitenschub des Dachgewölbes auf die Strebepfeiler an den Außenwänden der Kirche.« Langsam drehte er sich, sodass jeder einen Blick auf die Zeichnung werfen konnte.

Landgräf erkannte einen Pfeiler, der sich etagenförmig nach oben hin verjüngte. Die Pfeile liefen innerhalb des Pfeilers nach unten.

»Das ist das ganze Geheimnis der gotischen Kathedralen«, schwärmte Batistuda. »Ich will es plastischer ausdrücken …« Er warf Dorothee Ritter einen fragenden Blick zu, die ihm freundlich zunickte. »Nehmen wir mal an, Sie drücken mit einer Hand auf das Kirchendach. Dann würde die Konstruktion sicher noch eine Weile standhalten können. Sie müssten sich schon richtig anstrengen, sprich Kraft aufwenden, um das Gebäude letztendlich zum Einsturz zu bringen. Wenn Sie aber im Innenraum versuchen würden, das Dach anzuheben, dann hätten sie es vergleichsweise leicht.«

»Verstehe«, sagte Schmitz. »Für einen Druck von innen nach außen ist die Kathedrale nicht konzipiert.«

»Richtig«, stimmte Batistuda zu. »Und deswegen ist der Vergleich mit dem Zweiten Weltkrieg …« –, er stockte kurz, warf dann Dorothee Ritter einen spöttischen Blick zu, »irrelevant.«

Dorothee Ritter nahm die kleine Attacke mit Humor. Sie hob eine Augenbraue und schmunzelte.

Batistuda schien mit seinem kleinen Vortrag fertig zu sein. Er sammelte seine Papiere ein, verstaute sie in einer Aktentasche und schnappte sich sein Jackett von der Stuhllehne. »War es das?«

Schmadtke nickte. »Vielen Dank. Bleiben Sie aber bitte erreichbar, falls wir noch Fragen haben sollten.«

Ohne einen Abschiedsgruß rauschte Batistuda davon, als sei er auf der Flucht.

Schmadtke wandte sich an die Kollegen vom LKA. »Und ihr seid sicher, dass da nichts Politisches oder Religiöses dahintersteckt?« Er schürzte die Lippen. »Linke oder rechte Terrorzellen? Gotteskrieger? Al Kaida?«

Vom Dörp zuckte mit den Schultern. »Ziemlich unwahrscheinlich. Aber hundertprozentig sicher sein kann man natürlich nie.«

»Das bringt mich direkt zur nächsten Frage«, fuhr Schmadtke fort. »Woher hat er den Sprengstoff?«

»Höchstwahrscheinlich Eigenfabrikat«, antwortete vom Dörp.

Der Domprobst sah ihn mit einem fragenden Gesichtsausdruck an.

»Nun«, erklärte vom Dörp, »für Privatpersonen ist es sehr schwierig, an militärische oder gewerbliche Sprengstoffe zu gelangen. In der Praxis ist es daher häufig so, dass sie sich das Sprengmittel selbst zusammenmixen.«

Die Miene des Geistlichen hellte sich ein wenig auf.

»Und könnte man sagen, dass eine solche selbst gebastelte Bombe vielleicht weniger – wie soll ich sagen – wirkungsvoll ist als eine echte?«

»Möglich. Leider jedoch sind unkonventionelle Spreng- und Brandvorrichtungen nicht so handhabungssicher, und eine Explosion, das heißt eine ungewollte, ist jederzeit möglich.«

Die Miene des Domprobstes verfinsterte sich sofort wieder.

»Es muss aber nicht so sein«, versuchte vom Dörp ihn aufzumuntern. »Vielleicht hatte er fachmännische Hilfe und eine gewerbliche Bezugsquelle. Dann ist es unwahrscheinlich, dass etwas ungewollt passiert.«

»Nero ist kein Unbekannter«, übernahm Wildrup. »Wir hatten ja bereits das Vergnügen mit ihm. Vielleicht verfügt er über Verbindungen zu einem Sprengstoffmeister. Vermutlich ist er ein Einzelgänger – trotzdem klopfen wir erneut alle Möglichkeiten ab.«

Verächtlich schnaubte Dorothee Ritter durch die Nase. »Zumindest scheint er Beziehungen zu Kuba zu haben. Auf diesem Auge wart ihr wohl blind.«

»Werte Kollegin«, sagte Wildrup mit sarkastischer Schärfe in der Stimme, »wenn Fidel Castro persönlich der Drahtzieher wäre, dann hätten wir es schon mitbekommen, keine Sorge.«

Dorothee Ritter straffte sich, um zur Retourkutsche anzusetzen.

Landgräf schloss die Augen, er kannte diese verbalen Gefechte zur Genüge, das ewige Kompetenzgerangel. Früher hatte er bei solchen Gelegenheiten selbst das große

Wort geführt, hatte sich aufgeregt und hinterher mehrere Zigaretten hintereinander wegrauchen müssen, um wieder »runterzukommen«. Dass das auf Dauer nicht gesund sein konnte, leuchtete selbst dem Dümmsten ein. Er wollte nicht wieder in dieses alte Schema verfallen. So gut es ging, schottete er sich vor den hitzig vorgebrachten Worten ab, die gerade über den Tisch flogen. Am liebsten wäre er aufgestanden und hätte sich aus dem Staub gemacht wie dieser Architekturexperte. Gern wäre er jetzt zu Hause gewesen. Doch sein Pflichtgefühl hielt ihn zurück. Nero erwartete, dass er als Vermittler zur Verfügung stand. Und Landgräf konnte nicht zulassen, dass unschuldige Menschen zu Schaden kamen, nur weil er sich aus der Verantwortung schlich.

»Martin?«, riss ihn in diesem Moment Schmadtke aus seiner Meditation. »Schläfst du, oder was soll das?«

Landgräf öffnete die Augen und sah in die Runde. Der Krieg am Tisch schien sich in einen Waffenstillstand verwandelt zu haben. Dorothee Ritter und die Kollegen vom LKA hockten mit mürrischen Mienen auf ihren Stühlen und schwiegen sich an.

»Beweg deinen Hintern«, forderte Schmadtke ihn auf, »und versuch diesen Nero zum Sprechen zu bringen. Wir brauchen Informationen. Verdammt, wenn er nicht blufft, dann hat er seine eigene Stieftochter lebendig begraben. Wir dürfen keine Zeit verlieren. Wir brauchen einen Namen, wir müssen wissen, wer Nero ist.«

Erleichtert erhob sich Landgräf mit den anderen. Endlich konnte er der stickigen Luft hier entfliehen und konkret etwas tun.

14

Camira knurrte, als die drei laut grölenden Jugendlichen auf sie zukamen. Am schwankenden Gang und den unkoordinierten Gesten erkannte Ines, dass die jungen Männer stark angetrunken waren. Es war Wochenende. Vermutlich kamen sie gerade erst aus der Disco oder irgendeiner Kneipe.

Einer von ihnen hielt sein Handy in der Hand, das laute Rap-Musik absonderte. »Netter Wauwau«, sagte er, dann waren die jungen Leute schon an ihr vorbei.

Erleichtert atmete Ines auf, und ihr mulmiges Gefühl verflüchtigte sich. Eilig ging sie weiter. Nur noch zwei Straßen. Hätte sie sich doch nie auf Egons Avancen eingelassen. Dann wäre Roman nicht zu ihm gegangen und … Sie verscheuchte den schrecklichen Gedanken. Es war ihre eigene Schuld gewesen. Du hättest halt eher die Augen aufmachen sollen, schalt sie sich selbst, stattdessen hast du dich von dem tollen Haus, den drei Autos in der Garage und den traumhaften Reisen blenden lassen.

»Dumme Pute«, schluchzte sie und humpelte durch die nächste Seitenstraße. Mit den Schultern wischte sie sich die Tränen von den Wangen. »Ich habe ihn geliebt«, rief sie aus. Erst dann bemerkte sie den Mann, der ihr mit einer Brötchentüte in der Hand entgegenkam und sie verwundert anschaute.

»Was gibt's denn da zu glotzen?«, fuhr sie ihn an. Die Anspannung ließ sie für einen Moment alle Furcht vergessen.

»Nichts, nichts«, entgegnete der Mann eingeschüchtert und eilte an ihr vorbei. Den Blick hielt er gesenkt.

Rasch humpelte sie weiter. An der Einmündung der Straße, in der Egon wohnte, blieb sie abrupt stehen. Die Frage aller Fragen drängte sich ihr wieder auf: Warum hast du Roman nicht schon längst verlassen? Seit Jahren häuften sich die Indizien, wie es um seinen wahren Charakter bestellt war, und sie hatte sie alle ignoriert. Selbst den rätselhaften Tod seiner Mutter hatte sie nicht zum Anlass genommen, irgendwelche Konsequenzen zu ziehen.

***

Es war im Frühjahr 2001 gewesen. Sie saß gerade im Wohnzimmer und sah fern, als Roman nach Hause kam, seine Jacke über eine Stuhllehne warf und ohne eine Erklärung verkündete: »Pack ein paar Sachen zusammen. Wir müssen nach Heidelberg zu meiner Mutter.«

Ines griff die Fernbedienung und stellte den Fernseher ab. Überrascht sah sie ihn an. »Zu deiner Mutter? Du hast mir doch erzählt, deine Mutter lebt nicht mehr.«

Das war gewesen, als sie ihre Hochzeit geplant hatten. Mehr hatte sie Roman in den ganzen Jahren nicht entlocken können.

»Ich habe gesagt, sie ist gestorben. Für mich gestorben«,

sagte er patzig und holte sich ein Glas Wasser aus der Küche.

»Aber… aber warum hast du das denn nicht gesagt, dass deine Mutter noch lebt und ihr bloß keinen Kontakt mehr habt?« Sie stand auf und folgte ihm.

»Was interessiert mich mein Geschwätz von gestern«, sagte er. Mit einem Schluck leerte er das Glas. »Wir sind irgendwann nicht mehr miteinander klargekommen. Reicht das als Erklärung?« Ärgerlich funkelte er sie an, sein braunes Auge schien ins Schwarze zu changieren.

Wie eine Pistolenmündung, dachte Ines. Sie schauderte, und obwohl sie vor Neugier fast platzte, beschloss sie, das Thema fürs Erste ruhen zu lassen. Jedes Wort zu viel konnte den Topf zum Überkochen bringen. »Ich packe dann besser mal«, gab sie sich betont gelassen.

»Wo steckt Patricia?«, fragte er und ließ sich ein weiteres Glas Wasser ein.

»Bei einer Freundin. Ich rufe sie gleich an.«

»Gib mir die Nummer. Ich erledige das.«

»Wieso willst du…«, setzte Ines an, wurde aber barsch von ihm unterbrochen.

»Ich werde mich doch wohl noch um sie kümmern dürfen?« Er knallte das Glas auf die Spüle. Es zerbrach, die Scherben fielen zu Boden. Ein Splitter steckte in seinem Handballen, Blut tropfte auf die Fliesen. »Ach, Scheiße«, spie er aus. Er zog die Scherbe heraus und wickelte ein Küchentuch um seine Hand. »Da siehst du, was du angerichtet hast.« Vorwurfsvoll hielt er ihr die verletzte Hand unter die Nase.

Ines wich zurück. »Tut mir leid«, stammelte sie. »Ich

hole den Verbandskasten aus dem Auto.« Froh, der Situation entfliehen zu können, schnappte sie sich den Autoschlüssel von der Kommode und stürmte in die Garage. Dort hielt sie einen Moment inne und lehnte sich keuchend mit dem Rücken gegen die Karosserie.

»Wie lange dauert das denn noch?«, hörte sie ihn brüllen.

Der Schlüssel zitterte in ihren Fingern, als sie versuchte, ihn ins Schloss einzuführen. Sie rutschte ab und verursachte einen winzigen Kratzer im Lack. Wütend heulte sie auf. »Ach, Mist!« Roman würde ihr die Hölle heißmachen. Endlich klappte der Kofferraumdeckel hoch. Ines griff sich den Verbandskasten und rannte in die Küche zurück.

»Wurde ja auch Zeit«, stieß Roman aus. »Bis du deinen Arsch bewegst, bin ich verblutet.«

Ines riss eine Mullbinde aus der Verpackung. »Zeig mal her.«

Er warf das blutgetränkte Handtuch in die Spüle, setzte sich auf einen Stuhl und hielt ihr die Hand hin. Blut tropfte auf die Fliesen.

Ines verarztete die Wunde, so gut sie es vermochte. Als sie damit fertig war, schnappte sie sich Handbesen und Kehrblech und machte sich daran, die Scherben zusammenzufegen.

»Das hast du jetzt davon. Nur Arbeit.« Er kickte, eine Scherbe, die unter dem Tisch lag, in ihre Richtung.

Ines biss sich auf die Zunge. Jedes Wort wäre jetzt zu viel. Sie kehrte die letzten Stücke auf und warf sie in den Mülleimer.

»Ich gehe packen«, sagte sie mit betont ruhiger Stimme und ging ins Schlafzimmer. Sie holte den Hartschalenkoffer aus dem Schrank und legte ihn geöffnet auf das Bett. Alles geschah routiniert, ihr Kopf war leer. Plötzlich fühlte sie seine Hand auf ihrem Rücken. Sie versteifte sich.

»Entschuldige bitte.« Er umfasste sie von hinten und hielt sie fest.

Steif wie ein Brett stand sie da.

»Bitte verzeih mir den Wutausbruch«, hauchte er in ihr Ohr. »Es ist nur … wegen meiner Mutter.«

Sie horchte auf. »Was ist mit ihr?«

Er drehte sie zu sich herum. Zerknirscht sah er sie an. »Mir ist bewusst geworden, wie sehr sie darunter leiden muss, dass ich mich nie mehr gemeldet habe.«

»Aber warum gerade jetzt?«

Er drückte sie an sich und legte sein Kinn auf ihre Schulter. »Ich … ich weiß nicht. Vielleicht ist es, weil ich befürchte, dass sie nicht mehr lange lebt. Sie wird in diesem Jahr achtzig, und da dachte ich …« Er streichelte ihr den Rücken.

Wie Schnee in der Sonne schmolz Ines dahin. Ihre Wut und ihr Ärger verwandelten sich in Zuneigung. Wie konnte sie ihm weiterhin böse sein, wenn er gemeinsame Zukunftspläne schmiedete? Sie kuschelte sich an ihn. »Ich finde es gut, dass du dich mit ihr aussöhnen willst.» Sie seufzte. »Ich wäre froh, wenn ich bereits so weit wäre.« Bisher hatte sie es nicht fertig gebracht, wieder Kontakt zu ihren Eltern aufzunehmen. Zu tief saß die Enttäuschung.

»Auch das wird sich noch ergeben, lass dir Zeit.« Zärtlich küsste er sie auf die Stirn. »Du bist nicht mehr sauer?« Er löste sich von ihr und blickte sie treuherzig an.

Sie schüttelte den Kopf.

»Ein wenig Entspannung?«

»Jetzt?«

Er schaute an sich herunter. Eine deutliche Beule zeichnete sich in seiner Hose ab. »Ich finde Versöhnungen immer so erregend.«

Sie seufzte. »Ich glaube, ich habe keine große Lust …«

Seine Miene umwölkte sich.

»Na gut … Koffer packen kann ich immer noch.« Besser als wieder schlechtes Wetter, dachte sie und knöpfte ihre Hose auf.

Zehn Minuten später zog sie die oberste Schublade des aus Pinienholz gefertigten Sekretärs auf. Dort bewahrte sie eine Liste mit den wichtigsten Rufnummern auf. »Hier. Patricia ist bei Krauses.«

Roman griff das Papier. Ohne weiter auf Ines zu achten, nahm er den Hörer und wählte.

Unschlüssig stand sie noch einen Moment neben ihm und hörte zu, wie er sich Patricia geben ließ.

»Hallo Schatz, rief er gut gelaunt ins Telefon, hörte dann einen Moment zu. »Nein, Nein.« Er lachte. »Nichts passiert, mach dir keine Sorgen. Es ist nur: Deine Mutter und ich müssen für ein paar Tage weg … Nein, du brauchst nicht mit.«

Roman bemerkte, dass Ines zuhörte. Mit einer unwirschen Handbewegung forderte er sie zum Gehen auf.

Unwillig verzog sie die Mundwinkel. Sie wusste, auf

was das wieder hinauslief. Patricia sollte ein paar Tage bei ihrer Freundin schlafen, dafür würde Roman ihr hinterher ein sündhaft teures Geschenk machen. Wie oft hatte sie ihn gebeten, das Kind nicht auf diese Weise zu verziehen. Doch immer wieder setzte er sich darüber hinweg.

Ärger keimte in ihr auf. Sie fragte sich, ob Roman sie wirklich ernst nahm. Egal, was sie äußerte: Er machte, was er wollte und für richtig hielt. Sofort regte sich ihr schlechtes Gewissen. Sei nicht undankbar, schalt sie sich selbst. Bisher bist du gut dabei weggekommen. Offensichtlich war es am besten, ihm einfach zu vertrauen.

Resigniert drehte sie sich um und ging die Treppe zum Schlafzimmer hinauf.

Der Kies knirschte unter den Rädern ihres BMWs, als sie über die lange Auffahrt zum Haus von Romans Mutter rollten.

Staunend betrachtete Ines das dreigeschossige Herrenhaus aus rotem Backstein, das, umrahmt von hohen Eichen, vor ihnen aufragte. In den meterhohen Fenstern spiegelte sich das Licht der tief stehenden Sonne. Kleine Zinnen und Türmchen schmückten das Dach. »Wow«, entfuhr es Ines.

Direkt vor der Freitreppe stoppte Roman den Wagen. Ein livrierter Diener stand an der untersten Stufe. Beflissen riss er die Tür auf und verneigte sich. »Herzlich willkommen. Die gnädige Frau erwartet Sie. Ich erlaube mir vorauszugehen.«

»Äh, wir müssen noch die Koffer …«, setzte Ines an.

»Mach dir darum keine Sorgen«, sagte Roman und stieg aus.

Der Diener verneigte sich erneut und ging vor ihnen die Treppe hinauf.

Sie traten in die Halle. Ines kam aus dem Staunen nicht heraus. Riesige Ölgemälde hingen an den Wänden und zeigten vermutlich Romans Urahnen. Der Marmorboden glänzte wie poliert, die Wände strahlten weiß. Ein ausladender Kronleuchter schwebte hoch über ihnen. »Was hat das alles zu bedeuten?« Mit der Hand wedelte sie unbestimmt in der Luft herum. »Deine Mutter ist anscheinend die kleine Schwester der Königin von England. Das hättest du mir sagen sollen.«

Der Diener führte sie in einen Flur, von dem jede Menge Türen abgingen.

»Nicht die kleine Schwester«, sagte Roman. »Nur entfernt verwandt.« Er winkte ab. »Zig Ecken, nicht von Bedeutung.«

Verblüfft sah Ines ihn an. »Du bist adlig?«

»Ist doch unwichtig.«

Sie waren ans Ende des Flures gelangt, wo jetzt der Diener mit einer fließenden Bewegung eine Flügeltür öffnete und zur Seite trat. »Gnädige Frau, Ihr Sohn nebst Gemahlin«, rief er aus.

Sie betraten ein großes Zimmer.

»Und warum heißt du dann Winter und nicht Von-so-und-so?«, fragte Ines flüsternd.

Roman verdrehte die Augen. »Meine Mutter hat den Namen meines Vaters angenommen. So einfach ist das. Aber sie entstammt einem alten Adelsgeschlecht. In meinem Stammbaum findest du alles Mögliche, von Rittern angefangen über Grafen …«

»… bis hin zu Königen«, unterbrach ihn eine schmächtige Person, die vor dem Fenster stand, das einen herrlichen Blick auf den dahinterliegenden Park freigab. Sie hatte ihnen den Rücken zugewandt. Sie trug ein zu großes schwarzes Kleid, wirkte abgemagert, fast hinfällig. »Du bist also tatsächlich gekommen«, sagte sie wie für sich. Ines hörte das leichte Zittern in ihrer Stimme.

Zögernd ging Roman ein paar Schritte auf seine Mutter zu. Auf halbem Weg blieb er stehen. »Ich habe dir gesagt, dass ich komme. Und ich pflege mein Wort zu halten, Mutter.«

Sie lachte schrill und drehte sich um.

Ines sah in ein runzliges, von Altersflecken übersätes Gesicht. Doch die alte Frau hatte wache Augen, und sie waren wie bei Roman zweifarbig.

»Mutter«, äffte sie ihren Sohn nach. »Du hast mich über zwanzig Jahre verleugnet, und nun besitzt du die Frechheit, hierherzukommen und Mutter zu mir zu sagen? Du kannst froh sein, dass ich dich überhaupt empfange.

In Romans Mundwinkel schlich sich ein freudiges Lächeln. »Ich weiß das zu schätzen, wirklich.«

Ines hielt den Atem an. Ihr Blick flog zwischen den beiden hin und her. Fragen über Fragen wirbelten in ihrem Kopf. Warum bestand so lange kein Kontakt zwischen Roman und seiner Mutter? Hatte die alte Frau ihrerseits versucht, ihren Sohn wiederzusehen? Wenn ja, warum reagierte Roman dann bis heute nicht darauf?

Was war zwischen den beiden vorgefallen, dass sie sich Jahrzehnte aus dem Weg gingen?

Roman machte einen weiteren Schritt auf seine Mutter zu. »Ich bin gekommen, um dir die Hand zu reichen. Lass uns noch einmal von vorn beginnen, ja?« Er streckte ihr die Hand entgegen.

Auf Ines wirkte es so förmlich, als wollte er einen Vertrag abschließen.

Romans Mutter starrte auf die dargebotene Hand. »Du hast mich eine Hure genannt. Hure. Nur weil ich nach dem Tod deines Vaters eine neue Verbindung eingegangen bin«, flüsterte sie mit bebender Stimme. »Ich denke, ich kann von dir mehr erwarten.«

Roman hob die Augenbrauen. »Zum Beispiel?«

Seine Mutter sah auf und schüttelte stumm den Kopf.

»Eine Entschuldigung«, sagte Ines. »Wenn du sie beleidigt hast, dann …«

Roman wirbelte zu ihr herum. »Halt dich da raus!«, fuhr er sie an. »Verschwinde! Lass uns allein!«

Seine Mutter lachte schrill. »Ganz der Alte. Mein liebes Kind, Sie haben da eine schlechte Wahl getroffen. Hat er Sie schon geschlagen? Das war schon als Schüler seine Spezialität. Was glauben Sie, wie oft hier Mütter vor der Tür gestanden haben, weil er ihre Kinder grün und blau geprügelt hat. Und nicht nur die Jungen, auch an den Mädchen hat er sich vergriffen!« Mitleidig sah sie Ines an.

Roman bebte vor Zorn. »Lass das, Mutter. Das sind alte Kamellen, das hat mit Ines nichts zu tun.«

»Ich wollte doch nur …«, versuchte Ines zu erklären, aber wiederum wurde sie brüsk unterbrochen.

»Lass uns endlich allein!«, schrie Roman.

Ines taumelte einen Schritt rückwärts. Im Beisein der Mutter hatte sie sich eigentümlich sicher gefühlt. Jetzt hingegen schien es, als würde er sich jeden Moment auf sie stürzen. Ohne einen klaren Gedanken fassen zu können, drehte sie sich um und rannte aus dem Zimmer.

Ines lag in dieser Nacht noch lange wach im Bett und starrte zur Stuckdecke empor. Der Mond schien zum Fenster herein und tauchte alles in ein unwirkliches Licht.

Das Abendessen war schrecklich gewesen. Auf jeder Beerdigung wäre es fröhlicher zugegangen. Romans Mutter hatte kein einziges freundliches Wort für ihren Sohn übrig gehabt. Er hatte mit Engelszungen auf sie eingeredet und dabei immer wieder seine ernste Absicht eines Neuanfangs betont. Schließlich hatte seine Mutter das Besteck auf den Teller klirren lassen und ihn wütend angesehen. »Nur damit du es weißt: Ich habe für morgen meinen Anwalt herbestellt. Es gibt da einige Dinge bezüglich des Erbes zu besprechen. Und wenn du schon mal da bist, kannst du es direkt aus erster Hand erfahren.«

Nach diesen Worten war Roman in dumpfes Schweigen verfallen.

Noch verstört über sein Auftreten am Nachmittag, war Ines früh zu Bett gegangen. Bis dato hatte er es nicht für nötig gehalten, sich bei ihr zu entschuldigen. Sie drehte sich auf die andere Seite. Konnte sie überhaupt eine Entschuldigung erwarten? Selbstzweifel krochen in ihre Gedanken. Vielleicht war es nicht richtig von ihr gewesen, sich einzumischen. Was wusste sie schon von der Mutter-

Sohn-Beziehung, um gute Ratschläge geben zu können, dazu noch ungebetene? Roman hatte sich zwar im Ton vergriffen, doch musste man nicht sogar Verständnis dafür haben? Schließlich war sie es gewesen, die sich ins Gespräch gedrängt hatte.

Verwirrt warf sie sich wieder auf die andere Seite. Das Laken auf dem Bett neben ihr strahlte noch Romans Wärme ab. Vor einer Viertelstunde war er aus dem Zimmer geschlichen. Wo wollte er nur hin?

Angestrengt horchte sie.

Die Dielen im Flur knarrten. Sie hörte leise Schritte, dann das Schleifen der Schlafzimmertür. Ein leichter Windhauch strich über ihre Wange. Die Gardinen vor dem gekippten Fenster flogen auf. Die Tür wurde sanft ins Schloss gedrückt. Der Luftzug erstarb und mit ihm die Bewegung der Gardinen.

Sie kniff die Augen zusammen und stellte sich schlafend.

Die Federn der Matratze ächzten, als Roman sich ins Bett legte. Er roch nach Schweiß, als käme er gerade vom Holzhacken. Wenige Minuten später schnarchte er leise.

Wo warst du?, grübelte Ines, bis ein unruhiger Schlaf sie überwältigte.

Ein Schrei weckte sie.

Mit einem Satz sprang Roman aus dem Bett und riss die Zimmertür auf.

Auf dem Flur rannte ein Dienstmädchen vorbei.

»Was ist los?«, rief er ihr hinterher, ohne eine Antwort zu erhalten.

»Blöde Kuh«, fluchte er. Rasch zog er sich an.

Ines' Herz raste. Sie hörte das Mädchen in der Ferne mit schriller Stimme sprechen, verstand aber nur einzelne Worte. »Krankenwagen … schnell … O Gott, o Gott.«

Sie setzte sich auf die Bettkante. Der Wecker zeigte halb acht.

Roman hastete aus dem Zimmer, bog auf dem Flur in die Richtung ab, aus der das Mädchen gekommen war. Es dauerte keine Minute, da erschien er wieder. Mit ernster Miene sah er sie an und sagte: »Meine Mutter ist tot.«

* * *

Ines schlurfte über den Parkplatz auf das Haus zu, in dem Egon wohnte. Ihr Bein schmerzte so sehr, dass sie sich am liebsten auf die Bordsteinkante gesetzt hätte.

Geduldig blieb Camira an ihrer Seite. Sie zog nicht mehr an der Leine, als würde sie Ines' Erschöpfung spüren.

Ihr Magen rumorte. Roman war so kaltblütig gewesen und hatte seine eigene Mutter umgebracht, um sich das Erbe zu sichern. Da war sie inzwischen sicher. Vermutlich war Roman nicht mit dem Vorsatz nach Heidelberg gefahren sie umzubringen. Aber als die alte Frau erwähnte, dass sie für den nächsten Tag den Anwalt bestellt hatte, war er in Panik geraten. Wahrscheinlich befürchtete er, dass seine Mutter ihn mit seinem Pflichtteil abspeisen würde. Jedenfalls hatte Ines schon damals den Verdacht gehabt, dass Roman an ihrem Tod nicht unschuldig war. Doch der Arzt hatte einen natürlichen Tod attestiert, und sie war damals so naiv gewesen, das als Freispruch für

Roman zu werten. Es war Egon Grotzek, der in ihr erneut Zweifel weckte. Bei einem gemeinsamen Abendessen hatte er ihr erklärt, dass bei der Leichenschau häufig Dinge übersehen würden, die auf einen gewaltsamen Tod hindeuteten. Als Beispiel führte er das gewaltsame Ersticken an, welches sehr schwierig zu erkennen sei, da kaum Spuren zurückblieben. Ines hatte sich an den starren toten Blick von Romans Mutter erinnert, kurz bevor sie der Leichenwagen abtransportierte – und an das Kissen, das nicht unter ihrem Kopf lag, sondern neben dem Bett.

Mit dem Erbe hatten sie ihre Gläubiger auszahlen und zehn Jahre lang ein Leben im Luxus führen können. Wären da nicht Romans aberwitzige Spekulationen in Aktien und ruinöse Immobilien gewesen, hätte das Geld vermutlich sogar bis an ihr Lebensende gereicht. So aber war letztes Jahr Schluss gewesen. Roman hatte alles verkaufen müssen, wirklich alles. Nichts war ihnen geblieben, außer einer kleinen Sozialbauwohnung in einem Hochhausghetto, was ihnen überhaupt nicht schmeckte.

Romans cholerische Anfälle, seine Gewaltausbrüche waren seither nur noch schlimmer geworden. Kaum verging ein Tag, an dem er nicht auf Ines einprügelte. Dennoch hatte sie ihn nach wie vor zu entschuldigen versucht, hatte auf bessere Zeiten gehofft und geglaubt, Roman trotzdem noch zu lieben.

Bis Egon Grotzek in ihr Leben trat. Erst da gestand sie sich ein, dass es nicht Liebe war, was sie zu Roman hinzog. Das, was sie dafür gehalten hatte, war nur ein Selbstbetrug, eine Entschuldigung ihrer idiotischen Lethargie gewesen. Hinzu kam die unterschwellige Angst vor einem Leben allein ohne einen Mann an ihrer Seite. Ein Leben, in dem sie Verantwortung für sich selbst übernehmen und für ihre eigene Zukunft Entscheidungen treffen musste. Damit war sie schon einmal gescheitert, und dieser Stachel saß tief in ihrer Seele.

Nichtsdestoweniger hätte sie schon vor Jahren einen Schlussstrich ziehen sollen.

Aber vermutlich wäre sie ohne Egon nie zu dieser Erkenntnis gelangt. Dabei war es ausgerechnet Roman gewesen, der sie zu Egon geführt hatte. Bei dem Gedanken musste sie unwillkürlich lächeln. Ein Wink des Schicksals? Es war einer seiner Tobsuchtsanfälle gewesen. Roman hatte ihr ins Gesicht geschlagen, woraufhin sich ein Schneidezahn löste. Die anhaltenden Schmerzen trieben sie in den Behandlungsstuhl von Dr. Egon Grotzek und schließlich in seine Arme. Der Zufall spielte einem mitunter seltsame Streiche.

Hinkend schob sich Ines weiter. Vor dem Klingelbrett blieb sie stehen. Erschöpft lehnte sie sich mit der Schulter gegen die Hauswand und drückte wie wild auf Egons Klingelknopf.

Nach einer halben Ewigkeit meldete sich eine Stimme über die Sprechanlage. »Ja?«

Ines' Herz machte einen Sprung. »Egon, Gott sei Dank«, rief sie aus und schluchzte vor Freude. Für einen Moment waren all ihre Schmerzen verschwunden.

»Warten Sie bitte«, sagte die Stimme, die sich plötzlich gar nicht mehr wie Egon anhörte. Eine schreckliche Ahnung überfiel sie. Ihre Erleichterung schlug in blankes Entsetzen um. »Wer spricht da?«, rief Ines und drückte erneut den Klingelknopf. »Hallo? Egon?«

Camira legte sich hin und schaute mit traurigen Augen zu ihr auf.

Kurz verspürte Ines den Wunsch, einfach wegzurennen. Doch sie musste Gewissheit haben. Sie rüttelte an der Tür, aber wer immer ihr geantwortet hatte, betätigte nicht den Türöffner. Schließlich erschien jemand am Fuß der Treppe, lief mit großen Schritten zur Tür und öffnete sie. »Sie haben gerade bei Grotzek geklingelt?«

Ines nickte stumm.

»Und Sie sind wer?«

Alles in ihr sträubte sich plötzlich. »Wer will das wissen?«, gab sie trotzig zurück.

Über die Lippen des Mannes huschte ein Lächeln. Gleich sah er vertrauenswürdiger aus. »Sie haben recht, entschuldigen Sie bitte.« Er nestelte an seiner hinteren Hosentasche und zog sein Portemonnaie hervor. Kurz darauf hielt er ihr ein Plastikkärtchen vor die Nase.

Ines erkannte oben links das Länderwappen von Nordrhein-Westfalen und die Aufschrift »Polizei«.

»Kripo Köln, Weinberger mein Name.«

In Ines' Ohren rauschte es. »Ines Winter. Ich bin … eine Freundin von Egon«, hörte sie sich sagen. Ihre eigene Stimme klang ihr fremd. Sie merkte, wie sich ihr Blick verengte. Sie musste sich an der Tür festhalten, um nicht zusammenzusacken. »Was ist mit Egon?«

Weinberger machte ein zerknirschtes Gesicht. Er wollte gerade zu sprechen beginnen, als hinter ihm die Aufzugtür aufglitt und zwei Männer einen Zinksarg heraustrugen.

Ines Hand schoss vor und umklammerte Weinbergers Arm. »Was ist passiert?« Sie hatte die Worte fast geschrien, und zugleich klang ihre Stimme wie gedämpft.

Mit sanftem Druck löste Weinberger die Umklammerung. »Leider muss ich Ihnen die traurige Mitteilung machen, dass Dr. Egon Grotzek Opfer eines Kapitalverbrechens wurde.«

»Kapitalverbrechen?«

Die beiden Männer schoben den Zinksarg an ihnen vorbei. Ines blickte ihnen nach. Erst jetzt bemerkte sie den dunklen Leichenwagen. Plötzlich standen zwei Männer neben ihr und fotografierten sie und den Polizisten. Wo waren die nur hergekommen?

»Er ist ermordet worden«, sagte Weinberger mit ruhiger Stimme. Stumm schüttelte Ines den Kopf. Die Wut brannte in ihrer Kehle. In ihr schrie alles nach Rache. Das würde Roman ihr büßen. Diesen Mord würde sie nicht ungesühnt lassen.

Sie spürte eine Hand auf ihrer Schulter.

»Ich muss Sie bitten, mit mir zu kommen. Wir würden Ihnen gern ein paar Fragen stellen«, sagte Weinberger.

In diesem Moment trat ein Mann auf ihn zu, der ganz offensichtlich zu den Männern mit dem Sarg gehörte. Er benötigte eine Unterschrift von ihm.

Ines nutzte den Moment, um sich davonzuschleichen. Als sie hörte, wie der Mann hinter ihr herschrie, war sie bereits in der nächsten Seitengasse verschwunden.

15

Die Kälte des Steinfußbodens kroch Roman die Beine hinauf. Er schob sich ganz nach oben auf das Holzpodest. Von der krummen Sitzhaltung schmerzte sein Rücken. Er blickte sich um. Sein Blick fiel auf eine Figur in einem Schrein rechts vom Nebeneingang, der zum Bahnhof hinausführte. Amüsiert schüttelte er den Kopf. Sie sollte vermutlich die Jungfrau Maria darstellen. Für ihn sah die Figur auf die große Distanz eher wie Jabba aus, Han Solos und Luke Skywalkers fetter Widersacher aus den *Star-Wars*-Filmen.

Hinter Roman, am anderen Ende des Podests, stand ein Sessel, davor ein Mikro. Sicherlich saß dort allsonntäglich ein altersschwacher Pfaffe und röchelte seine Predigt herunter.

Roman atmete durch. Im Moment schien keine akute Gefahr auf ihn zu lauern. Er stand auf, zog den Sessel bis an die Stufen heran und setzte sich. Er lehnte sich entspannt zurück und seufzte behaglich. So war es auszuhalten. Die Sicht war von hier aus auch viel besser. Ohne Probleme konnte er jetzt über die Bänke im Kirchenschiff bis zum Hauptportal schauen. Links und rechts hatte er die Seitenportale im Blick. Allerdings versperrte die hohe Lehne die Aussicht nach hinten. Er wusste zwar nicht, ob sich dort überhaupt Zugänge zum Dom verbargen, doch auszuschließen war es nicht.

»Mist«, grummelte er, stand auf und schob den Sessel zurück, setzte sich wieder aufs Podest. Das war zwar unbequem, aber sicherer.

»Besorgt mir mal ein Kissen, verdammt, und eine Decke«, rief er laut. Er hatte keine Zweifel, dass er abgehört wurde, und mit hundertprozentiger Sicherheit nahmen hochempfindliche Präzisionskameras jede einzelne seiner Hautporen auf. Provozierend streckte er den Mittelfinger in die Höhe.

In diesem Moment hörte er, wie jemand die Tür neben dem Hauptportal öffnete.

»Mensch, ihr seid ja richtig schnell«, lachte er. Kurz darauf sah er seinen Unterhändler durch die Bankreihen auf ihn zukommen. Kurz musste Roman überlegen. Wie war noch mal der Name? Landgräf. Genau, Martin Landgräf.

Landgräf blieb in sicherer Entfernung stehen.

»Wo ist das Kissen?«, fragte Roman.

»Bitte?« Landgräf schaute ihn verständnislos an.

»Nicht so wichtig. Setzen Sie sich. Ich hab Ihnen einen Platz in der ersten Reihe freigehalten«, witzelte Roman und wies auf die vorderste Bank.

»Sehr zuvorkommend«, entgegnete Landgräf und nahm Platz.

Wieder hörte Roman die Tür. »Hier herrscht ja regelrecht Hochbetrieb.«

Mit laut klackenden Absätzen kam Susann Lebrowski näher. Sie brachte tatsächlich zwei Kissen und eine Wolldecke.

»Sieh an.« Roman schmunzelte. »Haben Sie für dich doch noch eine sinnvolle Beschäftigung gefunden?« Er zeigte auf den Boden vor sich. »Wirf das Zeug einfach dahin und dann verschwinde wieder.«

Stumm befolgte sie seine Aufforderung. Kurz darauf fiel das Portal hinter ihr ins Schloss, und er war wieder mit Landgräf allein, sah man von den Polizisten ab, die sich vermutlich irgendwo im Dunkeln verborgen hielten.

»So gefallen mir die Weiber, wenn sie folgsam sind und keine Widerworte geben«, sagte Roman. Ohne Landgräf aus den Augen zu lassen, griff er zur Decke und zum Kissen. Auf Letzteres setzte er sich, die Decke warf er sich über die Schultern. Der weiche Stoff schmiegte sich angenehm an seinen Nacken. »Schon besser«, meinte er. »Hier zieht es ganz schön, müssen Sie wissen.«

»Wärme macht müde.«

»Ein Grund mehr, meine Forderungen rasch zu erfüllen.«

»Sind Sie wirklich bereit, Ihr Leben zu riskieren? Und das Ihrer Stieftochter? Und womöglich das vieler weiterer Menschen? Wozu all das?«

Roman lachte spöttisch. »Unterschätze niemals die Macht des Geldes. Und ich hab keine Angst vor dem Tod.«

»Das behaupten viele. Und wenn es dann so weit ist, klammern sie sich an ihr Leben wie alle Menschen.«

Roman zog die Decke enger um sich. »Wissen Sie, was eine Nahtoderfahrung ist?«

»Natürlich. Haben Sie mal eine erlebt?«

Argwöhnisch runzelte Roman die Stirn. Landgräfs Fragen klangen ihm etwas zu forsch. »Ja …«, antwortete er daher zögerlich und musterte ihn genauer. Plötzlich war er sich sicher, diesem Mann dort auf der Bank schon einmal begegnet zu sein. Er zermarterte sich das Gehirn, doch kam er nicht darauf, wo es gewesen sein könnte.

»Ein Unfall?«, hakte Landgräf nach.

»Nein, kein Unfall. Ich habe dafür bezahlt.« Dieses Gesicht – ja, es kam ihm bekannt vor. Die blauen Augen, der stechende Blick.

»Bezahlt?« Landgräf legte die Beine übereinander. »Wo kann man denn so etwas kaufen?«

»Haben wir Zeit, über solche Dinge zu plaudern? Das Ultimatum läuft.«

»Ich bin nur der Mittelsmann und habe keinen Einfluss auf die Dinge, die um uns herum vorgehen. Sehen Sie es als Zeitvertreib. Oder als Versuch von mir, Sie wach zu halten, schließlich müssen wir vermeiden, dass Sie einnicken. Die Folgen wären unausdenkbar.«

Roman kratzte sich am Hinterkopf. Was führte der Kerl im Schilde? Setzte sich hier hin und begann mit ihm zu plaudern. War das ein Ablenkungsmanöver? Lief im Hintergrund bereits eine Aktion an, um ihn zu überwältigen? Suchend sah er über die Schulter, spähte in jede Ecke. Nichts. Ein Blick nach oben bestätigte ihm, dass sich kein Möchtegern-Spider-Man zu ihm abseilte. Ein wenig beruhigter wandte er sich an Landgräf. »In Russland kann man für Geld alles bekommen. Ich hab da mal einen Film gesehen, *Flatliners* hieß der, mit diesem Kiefer Sutherland. Der spielt darin einen Medizinstudenten, der eine Möglichkeit findet, ganz hart an die Grenze zu gehen.«

»An den Tod?«

»Ja. Der Film hat mich fasziniert. Ich wollte so etwas unbedingt erleben. Meine Frau war entsetzt, aber wenn ich mir was in den Kopf setze, dann lass ich nicht locker.« Roman grinste und wedelte mit dem Zünder in der Luft herum.

»Ich glaube«, sagte Landgräf, »es ist inzwischen allen klar, dass Sie nicht bluffen.«

Wieder diese abgeklärte Tour, dachte Roman. Er legte seine Hände in den Schoß. »Wie auch immer. Frauen können mich grundsätzlich nicht aufhalten. Ich also ab nach Russland und rein in die Klinik. Von außen war das ein ganz normales Krankenhaus. Dort kann man sich auch die Warzen rausschneiden oder Bypässe legen lassen.« Er bemerkte, wie Landgräf zusammenzuckte. Für den Bruchteil einer Sekunde zeigte sich ein ängstlicher Ausdruck in dessen Augen. »Die flicken dich wieder zusammen, wenn deine Pumpe nicht mehr synchron läuft«, sagte Roman. Gespannt achtete er auf Landgräfs Reaktion.

Der strich sich unwillkürlich mit der Hand über den Brustkorb.

»Das Herz?«, fragte Roman.

Eilig nahm Landgräf seine Hand vom Brustkorb. »Mit meinem Herzen ist alles bestens«, erwiderte er kurz angebunden.

Ertappt, dachte Roman. Gut zu wissen. Es war immer von Vorteil bei einer Verhandlung, die Schwächen des Gegenübers zu kennen. »Aber zurück zum Thema: Das richtig dicke Geld machen die dort mit den Spezialwünschen der Patienten. Schniedel ab, weil du eine Frau sein willst? Kein Problem, ganz ohne Psychiatergeschwätz vorweg. Eine neue Niere? Bring einen Koffer voller Dollar mit, und irgendein armer Wicht in Indien oder Pakistan muss unfreiwillig als Organspender fungieren. Ich wollte eben eine Nahtoderfahrung haben. Und ich hab sie bekommen.« Er schloss versonnen die Augen. Dann fuhr er fast träumerisch fort. »Es war das Schärfste, was ich je empfunden habe. Ein fantastisches Licht, mein Leben zog an mir vorbei. Ich fühlte mich frei und leicht wie eine Feder. Jedes körperliche Empfinden war verschwunden, weg, ich war nur noch Geist, nur noch Seele. Mann, das war der absolute Wahnsinn, besser als Sex oder …« Roman biss sich auf die Zunge. Fast hätte er sich verplappert. Von seinen Straftaten musste ja niemand etwas erfahren.

Landgräf räusperte sich. »Wie sind Sie denn an die Adresse gekommen?«

Wieder so eine Schlaumeierfrage. Skeptisch hob Roman eine Augenbraue. »Soll das ein Quiz werden?«

»Bin nur neugierig.«

»Weil du dich umoperieren lassen willst, oder was?« Roman lachte, wurde jedoch übergangslos ernst. »Was läuft hier eigentlich? Sie kommen hier rein und stellen eine Frage nach der anderen? Ich bin schließlich nicht blöd. Was bezwecken Sie damit?«

»Wie gesagt: reine Neugier.«

In Roman flackerte Zorn auf. Er saß nicht hier, um sich von jemandem verarschen zu lassen. Irgendetwas ging hier vor sich, und er verspürte keine Lust mehr, nur zu reagieren. Jetzt würde er wieder das Zepter in die Hand nehmen und die Fragen stellen. »Erzählen Sie mir keine Scheiße«, spie er aus. »Reden wir mal über die wichtigen Dinge. Was ist mit der Überweisung? Wo bleibt mein Geld? Steht der Learjet schon bereit?«

Landgräf zog ein Taschentuch aus der Hosentasche und schnäuzte sich. »Soviel ich mitbekommen habe, wird daran gearbeitet.«

»Wird das vor neun noch was?«

»Woher soll ich das wissen? Ich sitze nur hier, weil Sie mich als Boten auserkoren haben.«

Roman war das zu glatt. Fast schon professionell, wie der Typ sich hier aufführte. »Was machst du eigentlich beruflich?«, fragte er, um Landgräf ein wenig auf den Zahn zu fühlen.

»Im Moment nichts, bin krankgeschrieben.«

»Das Herz?«

Landgräf verdrehte die Augen. »Also gut, das Herz.« Er tippte sich auf die Brust. »Eigentlich ist das Ganze hier Gift für mich.«

»Und wenn du gerade mal nicht krank bist?«

»Journalist.«

Roman lachte laut auf. »Ein Schmierfink«, rief er. Sein Zorn ebbte ab. Da hätte er selbst drauf kommen können. Deswegen auch das abgeklärte Verhalten. Vermutlich trieb sich der Kerl normalerweise in irgendwelchen Krisengebieten herum, Naher Osten, Kolumbien, Nordkorea und was es da noch so gab. Daher die abgebrühte Art und die Fragerei. »Aus der Ecke weht also der Wind. Sie wollen eine Story daraus machen. Na, da hab ich Ihnen ja regelrecht einen Gefallen getan. Sie müssen mir dankbar sein.«

Ein zerknirschtes Lächeln stahl sich auf Landgräfs Gesicht. »Wenn Sie so wollen …«

»Mit der Story kommen sie ganz groß raus«, prophezeite Roman. »Obwohl«, grübelte er, »mir kam ihr Gesicht direkt bekannt vor. Sind Sie auch im Fernsehen zu sehen?«

»Hin und wieder«, gab sich Landgräf bescheiden.

»Fernsehen, hm«, murmelte Roman. Warum nicht ein kleiner Auftritt im Fernsehen? Das hätte was. Vor allem wenn er alle Fäden in der Hand behielte, wenn er nicht nur Hauptdarsteller wäre, sondern zusätzlich das Drehbuch schriebe. Er sah sich um. Gefilmt wurde er sowieso. Und warum nur auf den Monitoren der Polizisten auftauchen? »Passen Sie auf«, sagte er daher zu Landgräf, »Sie marschieren subito hier raus und rufen ein paar Kumpels von Ihnen an.« Er sah auf die Uhr. »In einer Viertelstunde tauchen Sie mit einem Fernsehteam auf, vorausgesetzt die erfüllen meine Forderungen bis dahin nicht. Und davon gehe ich mal aus. Wir können uns dann über das kleine Feuerwerk unterhalten, das um neun stattfinden wird. Alles klar? Also Beeilung!«

Roman wedelte mit der freien Hand, und Landgräf stand pflichtschuldigst auf und eilte zum Ausgang.

16

Als Ines die U-Bahn-Station erreichte, blickte sie sich noch einmal um, ob der Polizist sie verfolgt hatte. Aber die schlaksige Gestalt war nirgends zu sehen. Erleichtert ging sie in die Knie und wuschelte Camira den Hals. Die feuchte Zunge des Hundes strich warm über ihre Wangen und wischte die Tränen fort.

»Lass uns weitergehen«, sagte Ines und kämpfte sich hoch. Die Beine schmerzten höllisch. Sie humpelte die Treppen zum Bahnsteig hinunter, hielt sich dabei krampfhaft am Handlauf fest. Jede Stufe erschien ihr wie ein Abgrund. Menschen strömten an ihr vorbei. Sie wirkten gehetzt. Eine Frau mit einem Kleinkind im Schlepptau rempelte sie an und hastete ohne ein Wort der Entschuldigung weiter.

Ines stöhnte auf. Schmerzhafte Stiche fuhren durch ihr Schultergelenk. Kurz trübte sich ihr Blick, und sie schwankte.

»Na, na, na«, hörte sie jemanden an ihrer Seite sagen. »Falsche Richtung. Wo wollen Sie denn hin?«

Ein junger Mann stand eine Stufe unter ihr und lächelte freundlich. In der Hand hielt er einen Aktenkoffer.

»Ich muss …« Sie biss sich auf die Unterlippe, als die Schmerzen in der Schulter wieder heftiger wurden. »Ich muss zum Dom.«

»Aber nicht mit der Bahn. Die Innenstadt ist abgeriegelt. In den Nachrichten wurde geraten, wer in die City zur Arbeit müsse, solle vorerst zu Hause bleiben.« Er schwenkte seinen Koffer. »Die haben gut reden. Mein Chef wird mir was anderes erzählen.« Er lachte unlustig.

Daran hätte sie denken können. Ines schloss für einen Moment erschöpft die Augen. Bei dem Gedanken daran, die Strecke zum Dom zu Fuß zurücklegen zu müssen, brach ihr der Schweiß aus.

»Sie sehen blass aus.«

Ines sah den Mann an. Was wollte er von ihr? Sie war schon einmal auf solch einen barmherzigen Samariter hereingefallen. Das würde ihr nicht so schnell noch einmal passieren. »Ich glaube nicht, dass Sie das was angeht«, entgegnete sie daher unwirsch.

Der Mann ging sofort auf Abstand. »Entschuldigen Sie«, murmelte er, »ich wollte Sie nicht belästigen.« Er trat an ihr vorbei, zögerte dann aber. Aus seiner Manteltasche zog er eine Packung heraus. »Hier, nehmen Sie. Sie sehen aus, als ob Sie das gebrauchen könnten.«

Reflexartig griff Ines zu.

Er verschwand in der Menschenmenge, ohne sich nochmals umzudrehen.

Ines starrte auf die Packung. Ibuprofen. Ein Schmerzmittel. Sie schüttelte fassungslos den Kopf. Was für ein Bild musste sie abgeben, wenn wildfremde Menschen ihr schon Tabletten schenkten?

17

Energisch stieß Landgräf die Tür auf und verließ den Dom.

Wieder empfing ihn Susann Lebrowski. In der Ferne sah er die mit Maschinenpistolen bewaffneten Einsatzkräfte, die die Straßen und Zugänge abriegelten. Susann Lebrowski und er waren weit und breit die einzigen in Zivil gekleideten Personen. Offensichtlich waren die Evakuierungsmaßnahmen zügig und erfolgreich umgesetzt worden.

»Wieso hast du dich als Reporter ausgegeben?«, fragte die Polizistin.

Landgräf atmete tief ein. Die frische Luft strömte wohltuend in seine Lungen, und sein Puls beruhigte sich etwas. »Kam mir spontan in den Sinn.«

»Schmadtke wird dir den Kopf abreißen. Ein Reporterteam mit Kamera, das wird ihm garantiert nicht gefallen.«

»Da bin ich anderer Meinung.« Landgräf lächelte wissend. »Komm mit.«

Sie überquerten den Domvorplatz und gingen zum Forum. Ein doppelte Reihe Sandsäcke lag inzwischen deckenhoch außen vor den Glasscheiben. Ob das im Fall des Falles ausreichen würde, fragte sich Landgräf skeptisch.

Im Innern bahnten sie sich einen Weg durch das geschäftige Treiben bis zu dem abgetrennten Bereich, in dem sich die Einsatzzentrale befand.

Schmadtke stand an der Karte, auf der die evakuierten Häuser verzeichnet waren. Als er Landgräf bemerkte, winkte er ihn heran.

In diesem Moment betrat auch Schmitz den Raum und kam zu ihnen.

»Wo warst du denn?«, fragte Schmadtke.

Schmitz klopfte sich auf den Bauch. »Hab mir beim Roten Kreuz zwei Brötchen besorgt. Wenn ihr ebenfalls was zum Frühstück haben wollt, müsst ihr euch beeilen. Die Kollegen stehen Schlange.«

»Jetzt nicht«, sagte Schmadtke.

Übergangslos fragte Landgräf: »Hilft euch das weiter, was Nero da erzählt hat?«

»Ich habe zwei Mädels drangesetzt. Die Ritter drangsaliert sie gerade, zusammen mit den beiden vom LKA. Die halten sich allerdings eher vornehm zurück und lassen sie machen. Die Ritter ist ein ziemlicher Wirbelwind.« Mit dem Kinn wies er in Richtung der Raumteiler. »Glaube aber nicht, dass es viel bringen wird. Wir tappen nach wie vor im Dunkeln.«

»Fürchte, mit dieser Einschätzung liegst du richtig«, bekräftigte Schmitz, der sein Handy aus der Hosentasche geholt hatte und darauf herumtippte.

»Verdammt«, murmelte Susann Lebrowski. »Das heißt,

wir können immer noch nichts unternehmen, um der Stieftochter zu Hilfe zu kommen.« Sie schauderte.

Schmadtke zog eine bedenkliche Miene. »Ebenso wenig können wir letztlich sicher sein, dass er nicht blufft. Wir benötigen mehr Anhaltspunkte, sonst kommen wir nicht weiter. Notfalls müssen wir die Bevölkerung um Mithilfe bitten. Vorbereitet ist alles. Die Sender warten nur noch auf unser Okay. Ich habe auch einige Leute an die Nero-Akte gesetzt. Vielleicht finden die ja etwas, was wir damals übersehen haben.«

»Unwahrscheinlich«, entfuhr es Landgräf ärgerlich.

»Jetzt reg dich nicht gleich auf«, sagte Schmadtke, »soll doch keine Kritik an deiner Arbeit sein. Wir müssen alles versuchen.«

Landgräf wusste, dass Schmadtke recht hatte, aber die Sache gefiel ihm trotzdem nicht. »Besser wäre es, wenn ich Nero etwas anbieten könnte. Oder wollt ihr es darauf ankommen lassen, ob er blufft oder nicht? Wie sieht es zum Beispiel mit dem Learjet aus?«

»Ist alles in der Mache«, sagte Schmadtke. »Auch um das Geld kümmert sich jemand. Falls alle Stricke reißen, können wir auf Plan B zurückgreifen.«

»Gut. Wie wäre es, wenn ich ihm gleich davon erzähle? Vielleicht können wir Zeit damit schinden.«

Fragend sahen sie Susann Lebrowski an.

Die schüttelte den Kopf. »Egal was wir ihm sagen – er wird sein Ding rücksichtslos durchziehen.«

»Na toll«, kommentierte Landgräf resigniert. Noske kam zur Tür herein, umrundete die Tische und stellte sich zu ihnen. Ein Headset hing an seinem Ohr. Sein SEK-

Anzug schimmerte dunkel im Licht der Neonleuchten. Anerkennend klopfte er Landgräf auf den Rücken. »Nicht schlecht, die Idee mit dem Fernsehteam.«

»Wenn ich ehrlich bin, war das nicht meine Idee«, gab Landgräf zu. »Nur habe ich, als Nero damit anfing, sofort die Vorzüge erkannt.«

»Vorzüge?« Auf Susann Lebrowskis Gesicht trat ein fragender Ausdruck. »Wir verschaffen einem Kriminellen einen öffentlichen Auftritt. Was soll das für Vorzüge haben? Er wird vermutlich nur irgendwelche Machosprüche absondern.«

»Ich bitte Sie.« Schmadtke machte eine wegwerfende Handbewegung. »Sie glauben hoffentlich nicht, dass wir da ein echtes Fernsehteam reinschicken.«

»Ach so.« Susann Lebrowskis Wangen färbten sich rot. »Verstehe.«

Landgräf konnte sich ein Schmunzeln nicht verkneifen.

»Zwei meiner Leute sind bereits unterwegs«, erläuterte Noske. »Sie werden sich umziehen und dann mit passendem Equipment hier auftauchen.« Er lachte und wies mit dem Daumen nach draußen. »Freundliche Leihgabe von News-TV. Haben wir gerade requiriert.« Spöttisch lachte er. »Sie werden bewaffnet reingehen. Wenn sich eine Gelegenheit ergeben sollte, dann sind sie vorbereitet.«

»Macht euch keine falschen Hoffnungen«, sagte Schmitz und tippte dabei weiter auf seinem Handy herum. »Totmannschaltung, schon vergessen? Einfach überwältigen ist nicht.«

»Wer weiß. Man sollte …«, begann Noske, dann sah er

irritiert Schmitz an. »Hör mal, was treibst du da eigentlich die ganze Zeit?«

Schmitz sah auf. »Die Kinder. Ab und zu verlangen die nach dem Papa.«

»Muss das jetzt sein? Wir planen hier einen Einsatz, verdammt«, fuhr Noske ihn an. Sein linkes Auge zuckte.

»So viel Zeit muss sein«, brummte Schmitz, während er seelenruhig weitertippte.

»Zurück zur Sache«, bestimmte Schmadtke. »Ein Zugriff muss von mir autorisiert werden, damit das klar ist.«

Noske nickte. »Selbstverständlich.«

»Wen hast du ausgesucht?«

»Krämer und Fuhrmann«, sagte Noske. Stolz warf er sich in die Brust. »Meine besten Leute. Krämer war drei Jahre Ausbilder für die Polizei in Afghanistan. Hat dort ein paar heikle Situationen gemeistert. Der behält auf jeden Fall die Nerven.«

»Guter Mann«, lobte Schmadtke. »Und Fuhrmann? Ist das nicht die junge Frau, die reihenweise Trophäen für dein Team sammelt?«

»So ist es«, bestätigte Noske.

»Trophäen?«, hakte Susann Lebrowski nach.

»Wettkämpfe: Geiselbefreiung, Ausheben von Terroristenzellen und solche Dinge«, erklärte Noske. »Sie vertritt uns bei derartigen Veranstaltungen sehr erfolgreich. Fuhrmann schießt mit der Pistole aus hundert Metern einem Spatz ein Bein ab, und sie ist geschmeidig wie eine Katze. Regelmäßig landet sie auf den vorderen Plätzen, zuverlässig wie ein Schweizer Uhrwerk.«

Offensichtlich hat er die richtigen Leute ausgesucht, dachte Landgräf.

Er sah auf die Uhr. Zwanzig vor neun. »Und jetzt?«, fragte er in die Runde.

Schmadtke verzog gequält das Gesicht und kratzte sich am Hinterkopf. »Das Ultimatum läuft ab. In wenigen Minuten werden wir erfahren, ob Nero blufft.« Er holte tief Luft. Seine Miene verfinsterte sich. »Wenn nicht«, stieß er aus und sah Landgräf eindringlich an, »dann gnade uns Gott.«

18

Das Handy in Romans Jacke vibrierte. Eine SMS. Langsam schob er seine Hand in die Tasche und drückte einen Knopf. »Alles bereit«, las er.

Er ließ das Handy an Ort und Stelle und zog stattdessen ein Papiertaschentuch hervor, das sich ebenfalls in der Tasche befand, und fuhr sich damit über die Stirn. Sollte er beobachtet werden, und davon war er überzeugt, dann würde er den Anschein erwecken, als habe er mit einem Schweißausbruch zu kämpfen. Das wäre ja nur nachvollziehbar bei einem Menschen, an dessen Körper fünf Kilo C4-Sprengstoff klebten und der gerade einer ganzen Stadt den Kampf angesagt hatte. Er unterdrückte ein Grinsen, um seine kleine Inszenierung nicht zu gefährden.

Endlich saß er, Roman Winter, mal wieder am längeren Hebel. Die dort draußen konnten sich winden, wie sie wollten. Früher oder später mussten sie auf seine Forderungen eingehen. Denn nichts war bedrohlicher als ein Attentäter, der bereit war, sich selbst zu opfern.

Er horchte in sich hinein. Nicht die Spur eines Zweifels. Lieber würde er seinem Schöpfer gegenübertreten, als das Scheißleben des letzten Jahres weiterzuleben. Mal ganz davon abgesehen, dass er bei einem Rückzieher im Knast landete. Nein, er hatte sich für diesen Weg entschieden und würde ihn bis zum Ende gehen. Und erst wenn alles überstanden war, konnte er sich auf ein entspanntes Leben unter der karibischen Sonne freuen. Mit Havannas, Cuba Libres und wunderschönen Frauen, die machten, was er von ihnen verlangte. Nicht so wie Ines, die ihn hintergangen hatte.

Das Miststück.

Ihr Verrat schmerzte ihn mehr, als er sich eingestehen wollte. Sie gehörte zu ihm, an seine Seite. Nein, mehr noch: Sie gehörte ihm, sie war sein Eigentum. Wie ein Möbelstück oder ein Wagen. Schließlich hatte er all die Jahre für sie bezahlt, sie ausgehalten, ihr Kind versorgt. Die Feministinnen konnten sich die Kehle nach weiblicher Selbstbestimmung und Gleichberechtigung wund schreien, ihn beeindruckte das nicht. Wer zahlte, war der Chef, und bestimmte, wo es langging. Ein einfaches Gesetz, ohne Fallstricke und Hintertürchen. Basta. Dabei war es ja nicht so, dass er Ines nicht wertgeschätzt hätte. Ein schickes Auto sah man schließlich auch mit Vergnügen an und hegte und pflegte es.

Er hatte sich sogar gern mit ihr geschmückt. Selbst heute, mit zweiundvierzig, war Ines noch außerordentlich attraktiv. Der Lack war bei ihr noch lange nicht ab.

Nach anfänglicher Unsicherheit hatte sie ihre Rolle als Frau eines erfolgreichen Immobilienmaklers und Bauunternehmers genossen. Sie hatte die Herzen seiner Geschäftspartner im Sturm erobert und ihm so Wege eröffnet, an denen er sich sonst die Zähne ausgebissen hätte. Sie waren ein eingespieltes Team gewesen.

Nur eins hatte ihm zum Glück gefehlt: eigene Kinder.

***

Roman erinnerte sich noch genau an Tag. Es war an einem heißen Tag im Sommer 1992 gewesen. Sein Rücken klebte an der Rückenlehne des Plastikstuhls, auf dem er saß.

Dr. Hülsenbusch thronte hinter seinem Schreibtisch. Der gestärkte Kittelkragen stand aufrecht, ein Stethoskop baumelte ihm um den Hals. Mehrere Kugelschreiber steckten in der Brusttasche. Die Lesebrille fast auf der Nasenspitze, studierte der Arzt die Testergebnisse. »Hatten Sie in Ihrer Kindheit Mumps?« Er hob den Blick und musterte Roman über den Rand seiner Brille.

»Ja.« Unwillkürlich fuhr sich Roman mit der Hand unter sein Ohrläppchen. Die Krankheit hatte ihn damals schlimm erwischt. Aber warum fragte Hülsenbusch danach? Es ging schließlich um seine Fruchtbarkeit und nicht um Kinderkrankheiten.

Die Untersuchung hatte er Ines verschwiegen. Seit zwei Jahren versuchten sie ein Kind zu zeugen. Doch Monat für Monat waren ihre Hoffnungen enttäuscht worden. Da nach Aussage des Frauenarztes bei Ines alles in Ordnung war, hatte Roman sich heimlich dazu entschlossen, seinen Samen untersuchen zu lassen. Die Sache war ihm mehr als unangenehm gewesen, und jetzt schien sich zudem seine schlimmste Befürchtung zu bewahrheiten.

»Nach der ersten Woche stieg das Fieber wieder?«

Roman schloss die Augen, nickte. »Ja.«

»Ihre Hoden schmerzten?«

Daran konnte Roman sich noch sehr gut erinnern. Breitbeinig hatte er auf dem Sofa gelegen. »Heftig. Bei jeder Berührung.«

Doktor Hülsenbusch nickte. »Das habe ich befürchtet: Mumps-Orchitis.«

»Bitte?«

»Eine Entzündung der Hoden, ausgelöst durch den Mumpsvirus. Selten, aber kommt vor.« Er legte ein Blatt zur Seite und überflog ein weiteres.

»Und das bedeutet?«, fragte Roman.

Hülsenbusch seufzte. »So wie es aussieht, sind Sie unfruchtbar.«

Dies so definitiv gesagt zu bekommen, schockierte Roman, obwohl er es bereits befürchtet hatte. Er sackte in sich zusammen. »Kann man dagegen etwas machen? Tabletten oder ... Übungen?«

Mit einer mitleidigen Miene schüttelte Hülsenbusch den Kopf. »Leider nein.«

Roman senkte den Blick, fühlte sich wie betäubt. Er war unfruchtbar. Ein Schlappschwanz. Am liebsten hätte er laut aufgeschrien und Hülsenbusch die Fresse poliert.

»Hören Sie, Herr Winter, ich weiß, dass das für Sie eine betrübliche Nachricht ist ...«

Roman hörte nicht mehr zu. Hülsenbuschs Mund bewegte sich, doch die Worte erreichten ihn nicht. Irgendwann fand er sich draußen auf dem Gehsteig wieder. Wie er dort hingekommen war, hätte er nicht zu sagen vermocht.

Roman taumelte die Straße hinunter, versuchte den Kokon aus Frustration und Wut, der ihn gefangen hielt, zu durchstoßen. Keine Kinder. Mit seinem Tod endete alles. Die Linie seiner Familie wäre an ihr Ende gekommen.

Ein schrilles Klingeln riss ihn aus seinen trüben Gedanken. Er war an einer Grundschule angelangt. Die Kinder stürmten aus dem Gebäude, an ihm vorbei, liefen nach Hause, in Gruppen, lachend, sich balgend. Einige wurden von ihren Eltern abgeholt, andere sprangen johlend in den ankommenden Linienbus.

Romans Blickfeld flimmerte, seine Fingernägel gruben sich schmerzhaft in seine Handflächen. Neidisch sah er den Eltern nach, die mit ihren Kindern an der Hand davongingen. Warum war ihnen das vergönnt und ihm nicht? Am liebsten hätte er ihnen ihre Kinder entrissen, um ihnen zu zeigen, wie zerbrechlich ihr Glück war, wie nah Freud und Leid zusammenlagen. Er wollte sie spüren lassen, wie er sich fühlte.

Gerade als er sich wütend abwenden wollte, fiel sein Blick auf einen etwas pummeligen Jungen, der mit gleichgültiger Miene aus dem Gebäude kam und über den Schulhof schlenderte. Er schien keine Eile zu haben, nach Hause zu kommen. Den Schulranzen hatte er nur über eine Schulter gehängt, in der Hand hielt er einen Schokoladenriegel, an dem er lustlos nagte.

Auf Romans Höhe blieb er stehen und setzte seinen Ranzen ab.

»Schwer?«, fragte Roman und lächelte ihm freundlich zu.

Der Junge sah ihn schweigend an.

»Wenn du willst, fahr ich dich mit dem Auto nach Hause.«

»Bei dir piept's wohl. Ich gehe nicht mit fremden Männern mit.«

»Sehr gut«, sagte Roman und nickte. Er zog aus seinem Portemonnaie seine goldene Amex-Karte und zeigte sie dem Jungen. »Schulaufsichtspolizei. Ich heiße Peter Panzer. Ich muss kontrollieren, ob sich alle Kinder daran halten, nicht mit Fremden mitzugehen.« Er steckte die Karte wieder ein. »Du hast den Test bestanden. Gratuliere.«

Der Junge stutzte. »Echt? Polizei?«

Roman zwinkerte. »Aber verrate mich nicht. Ich muss den Test ja auch noch mit deinen Klassenkameraden machen.«

»Cool.«

»Du hast dir gerade ein Eis verdient.« Roman kratzte sich nachdenklich am Kinn. »Wenn du nichts dagegen hast, machen wir uns am besten gleich auf den Weg. Mein Wagen steht …«, er sah sich um, fand rasch die Orientierung wieder, »bloß die Straße runter, dann hinten an der Ampel links.«

»Mit dem Auto?« Der Junge runzelte die Stirn. »Die Eisdiele ist doch gleich hier um die Ecke.«

Roman war verwirrt. Den Nachmittag mit dem kleinen Bengel zu verbringen bedeutete ihm in diesem Moment alles. Allerdings konnte er sich unmöglich mit ihm in der Nachbarschaft blicken lassen, das war klar. Er tat, als sei ihm etwas in den Sinn gekommen.

»Dabei fällt mir ein … Ach, ist egal.«

»Was?«

Gespielt gleichgültig zuckte Roman mit den Schultern. »Ich habe gedacht, wir verbinden das Eisessen mit einem Zoobesuch. Als zusätzliche Belohnung für dein vorbildliches Verhalten.«

Der Junge strahlte. »Zoo? Echt?«

»Klar, echt.«

»Cool.«

Zusammen machten sie sich auf den Weg.

* * *

Das erneute Vibrieren seines Handys holte Roman aus der Vergangenheit. Die flehenden Augen des Jungen verfolgten ihn noch kurz bis in die Gegenwart, doch er schüttelte sie ab. Er spähte in seine Tasche und drückte so unauffällig wie möglich die Anzeigetaste.

»Countdown läuft«, las er vom Display ab.

Sehr gut. In sechzig Sekunden würde jeder wissen, dass er nicht bluffte.

19

Timon Fischer liebte die Industriebrache. Hier konnte er zwischen den Mauern der alten Fabrikhallen herumstreifen und von seinem stressigen Job im Callcenter abschalten. Niemand lag ihm in den Ohren mit irgendwelchen Beschwerden, kein Vorgesetzter hing ihm mit heißem Atem und Mundgeruch im Nacken und drängte ihn zu Abschlüssen. Hier war er frei von allen Zwängen und Verpflichtungen. Einfach den Metalldetektor vor sich hin und her schwenken und dabei selig schweigen. So sah für ihn der Himmel auf Erden aus.

Kaum zu glauben, welche Schätze er hier bereits gehoben hatte. Jede Menge Münzen unterschiedlichster Herkunft lagen bei ihm zu Hause im Wohnzimmerschrank auf Samtdecken. Eine Silberkette hatte er in einer Dehnungsfuge zwischen zwei Betonplatten entdeckt, einen Weißgoldring mit einem kleinen Diamanten, im Schlamm neben einer überwucherten Eisenbahnschiene. Er war nicht liiert, aber wenn er einmal die Richtige treffen sollte, würde er ihr beides schenken.

Der absonderlichste Fund war ein Goldzahn. Den hatte er unter einer verlassenen Werkbank gefunden. Der materielle Wert spielte für Timon Fischer keine Rolle. Ihn faszinierten allein die Geschichten, die sich hinter den Gegenständen verbargen. Wieso lag ein Goldzahn unter einer Werkbank? Eine Schlägerei? Und vermisste jemand die Kette? Wie war der Ring neben den Gleisen gelandet? Fragen, mit denen sich Timon Fischer beschäftigte. Sie regten seine Fantasie an, ließen ihn seinen ungeliebten Brotberuf vergessen und führten ihn in eine Welt, in der nur er regierte.

Jahrzehntelang hatten Arbeiter hier geschuftet, hatten Maschinen gebaut und mitgeholfen, das Wirtschaftswunder zu verwirklichen. Was waren das für Männer und Frauen gewesen? Wie sahen ihre Träume aus, welches Schicksal hatte sie ereilt?

Ende des letzten Jahrhunderts schlossen sich die Fabriktore ein für alle Mal. Endgültig. Die übermächtigen Konkurrenten aus Fernost waren zu lange unterschätzt, notwendige Investitionen und Innovationen versäumt worden. Viel zu spät wurde den verantwortlichen Managern die prekäre Lage der Firma bewusst.

Seit Stilllegung der Betriebe hatte sich hier kaum etwas verändert. Einige Maschinen hatte der Insolvenzverwalter noch nach Afrika verkaufen können. Jetzt ragten in den Werkshallen an ihren ehemaligen Standorten Kabelbäume wie kahle Herbststräucher in die Höhe. Durch das undichte Dach regnete es, das Wasser sammelte sich zu ölig schimmernden Pfützen auf dem Boden. Schwalben schossen über Timon Fischers Kopf hinweg, spätabends hörte er das Flattern der Fledermäuse.

Letztens hatte er im *Stadtanzeiger* gelesen, dass sich

ein Investor für das Gelände interessierte. Er plante ein Einkaufscenter mit angeschlossenem Spaßbad. Für Timon Fischer war es der Ansporn, seine Suche zu forcieren. Wer weiß, wie viel Zeit ihm noch blieb.

Er hatte sich in der hintersten der Hallen erst eine knappe Viertelstunde umgesehen, als dumpf ein Motorengeräusch an seine Ohren drang. Er nahm seinen Kopfhörer ab und spähte durch das zerbrochene Fenster nach draußen. Ein himmelblauer Transporter schoss in rasanter Fahrt, eine Staubfahne hinter sich herziehend, über das Außengelände. Kurz darauf verschwand er aus seinem Blickfeld.

Timon Fischer runzelte die Stirn. Ein Kleinkrimineller, der hier sein Diebesgut versteckte? Wohl kaum. Vermutlich war es viel banaler. Sicher nur ein Spinner, der seinen Müll entsorgte. Er hatte schon oft halb leere Farbeimer, alte Elektrogeräte und jede Menge Hausrat gefunden. Es war wirklich verantwortungslos, wie manche Menschen mit ihrem Müll umgingen.

Trotzdem konnte man ja mal nachschauen, ob der Müllpirat nicht etwas Brauchbares abgeladen hatte.

Timon Fischer schulterte seinen Metalldetektor, trat ins Freie und wandte sich zum Gebäude rechts, einem kleinen Anbau der Maschinenhalle. Es war einmal der Pausenraum gewesen, wie er von einem ehemaligen Arbeiter erfahren hatte. Aus der Richtung war der Transporter gekommen. Es schien also nicht unwahrscheinlich, dass er das, was immer er entsorgen wollte, dorthinein geworfen hatte.

Die Neugier ließ sein Herz höherschlagen, als er die

Tür des Anbaus öffnete. Er sah sich um: ein einfacher Tisch mit einer Resopalplatte, mehrere zerbrochene Stühle, an der Wand vergilbte Fotos von barbusigen Frauen. Drei rostige Spinde standen in der Ecke neben einem Waschbecken. Auf dem Boden lagen alte Zeitungen. Es roch nach Schimmel und Moder. Timon legte den Metalldetektor auf den Tisch und schaute sich von der Mitte des Raums aus um. Da bemerkte er es: ein rotes Blinken, das aus den Lüftungsschlitzen eines der Spinde an der Wand drang.

Er ging auf den Spind zu und öffnete ihn. Die blecherne Tür quietschte in den Angeln. Timon senkte den Blick. Innen auf dem Boden lag ein in beiges Papier gewickeltes Päckchen, doch es war eindeutig nicht für die Post bestimmt. Kabel drangen aus dem Papier und führten zu einer roten LED, die hektisch blinkte.

»Ist ja interessant«, murmelte er und streckte die Hand aus. »Was haben wir denn da?«

Doch Timon Fischer kam nicht mehr dazu, der Sache auf den Grund zu gehen. Das Letzte, was in sein Bewusstsein drang, waren ein greller Blitz und Hitze.

20

Drei Polizeiwagen rasten mit Sirene und Blaulicht an Ines vorbei, ein Rettungswagen und zwei Löschzüge folgten.

Camira drückte sich an ihr Bein und zog den Schwanz ein. Leise jaulte sie. Martinshörner waren ihr immer schon zuwider gewesen.

»Gleich geschafft«, beruhigte Ines die Hündin und tätschelte ihr die Flanke. Das schrille An- und Abschwellen der Sirenen wurde leiser, verebbte in der Ferne.

»Siehst du«, sagte Ines und humpelte weiter. »Alles halb so schlimm.« Ein wenig wunderte sie sich über die Fahrtrichtung der Einsatzwagen. Sollten sie nicht in Richtung Dom unterwegs sein? Dorthin, wo Roman saß und die Stadt in Atem hielt? Andererseits ging das Leben natürlich weiter, und wer weiß, was zur selben Zeit an anderen Orten Schlimmes passierte. Auch wenn Roman das anders sah, es gab eben nicht bloß ihn auf der Welt.

Nur wenige Passanten kamen ihr entgegen. Hundert Meter weiter vorn sah sie das alte Stadttor auf dem Rudolfplatz. Die Mauern der wuchtigen Türme erstrahlten im Schein der Morgensonne, die sich gerade in einer Wolkenlücke sehen ließ.

Es war ungewöhnlich ruhig. Normalerweise war um diese Uhrzeit hier die Hölle los. Die Ruhe hatte etwas Gespenstisches. Mit rot-weißem Band umwickelte Absperrgitter riegelten die Zufahrt zur Innenstadt ab. Dahinter patrouillierten Polizisten. Einige trugen Maschinengewehre. Dunkelgrüne Transporter mit vergitterten Fenstern standen auf dem Platz.

Ines zögerte, blieb stehen. Noch einige wenige Schritte und sie würde Romans Gegnern alles mitteilen, was sie wusste, und ihm damit in den Rücken fallen.

Eine Reiterstaffel hatte sie offensichtlich bemerkt. Die beiden Polizisten wendeten ihre Pferde und trabten langsam auf sie zu.

War sie wirklich bereit, Roman zu verraten? Sie zauderte. Ihre Entschlossenheit und der Wunsch nach Rache von vorhin schienen plötzlich wie weggeblasen. Vor dem Altar hatte sie Gott geschworen, zu ihrem Ehemann zu halten, in guten wie in schlechten Zeiten. Und sie hatte es damals ernst gemeint, es war nicht nur ein Lippenbekenntnis gewesen. Sie verspürte den fast unbändigen Wunsch, umzudrehen und davonzurennen.

Camira knurrte, ihre Rute stand steil in die Höhe, die Muskeln zitterten angespannt unter dem Fell. Aufmerksam blickte die Hündin in Richtung der Reiter, die jetzt noch fünfzig Meter entfernt waren.

Ines spürte, wie ihr der Schweiß ausbrach. In ihrem Kopf fuhren die Gedanken Karussell. Wenn sie jetzt umkehrte, dann war möglicherweise noch nicht alles verloren. Ihr Verhältnis mit Egon war eine fixe Idee gewesen, ein Ausbruchsversuch, der von vornherein zum Scheitern verurteilt gewesen war. Niemals hätte Egon sich auf Dauer mit ihr eingelassen, mit einer grauen Maus aus der untersten Einkommensschicht. Er führte ein glamouröses Leben, kannte jede Menge hinreißender Frauen. Früher oder später hätte er Ines für eine von ihnen einfach beiseitegeschoben. Aber so weit war es nun nicht mehr gekommen.

Das Klappern der Hufe hallte zwischen den Häuserwänden. Noch zwanzig Meter. Camiras Knurren wurde wütender.

Hatte Roman nicht im Grunde auch recht gehabt? Sie hatte ihn betrogen, musste deswegen bestraft werden. Es war doch ganz normal, dass ein Ehemann ausrastete, wenn man ihn hinterging, oder nicht? Sie hatte es verdient.

Eigentlich war sie von Roman nie grundlos geschlagen worden. Selbst beim ersten Mal nicht.

***

Es war Silvester 1999 gewesen. Sie hatten mit Freunden und Geschäftskollegen aus der Baubranche gefeiert. Um Mitternacht hakte Ines sich bei Marcos unter, und verfolgte mit einem Glas Champagner in der Hand das Feuerwerk am Himmel. Patricia war zehn gewesen. Sie stand neben ihr und lächelte selig. Es war noch immer aufregend für sie, so lange aufzubleiben.

Marcos führte das große Wort und unterhielt die Umstehenden mit Witzen. Er war Romans rechte Hand, ein überaus fähiger Polier. Trotz seines jugendlichen Alters von gerade mal fünfundzwanzig hatte Marcos jede Baustelle fest im Griff. Wo er mit seinen fast zwei Metern

Körpergröße auftauchte, da standen die Mitarbeiter stramm. Sein charismatisches Auftreten, sein Improvisationstalent, handwerkliches Geschick und Fachwissen sicherten ihm die Loyalität der Mitarbeiter. Er wurde respektiert und geachtet.

Marcos war praktisch auf Baustellen aufgewachsen. Sein spanischer Vater, ein gefragter Ingenieur für Kraftwerke, war mit Frau und Kind über den ganzen Globus von Baustelle zu Baustelle gereist. Oft genug hatte der kleine Marcos im Baucontainer seine Hausaufgaben gemacht und war von seinem Vater über alles aufgeklärt worden, was auf dem Bau vor sich ging. Bevor Marcos wusste, was ein Dreisatz war, konnte er Installationspläne deuten. Bereits mit siebzehn hatte er seinen Gesellenbrief in der Tasche, mit dreiundzwanzig sein Ingenieursdiplom. Roman hatte ihn in Köln kennengelernt und vom Fleck weg engagiert.

Ines sah zu Roman, der dabei war, eine Rakete nach der anderen zu zünden. Es war ihr nicht recht, dass er sich als Pyrotechniker betätigte. Schließlich war er nicht mehr ganz nüchtern, und wie leicht konnte so eine Rakete nach hinten losgehen. Bei der Vorbereitung der Silvesterparty hatte Ines ihn gebeten, das Feuerwerk von einem Profi organisieren zu lassen oder wenigstens Marcos zu bitten, den Part des Feuerwerkers zu übernehmen. Aber Roman hatte energisch abgelehnt. Ihm machte es Spaß, und er wollte sich das Vergnügen nun einmal nicht nehmen lassen.

Die nächste Rakete schoss pfeifend in die Höhe und explodierte in einer wunderschönen goldgelben Kaskade.

»Willkommen im neuen Jahrtausend!«, rief Roman ausgelassen.

Ines lächelte. Es war Romans großer Auftritt. Sie nippte an ihrem Champagner. »Das neue Jahrtausend beginnt erst nächstes Jahr«, konnte sie nicht umhin, ihn zu berichtigen.

Marcos lachte dröhnend. »Ja, Chef, das stimmt. Hättest du wissen müssen.«

Patricia an ihrer Seite seufzte verliebt. Ines wusste, dass sie Marcos anhimmelte. Sein jugendlicher Charme hatte ihr Kinderherz im Sturm erobert.

Ärgerlich blickte Roman auf. »Ach ja? *Zwei*tausend klingt für mich aber sehr nach Jahrtausendwechsel. Wer feiert das denn nächstes Jahr, hä?«, fragte er provozierend. Die Flamme seines Feuerzeugs flackerte im Wind und erlosch dann.

»Alle, die ein bisschen Ahnung von Mathematik haben«, entgegnete Marcos und lachte herzlich. Er hatte ganz offensichtlich zu viel getrunken, um die Wut seines Chefs zu bemerken.

Romans Augen verengten sich zu Schlitzen. »Was willst du mir damit sagen? Dass ich blöd bin?«

Nervös nahm Ines einen Schluck von ihrem Champagner. Sie hätte besser den Mund gehalten. Der Alkohol hatte ihre Zunge gelockert. Roman hasste es, wenn er vor anderen bloßgestellt wurde.

»Ist doch nicht tragisch«, rief Marcos. »Man kann ja nicht alles wissen.« Er legte Ines den Arm um die Schulter und zog sie an sich. Eine Alkoholfahne hüllte sie ein. »Deine Frau ist halt das hellere Köpfchen.«

Nervös kicherte sie und sah zu Roman. Als sie seine wutverzerrte Miene sah, wurde ihr flau im Magen.

»Chef, mach weiter«, forderte Marcos, »sonst stehen wir noch bis zur echten Jahrtausendwende hier.«

Alle lachten, nur Ines wünschte, Marcos würde endlich schweigen.

Roman entgegnete nichts, sondern wandte sich wieder seinen Raketen zu. Mechanisch zündete er die nächste an und gleich die nächste. Ines spürte, dass in dieser Sache das letzte Wort noch nicht gesprochen war.

Stunden später zog Ines müde die Badezimmertür hinter sich zu.

Roman saß auf der Bettkante und starrte vor sich hin. »Ich mag es nicht, wenn man mich vorführt«, zischte er.

»Ich weiß«, sagte sie in versöhnlichem Tonfall und ging auf ihn zu. Zärtlich streichelte sie ihm über den Kopf. Sie seufzte. »Ist mir rausgerutscht.«

Romans Hände schossen nach oben und umklammerten ihre Unterarme.

»Du tust mir weh.« Sie versuchte sich loszureißen. Aber seine Hände waren wie Schraubzwingen. Schließlich gab sie auf. Wut keimte in ihr auf. Wegen so einer Lappalie machte man doch nicht einen solchen Aufstand. »Jetzt stell dich nicht so an«, fuhr sie ihn aufgebracht an. »Es war schließlich nur eine belanglose Sache.«

»Belanglos?«, zischte Roman und zog sie zu sich herunter. Sein Gesicht war nur wenige Zentimeter von ihrem entfernt. Heiß strich sein Atem über ihre Wangen. »Ich bin nicht blöd. Und ich will nicht, dass du ...«

»Marcos hat ja nur …«, fing sie an, aber sie kam nicht weiter.

»Unterbrich mich nicht!«, schrie er und riss heftig an ihrem Arm.

Ines' Schultergelenke knackten. Sie stöhnte auf und wandte das Gesicht ab. Es schien Roman noch wütender zu machen, denn er verstärkte den Druck. Ines fürchtete, er würde ihr die Arme brechen. »Hör auf!«, schrie sie. »Bist du vollkommen irre geworden?«

Roman sprang auf und stieß sie von sich.

Mit dem Hinterkopf prallte sie gegen die Badezimmertür. Grelles Licht blitzte in ihrem Kopf auf, gefolgt von einer Schmerzwelle, die ihr für einen Moment den Atem raubte.

Mit zwei schnellen Schritten stand Roman vor ihr, holte aus und schlug zu. Ihr Kopf flog zur Seite, die Wange brannte. Ines stöhnte auf.

»Wenn du noch einmal dein vorlautes Maul aufreißt und mich so blamierst, dann gnade dir Gott! Hast du mich verstanden?«

Ines' Knie wurden weich. Langsam rutschte sie an der Tür herunter zu Boden.

»Ob du mich verstanden hast?«, schrie Roman über ihr.

Ines wollte nur noch, dass er aufhörte. Das war nicht der Roman, den sie vor Jahren kennengelernt hatte. »Ja«, hauchte sie aus Furcht vor neuen Schmerzen.

»Na also«, presste Roman heraus und wandte sich ab. »Und jetzt komm endlich ins Bett.« Seine Stimme klang fast wie immer.

Als ob er einen Schalter umgelegt hätte, dachte Ines.

Wenig später schlief Roman an ihrer Seite ein. Ines dagegen lag noch lange wach. Sie konnte nicht glauben, was sie gerade erlebt hatte. Tränen rannen ihr über die Wangen. Vorsichtig tastete sie über ihr Jochbein. Es fühlte sich geschwollen an, die Haut spannt und es pochte schmerzhaft.

***

Sie hatte ihn damals bloßgestellt. Vor seinen Freunden und Mitarbeitern. Das ertrug er nun einmal nicht. Es war nicht mit Absicht geschehen, aber Unwissenheit schützte vor Strafe nicht.

Eins der Pferde vor ihr schnaubte laut. Noch zehn Meter.

Sie war selbst schuld gewesen. Auch jetzt wieder hatte sie Roman durch ihre Affäre mit Egon brüskiert. Nein, es war ungerecht, ihn zu hintergehen.

Roman hatte auch seine guten Seiten. Zum Beispiel war er sehr kinderlieb. Er hatte sich immer rührend um Patricia gekümmert, sie verwöhnt und mit Geschenken überhäuft. Es war schon fast zu viel des Guten gewesen. Und er hatte sich immer so sehr ein eigenes Kind gewünscht. Dazu war es ja leider nicht gekommen.

Ihr wurde schwindelig. Irgendwas war falsch, tief in ihr rebellierte etwas. Ihre Gedanken liefen in die verkehrte Richtung, sie zog fehlerhafte Schlüsse. Sie suchte nach Erklärungen und Entschuldigungen für Romans Verhalten. Das konnte nicht richtig sein.

Oder etwa doch? Verdiente nicht jeder eine zweite Chance?

Die Polizisten hielten die Pferde an.

Camira knurrte stärker. Beherzt fasste Ines die Leine kürzer.

»Ich muss Sie bitten umzukehren«, sagte einer der beiden Polizisten.

Ines reagierte nicht. Sie horchte in sich hinein, spürte ihren Gefühlen nach, war selbst gespannt, welches die Oberhand gewinnen würde.

»Geht es Ihnen nicht gut?«, hörte sie den Mann fragen. »Brauchen Sie Hilfe?« Sein Pferd tänzelte seitlich.

Plötzlich wusste sie, was zu tun war. Wie aus dem Nichts stand es vor ihr. Tief holte sie Luft, ihre Sinne klärten sich. Erleichtert spürte sie, dass es das Richtige war.

21

Der Ohrknopf drückte unangenehm. Landgräf hätte ihn am liebsten herausgenommen und ganz auf das Ding verzichtet. Doch Schmadtke und Noske bestanden darauf, dass er den Empfänger trug. Nervös zog er den Kragen seiner Jacke enger. Zum ersten Mal seit Monaten schmachtete Landgräf nach einer Zigarette.

Eine frische Brise wehte über die Domplatte und kroch unter seine Kleidung. Zu Hause könnte er jetzt am Frühstückstisch sitzen und gemütlich Zeitung lesen. Stattdessen hatte ihn ein Irrer zum Mittelsmann bestimmt und erwartete, dass er sprang, wenn er pfiff. Nero würde seine Show abziehen und mit seiner Tat prahlen.

Dorothee Ritter hatte kurzfristig die stellvertretende Leitung hier vor Ort übernommen, weil die anderen alle unterwegs zu diesem Fabrikgebäude waren, das Nero in die Luft gejagt hatte. Im Moment sah es so aus, als ob er, Landgräf, wirklich unersetzbar war.

»Wir wären dann so weit«, sagte Angela Fuhrmann. Die junge SEK-Beamtin stand neben ihrem Kollegen Axel Krämer und blickte Landgräf erwartungsvoll entgegen. Sie trug einen modischen hellen Hosenanzug, der ihre durchtrainierte Figur kaschierte. Der Blazer verdeckte die Pistole, die sie im Holster auf dem Rücken trug. Ihre Haare waren zu einem Pferdeschwanz gebunden, damit sie im Ernstfall, wenn es zum Zugriff kommen sollte, nicht störten. Locker das Mikrofon in der Hand haltend, lächelte sie gespielt unschuldig. Ihre Augen leuchteten. Die brenzlige Aufgabe schien ganz nach ihrem Geschmack zu sein.

Krämer schulterte locker die Kamera und drückte sein Auge auf das Gummi des Okulars. Auch er schien seinen Spaß an dem Rollenspiel zu haben. Wirkte beinahe wie ein kleiner Junge, der zum ersten Mal durch ein Mikroskop schaute.

Susann Lebrowski, die die drei bis zum Dom begleitete, räusperte sich und sah von einem zum anderen. »Und bitte denkt dran: Sachlich bleiben. Wenn ihr nicht wisst, wie ihr reagieren sollt, einfach abwarten. Ich flüstere euch rechtzeitig etwas ins Ohr.« Sie tippte auf ihr Headset. »Also gut. Ich gehe dann jetzt zurück zur Einsatzzentrale.«

»Halt uns auf dem Laufenden«, rief Landgräf ihr nach, nickte Fuhrmann und Krämer zu und drückte das Domportal auf. Ohne zu zögern, ging er den Mittelgang entlang Richtung Podest. Krämer und Fuhrmann folgten. Ihre Schritte hallten im hohen Kirchenschiff wider. Fünf Meter vor Nero stoppte Landgräf.

»Ihr seid zu spät«, sagte Nero. Aber ganz offensichtlich störte es ihn nicht, denn er grinste selbstgefällig.

Landgräf reagierte nicht darauf. Mit der Hand deutete er auf das vorgebliche Kamerateam. »Jana Zschiedrich von News-TV, und das ist ihr Kameramann Jochen Bauer.«

Angela Fuhrmann wedelte mit dem Mikro. »Darf ich vielleicht gleich die erste Frage stellen: Wie ist es …«

»Stopp!«, fuhr Nero ihr ins Wort. »Nicht so eilig!« Er wandte sich an Landgräf. »Musste es ausgerechnet eine Frau sein, verdammt!«

Landgräf zuckte mit den Schultern. »Sie wollten ein Team, und dieses stand gerade zur Verfügung.«

Nero machte eine resignierte Miene. »Mist.« Er ballte die Faust. »Dann will ich mal nicht so sein. Was macht mein Geld?«

»Sie arbeiten daran.«

Nero schnaubte verächtlich durch die Nase. »Die sollten besser nicht versuchen, mich zu verarschen. Vergesst nicht meine Stieftochter! Das arme Ding!«

»Solche Dinge brauchen nun einmal Zeit, sosehr mir das persönlich auch zuwider ist.«

»Sie sollten denen dort draußen klarmachen, wie herzlos es wäre, meinen Forderungen nicht nachzukommen.« Nero schüttelte sich in gespieltem Entsetzen. »Die arme Patricia wird bestimmt bereits nach Luft schnappen. Der Sauerstoff wird knapp, und der Gedanke daran, zwei Meter unter der Erdoberfläche zu liegen, in völliger Dunkelheit, verstärkt ihre Klaustrophobie. Sie hyperventiliert, schwitzt, kratzt sich die Fingerkuppen am Holz blutig …«

Landgräf hörte Krämer nach Luft schnappen. Er selbst mochte sich gar nicht vorstellen, was das Mädchen zurzeit durchmachen musste. »Finden Sie es wirklich richtig, Ihre Stieftochter derart zu quälen? Sie halten doch auch so schon die ganze Stadt in Schach. Haben Sie das wirklich nötig? Ihre eigene Stieftochter!«

Nero schürzte die Lippen. Es schien, als würde er tatsächlich über die Sache nachdenken. Schließlich schüttelte er den Kopf. »Tut mir leid, aber ich muss auf Nummer sicher gehen.«

»Es ist Ihre Stieftochter«, unternahm Landgräf einen erneuten Versuch. »Wie alt ist sie? Ist sie noch ein Kind? Ein Teenager? Ist sie bei Ihnen aufgewachsen? Sie ist das Kind Ihrer Frau. Sie haben bestimmt schöne Dinge zusammen erlebt. Zeigen Sie sich großherzig. Lassen Sie Milde walten. Erlösen Sie Ihr Kind.«

»Sehr gut«, flüsterte in diesem Moment Susann Lebrowskis Stimme in Landgräfs Ohr. Fast wäre er zusammengezuckt. Den Ohrknopf hatte er ganz vergessen.

Neros Miene verfinsterte sich. »Hören Sie auf mit dem Gewäsch. Sie wissen nichts über mich, geschweige denn, wie das Verhältnis zu meiner Stieftochter ist. Zahlt die fünfzig Millionen, setzt mich in den Learjet, und sobald ich außer Reichweite bin, sage ich euch, wo ihr graben könnt. So läuft das Geschäft und nicht anders.«

Landgräf kochte innerlich. Am liebsten hätte er sich auf Nero gestürzt und es aus ihm herausgeprügelt. Dieser Unmensch! Er atmete tief durch. Mit möglichst ruhiger Stimme fuhr er fort. »Wie lange wird Ihre Stieftochter durchhalten? Noch eine Stunde, noch zwei? Vielleicht einen halben Tag? Tot wird Sie Ihnen nichts nützen.«

»Was Sie nicht sagen«, sagte Nero gleichgültig und gähnte demonstrativ. »So, jetzt genug davon. Erzählen Sie mir lieber, wie Ihnen mein kleines Feuerwerk gefallen hat.«

»Wechsel ruhig das Thema, geh darauf ein«, drang es

aus seinem Ohrknopf. »Gib ihm was, damit er kooperativer wird. Nutz seine Eitelkeit.«

Landgräf zögerte, sagte dann: »Ihr Feuerwerk hat verdeutlicht, dass Sie nicht bluffen. Und es hat auch gezeigt, dass Sie kein skrupelloser Verbrecher sind. Deswegen haben Sie die Bombe auf einem verlassenen Werksgelände gezündet …«

Nero fuchtelte mit seinem Zünder herum. »Grundsätzlich will ich ja niemandem etwas. Aber wenn es nicht anders geht, um meine Ziele durchzusetzen, werde ich bis zum Äußersten gehen.«

Landgräf wollte etwas erwidern, doch Nero ließ ihn nicht zu Wort kommen.

»Und jetzt zu Ihnen«, wandte er sich an Angela Fuhrmann.

»Gern«, sagte die Polizistin übertrieben freundlich. »Ich danke Ihnen für die Möglichkeit, mit Ihnen sprechen zu können.«

Landgräf atmete auf. Er musste dringend versuchen, seinen Puls zu beruhigen, denn er machte sich Sorgen um seine Bypässe. Der Doktor in der Klinik hatte ihm augenzwinkernd versichert, dass sie auf jeden Fall bis zu seinem Tod halten würden. Manche Ärzte waren schon ziemliche Zyniker.

»Läuft das Ding?«, fragte Nero und deutete mit dem Kinn zur Kamera.

»Kamera läuft«, antwortete Axel Krämer lässig. Er drückte einige Knöpfe, und es sah so aus, als wüsste er tatsächlich, was er da tat. Eine rote Lampe leuchtete vorne am Gerät auf.

Angela Fuhrmann trat einen Schritt nach vorn und streckte Nero das Mikro entgegen. »Was hat Sie dazu veranlasst …«

»Ist das live?«, unterbrach Nero.

»Nein«, sagte Fuhrmann. »Aber sobald wir hier raus sind, geht das Material an den Sender. Dann dauert es keine zwanzig Minuten mehr und die Sache ist auf Sendung.«

Nero wandte sich an Landgräf. »Ich will das sehen.«

»Das wird sich bestimmt machen lassen«, sagte Landgräf. Sicherlich gab es die technische Möglichkeit, eine getürkte Sendung zu produzieren.

Zufrieden nickte Nero. »Also passt jetzt mal schön auf.« Er warf die Decke von der Schulter, drückte sich vom Holzpodest ab und stellte sich aufrecht hin.

Fuhrmann strahlte ihn an. »Freut mich, dass wir mit dem Interview …«

»Wenn der Kuchen spricht, halten die Krümelchen den Rand«, fuhr Nero sie an. »Klar?«

»Klar.«

»Ich rede, du hörst zu. Haben wir uns verstanden?«

»Kein Problem.«

»Du hast geile Brüste. Rund und fest.«

Landgräfs Ohrknopf knackte. »Er will nur provozieren«, sagte Susann Lebrowski. »Er ist erregt, kostet seine Macht aus. Ruhig bleiben.« Der Kommentar war vor allem für Fuhrmann gedacht, die ebenfalls einen Knopf im Ohr hatte.

»Rund und fest. Bin ich stolz drauf«, sagte sie.

»Und einen netten Hintern.«

»Den können Sie doch gar nicht richtig sehen.«

»Dann zeig ihn mir.«

Fuhrmann drehte sich langsam im Kreis.

Kurz hielt Landgräf die Luft an, als sie Nero den Rücken zukehrte. Aber von der Pistole war nichts zu erkennen.

»Vielleicht ein bisschen flach«, sagte Nero. »Nicht gerade Jennifer Lopez.«

»Der Akku ist bald leer«, warnte Krämer. »Wir sollten anfangen.«

»Mach halt das Ding so lange aus«, fuhr Nero ihn an, schien es sich aber gleich anders zu überlegen. »Ach, ist gut, lass laufen. Wir müssen es ja mal zu Ende bringen.« Er räusperte sich. »Liebe Kölner«, begann er mit tiefer und fester Stimme. Seine Augen leuchteten. »Der Kölner Dom. Ein Symbol des christlichen Abendlands, wie es nur wenige in Europa gibt. Ein gewaltiger Bau, ein Werk von Jahrhunderten. Ein Ort der Ruhe und Besinnung. Ein Raum der Begegnungen, mit Menschen und mit Gott.« Er breitete die Arme aus wie ein Priester. »Sitzt man hier im Kirchenschiff, fühlt man sich Gott so nah wie an keinem anderen Ort auf der Welt.« Er machte eine Pause und setzte einen traurigen Gesichtsausdruck auf. »Leider könnte all das im Bruchteil einer Sekunde Geschichte sein.« Langsam hob er die Hand und zeigte den Zünder mit der rot leuchtenden LED. »Ich sage Ihnen ganz ehrlich, wie es ist: Ich bin kein guter Mensch. Ich bin ein Egoist, ein Narzisst.« Seine Stimme hatte sich verändert, klang jetzt nicht mehr warm und freundlich, sondern kalt und hart. »Mein persönliches Wohl ist mir wichtiger als das irgendeines anderen. Auf meiner Prioritätenliste stehe ich ganz oben. Danach kommt lange Zeit gar nichts.

Den Tod scheue ich nicht, davon können Sie ausgehen.« Er holte Luft. »Sie haben es in der Hand, Ihre Kirche zu retten. Meine Forderungen sind leicht erfüllbar, läppische fünfzig Millionen Euro. Die Bankenkrise und die Rettung der europäischen Währungsunion hat ungleich mehr gekostet. Dort wurden dreistellige Milliardenbeträge verschleudert – mit zweifelhaftem Erfolg, wie Sie sich erinnern werden.« Er lächelte maliziös und senkte die Hand. »Hier, in diesem Fall, ist es anders. Für läppische fünfzig Millionen können Sie dieses Weltkulturerbe retten. Der Wiederaufbau würde erheblich mehr verschlingen. Fünfzig Millionen Euro sind Peanuts für die Bundesrepublik, das bezahlt der Staat aus der Portokasse.« Er seufzte. »Bisher tut sich leider nicht viel. Ich habe daher ein erstes Exempel statuiert. Sicherlich haben Sie inzwischen über die Medien davon erfahren. Es war eine Warnung, ich habe darauf geachtet, dass niemandem ein Haar gekrümmt wurde. Werten Sie das als Entgegenkommen meinerseits. Niemand muss zu Schaden kommen.« Er legte neuerlich eine Kunstpause ein, stampfte dann mit einem Fuß auf das Holzpodest. »Aber das, was mit der alten Werkshalle geschehen ist, könnte ebenfalls bald hier geschehen. Wenn ich einschlafen sollte und ich den Zünder nicht länger gedrückt halte, wird das zweite 9/11 hier in Köln stattfinden. Im Herzen der Stadt würde sich dann eine Trümmerwüste befinden. Aus Erfahrung weiß ich, dass man mit Bitten und Betteln im Leben nicht weit kommt. Nichts ist so wirksam wie eine gezielte Drohung«, fuhr Nero mit seinem Vortrag fort.

Landgräf schreckte zusammen, als Susann Lebrowski

sich erneut meldete. »Es hat einen Toten gegeben.« Er legte eine Hand auf den Ohrhörer und runzelte die Stirn. Rasch wechselte er einen Blick mit Fuhrmann und Krämer. Sie hatten die Nachricht auch erhalten. Von ihren Lippen konnte er ein stummes »Scheiße« ablesen.

Von der nonverbalen Kommunikation schien Nero nichts bemerkt zu haben, denn er fabulierte weiter wie ein Diktator, der sich an die Massen wandte. »Der Mensch funktioniert besser, wenn er unter Druck gesetzt wird. Das ist meine leidvolle Erfahrung, aus der ich …«

Landgräf machte einen Schritt auf Nero zu, versperrte dem Kameramann den Blick.

Nero runzelte irritiert die Stirn und brach ab.

Stumm verfluchte Landgräf sich selbst. Impulsiv war er vorgesprungen und wollte Nero mit dem Bombenopfer konfrontieren – von wegen nur eine Warnung und niemand solle zu Schaden kommen. Doch damit wäre seine Tarnung aufgeflogen. »Verdammt«, zischte er halblaut.

Mit festem Schritt kam Nero die letzte Stufe der Treppe vom Holzpodest herunter, baute sich breitbeinig keine zwei Meter vor Landgräf auf und sah ihn fragend an. »Wie meinen?«

Aus den Augenwinkeln bemerkte Landgräf, wie Angela Fuhrmann ihre Hand unter ihren Blazer in Richtung Rücken schob. Er verstand. Mit einem großen Sprung konnte er Nero erreichen und ihm die Hand zudrücken. Die Überraschung würde Angela Fuhrmann nutzen und ihn mit einer Kugel außer Gefecht setzen. Rasch schätzte er das Risiko ab. Über Angela Fuhrmanns Treffsicherheit musste er sich keine Gedanken machen. Allerdings könnte Nero ihn bei einem Kampf derart unglücklich in Position bringen, dass eine freie Schussbahn blockiert wäre. Vermutlich aber würde Nero zu verblüfft sein, um überhaupt an Widerstand zu denken. Die Chancen standen also gut, ihn überwältigen zu können. Landgräfs Herz pochte wild, schien jedoch ansonsten keine Einwände gegen seinen verrückten Plan zu haben und verschonte ihn mit Schmerzen.

Jetzt oder nie, dachte Landgräf und spannte die Muskeln.

22

Bestürzt betrachtete Schmadtke die Überreste des Gebäudes, das einmal der Aufenthaltsraum für die Arbeiter gewesen war. Die Bombe hatte einen regelrechten Krater in den Boden gerissen. Die Trümmer lagen hundert Meter weit verstreut. Zahlreiche verkokelte Teile rauchten noch. Feuerwehrmänner sicherten die glimmenden Brandherde. Die in weißen Schutzanzügen gekleideten Kollegen von der Spurensicherung schlichen herum und drehten jeden Stein um. Den Torso des Mannes, der bei der Explosion ums Leben gekommen war, hatte man bereits in einen Leichensack gelegt.

Von der Straße her kam Wildrup auf ihn zu und stellte sich neben ihm.

»Scheiße«, flüsterte Schmadtke und strich sich über sein Kinnbärtchen. »Das war kein schöner Anblick.« Mit zittrigen Fingern zündete er sich eine Zigarette an.

»Dann haben Sie vielleicht den falschen Beruf gewählt.« Wildrup schnorrte eine Kippe und ließ sich Feuer geben.

»Ich habe diesen Beruf gewählt, um so etwas wie das

hier zu verhindern.« Schmadtke wies mit der Hand auf das Trümmerfeld.

»Klappt eben nicht immer.« Wildrup zog an seiner Zigarette. »Was macht Landgräf?«

»Im Moment sind sie drin und ziehen für Nero die Show mit dem Kamerateam ab. Ich habe der Ritter gesagt, sie soll sich sofort melden, wenn es etwas Neues gibt.« Suchend sah er sich um. »Wo steckt eigentlich Schmitz? Seine Präsenz lässt in letzter Zeit ein bisschen zu wünschen übrig.«

Wildrups Handy klingelte. Er drückte den Annahmeknopf, hörte kurz zu und steckte es wieder in die Tasche. »Sie werden es nicht glauben – Franky hat einen Zeugen.«

Schmadtke hob erstaunt die Augenbrauen. »Jemand hat gesehen, wer hier den Sprengkörper deponiert hat?«

»Nicht direkt. Kommen Sie einfach mit und hören es sich selbst an.«

Wildrup ging voraus, und Schmadtke folgte ihm.

Sie verließen den Tatort, überquerten den Parkplatz, auf dem die Einsatzwagen parkten, und betraten ein Café. Der Raum war hell und freundlich. In der Vitrine gegenüber vom Eingang sah man angeschnittene Torten, sowie belegte halbe Brötchen. Das Café war fast menschenleer, nur rechts vom Eingang saß eine pummelige Frau Mitte sechzig. Von dort hatte man durch das Schaufenster freien Blick hinüber auf die alte Fabrikbrache.

Bei ihr saß vom Dörp und stellte sie vor. »Frau Gries ist die Besitzerin des Cafés hier«, erklärte er. »Und Sie hat etwas gesehen, das uns helfen könnte.«

»Dann lassen Sie mal hören«, forderte Schmadtke und zog an seiner Zigarette.

Frau Gries drückte den Rücken durch. »Hier ist Rauchen verboten.« Streng musterte sie Schmadtke.

Wildrup grinste. Er war so schlau gewesen, seine Kippe vor der Tür auszutreten.

Suchend sah sich Schmadtke um. Einen Aschenbecher oder etwas, das er als Ersatz nehmen konnte, fand er nicht. Und den Blumentopf auf dem großen Elefantenfuß, der neben dem Tresen stand, für den Zweck zu entfremden, hätte vermutlich Ärger eingebracht.

Kurzerhand öffnete er die Tür und schnippte den Stummel hinaus. »So, jetzt aber«, grummelte er.

»Ich weiß ja nicht, ob es wichtig ist.« Sie schaute von einem zum anderen.

Frank vom Dörp nickte ihr aufmunternd zu.

»Ja, also, ich hocke mich morgens immer hierher.« Sie klopfte vor sich auf den Tisch. Die Vase mit der roten Tulpe vibrierte. »Mein Lieblingsplatz. Die Sonne scheint direkt durchs Fenster rein. So früh am Morgen ist hier meistens noch nicht viel los.« Sie strahlte sie an. »Ich lese Zeitung, esse ein Brötchen und trinke meinen Blümchenkaffee. Ich mag den Kaffee nicht so kräftig, wissen Sie, deshalb …«

»Ja, sehr interessant«, unterbrach Schmadtke. »Wir haben leider nicht viel Zeit. Berichten Sie uns bitte, was Sie heute Morgen gesehen haben.«

Ihre Miene verfinsterte sich. »Das wollte ich ja gerade erzählen, aber wenn Sie mich nicht ausreden lassen …« Sie verschränkte die Arme trotzig vor der Brust.

Genervt strich sich Schmadtke durchs Haar. Warum hatte vom Dörp ihnen nicht einfach gesagt, was die Frau so Wichtiges gesehen hatte? »Frau Gries, wir haben wirklich wenig Zeit«, sagte er. »Wenn es anders wäre, würde ich sicher nicht so drängeln, das verstehen Sie doch, oder?«

»Bitte«, säuselte jetzt auch vom Dörp und lächelte die Frau freundlich an.

Sein Charme wirkte. »Die Sonne stand noch tief und blendete mich«, fing Frau Gries endlich an zu erzählen. »Sehen konnte ich daher zunächst nicht so viel. Allerdings habe ich gute Ohren und habe mich gewundert, wo das laute Motorengeräusch herkommt. Obwohl hier auf der Straße einiges los ist, fährt da keiner mit heulendem Motor.« Sie drehte sich halb auf ihrem Stuhl und deutete durch die Scheibe nach links. »Liegt vermutlich an der Grundschule und an dem Kindergarten, zweihundert Meter weiter, gegenüber vom Metzger. Dort geht meine Enkelin ...«

»Frau Gries, bitte«, unterbrach Schmadtke. »Was haben Sie gesehen?«

»Aber darum geht es ja. Wenn ich keine Angst um meine Enkelin gehabt hätte, dann wäre ich nicht so aufmerksam gewesen.«

»Okay, verstehe, tut mir leid, dass ich Sie unterbrochen habe«, gab sich Schmadtke einsichtig.

»Es kann schließlich nicht angehen, dass hier die Bekloppten Wettrennen fahren, wo doch die Kinder zur Schule gehen.«

»Am Samstag?«, hakte Schmadtke vorsichtig nach.

»Nein, nur wenn man es am Wochenende einreißen lässt, dann kommen die auch unter der Woche«, sagte Frau Gries bestimmt. Nachdrücklich tippte sie mit dem Zeigefinger auf die Tischoberfläche. »Bei dem Thema Raserei bin ich sensibel, da passe ich auf. Ich hörte also den heulenden Motor, und schon kam der Kerl mit seinem hellblauen Transit über das Grundstück der Firma auf die Straße geschossen.«

»Ein hellblauer Ford Transit?«, wiederholte Schmadtke.

Frau Gries nickte.

»Können Sie den Mann gegebenenfalls identifizieren? Oder sein Aussehen beschreiben?«

Sie sah verlegen in die Runde. »Nun, die Sonne stand noch zu tief …«

»Aber Sie haben gesehen, dass ein Mann den Wagen gelenkt hat.«

»Nicht direkt. Frauen fahren ja nicht so, die rasen nicht so …«

Enttäuscht ließ Schmadtke die Schultern sinken. Wäre auch zu schön gewesen.

»Das ist noch nicht alles«, sagte vom Dörp und grinste breit.

Frau Gries hob die Tageszeitung von dem Stuhl neben sich und reichte sie Schmadtke.

Verwundert nahm er sie entgegen. Oben waren in krakeliger Schrift Buchstaben und Zahlen notiert. Bewundernd blickte er Frau Gries an. »Sie haben das Kennzeichen notiert?«

»Meine Augen sind einwandfrei.«

»Aber ich denke, Sie wurden geblendet.«

»Vorn ging auch nicht. Erst als er hier am Schaufenster vorbeifuhr, hab ich das hintere Kennzeichen gesehen.«

Schmadtke holte sein Handy aus der Tasche. »Die Ritter soll sofort eine Fahrzeughalterabfrage auf den Weg bringen.«

»Ihr Handy können Sie stecken lassen«, sagte vom Dörp. Im Gegenzug hob er sein Mobiltelefon in die Höhe. »Habe ich vorhin schon selbst gemacht. Fahrzeughalter und Adresse sind bereits …«

»Na, dann los!«, sagte Schmadtke und stand auf. »Jetzt kommt endlich Fahrt in die Sache.«

Draußen, vor der Tür, klingelte sein Handy. Er erkannte Dorothee Ritters Nummer.

»Ja, was gibt's?«

»Sie müssen sofort zurückkommen. Wir haben hier ein Problem.«

23

Irgendetwas stimmt nicht. Ganz und gar nicht. Die Reporterin wirkte plötzlich total angespannt. Mit der Hand fummelte sie an ihrem Rücken herum, als ob ihr die Niere schmerzen würde. Das freie Auge des Kameramanns fixierte ihn wie eine Schlange ein Beutetier. Alarmglocken schrillten in seinem Kopf. Aus den Augenwinkeln heraus bemerkte er eine Bewegung. Instinktiv tänzelte er zur Seite. Ein heftiger Stoß auf Hüfthöhe trieb ihn gegen die Treppe des Podestes. Er stolperte über die Stufen, fiel der Länge nach hin und schlug mit der Schulter voran auf das Holz. Etwas in ihm knirschte. Sein Gelenk schmerzte, als ob ein Pfeil es durchbohrt hätte. Er biss die Zähne zusammen und drehte sich blitzschnell auf den Rücken. Intuitiv zog er die Beine an, und konnte so gerade noch Landgräf abwehren, der sich auf ihn stürzte. Mit den Füßen traf er Landgräfs Brust und stieß ihn von sich.

Der stolperte rückwärts, prallte gegen die Reporterin und stieß mit der Schulter ihre Hand nach oben, in der eine Pistole matt schimmerte. Ein Schuss krachte, und das Projektil schlug irgendwo über ihnen in die Decke.

Verdammt, wo kam die Waffe plötzlich her, dachte

Roman. Im nächsten Moment rollte er sich zur Seite und gewann so Abstand. Er stöhnte auf, als er sich über seine verletzte Schulter drehte. Keuchend blieb er auf dem Rücken liegen.

»Keinen Schritt näher!«, schrie er. Stoßweise holte er Luft. Sein rechter Arm fühlte sich taub an.

Erleichtert stellte er fest, dass Landgräf zwar sprungbereit auf eine Chance wartete, doch schlau genug war, es nicht mehr zu versuchen.

Roman hieb mit der freien Faust auf das Holz, kämpfte sich mit dem Oberkörper nach oben und warf der Reporterin einen vernichtenden Blick zu. Erst jetzt registrierte er, dass sie die Pistole immer noch im Anschlag hielt und über Kimme und Korn auf ihn zielte. »Runter damit!«, schrie er sie an.

Ein abgekartetes Spiel. Von wegen Fernsehteam. Stattdessen fand er sich ausgebildeten Einzelkämpfern gegenüber.

»Runter!«, schrie er. »Und zwar zack, zack, du verdammte Schlampe.«

»Mach, was er sagt«, sagte Landgräf. »Er hat gewonnen.«

Zögerlich senkte sie die Waffe, ohne Roman aus den Augen zu lassen.

Er sah ihr an, wie gern sie ihm eine Kugel durch den Kopf gejagt hätte. Dafür würde er sie bestrafen müssen. Er robbte auf dem Hosenboden ein Stück zurück, entfernte sich weiter von ihr. »Und jetzt legst du die Knarre auf das Podest.«

Sie runzelte die Stirn. »Was?«

»*Bitte* heißt das, du Schlampe. Bist du schwerhörig? Du legst deine Knarre da vorn aufs Podest und verziehst dich mit deinem Kumpel da.« Er deutete mit dem Zeigefinger auf die Stelle, die er meinte. Sein Herz vollführte einen freudigen Sprung. Sicherlich würde die Schlampe mächtig Ärger bekommen, wenn sie ihre Dienstwaffe hierlassen musste.

In diesem Moment sah er, wie Landgräf mit der Hand am Ohr fummelte.

Mist, fluchte Roman stumm, als ihm klar wurde, was da vor sich ging. Die standen in Kontakt mit der Einsatzleitung. Warum hatte er keinen Verdacht geschöpft? Er war zu überheblich gewesen, hatte nicht mit Widerstand gerechnet. Das würde ihm bestimmt nicht noch einmal passieren.

Landgräf wandte sich an die Polizistin. »Mach es! Leg die Waffe dahin!«, wies er sie an.

Seltsam, dachte Roman, der Typ spricht mit der Schlampe, als ob er ihr Vorgesetzter wäre. Eindringlich fixierte er Landgräf. Eben, als er auf dem Rücken lag, hatte er wieder den Eindruck, dass er den Typen schon mal irgendwo gesehen hatte. Bereits eine Weile her, da war er sich sicher. Fieberhaft versuchte er das Bild zu fassen, aber es gelang ihm nicht.

»Jetzt mach schon!«, herrschte Roman die Polizistin an. Eine neue Schmerzwelle rollte von seinem Gelenk aus durch den Körper und trübte seinen Blick. Für einen Moment wurde ihm schwarz vor Augen. »Scheiße«, fluchte er. Vorsichtig wechselte er den Zünder von der linken in die rechte Hand. Als er wieder klarer sehen konnte, bemerkte er, wie der Kameramann langsam die Kamera von der Schulter nahm und sie am Griff festhielt. Die freie Hand legte er seiner Kollegin auf die Schulter.

Sie schaute zu ihm auf.

Er reckte das Kinn vor und wies auf das Podest.

Zögerlich legte sie die Waffe ab.

»Und jetzt raus mit euch!«, sagte Roman. »Und wehe, ihr versucht noch irgendwelche Tricks. Dann kracht es hier, aber gewaltig.«

Die drei wandten sich zum Gehen.

»Stopp!«, rief Roman und zeigte auf Landgräf. »Du nicht. Mit dir habe ich noch ein Hühnchen zu rupfen.«

24

Mit Blaulicht und Martinshorn kurvte Schmadtke durch die Kölner Innenstadt. Wildrup und vom Dörp waren unterwegs zu dem Fahrzeughalter des blauen Lieferwagens. Schmitz war endlich wieder aufgetaucht und leitete den Einsatz bei der Fabrik. Er hatte ein dringendes Bedürfnis gehabt und in der Nachbarschaft ein stilles Örtchen gesucht. Kam vor, wie Schmadtke aus eigener leidlicher Erfahrung wusste. Vor einigen Jahren hatte er an einer Razzia bei einer Gruppe von Zigeunern teilgenommen, die auf dem Parkplatz am Aqualand in Chorweiler ihr Winterlager aufgeschlagen hatten.

Der Einsatz damals dauerte mehrere Stunden, und sein Unterleib begann immer stärker zu grummeln. Leider war das Schwimmbad an dem Tag wegen Renovierung geschlossen gewesen. Da er auf keinen Fall eine Chemietoilette in dem Wohnwagen nutzen wollte, blieb ihm nichts anderes übrig, als sich in die Büsche zu schlagen. Leider bemerkte er zu spät, dass er nicht einmal Papiertaschentücher dabeihatte.

Shit happens, dachte Schmadtke in Erinnerung an die höchst unangenehme Situation. Trotzdem ärgerte er sich über Schmitz. Er hätte sich auf jeden Fall korrekt abmelden müssen.

Von der Komödienstraße bog er mit quietschenden Reifen in die Gasse Unter Fettenhennen ein und stoppte direkt am Fuß der Treppe zur Domplatte hinauf. Er drückte die Wagentür auf, rannte zum Seiteneingang und betrat das Domforum. Schon von Weitem sah er Dorothea Ritter und Susann Lebrowski im Gespräch mit Axel Krämer und Angela Fuhrmann. Offensichtlich waren die beiden Letzteren gerade erst zurückgekommen. Die Filmausrüstung hielten sie noch in Händen.

»Wie ist der Stand?«, rief er ihnen entgegen.

»Unverändert«, antwortete Dorothee Ritter und wandte sich ihm zu.

»Wo ist Landgräf?«

»Nero hat ihn drinnen behalten.«

Schmadtke wandte sich an Angela Fuhrmann. »Wie konnte das passieren?«

Mit Daumen und Zeigefinger deutete sie einen winzigen Abstand an. »Wir waren so dicht dran, so dicht.«

»Ich weiß nicht, was ihr euch dabei gedacht habt«, polterte Schmadtke los. »Ihr solltet ihm auf den Zahn fühlen, Informationen aus ihm herausbekommen. Und meine Anweisung war doch eindeutig: Zugriff nur auf ausdrücklichen Befehl.« Er schüttelte den Kopf.

»Die Situation war günstig«, verteidigte sich Angela Fuhrmann. Trotzig reckte sie das Kinn vor.

»Für einen Alleingang?«

»Das war kein Alleingang. Landgräf hat sofort geschaltet und mitgezogen.«

»Trotzdem habt ihr eigenmächtig gehandelt.«

»Ach, jetzt hör schon auf«, fuhr sie ihn an. »Du weißt ganz genau, dass es immer wieder Situationen gibt, wo man spontan entscheiden muss.«

»Wenn es geklappt hätte, würdest du uns auch nicht zur Rechenschaft ziehen«, sprang ihr Krämer zur Seite.

»Redet euch nicht raus«, fuhr Schmadtke sie an. »Niemand war in akuter Gefahr. Zumindest haben Sie mir das so berichtet, oder nicht?«, fragte er Dorothee Ritter.

»Richtig«, stimmte sie zu.

»Aber …«, wollte Angela Fuhrmann einwerfen, doch Susann Lebrowski stoppte sie mit einer Berührung am Unterarm.

»Ich schlage vor, dass ihr das klärt, wenn alles vorbei ist«, sagte sie. »Vorerst haben wir andere Sorgen.«

Schmadtke bemerkte ein amüsiertes Grinsen auf Dorothee Ritters Gesicht. Sie schien einen Heidenspaß an der Auseinandersetzung zu haben.

»Okay, okay«, stieß er aus und hob beschwichtigend die Arme. »Richtig, wir haben eine Aufgabe zu erledigen. Und die ist nicht gerade einfacher geworden. Durch den Blödsinn hat Nero jetzt eine Waffe.« Es war wirklich zu dumm. Wenn alles vorbei wäre, würde er sich Noske zur Brust nehmen. Als Leiter des SEK war er mitverantwortlich dafür, dass keins seiner Teammitglieder seine Befugnisse überschritt. Außerdem hatte er Angela Fuhrmann ausgesucht, und er hätte wissen müssen, was für ein Heißsporn sie war.

»Wir haben noch ein anderes Problem«, unterbrach Dorothee Ritter seine Gedanken.

Schmadtke sah sie fragend an.

»Die Kollegen Fuhrmann und Krämer berichten, dass Nero sich bei der Aktion offensichtlich verletzt hat. An der Schulter. Er scheint große Schmerzen zu haben.«

»Mist«, fluchte Schmadtke.

»Es besteht die Gefahr, dass die Schmerzen ihn übermannen und er ohnmächtig wird, und was das bedeutet, muss ich wohl nicht erwähnen«, stellte Dorothee Ritter fest.

Angela Fuhrmann presste die Lippen aufeinander. Ihr Hals färbte sich rot.

»Na wunderbar«, grummelte Schmadtke und strich sich hektisch über sein Kinnbärtchen.

»Wie wär's, wenn wir uns erst einmal das Filmmaterial ansehen?«, schlug Krämer vor. »Ich habe die ganze Zeit über draufgehalten.« Er stellte die Kamera auf dem Tisch ab und machte sich fachmännisch daran zu schaffen.

»In Ordnung«, lenkte Schmadtke ein. »Vielleicht ist das Bildmaterial besser als das von unseren Überwachungskameras. Wie bereits angedacht, können wir es den Medien übergeben und die Bevölkerung um Mithilfe bitten. Dann wäre die Aktion nicht ganz umsonst gewesen. Irgendein Zuschauer wird unseren Mann bestimmt identifizieren. Und daraus ergeben sich vielleicht Anhaltspunkte, wo wir die Stieftochter suchen können.« Er ballte die Fäuste. »Wie kann man nur so grausam sein und sein eigenes Stiefkind begraben?«

Sie wollten gerade die Kamera an einen Monitor anschließen, als ein junger Polizeioberkommissar zu ihnen trat. Sein gebräuntes Gesicht bewies, dass er häufiger unter der Sonnenbank anzutreffen war.

»Guten Morgen«, rief er in die Runde, »ich suche den Einsatzleiter.«

»Was gibt's?«, fragte Schmadtke. Er war dem jungen Kollegen noch nie begegnet.

»Ich war erst draußen bei der Fabrik. Dort sagte man mir, dass Sie wieder hier sind.«

»Wie man sieht. Kommen Sie bitte gleich zur Sache, unsere Zeit ist knapp, wie Sie sich denken können.«

»Klar.« Ein zufriedener Ausdruck huschte über das Gesicht des Polizeioberkommissars. »Aber so viel Zeit muss sein.«

25

Sie hatten es verbockt, so richtig. Und sie konnten noch von Glück reden, dass es nicht zur ultimativen Katastrophe gekommen war. Der Schreck über die verpatzte Aktion war Landgräf tief in die Glieder gefahren. Er stand da wie gelähmt und hielt Neros wütendem Blick stand.

Der robbte unterdessen auf dem Hinterteil an den Rand des Podests, in Richtung Pistole.

»Ich kenne Sie irgendwoher«, stieß Nero mit gepresster Stimme hervor. In der Linken hielt er den Zünder, sein rechter Arm hing leblos herab.

Erschrocken zuckte Landgräf zusammen. Er räusperte sich. »Das muss ein Irrtum sein.«

»Ich bin mir aber ziemlich sicher.«

Vorsichtig und darauf bedacht, die Schulter so wenig wie möglich zu bewegen, griff Nero nach der Waffe, die Angela Fuhrmann dort zurückgelassen hatte. Ein Ächzen drang aus seiner Kehle. »Mann, ist das Ding schwer.« Er ließ seine Hand auf seinen Oberschenkel plumpsen.

»Ihre Schulter ist ausgerenkt«, diagnostizierte Landgräf.

»Woher wollen Sie das wissen?«, brachte Nero hervor

und verkniff vor Schmerzen das Gesicht. »Sind Sie Arzt? Vielleicht kenne ich Sie daher. War ich schon mal bei Ihnen in Behandlung?«

»Nein, ich bin kein Arzt.« Landgräf winkte ab. »Ist auch nur eine Vermutung von mir. Ich habe in meiner Jugend mal American Football gespielt. Und da ist diese Art von Verletzung an der Tagesordnung. Hatte ich selbst mal.«

»Interessant.«

»Ziemlich schmerzhaft.«

»Das meine ich nicht, sondern das mit dem American Football«, sagte Nero. »Ich habe mir einige Jahre immer den Super Bowl angesehen, zu der Zeit, als die Dallas Cowboys noch alles beherrschten. Dazu gab es lecker Budweiser und Hamburger. Welche Position haben Sie denn gespielt?«

»Defensive.«

»Sind da nicht eher die Kräftigen …« Nero brach ab und riss die Augen auf. Plötzlich umspielte ein Schmunzeln seine Lippen. »Ich hab's! Ich weiß jetzt, wer Sie sind.«

Landgräf spürte, wie ihm die Knie weich wurden.

»Sie sind der Bulle, der mich damals in dieser Kleingartenkolonie verfolgt hat, der Dicke, der irgendwann umgekippt ist.« Er lachte laut. »Vorhin, bei dem Kampf, da wäre ich fast draufgekommen. Sie haben abgespeckt. Und nicht zu knapp.« Er lachte wieder, schrie im nächsten Moment aber vor Schmerzen auf. »O Mann«, keuchte er, als er wieder Luft bekam, »das ist die reinste Folter. Meine Schulter brennt wie Feuer.«

Landgräfs Ohrknopf knackte. Nero hatte nicht darauf bestanden, dass er den Empfänger ablegte. »Biete einen Arzt an«, hörte er Susann Lebrowskis sagen. Ihre warme, ruhige Stimme tat ihm gut. Sie half ihm, ein gewisses Maß an Selbstsicherheit wiederzufinden. Er räusperte sich. »Ein Arzt könnte Ihnen die Schulter einrenken.«

Nero schnaubte verächtlich. »Na klar. Und sobald der Weißkittel vor mir steht, jagt er mir eine Kugel durch den Schädel. Oder er spritzt mir irgendein Scheißgift.«

»Je länger Sie warten, desto schlimmer wird es. Wenn die Gefäße und die Nerven zu lange eingeklemmt bleiben, kann das zu dauerhaften Schäden führen«, gab Landgräf zu bedenken.

»Leck mich am Arsch«, brachte Nero zwischen zusammengebissenen Zähnen heraus. Er stellte die Pistole aufrecht und stützte den Lauf auf seinen Oberschenkel. »Ich lasse keinen mehr an mich ran, bis mir die kubanische Sonne ins Gesicht scheint. Und wer es versucht, den schieß ich über den Haufen. Aber eine Packung Schmerztabletten dürft ihr mir bringen.«

Gleichgültig zuckte Landgräf mit den Schultern. »Wie Sie meinen. Und wie soll es dann weitergehen?«

Nero grinste schief. »Darauf wollte ich gerade zu sprechen kommen.« Er schob sich noch ein Stück weiter vor und setzte sich auf die oberste Stufe. Er fixierte Landgräf. Seine unterschiedlich farbenen Augen changierten im Sonnenlicht, das bunt durch die hohen Fenster ins Dominnere drang. »Jetzt hör genau zu, Bulle.«

Landgräf versuchte, den Arglosen zu spielen. »Ich bin kein Polizist. Sie müssen mich verwechseln.«

»Halt's Maul. Du hast mich lange genug an der Nase herumgeführt.«

Landgräf schwieg. Offensichtlich hatte es keinen Sinn, Nero noch länger etwas vorzumachen. »Sie haben recht«, sagte er schließlich, »wir sind uns schon einmal begegnet«, gab er daher zu. Ein wenig die Wogen glätten konnte nicht schaden. »Allerdings bin ich nur zufällig hier hineingeraten. Ich bin zurzeit nicht im Dienst.«

»Dafür mischt du aber kräftig mit.«

»Einmal Bulle, immer Bulle, könnte man sagen.«

»Brav, brav.« Nero nickte bedächtig. »Ein Mann mit Prinzipien. Ein Mensch, der sich für andere aufopfert.« Er schüttelte verächtlich den Kopf. »Gucken Sie sich den Typen da am Kreuz an«, sagte er und deutete mit dem Kopf in die Richtung. »Das kommt davon, wenn man versucht, sich für andere aufzuopfern. Ich habe es nie mit den Christen gehalten. Mir haben immer die römischen Kaiser gefallen, und die haben die frühen Christen in die Arena zu den Löwen geschickt.«

Ein Gedanke blitzte in Landgräf auf. Sein Pseudonym. Nannte er sich deswegen Nero?

»Dann ist also Kaiser Nero Ihr großes Vorbild?«, fragte Landgräf unumwunden. »Der römische Kaiser, der ganz Rom in Brand gesteckt hat?«

»Nero war ein großer Mann mit Visionen. Er plante eine neue, eine bessere Stadt zu erschaffen. Dafür brauchte er Platz.«

»Er war ein Brandstifter und Mörder.« Landgräf wollte ihn aus der Reserve locken. Vielleicht verriet er auf diese Weise mehr über sich, als ihm lieb war.

Dessen Miene verfinsterte sich. »Wahre Genies offenbaren sich nicht dem Kleingeistigen.«

»Ist doch ein Totschlagargument«, gab Landgräf nüchtern zurück. »Jeder normale Mensch kann einschätzen, ob etwas gut oder böse ist. Dazu braucht man keinen besonderen IQ.«

Nero schloss die Augen und holte tief Luft. »Ich erwarte nicht von Ihnen, dass Sie meine Beweggründe verstehen.«

Landgräf beugte sich vor. »Sie eifern einem Brandstifter nach. Einem Größenwahnsinnigen. Was gibt es da nicht zu verstehen?«

Mit zittriger Hand umklammerte Nero den Pistolengriff so kräftig, dass die Knöchel weiß hervortraten. Die Schmerzen schien er verdrängt zu haben.

»Die Bombe in der Fabrik hat einen Mann getötet.« Landgräf konnte nicht anders. Es tat so gut, Nero Worte um die Ohren zu hauen, die ihn offensichtlich trafen. »Sie haben ein Menschenleben auf dem Gewissen. Von wegen niemandem Schaden zufügen. Na ja, aber wer einen der schrecklichen Cäsaren der römischen Geschichte als Vorbild ...«

»Nichts kapierst du, du Wichser!«, schrie Nero. Seine Augen blitzten wütend. »Du kapierst gar nichts! Verstanden?«

Landgräf erstarrte. Er hatte den Bogen wohl überspannt. Doch ihm blieb keine Zeit zu überlegen, wie er den Schaden wiedergutmachen konnten. Denn fast im selben Moment schoss Nero auf ihn.

26

Der Becher Kaffee in Ines' Händen roch himmlisch. Sie blies über den Rand und nippte vorsichtig. Der aromatische Geschmack breitete sich in ihrer Mundhöhle aus und belebte augenblicklich ihre Sinne. Keine Viertelstunde war vergangen, seit der Polizist sie hierhergefahren und sie zum Einsatzleiter gebracht hatte. Wie hieß er doch gleich noch? Irgendwas mit Sch. Ines kam nicht drauf. In den letzten Minuten hatte sie so viel gehört, dass ihr ganz schwindelig geworden war. Da war eine Frau vom Bundeskriminalamt gewesen, ein Mann in einem Kampfanzug – und noch so viele andere. Zehn Minuten stellten sie lauter Fragen. Nach Romans Freunden, nach dem Sprengstoff, nach seinem Werdegang und ob sie Beziehungen zu Kuba hätten. Seltsamerweise fragte der Einsatzleiter sie auch über Patricia aus. Dabei hatte ihre Tochter doch nichts mit Romans Bombendrohung zu schaffen. Sie ärgerte sich, nicht nachgefragt zu habe.

Dann erteilte der Einsatzleiter Befehle, und alle waren losgestürmt. Im Domforum herrschte helle Aufregung, und das schien mit ihrer Anwesenheit zusammenzuhängen. Sie saß jetzt an einem Schreibtisch in einem abgetrennten Winkel des Raums, wo ein großer, gutmütig aussehender Mann dabei war, eine Kamera an einen Bildschirm anzuschließen.

Sie hatte es also getan. Hatte ihre falsche Loyalität über Bord geworfen und Roman verraten.

Nachdenklich blickte Ines auf den dampfenden Kaffee. Verraten? Ruckartig stellte sie den Becher auf den Tisch vor sich ab. Kaffee schwappte über. Wie kam sie dazu, es immer noch als Verrat anzusehen? Was war mit ihr los, was lief bei ihr im Kopf verkehrt? Wenn sie nur an ihren inneren Konflikt vorhin dachte, wurde ihr schlecht.

»Möchten Sie etwas essen?«

Ines schreckte zusammen und sah auf.

Eine blonde Frau lächelte sie an.

»Im Moment nicht«, antwortete Ines.

»Susann Lebrowski«, stellte sich die Frau vor und reichte ihr die Hand. »Sie sind Ines Winter?«

Zögerlich schlug Ines ein und nickte.

»Darf ich mich setzen?«

Wieder nickte Ines.

Susann Lebrowski setzte sich auf einen freien Stuhl und beugte sich zu Camira hinab, die mit dem Maul auf den Vorderpfoten vor sich hindöste. Neben ihr stand eine Schüssel mit Wasser, die sie bei ihrer Ankunft zur Hälfte leer geschlabbert hatte. »Ein schönes Tier. Das Fell glänzt wie Seide.«

»Camira«, flüsterte Ines stolz. Sie freute sich über das Lob. In den letzten Wochen hatte sie auf Essen verzichtet, damit die Hündin ausreichend Nahrung bekam. »Streicheln Sie sie ruhig. Sie ist lammfromm.«

Behutsam legte Susann Lebrowski Camira die Hand auf den Kopf und streichelte sie. Die Ohren der Hündin bewegten sich müde hin und her. »Wie fühlen Sie sich?«

»Ich bin keine Denunziantin«, rutschte es Ines heraus. Im gleichen Moment schämte sie sich. »Entschuldigen Sie bitte«, murmelte sie und senkte den Kopf. »Ich bin völlig durcheinander.«

»Ist schon in Ordnung. Sie müssen Schlimmes durchgemacht haben. Haben Sie Schmerzen? Ein Arzt wird sich sofort um sie kümmern.«

Ines sah auf. Susann Lebrowskis Stimme klang weich und verständnisvoll. Sie schüttelte den Kopf. »Im Moment habe ich keine Schmerzen. Ich bin nur froh, hier zu sein ...« Ihre Hände begannen zu zittern und schienen ihre Worte Lügen zu strafen.

Susann Lebrowski umfasste sie und hielt sie fest.

Instinktiv verspürte Ines das Verlangen, die Hände fortzuziehen. Sie fürchtete, dass die Nähe zu einer anderen Person ihren Schutzpanzer, den sie seit Jahren um ihre geschundene Seele aufgebaut hatte, in wenigen Sekunden einstürzen lassen würde. Über die Folgen mochte sie gar nicht nachdenken.

Doch sie widerstand tapfer. Wenn sie einen echten Neuanfang wagen wollte, musste sie sich öffnen und wieder lernen, Menschen zu vertrauen. Vielleicht bot sich hier die erste Gelegenheit, damit anzufangen. »Sie haben recht«, sagte sie jetzt bestimmt. »Trotzdem möchte ich nicht, dass man mich für eine Verräterin hält.« Verlegen lächelte sie. Wie blöd musste sich das für einen Außenstehenden anhören.

»Sie haben alles richtig gemacht«, sagte Susann Lebrowski. Ihre Stimme klang mitfühlend. »Im Moment ist noch alles zu viel für Sie. Es braucht Zeit.«

Der Mann mit der Kamera hatte inzwischen den Kampf gegen die Technik gewonnen. Auf dem Monitor erschienen die ersten wackeligen Bilder.

Sie erkannte das Innere des Doms. Bankreihen waren zu sehen, eine Frau in einem schicken Hosenanzug und ein hagerer Mann mit Glatze gingen vor der Kamera her. Die Perspektive änderte sich, und plötzlich war Roman zu sehen. Die Kamera zoomte heran und zeigte sein Gesicht. Er sah genau in die Linse. Unwillkürlich zuckte Ines zusammen, als ob er sie geschlagen hätte. Sie stöhnte leise auf.

»Was ist?«, fragte Susann Lebrowski. »Oh, okay. Sie müssen sich dem nicht aussetzen …«

Ohne etwas zu erwidern, zog Ines ihre Hände unter denen von Susann Lebrowski hervor und stand auf. Gebannt starrte sie auf den Monitor, umrundete den Tisch und trat neben den Mann, der die Kamera angeschlossen hatte. Der stellte in diesem Moment mit einer Fernbedienung die Lautstärke höher.

»So«, sagte er. »Bin dann mal eben den Chef holen.« Lässig warf er die Fernbedienung auf den Tisch und eilte davon.

Ines achtete nicht auf ihn, war vollkommen von dem Film gebannt. Die Perspektive änderte sich erneut. Jetzt waren wieder die anderen beiden Personen zu sehen. Der glatzköpfige Mann deutete gerade auf die Frau und in Richtung Kamera.

»Frau Jana Zschiedrich und Jochen Bauer von News-TV«, hörte sie ihn sagen. Die Frau wedelte mit dem Mikro und sagte: »Darf ich vielleicht gleich die erste Frage stellen: Wie ist es …«.

»Stopp!«, unterbrach Roman die Reporterin und schnitt mit der Hand waagerecht durch die Luft. »Nicht so eilig!« Dann wandte er sich an den Glatzköpfigen. »Musste es ausgerechnet eine Frau sein, verdammt!«

Susann Lebrowski trat an Ines' Seite. Sie sagte: »Sie sollten sich das vielleicht lieber nicht anschauen.«

Ohne darauf einzugehen, deutete Ines auf Roman. »Frauen sind für ihn Abschaum, in der Rangordnung knapp über Tieren.«

»Ich weiß«, sagte Susann Lebrowski. Plötzlich wurde ihr klar, was als Nächstes folgen wurde. Sie suchte die Fernbedienung mit zunehmender Hektik. Als sie sie endlich gefunden hatte, war es bereits zu spät.

27

Der Schuss verhallte im Kirchenschiff und schreckte eine einzelne Taube auf, die sich kurz sehen ließ und dann zwischen den Pfeilern verschwand. Der beißende Geruch der Treibladung ließ Roman niesen. Sofort flammte wieder der Schmerz in seiner Schulter auf. Er stöhnte auf. Dann sah er zu Landgräf, der vor Schreck zu Boden gegangen war.

»Unterbrich mich nie wieder«, presste Roman hervor. »Hast du verstanden?«

Landgräf hockte mit bleichem Gesicht vor dem Podest. Er blickte sich um und sah die Stelle, wo keine zwei Meter von ihm entfernt die Kugel in die Bank eingeschlagen war. Das Holz der Lehne war um das Einschussloch herum hell gesplittert.

»Es wäre mir eine besondere Genugtuung, dich mit der Knarre deiner Kollegin über den Haufen zu schießen.« Roman lachte hämisch. »Das würde bestimmt ein nettes Disziplinarverfahren geben. Und die Selbstvorwürfe, die der kleine Knackarsch sich machen würde!« Er schnalzte mit der Zunge. »Hinreißend. Bestimmt würde sie daran zerbrechen.«

Er schien wieder bester Laune zu sein. Noch hielt er die Waffe auf Landgräf gerichtet, doch jetzt besann er sich eines Besseren. Er wollte lieber sparsam mit der Munition umgehen, auch wenn er zusätzlich seine eigene Pistole im Halfter am Hosenbund stecken hatte. Schließlich konnte er nicht wissen, ob er sich nicht irgendwann den Weg würde freischießen müssen. Aber so weit sollte es ja gar nicht kommen. Er hatte nach wie vor fast alle Trümpfe in der Hand und es eigentlich nicht nötig, diesen Landgräf hinzurichten, um den Druck zu erhöhen. Oder lag er damit falsch? Roman kam ins Grübeln.

»Sie sind ein Sadist«, murmelte Landgräf und riss ihn aus seinen Gedanken.

»Oh, dem würde ich nicht widersprechen«, entgegnete Roman. »Ich sagte Ihnen ja schon, ich bin nicht gerade das, was man einen Menschenfreund nennt.«

Vorsichtig erhob sich Landgräf. Er war wackelig auf den Beinen. »Mir geht es nicht besonders«, sagte er. »Wir sollten zum Abschluss kommen.«

»Von mir aus gern«, sagte Roman. Der Wunsch, einen Moment allein zu sein und zu versuchen, in Ruhe die Situation zu überdenken, bestimmte seine Gedanken. Mit den Füßen drückte er sich ab und schob sich rückwärts, bis er die Wolldecke erreichte. »Es gibt im Grunde nicht viel zu besprechen.« Er legte die Pistole ab. »Um fünfzehn Uhr geht die nächste Ladung hoch.« Er zog sich die Decke über die Schultern. »Und ihr könnt sicher sein: Diesmal wird die Explosion grausam werden.«

28

Schmadtke zwirbelte seinen Schnurrbart und starrte gebannt auf den kleinen Monitor, der an die Videoüberwachungsanlage angeschlossen war, die sie heimlich im Dom installiert hatten. Keine Minute war vergangen, seit der Schuss im Dom gefallen war. Landgräf war zu Boden gegangen. Aber er schien unverletzt, denn er stand bald wieder auf und ging schließlich aus dem Bild in Richtung Hauptportal. Schmadtke atmete erleichtert auf.

»Was geht da vor? Über was haben die sich unterhalten?«, fragte er den Techniker, der ebenfalls auf das Bild starrte und einen Kopfhörer ans Ohr drückte.

»Deadline bis fünfzehn Uhr«, sagte der gepresst. »Dann detoniert die nächste Sprengladung. Und er droht mit Opfern.«

Schmadtke biss sich auf die Lippen und sah Dorothee Ritter fragend an, die neben ihm stand.

»Ausgangssperre«, sagte sie. »Öffentliche Räume evakuieren. Konzentrierte Suche nach dem Sprengkörper an neuralgischen Punkten.« Ihre Miene zeigte Entschlossenheit. »Anscheinend will er ein Blutbad. Dort, wo zahlreiche Menschen zusammenkommen, wird er zuschlagen. Wir müssen eine Warnung vor öffentlichen Plätzen herausgeben und den Nahverkehr einstellen.«

»Wir können doch keine Millionenstadt evakuieren. Es wird eine Panik geben«, wandte Schmadtke ein. »Vielleicht sollten wir nachgeben.«

»Dann haben Sie in den nächsten drei Wochen fünfzehn Nachahmer im Dom sitzen.« Sie zog ihr Smartphone aus der Handtasche. »Wir müssen alles aufbieten, was wir bekommen können. Ich rede mit dem Innenminister und mit dem Verteidigungsminister, anschließend mit der Ministerpräsidentin.« Sie tippte etwas auf dem Handydisplay, sah dann nochmals auf. »Wir brauchen Hundestaffeln.«

»Kümmere ich mich drum«, sagte Schmadtke. Für einen kurzen Moment war er geneigt, Dorothee Ritter die Verantwortung zu überlassen. Sie schien zu wissen, was in dieser Situation zu tun war, wirkte distanziert und behielt den Überblick. Waren das nicht die wichtigsten Kriterien, um die Krise zu meistern? Er dagegen wog bei Entscheidungen zu sehr das Für und Wider ab und bremste sich damit selbst.

Er straffte sich. Mag sein, dass Dorothee Ritter ihm in diesen Punkten überlegen war. Aber ihr Einfühlungsvermögen und ihre Teamfähigkeit waren nur geringfügig ausgeprägt und so selten wie Schilfkeimlinge in der Wüste. Jeder hier eingesetzte Mitarbeiter war wie ein Rädchen im Getriebe. Und nur wenn sie ineinandergriffen, hatten sie eine Chance. Dorothee Ritter wäre wie Sand für das Räderwerk.

Ein Schrei unterbrach seine Grübelei. Sie standen in

einem abgetrennten Bereich neben der eigentlichen Einsatzzentrale. Der Schrei war von dort gekommen. Schmadtke ließ Dorothee Ritter stehen und ging nach nebenan.

»Was ist?«, fragte er Susann Lebrowski, die zusammen mit Ines Winter vor dem großen Bildschirm stand.

Neros Frau sah sich mit vor Panik geweiteten Augen zu ihm um. »Mein Kind«, stöhnte sie. »O Gott, er hat Patricia lebendig …« Weiter kam sie nicht. Sie verdrehte die Augen. Dann sank sie ohnmächtig zu Boden.

29

Irgendetwas riss Marc König aus dem Schlaf. Desorientiert blickte er zur Decke. Sein Blick fokussierte sich nur langsam. Es dauerte einige Sekunden, bis er den Fleck erkennen konnte, wo er letztens eine vollgefressene Mücke platt geschlagen hatte. Unzählige ihrer Brüder und Schwestern schienen in seinem Kopf Rache an ihm zu nehmen. Stöhnend wuschelte er sich durch die Haare, doch vertreiben konnte er das hohe Summen nicht.

Ein unangenehmer Gestank stieg ihm in die Nase. Er schnupperte.

»O Mann, was für eine Scheiße«, murmelte er. »Du stinkst wie ein Penner.«

Er musste duschen.

Mühsam kämpfte er sich auf die Bettkante. Das Summen in seinem Kopf intensivierte sich. Die Fliesen waren kalt unter seinen nackten Füßen. Torkelnd kam er auf die Beine. Der Alkohol floss sicherlich noch reichlich durch seine Blutbahnen. Er kniff die Augen zusammen und spähte zur Wanduhr. Er hatte eindeutig zu wenig geschlafen. Duschen konnte er immer noch.

Gerade als er sich wieder aufs Bett werfen wollte,

summte die Schelle. Dann noch einmal. Das war es also gewesen, was ihn aus seinen Träumen gerissen hatte. Mann, der Tag fing echt ätzend an.

»Was ist denn los?«, grunzte er und stolperte vorwärts zur Wohnungstür. Mit einem Tritt beförderte er seine im Weg liegende Jeans in die Ecke. Auf dem Hemd wäre er fast ausgerutscht. »Scheiße«, fluchte er und riss den Hörer der Sprechanlage von der Wand. »Ja?«, brüllte er hinein, merkte dann, dass er ihn verkehrt herum hielt. Er drehte ihn um. »Verdammt! Der König ist müde und gewährt noch keine Audienz.«

»Marc König?«

»Wer will das wissen?«

»Polizei. Wir müssen mit Ihnen sprechen.«

Irritiert blickte Marc auf den Hörer. Was sollte das jetzt? Hatten seine Freunde ihm eine Stripperin spendiert? Aber von der Stimme her war es ein Typ, und sein Geburtstag war erst in drei Monaten. Oder ging es um eine Wette?

»Herr König? Sind Sie noch da? Wir würden gern mit Ihnen sprechen«, hörte er aus weiter Ferne.

Er presste den Hörer wieder ans Ohr. »Einen kleinen Moment bitte.« Hastig hängte er den Hörer ein, drückte den Türöffner und lief zu seiner Jeans. Er drehte die Taschen auf links. Irgendwo hatte er doch … Wo war nur das Dope abgeblieben?

»Mist«, fluchte er, sprang in seine Hose und nahm sich das Hemd vor. Auch dort fand er nichts. Vermutlich hatten sie gestern alles weggeballert. Erleichtert zog er das Hemd über und riss die Wohnungstür auf. Sie konnten ihm nichts.

Schon tauchten zwei Männer auf der Treppe auf und sahen zu ihm hoch.

Also jedenfalls keine Stripperin, dachte Marc. Wäre ja auch zu schön gewesen. Vermutlich hätte sein Gestank sie sowieso sofort vertrieben.

Sie trugen Jeansjacken und wirkten freundlich. Nicht so grimmig wie die Typen vom Ordnungsamt, die ihn bei der Weiberfastnacht beim Wildpinkeln auf dem Ostermannplatz zusammengestaucht hatten.

»Herr Marc König?«, fragte der Längere der beiden. Sie bauten sich nebeneinander vor seiner Wohnungstür auf.

»Bin ich, ja«, sagte Marc.

Die beiden Polizisten zogen ihre Dienstausweise. »Vom Dörp, LKA«, stellte sich der Größere vor und wies auf seinen Kollegen. »Und das ist mein Kollege Wildrup.«

Verständnislos blickte Marc von einem zum anderen. Hatte der Typ LKA gesagt? Stand das nicht für Landeskriminalamt? In der Polizeiorganisation kannte er sich nicht besonders aus. Zumindest aber wusste er, dass das LKA nicht für die normalen Dinge, wie zum Beispiel ein Verkehrsvergehen, ausrückte.

»Sie besitzen ein Fahrzeug? Einen hellblauen Ford Transit mit dem amtlichen Kennzeichen K-MV 1189?«

»Hä?« Verständnislos runzelte Marc die Stirn. War doch was mit seiner Karre? In Gedanken kramte er nach einer Fahrerflucht, nach einer Tour, die er im besoffenen Kopf angetreten hatte. Überhöhte Geschwindigkeit könnte es auch noch gewesen sein. Allerdings hatte er seinen Transit seit Monaten nicht mehr genutzt. Eigentlich fraß die Karre nur Geld. Wenn er nicht so faul gewesen wäre und sein Vater ihm den Wagen finanzieren würde, hätte er ihn schon lange abgemeldet. In Köln kam man ganz gut mit den öffentlichen Verkehrsmitteln von A nach B und lief dabei nicht Gefahr, seinen Führerschein zu verlieren.

Wildrup räusperte sich. »Die Frage war doch nicht missverständlich, oder?«

»Äh, nee«, sagte Marc. »Ist nur, weil …« Er beschloss, das Ganze abzukürzen. »Ja. Ich hab einen Transit. Der steht …« Er grübelte. Wo hatte er ihn abgestellt? »Im Hinterhof, glaube ich.«

»Das müssen wir überprüfen«, sagte Wildrup. »Bitte zeigen Sie uns den Wagen.«

Marc schlüpfte in seine Holzclogs, griff sich den Zündschlüssel vom Nagel, den er extra dafür neben der Tür in die Wand geschlagen hatte, und folgte den beiden Polizisten die Treppe runter.

Er führte sie um das Mehrfamilienhaus herum. Im Hinterhof gab es vier Garagen, auf einem Tor war eine Landschaft aufgepinselt. Links begrenzte das Nachbarhaus den Hof, rechts ein fast zwei Meter hoher Maschendrahtzaun. Dahinter befand sich ein Sportplatz.

Suchend sah sich Marc um.

»In einer der Garagen?«, fragte vom Dörp.

Marc schüttelte den Kopf und ging zu der Stelle am Maschendrahtzaun, wo ein riesiger Ölfleck den Beton zierte. Für gewöhnlich parkte er hier seinen Transit. Sein Vermieter hatte ihm wegen des Flecks schon oft die Hölle heißgemacht und gedroht, den Boden auf Marcs Kosten zu sanieren. Deswegen hatte er aufgepasst, die Karre stets an der gleichen Stelle abzustellen. Das Entfernen eines Ölflecks würde sicher seinen Monatsetat sprengen, mehrere dagegen könnten ihn womöglich in die Privatinsolvenz treiben. Fieberhaft grübelte er, ob er nicht ausnahmsweise den Wagen …

»Vielleicht doch vorne«, sagte er zu den beiden Polizisten. Mit großen Schritten lief er zur Straße und spähte auf und ab. Doch seinen Transit entdeckte er nicht. Er musste ihn verliehen haben. Genau, irgendein Kumpel zog um. Allerdings bewies ihm der Schlüssel in seiner Hand, dass das nicht sein konnte. Es gab nur einen Zündschlüssel. »So ein Mist«, murmelte er. Er wandte sich an den größeren Polizisten. Nervös strich er sich mit einer Hand durch die Haare. »Ich fürchte …, der ist geklaut.« Er lachte unsicher. »Mann, wer klaut denn eine fünfzehn Jahre alte Rostlaube? Wie blöd muss man da sein?«

»Wenn das so ist«, sagte vom Dörp, »muss ich Sie bitten, mit uns zu kommen.«

Marc wich unwillkürlich einen Schritt zurück. Mitkommen? Wenn man ihm dem Wagen klaute?

»Sie können die Anzeige doch auch hier aufnehmen«, wandte Marc ein. Was sollte das werden? Er wollte wieder ins Bett und später schön gemütlich frühstücken. Im selben Moment fiel bei ihm der Groschen. Sein Wagen war geklaut worden, und irgendwer hatte damit ein krummes Ding gedreht. »Verdammt, was ist passiert?«, fragte er die beiden Polizisten.

»Das erklären wir Ihnen später«, sagte der kleinere und wies mit der Hand auf einen dunklen Opel auf der anderen Straßenseite.

»Bin ich etwa verhaftet?«

»Nein«, sagte der Polizist. »Das kann nur ein Richter.«

Marc verstand überhaupt nichts mehr. Die Entschlossenheit der beiden Polizisten, die in ihren Gesichtern abzulesen war, brach in ihm jeden Widerstand.

»Darf ich mir noch was überziehen?«, fragte er kleinlaut.

»Gern, wir begleiten Sie in Ihre Wohnung. Aber bitte machen Sie schnell«, entgegnete der größere der Polizisten und setzte sich bereits in Bewegung.

30

Romans Schulter pochte. Der Schmerz zog seitlich am Hals hoch und fraß sich in seine rechte Gehirnhälfte. Er spürte, wie sich eine Migräne ankündigte. Sein Schädel brummte wie ein Transformator. In diesem Moment hörte er Schritte, die durch das Kirchenschiff hallten. Ein Polizist kam auf ihn zu.

»Die Tabletten«, rief er, hielt etwa vier Meter vor ihm inne und warf ihm das Päckchen zu. Es landete vor Romans Füßen. In der anderen Hand hielt der Polizist eine Flasche Wasser und zeigte sie mit einem fragenden Gesichtsausdruck vor.

Roman richtete die Pistole auf ihn. »Immer schön vorsichtig. Ich will deine Hände die ganze Zeit sehen. Eine unbedachte Bewegung, und du kannst den Engelchen Gesellschaft leisten.«

Vorsichtig ging der Polizist weiter und stellte die Flasche auf der Kante des Holzpodestes ab. Mit erhobenen Händen ging er rückwärts zurück, drehte sich nach zehn Metern um und eilte davon.

Roman legte die Waffe zur Seite, nahm die Tablettenpackung und riss sie mit den Zähnen auf. Die Staniolstreifen purzelten auf seinen Schoss. Er drückte sich zwei Pillen heraus und schluckte sie trocken. Dann erst robbte er zur Flasche vor und spülte mit einem großen Schluck nach. Das Wasser kühlte angenehm seinen ausgedörrten Hals. In der bisherigen Aufregung hatte er seinen Durst verdrängt. Erneut setzte er die Flasche an und sondierte dabei die Umgebung. Sosehr er sich anstrengte, er konnte niemanden entdecken. Sie waren gut versteckt. Ein einfältiger Mensch würde jetzt denken, sie hätten sich alle zurückgezogen. Doch er gehörte nicht zu denen. Keine Sekunde zweifelte er daran, dass just in diesem Moment seine Stirn in mehreren Fadenkreuzen zu sehen war.

»Staatsfeind Nummer eins«, murmelte er und lachte leise. Er stellte die Flasche neben sich ab. »Kuba sieht das bestimmt anders.« Freud und Leid liegen wie immer dicht beieinander, dachte er. Die Vorfreude auf die sonnigen Strände am Atlantik dämpfte für einen Augenblick seine Kopfschmerzen. Die Wellen, die seine Füße umspielten und die Spuren im Sand verwischten, das monotone, beruhigende Rauschen, Kinder, die Sandburgen bauten … Plötzlich hatte er das Bild von Niklas vor Augen, dem Jungen, den er damals vor der Grundschule abgefangen hatte. Sein Lachen erstarb. Damals hatte er sich auch gefreut. Doch dann lief alles aus dem Ruder, und was folgte, war schlimm. Schlimmer noch als das, was seine Mutter mit ihm angestellt hatte.

* * *

»Ich muss aber jetzt nach Hause«, quengelte Niklas an seiner Hand. Er folgte Roman nur widerwillig durch den

Wald. Die Bäume warfen lange Schatten in der abendlichen Junisonne. Eine leichte Brise kühlte Romans verschwitzte Stirn. Es roch würzig nach Heu. Irgendwo in der Nähe musste ein Bauer seine Wiese gemäht haben. Außer den knackenden Zweigen unter ihren Füßen und dem Vogelgezwitscher über ihnen in den Ästen war nichts zu hören. »Es ist nicht mehr weit«, tröstete er den Kleinen. Er freute sich, mit Niklas wie ein Vater mit seinem Sohn ein Abenteuer zu erleben. So hatte er sich das Leben mit einem Kind immer ausgemalt: gemeinsame Erlebnisse, die sie zusammenschweißten, ein liebevoller Vater, der stolz das Heranreifen seines Nachwuchses verfolgte. Roman fühlte sich beschwingt. Ein angenehmes Kribbeln durchlief seinen Körper.

Die Idee war ihm im Zoo gekommen. Zwar hatte Niklas ein wenig unwillig reagiert. Aber als Roman ihm von den Fledermäusen erzählt hatte, die sie hier entdecken konnten, hatte die Neugier des Kleinen gesiegt.

»Ich will nicht mehr. Ich bin müde.« Seine Stimme klang weinerlich. Schnodder lief ihm aus der Nase, den er immer wieder hochzog. »Meine Mama ist bestimmt schon sauer.«

Roman ignorierte das Gejammer. »Man muss Kinder zu ihrem Glück zwingen«, hörte er in Gedanken die Stimme seiner Mutter. Unwillkürlich fühlte er mit der freien Hand über seinen Hintern. Eine heiße Herdplatte wäre sicher nicht notwendig gewesen, um ihn zu seinem Glück zu zwingen. Nur weil er einmal die Zeit vergessen und mit seinen Kumpels bis in die Abendstunden hinein Fußball gespielt hatte, statt seine Hausaufgaben zu machen.

Er stoppte und orientierte sich, ohne dabei seinen eisernen Griff um Niklas' Hand zu lockern. Er kniff die Augen zusammen und suchte unter den Bäumen. Endlich konnte er die harten Kanten des Mauerwerks nahe einer riesigen Buche ausmachen.

Er zeigte in die Richtung. »Dort, schau!«, rief er erfreut. »Den wollte ich dir zeigen.«

»Ist das der Bunker?«, fragte Niklas. »Mit den Fledermäusen?« Er wischte mit dem Ärmel seiner Jacke unter der Nase entlang. Ein silbriger Streifen zierte den Stoff. »Cool.«

»Ja, das ist der Bunker«, bestätigte Roman.

Letztes Jahr war er zufällig auf diesen Zeugen des Zweiten Weltkriegs gestoßen. Ines und Patricia hatten die glorreiche Idee gehabt, Pilze zu suchen. Da er ohnehin eine Immobilie an der belgischen Grenze besichtigen wollte, hatte er sich generös gegeben und spontan seinen beiden Frauen einen Gefallen getan.

Am liebsten hätte Roman damals das Innere des Bunkers untersucht. Doch Ines hatte ihm den Spaß verdorben und auf die Fortsetzung des Pilzesuchens bestanden. Sie hatte sich nur deshalb durchsetzen können, weil die Batterien der Taschenlampe leer waren. Drei Wochen später war er zurückgekehrt. Zweimal hatte er sich den Kopf an dem Beton gestoßen, bis er einen tiefer liegenden Raum erreicht hatte. Die Ruhe dort unten war überwältigend gewesen. Kein Wunder, dass die Fledermäuse sich den Ort für die Aufzucht ihrer Nachkommen ausgesucht hatten.

»Ist zwar gesprengt worden, aber trotzdem können wir rein«, erklärte er. »Du hast doch die Taschenlampe noch?« Die hatte er ihm vorhin anvertraut, um ihm Verantwortung zu übertragen und ihn so bei Laune zu halten.

»Na klar«, rief Niklas und holte die Maglight aus seiner Jackentasche.

»Sehr gut. Dann steht unserem Abenteuer nichts mehr im Wege.«

Die letzten Meter rannten sie. Niklas' Bedenken, die ihn eben noch gequält hatten, waren wie weggewischt. Aus seinen Kinderaugen strahlte er Roman an.

Dessen Herz vollführte einen Sprung. Glücklich wuschelte er Niklas durch die Haare. »Lass mich vorgehen. Ich weiß, wo es langgeht.« Er hielt Niklas die offene Hand hin.

»Die Taschenlampe«, sagte Roman.

Niklas zögerte.

»Bekommst du unten wieder. Hast du Angst im Dunkeln?«

Niklas blickte verschämt zu Boden.

»Dafür musst du dich nicht schämen«, tröstete ihn Roman. »In deinem Alter hatte ich auch höllischen Respekt vor Kellern und Höhlen.«

Der Junge hob das Kinn und musterte ihn. »Echt?«

»Ja klar.« Roman hockte sich vor ihn. »Selbst heute noch habe ich ein mulmiges Gefühl, wenn ich keine Taschenlampe dabeihabe.« Er schluckte, verdrängte den Gedanken an den modrigen Keller, in dem er als Kind seine Strafen absitzen musste.

Über Niklas' Gesicht huschte ein Lächeln.

»Jetzt aber los«, rief Roman lachend.

Hintereinander krochen sie in den Spalt. Der Gang

neigte sich. Intensiver Modergeruch schlug ihnen entgegen. Die Wände fühlten sich glitschig an. »Pass auf«, warnte Roman, »hier kannst du leicht abrutschen. Langsam! Und immer einen sicheren Tritt suchen.« Es fühlte sich außerordentlich gut an, Niklas kluge Ratschläge zu geben. Er war sein Mentor, durch ihn würde der Junge Dinge entdecken, die er sonst nur aus dem Fernsehen kannte.

In diesem Moment stieß Roman mit dem Kopf gegen die Decke.

»Mist«, fluchte er und blieb stehen. Mit den Fingern versuchte er zu ertasten, ob er blutete. Doch dem war offensichtlich nicht so.

»Was ist?«, fragte Niklas hinter ihm.

Roman hielt die Lampe so, dass er dem Jungen ins Gesicht sehen konnte. Niklas war ganz offensichtlich zwischen Neugier und Angst hin und hergerissen. Immer wieder sah er von links nach rechts, als ob er auf der Suche nach einer Gefahrenquelle wäre.

Roman drückte ihm die Schulter. »Wir sind gleich da. Du brauchst dich nicht zu fürchten, ich bin ja bei dir.« Die Worte legten sich warm um Romans Herz. Was für eine Freude es ihm bereitete, dem Jungen Mut zuzusprechen.

»Ich hab keine Angst«, gab Niklas trotzig zurück.

Roman lachte. »Sehr gut! Ich wollte nur auf Nummer sicher gehen.« Er drehte sich um, bückte sich und ging weiter. Hinter sich hörte er Niklas' Schritte.

»Hier stinkt es«, sagte das Kind.

»Das sind die Exkremente der Fledermäuse.«

»Hä?«

»Fledermauskacke«

»Ach so. Sag das doch gleich.«

»Kacke sagt man aber nicht.«

»Extramente sagt man auch nicht.«

Wieder lachte Roman. Der Kleine war zu putzig und nicht auf den Mund gefallen. Ein Rohdiamant, der darauf wartete, geschliffen zu werden. Warte ab, du wirst noch viel von mir lernen, dachte er und freute sich auf viele gemeinsame Unternehmungen.

Der Gestank nahm zu. Wenig später erreichten sie den Raum. Wasser tropfte von der Decke, Kies knirschte unter ihren Sohlen.

»Jetzt müssen wir leise sein«, flüsterte Roman. Er schirmte das Licht der Lampe so ab, dass der grelle Strahl nicht nach oben strahlte.

Mit offenem Mund, den Kopf im Nacken, blickte Niklas hinauf. »Sind das die Fledermäuse?«, hauchte er und zeigte auf die kleinen schwarzen Kügelchen, die sich im verwitterten Beton festgekrallt hatten. Hin und wieder reflektierten weiße spitze Zähne das Licht der Taschenlampe.

»Ja. Sie sind nachtaktiv. Es kann also nicht mehr lange dauern, bis sie wach werden.« Roman versuchte, Niklas das Verhalten der Tiere mit einfachen Worten zu erklären. »Bald werden sie ihren Winterschlaf beginnen. Dafür fressen sie sich einen dicken Bauch an, damit sie bis zum Frühjahr überleben.«

»Die haben es gut. Mich hänseln immer alle, weil ich so fett bin.« Er klang traurig.

»Du bist nicht fett. Nur etwas pummelig. War ich in deinem Alter auch. Mach dir nichts daraus. Du hast ja jetzt mich als Freund.« Roman legte ihm den Arm um die Schulter und drückte ihn an sich. Die Zuneigung, die ihn in dieser Sekunde wie eine Welle überspülte, raubte ihm fast die Sinne. Noch nie hatte er ein solch intensives Gefühl gespürt. Die Nerven in seinem Körper vibrierten wie unter Hochspannung und ließen den Moment noch prägnanter werden. Er wünschte sich, der Augenblick würde nie enden und Niklas sich für immer an ihn drücken.

Sein Wunsch ging nicht in Erfüllung.

Stattdessen erlosch die Taschenlampe.

Kurz darauf brach die Hölle los.

***

Roman schreckte auf. War er wirklich fast eingeschlafen? Es durchlief ihn heiß und kalt. Gebannt starrte er auf den Zünder. Die rote LED leuchtete unverändert. Er atmete tief durch. Die verflixten Tabletten zeigten ihre Wirkung. Zwar schmerzte seine Schulter jetzt weniger, und auch die Migräne hatte an Heftigkeit verloren, doch die damit einhergehende körperliche Entspannung war gefährlich.

Er drückte sich hoch und warf die Decke von den Schultern. Wärme war jetzt kontraproduktiv. Mit kleinen Schritten begann er auf dem Holzpodest im Kreis zu gehen. Hin und wieder glitt sein Blick zum Dreikönigsschrein, der am Ende des Kirchenschiffs golden schimmerte. Der Anblick erinnerte ihn an einen Sarg.

Er grinste.

Ob die Bullen schon auf der Suche nach Patricia waren?

31

Landgräf lehnte an der hüfthohen Mauer zum Tiefgarageneingang unter der Domplatte. Die patrouillierenden Kollegen ließen ihn in Ruhe. Nachdem er den Dom verlassen hatte, brauchte er erst einmal ein paar Minuten für sich, bevor er sich zu den anderen in die Einsatzzentrale begab.

Gut fünf Stunden blieben ihnen noch, um eine Lösung zu finden. Dass Nero es ernst meinte, daran zweifelte er keine Sekunde. Grausam konnte nur bedeuten, dass er die Bombe an einem belebten Platz oder in einem Gebäude mit vielen Menschen versteckt hatte. In ihm keimte Wut auf, und er stemmte sich gegen die Hoffnungslosigkeit. In seinen Fingerspitzen kribbelte es. Er hätte damals bei der Verfolgung in der Gartenkolonie doch seine Dienstwaffe ziehen sollen. Ein gut gezielter Schuss hätte ihnen den ganzen Mist erspart.

Sein Handy vibrierte.

Er zog es aus der Hosentasche und blickte auf das Display. Anja, seine Frau. Sie musste es schon häufiger versucht habe, aber er hatte nicht rangehen können. Mit schlechtem Gewissen drückte er den Annahmeknopf und meldete sich.

»Martin! Gott sei Dank ...« Sie schluchzte laut. »Ach, verflucht«, rief sie. »Ich habe es tausendmal bei dir probiert! Warum gehst du nicht ans Telefon?«

Landgräf holte tief Luft und schaute zu den Domspitzen hinauf. Ein Gerüst hing wie angeklebt am Nordturm. Eine Plane, die normalerweise die Arbeiter vor Wind und Wetter schützte, hatte sich losgerissen und flatterte.

Wo sollte er anfangen? »Hast du die Nachrichten gehört?«

»Natürlich habe ich die Nachrichten gehört. Was meinst du, warum ich hier fast durchdrehe.«

Landgräf seufzte. Dann fasste er zusammen, was an diesem Morgen bisher geschehen war.

»Martin, du kommst sofort nach Hause!«, befahl Anja, als er geendet hatte. »Ich fasse es kaum, was du gerade erzählt hast. Du bist nicht im Dienst. Du hast mit der Sache nichts zu tun. Mach denen klar, dass du deine Gesundheit aufs Spiel setzt, dass du nicht der richtige Mann in dieser Situation bist und ...«

»Anja, hör mir zu.« Er senkte den Kopf, kniff die Augen zusammen und rieb sich den Nasenrücken. Doch seine Frau schien ihn gar nicht gehört zu haben.

»Denk an mich und die Kinder. Ich brauche dich, die Kinder brauchen dich. Jetzt. Verstehst du das?«

»Anja, hör mir bitte zu«, wiederholte er, diesmal energischer.

Am anderen Ende war es still. Im Geist sah Landgräf seine Frau mit erstauntem Gesichtsausdruck und dem Hörer in der Hand in der Küche. Sie war es nicht gewohnt, dass er Widerworte gab. Daheim hatte Anja das

Kommando. Nur: Jetzt war er nicht zu Hause. Landgräf holte tief Luft.

»Hör zu. Gesundheitlich geht es mir bestens. Ich fühle mich fit. Keine Angst. Und es ist richtig, was ich hier mache. Mit jeder Minute, die ich hier verbringe und mich einsetze, fühle ich mich besser.« Er wunderte sich selbst über seine Worte, doch tief im Inneren wusste er, dass es die Wahrheit war. In den vergangenen Wochen und Monaten war er sich vorgekommen wie ein Rentner, der vom Leben nicht mehr viel erwartet und der der Welt nicht mehr viel zu bieten hat. Aber schon während des ganzen Einsatzes spürte er eine Veränderung in sich vorgehen. Er hatte sehr wohl noch etwas zu bieten. Er hatte seine Kollegen nicht im Stich gelassen, war wieder zu dem Irren hineingegangen, obwohl er hätte hinwerfen können. Er lachte unsicher. Er wusste nicht, wie er es Anja begreiflich machen sollte.

»Ich glaube, mir ist es erst jetzt so richtig bewusst geworden.« Er ballte die Faust. »Ich will diesem Mistkerl das Handwerk legen und wenn es das Letzte ist, was ich tue. Der will hier alles in Schutt und Asche legen, meine Stadt, mein Köln.«

»Dein Köln?«

»Du weißt, was ich meine.«

Sekundenlang schwiegen sie beide.

Dann flüsterte Anja: »Pass auf dich auf, ja?«

»Natürlich passe ich auf mich auf.« Ihm fiel ein Stein vom Herzen. Sie verstand ihn und seine Beweggründe. »Ich liebe dich«, hauchte er.

»Ich liebe dich auch.« Sie weinte.

Für einen Moment schwiegen sie wieder. »Die Kinder bleiben heute zu Hause«, sagte Landgräf schließlich.

»Natürlich«, sagte seine Frau, und ihre Stimme klang schon wieder fester. »Kann ich dich erreichen?«

In diesem Moment meldete sich in seinem Ohrknopf die Stimme von Susann Lebrowski.

»Nero heißt Roman Winter.«

Hatte er richtig gehört? Wieso stand plötzlich Neros Identität fest?

»Seine Frau ist hier«, fuhr Susann Lebrowski fort, als hätte sie seine Gedanken gelesen.

Landgräf stieß sich von der Mauer auf. »Ich muss aufhören«, sagte er in sein Handy. »Ich melde mich, sobald ich kann.« Er drückte das Gespräch weg und rannte zum Domforum hinüber.

Der Wolf hatte die Witterung aufgenommen.

32

Roman stoppte seine Runde. Die Müdigkeit war ein wenig von ihm abgegfallen, doch er fühlte sich weiterhin erschöpft. Die schlaflose Nacht und der aufregende Morgen, dazu die hochkonzentrierte Anspannung forderten ihren Tribut. Wer weiß, wie lange er noch durchhalten musste. So schnell würden die dort draußen nicht einknicken, fürchtete er. Anscheinend musste es tatsächlich erst Tote geben. Der eine, der zufällig auf dem alten Fabrikgelände herumgestreunt war, zählte dabei nicht. Das war nicht beabsichtigt gewesen. Es war nur um eine Demonstration der Stärke gegangen. Dieser Mann war zur falschen Zeit am falschen Ort gewesen.

Dass die Sache eine gewisse Zeit dauern würde, das war ihm klar gewesen. Aber dass sich bereits so früh bei ihm Erschöpfungserscheinungen zeigen würden, damit hatte er nicht gerechnet. Vielleicht war er einfach zu überstürzt vorangegangen. Ein wenig mehr Umsicht bei der Vorbereitung hätte sicherlich nicht geschadet. Aber die Sache mit Grotzek veränderte die Lage schlagartig. Die Bullen hätten sehr wahrscheinlich eine Spur zu Ines und damit zu ihm ermittelt. Also musste er die

Aktion sofort starten. Daran war jetzt nichts mehr zu ändern.

Aber die verdammten Schmerzen machten ihm zu schaffen. Am liebsten würde er die Fünfzehn-Uhr-Bombe eher zünden und so seinem körperlichen Befinden Rechnung tragen. Dafür allerdings musste er sein Handy benutzen, wodurch es seine Identität verraten würde. Außerdem war es von Vorteil, wenn die Bullen so lange wie möglich im Dunkeln tappten. Das brachte Unsicherheit, Verzweiflung und vielleicht am Ende die Kapitulation mit sich.

Roman nahm seine Wanderung wieder auf. Erneut musste er an die vergangene Nacht denken. Das mit Grotzek hätte einfach nicht passieren dürfen. Er hatte ihm nur eine Abreibung verpassen wollen, ein paar gebrochene Knochen, ein paar ausgeschlagene Zähne. Und dann hatte er die Kontrolle verloren.

Er hasste diese Momente. Wenn er spürte, dass eine Macht, die größer war als er, Besitz von ihm ergriff. Wie damals in dem Bunker.

* * *

Kaum war die Taschenlampe ausgefallen, als Niklas auch schon zu wimmern anfing. Mit beiden Händen krallte er sich an Romans Arm fest.

»Mach Licht, mach Licht«, jammerte Niklas und fing hemmungslos an zu weinen.

Roman drückte immer wieder den Schalter der Taschenlampe.

»Du brauchst keine Angst zu haben. Ich bin ja da«, sagte er, doch Niklas hörte ihn nicht.

»Ich will zu meiner Mama«, fing der Junge jetzt an zu heulen. Immer und immer wieder.

»Ich will zu meiner Mama!«

Er wurde ganz offensichtlich hysterisch. Roman musste sich von der Umklammerung des Jungen lösen. Es war stockdunkel, und er hatte keine Ahnung, was mit der verdammten Taschenlampe los war. Er klopfte das Vorderteil der Lampe in seine Handfläche. Aber auch das half nicht.

»Ich will zu meiner Mama!«

Niklas hatte sich unterdessen von ihm fortbewegt, wollte in seiner Panik anscheinend den Ausgang suchen. Roman verfluchte die Taschenlampe und die ganze Fledermaus-Aktion. Was hatte er sich da nur aufgehalst! Unterdessen heulte der Junge aus Leibeskräften wie eine Sirene.

»Schsch«, versuchte er den Jungen zu beruhigen. Am liebsten hätte er ihn genommen und ordentlich durchgeschüttelt, damit er wieder zur Besinnung kam. Wie konnte man wegen ein bisschen Dunkelheit so durchdrehen? Er tastete sich durch den Raum, bis er den Jungen eingeholt hatte. Er packte ihn, drehte ihn zu sich um.

»Jetzt ist aber Schluss!«, schimpfte er im strengen Ton seiner Mutter. »Nur Memmen heulen so rum. Hör sofort auf damit!«

Jetzt war es erst recht um Niklas geschehen. Er strampelte, versuchte sich aus Romans Griff zu winden und schrie und schrie und schrie.

In diesem Moment setzte ein geradezu ohrenbetäubendes Geflatter ein. Niklas hatte mit seinem Geschrei die

Fledermäuse aufgeschreckt. Flügel schwirrten haarscharf an ihren Köpfen vorbei. Niklas schrie lauter denn je.

Roman hielt mit beiden Armen den hysterischen Jungen. »Hör auf! Hör auf!«, schrie er gegen den Lärm an. »Du sollst aufhören!« Doch der Junge reagierte nicht, er schrie und zappelte. »Hör auf! Hör auf!«

Mit einer Hand hielt Roman ihm dem Mund zu. Der Junge zappelte heftiger, und Roman packte fester zu. Der verdammte Bengel wollte einfach nicht parieren. Roman drückte mit aller Macht zu. Jetzt verstummte der Junge. Irgendwann waren auch die Fledermäuse verschwunden, und eine wohltuende Stille trat ein.

Roman wusste nicht, wie lange er so dagestanden hatte. Als er den Jungen losließ, schmerzten sein Arme. Der Körper des Kindes sackte leblos zusammen.

***

Wütend trat Roman eins der Kissen weg. Es rutschte ein Stück über das Holz und blieb am Rand des Podestes liegen. Er hätte damals nicht den Jungen auf der Straße auflesen sollen. Und er hätte genauso wenig zu Grotzek gehen dürfen. Aber Jammern half nicht. Jetzt musste er das Beste aus seiner Situation machen.

»Dein Plan wird funktionieren, auch wenn er mit der heißen Nadel gestrickt ist«, sprach er sich selbst Mut zu. Die dort draußen mussten früher oder später auf seine Drohungen reagieren. Und solange er nicht einschlief und seine Forderungen nicht erfüllt wurden, würde es noch viele Opfer geben.

Entschlossen nahm er seine Wanderung wieder auf.

33

Landgräf betrat den abgetrennten Bereich der Einsatzleitung und traf auf Dorothee Ritter, Susann Lebrowski und Schmadtke. Bei Susann Lebwrowski stand außerdem eine etwa vierzigjährige Frau, bei der es sich um Ines Winter, »Neros« Frau handeln musste. Die Frau wirkte inzwischen wieder einigermaßen gefasst, sah aber mitgenommen aus. Ihr eines Auge war verschwollen, ihr Haar zersaust. Von Susann Lebrowski hatte er bereits über den Ohrknopf erfahren, dass es zu einer Panne gekommen war, dass man der Frau das Video gezeigt hatte, auf dem Nero – also Roman Winter – kaltblütig verkündete, dass er seine Stieftochter lebendig begraben habe. Solche Dinge passierten, das wusste Landgräf aus eigener Erfahrung. Man konnte noch so gut planen: Irgendetwas ging immer schief, insbesondere wenn man unter Druck Entscheidungen treffen musste.

Neben Ines Winter auf dem Boden lag ein Schäferhund, mit dem Kopf auf den Pfoten, und schaute traurig zu ihnen auf. Treues Tier, dachte Landgräf. Sicher hatte es der Frau die Kraft gegeben, die schwierige Zeit zu überstehen. Wer weiß, ob sie ansonsten hier sitzen würde. Er erwischte sich bei dem Gedanken, sich einen Hund zuzulegen. Anstatt jeden Morgen in den Dom zu rennen, könnte er mit dem Hund rund um die Poller Wiesen joggen, anschließend am Rheinufer ausspannen und Stöckchen werfen. Bei der Vorstellung erfüllte ihn ein warmes Gefühl. Bei Anja würde er mit der Idee auf wenig Gegenliebe stoßen, sie mochte keine Hunde. Die Kinder dagegen würden ihm vor Freude um den Hals fallen und sein Vorhaben unterstützen. Sie lagen ihnen schon seit Jahren mit einem Haustier in den Ohren.

»Ah, Martin. Immer hereinspaziert«, sagte Schmadtke.

Im nächsten Moment betraten auch zwei Sanitäter den Raum. Susann Lebrowski sprach leise mit Ines Winter, begleitete sie zu den Sanitätern, mit denen sie schließlich den Raum verließ.

»Wir holen Sie, sobald wir weitere Fragen haben«, rief Susann Lebrowski ihr nach.

Schmadtke wies auf den provisorischen Konferenztisch. »Setzen wir uns doch.« Und als alle saßen, begann er: »Ich fasse kurz zusammen. Wir bekommen dank des Einsatzes von Kollegin Ritter die volle Rückendeckung der Bundes- und Landesregierung. Zusätzliches Personal ist unterwegs.«

Er warf Dorothee Ritter, die gerade dabei war, ungerührt ihre Lidstriche nachzuziehen, einen anerkennenden Blick zu. Schmadtke räusperte sich, dann fuhr er fort.

»Ab elf Uhr werden halbstündlich Verhaltensmaßnahmen über die Radiosender und lokalen Fernsehsender ausgestrahlt. Zusätzlich fahren Lautsprecherwagen durch die Stadt.« Er legte die Hände wie zum Gebet zusammen.

»Die Menschen werden aufgefordert, nach Möglichkeit zu Hause zu bleiben oder wenigsten größere Menschenansammlungen zu meiden.«

»Vielleicht finden wir sogar den Sprengkörper rechtzeitig«, sagte Dorothee Ritter und sah über ihren Schminkspiegel hinweg in die Runde. »Die Experten stehen bereit. Ein Hubschrauber kann sie für eine Entschärfung in wenigen Minuten an jede Stelle in der Stadt bringen.«

Schmadtke nickte. »Gut. Aber weiter: Schmitz leitet nach wie vor den Einsatz bei der Fabrik. Wildrup und vom Dörp haben einen Studenten festgenommen und verhören ihn gerade auf der Wache in Ehrenfeld. War die nächstgelegene, deswegen sind die dort. Dem Studenten gehört der hellblaue Ford Transit, der auf dem Fabrikgelände kurz vor der Explosion gesehen wurde. Angeblich wurde er ihm gestohlen. Ich habe eben mit vom Dörp telefoniert. Er denkt, der Kerl sagt die Wahrheit. Sie wollen ihn noch ein wenig unter Druck setzen, um ganz sicher zu sein. Danach kommen sie wieder hierher. Fuhrmann und Krämer sind inzwischen zurück bei ihren Leuten vom SEK.« Tadelnd sah Schmadtke Landgräf an. »Was euch da geritten hat …«

Landgräf zuckte nur mit den Schultern.

Schmadtke seufzte resigniert. »Weiter im Text«, sagte er dann. »Vier Kollegen von den Grün-Weißen waren in Sülz, in der Wohnung von Patricia Endras. Das ist die Tochter von Frau Winter, die Stieftocher von ›Nero‹. Sie haben niemanden angetroffen und sind gewaltsam in die Wohnung eingedrungen.«

»Kampfspuren?«, fragte Dorothee Ritter. Sie steckte den Schminkspiegel zurück in ihre Handtasche.

»Es wurden Flunitrazepam-Tropfen sichergestellt.«

»Er hat sie also betäubt.«

»Sieht so aus.« Schmadtke machte eine Kunstpause. »Die Kollegen suchen die Umgebung um Patricia Endras' Haus ab, aber bisher ohne Erfolg.«

»Wieso eigentlich Endras und nicht Winter?«, warf Landgräf ein.

»Ach so, stimmt – die Tochter ist verheiratet. Mit einem gewissen Marcos Endras. Er hat früher für Nero … Pardon …, für Roman Winter gearbeitet. Laut Aussage von Frau Winter ist Endras zurzeit im Ausland unterwegs. Südamerika. Genaueres wusste sie nicht.«

»Kann man ihn erreichen?«, fragte Landgräf.

»Wir arbeiten daran. Auch hier hat die Kollegin Ritter ihre Verbindungen genutzt. Das BKA kümmert sich darum.« Schmadtke beugte sich vor und setzte eine verschwörerische Miene auf. »Vielleicht ist das ja gar nicht notwendig.«

»Nicht?« Landgräf runzelte die Stirn.

Schmadtke lehnte sich zurück. »Erklärung kommt gleich.« Er wühlte in einem Stoß Papiere. »Ah, hier, der Lebenslauf.« Er legte das Blatt vor sich auf den Tisch. »Inzwischen wissen wir so ziemlich alles über unseren Mann im Dom. Roman Winter, 1965 geboren, Kind reicher Eltern, Abitur, Diplomkaufmann. Intelligent. Lange Jahre erfolgreicher Bauunternehmer und Immobilienmakler. Hat gut verdient und immer auf großem Fuß gelebt. Dann vor zwei Jahren der Absturz. Er ging Pleite, verlor sein komplettes Privatvermögen. Es kam, was kommen musste: Harz IV mit kleiner Sozialwohnung in Ostheim, Gernsheimer Straße.«

»Ist in Köln ein sozialer Brennpunkt«, erklärte Landgräf für Dorothee Ritter.

»Verstehe«, sagte sie, ohne mit der Wimper zu zucken. Sie holte eine Packung Zigaretten hervor. »Und seine Frau, wie wir gesehen haben, durfte als Blitzableiter für den gefrusteten Herrn Macho herhalten.« Sie steckte sich eine Zigarette an, blies Rauch in Richtung Decke und sah dann Schmadtke an.

»Können Sie das nicht mal sein lassen?«, brummte Schmadtke und deutete auf den aufsteigenden Rauch. »Ganz davon abgesehen, dass hier Rauchverbot herrscht ... Ich habe keine Lust, nass zu werden.«

Ungerührt zog sie ein weiteres Mal an ihrer Zigarette. »Keine Sorge. Die Sprinkleranlage habe ich abschalten lassen. Und jetzt weiter: Was wissen wir noch?«

Vorwurfsvoll sah Schmadtke Dorothee Ritter an und rümpfte demonstrativ die Nase, sagte aber nichts weiter, sondern blickte wieder in seine Unterlagen. Er fuhr fort: »Winter ist bereits vor mehreren Jahren polizeilich auffällig geworden.«

Lässig winkte Dorothee Ritter ab. Ihre glimmende Zigarette zog eine Rauchspur durch die Luft. »Lassen Sie mich raten: Mauscheleien mit der Baumafia? Bestechung? Schwarzarbeit?«

»Durchaus nicht«, sagte Schmadtke. »1992 hat er einen kleinen Jungen entführt. Das heißt, Winter hat bestritten, dass es eine Entführung war. Wir sind auch nur zufällig darauf gestoßen. Im Bundeszentralregister ist der Eintrag bereits gelöscht worden.«

Landgräf sah Schmadtke fragend an.

»Der Kollege, der damals den Fall bearbeitet hat«, fuhr Schmadtke fort, »sitzt draußen im Foyer und hilft bei den Ermittlungen. Er erinnert sich noch gut an die Geschichte und an Winter. Er hat sich damals über das Strafmaß geärgert. Winter kam auf Bewährung frei.«

Dorothee Ritter schob ihren Stuhl zurück und schlug die Beine übereinander. »Was genau ist denn eigentlich passiert?«

»Roman Winter hat vor einer Kölner Grundschule einen Jungen aufgegabelt und ihn in den Zoo eingeladen. Doch damit nicht genug. Sie sind weiter in die Eifel und haben sich einen alten Bunker angesehen. Und dort kam es zur Katastrophe. Der Junge bekam in dem dunklen Loch Panik, fing wie verrückt an zu schreien, und Winter versuchte, ihn zum Schweigen zu bringen.« Schmadtke holte tief Luft. »Er hat dem Jungen den Mund zugehalten und ihn fast erstickt. Der Junge überlebte, aber mit einer schweren Hirnschädigung.«

»Schrecklich«, zischte Dorothee Ritter. Sie strich sich ein Ascheflöckchen von ihrer Strumpfhose. »Wie wurde der Junge gefunden?«

»Nun, Winter hat den Jungen selbst ins Krankenhaus eingeliefert.«

»Wie bitte?«, rief Dorothee Ritter aus, und auch Landgräf und Susann Lebrowski sahen sich verwundert an.

»Tja. Winter behauptete steif und fest, es sei ein Unfall gewesen.«

Landgräf räusperte sich. »Es gab keinen sexuellen Übergriff?«

»Anscheinend nicht. Das besagte jedenfalls das ärztliche Gutachten.«

Landgräf schüttelte skeptisch den Kopf, und Dorothee Ritter blies verächtlich Rauch aus.

»Wie dem auch sei…« Schmadtke beugte sich vor, wühlte in seinen Unterlagen. »Interessanter scheint mir Folgendes zu sein: Dieser Marcos Endras, der Schwiegersohn, war früher bei Roman Winter angestellt. Und jetzt ratet mal als was?«

»Geschäftsführer?«, gab Landgräf lahm zur Antwort. Er hasste diese Ratespielchen.

»Buchhalter?«, sagte Susann Lebrowski.

»Falsch!«, rief Schmadtke aus. »Endras war sein Polier und – sein Sprengmeister.«

»Sprengmeister?«, entfuhr es Landgräf. »Ich denke, Winter hatte ein Bauunternehmen. Wozu brauchte er da einen Sprengmeister?«

»Kannst du dich noch an die Bauruine in Troisdorf erinnern?«, fragte Schmadtke.

»Das nie fertiggestellte Hochhaus an der A59?«

Schmadtke nickte. »Ist 2001 gesprengt worden. Roman Winter bekam den Auftrag. Er hat nicht nur gebaut, sondern auch abgerissen.«

Landgräf schlug mit der flachen Hand auf den Tisch. »Verdammt«, stieß er aus.

»Müssen wir denn davon ausgehen, dass Marcos mit Winter unter einer Decke steckt?«, wandte Susann Lebrowski ein.

»Nein, aber auf diese Weise dürfte Winter Zugang zu qualitativ hochwertigem Sprengstoff gehabt haben«, entgegnete Schmadtke.

»So ist es«, stimmte Dorothee Ritter zu. »Wir müssen davon ausgehen, dass Winter, ob mit oder ohne Endras, das Know-how und die Materialien besitzt, einen extrem gefährlichen Sprengkörper herzustellen.«

»Nicht nur einen«, wandte Schmadtke ein. »Wer weiß, wie viel Zeug er im Laufe der Zeit zur Seite geschafft hat.«

Landgräf legte eine Hand in den Nacken und ließ den Kopf kreisen. Ein Halswirbel knackte. »Dieser Endras, der ist im Ausland unterwegs? War doch so, oder? Vielleicht nicht in Südamerika, sondern in Kuba?« Er senkte den Kopf und sah von einem zum anderen.

»Ah, verstehe.« Dorothee Ritter klemmte die Zigarette zwischen die Lippen, um die Hände frei zu haben, dann holte sie ihr Smartphone hervor. »Ich kenne da ein paar Jungs, die können uns bestimmt behilflich sein«, sagte sie, ohne die Zigarette aus dem Mund zu nehmen. »Die haben die Möglichkeit, Fluglisten zu scannen und solche Sachen.«

»Legal?«, wollte Landgräf wissen.

Sie zuckte mit den Schultern. »Keine Ahnung, aber sehr effektiv.«

Landgräf dachte nach. Er musste noch einmal nachhaken.

»Wir gehen also davon aus, dass dieser Marcos mit Winter gemeinsame Sache macht?«

Dorothee Ritter sah ihn an. »Auszuschließen ist zu diesem Zeitpunkt gar nichts. Doch vorerst haben wir keine Anhaltspunkte für einen entsprechenden Verdacht.«

»Trotzdem – wir ermitteln in alle Richtungen«, sagte Schmadtke.

»Was heißt das konkret?«, wollte Landgräf wissen.

Schmadtke sah auf die Uhr. »Wie bereits erwähnt, bekommen wir Verstärkung. Jeden Moment werden weitere Einsatzkräfte aus dem Ruhrgebiet, aus Aachen und aus dem Rhein-Main-Gebiet eintreffen. Wir durchkämmen die Stadt, sehen in jeden Mülleimer und unter jeden Gullydeckel. Gleichzeitig müssen wir das Gespräch mit Roman Winter wieder in Gang bringen. Und alles, wirklich alles daransetzen, ihn vielleicht doch noch zur Aufgabe zu bewegen. Die Lebrowski und ich werden uns gleich darum kümmern.«

»Soll ich es noch mal versuchen?«, bot Landgräf an, obwohl er keinen Sinn darin sah. Winter würde ihm niemals wieder Vertrauen entgegenbringen.

»Nein«, sagte Schmadtke, ohne eine Sekunde zu überlegen. »Wir haben einen altgedienten Polizeipsychologen angefordert, Richard Überkley. Er wird sich der Sache annehmen.«

Landgräf nickte anerkennend. Überkley war eine lebende Legende. Eine imposante Gestalt mit väterlicher Ausstrahlung und sonorer Stimme. Ein Meister des sogenannten aktiven Zuhörens, der schon so manche Katastrophe abgewendet hatte. Sein Husarenstück war die Befreiung von achtzig Geiseln auf einem Schiff der Köln-Düsseldorfer gewesen. Die Leute hatten eine Geburtstagsparty gefeiert, als plötzlich einer der Kellner eine

Kalaschnikow zückte und die Partygäste bedrohte. Besonders brenzlig war die Situation geworden, als der Kapitän versuchte, den Mann zu überwältigen, und sich dabei einen Bauchschuss einfing. Anschließend war das Schiff mehrere Stunden führerlos den Rhein flussabwärts getrieben. Überkley war einer der Gäste gewesen. Es gelang ihm, das Vertrauen des Entführers zu gewinnen und den Mann zum Reden zu bringen. Wie schließlich herauskam, steckte hinter der Tat ein Familiendrama – die Frau hatte ihn verlassen und die drei Kinder mitgenommen. Der Mann gab schließlich auf und stellte sich den Behörden.

Richard Überkley war bereits im Ruhestand, aber anscheinend immer noch unverzichtbar.

»Das wäre vorerst alles«, schloss Schmadtke seine Ausführungen. »Hat noch jemand was?«

»Ja, ich«, sagte Dorothee Ritter, tippte ein paarmal auf ihr Handy, legte es dann vor sich auf den Tisch. Die Zigarette in ihrem Mundwinkel bestand fast nur noch aus Asche. Sie nahm die Kippe aus dem Mund und ließ sie auf den Boden fallen, wo sie sie austrat. »Ich habe soeben …«

»Ah …, da kommt Manfred«, unterbrach Schmadtke sie und winkte Schmitz zu, der gerade das Domforum betrat. »Entschuldigen Sie«, sagte er zu Dorothee Ritter, »ich bin zu neugierig, ob er was Neues hat.«

Spöttisch hob sie eine Augenbraue. »Ich denke, was ich verkünden werde, hat mehr Sprengstoff.« Ein süffisantes Lächeln umspielte ihre Lippen. »Nun gut. Es kommt ja nicht auf die Minute an.«

34

Eugen Lehmkuhl kletterte vom Hochstand. Seine Knie schmerzten bei jeder Sprosse. Er ächzte und biss die Zähne zusammen. Zumindest vertrieb der Schmerz seine Müdigkeit. Immer wieder war er eingenickt, und die letzte Stunde hatte er komplett verschlafen. Nicht auszudenken, wenn ihn jemand von seinen Hubertusbrüdern dabei gesehen hat. Ein Jäger, der schnarchend jedes Wild weit und breit vor seiner Flinte warnte. Wie peinlich.

Er wünschte sich, er wäre heute Morgen im Bett geblieben, anstatt sich auf die Jagd zu begeben. Aber ein Jagdgebiet wollte gehegt und gepflegt werden, sonst wühlten einem die Paarhufer den ganzen Boden um. Und das wäre noch blamabler, denn es sähe so aus, als ob er seine Pacht nicht im Griff hätte.

Davon abgesehen genoss er die frühen Stunden in der Einsamkeit. Zwar liebte er seine Frau Elsbeth wie am ersten Tag, doch ihr morgendlicher Aktionismus machte ihm seit jeher zu zu schaffen. Beim Frühstück plauderte sie bereits ohne Unterlass, schmiedete Pläne für den Tag, stellte Fragen und erwartete Antworten. Er hingegen wollte am liebsten gemütlich seinen Kaffee trinken und die Zeitung lesen.

Früher musste er das nur am Wochenende aushalten. Unter der Woche war er immer frühzeitig zum Dienst gegangen. Als Beamter der Stadtverwaltung hatte man am Morgen seine Ruhe. Seine Sekretärin war zudem eine schweigsame Person gewesen und pflegte Termine frühestens ab neun Uhr zu vergeben. Seit er vor drei Jahren frühzeitig in Rente gegangen war, sehnte er sich manchmal zurück in sein stilles Büro – jedenfalls in den frühen Morgenstunden.

Stöhnend erreichte er den Boden und streckte den Rücken durch. Der stechende Schmerz wanderte augenblicklich von den Knien in die Wirbelsäule. Irgendein Knochen knackte wie ein zerbrechender Ast. Er seufzte und schulterte sein Gewehr. Die goldenen Jahre waren definitiv vorbei.

Er schlug den Weg längs des Waldrands ein. So konnte er noch einen Moment den Blick über die Lichtung schweifen lassen. Er liebte den Anblick des Bodennebels, der sich zu dieser frühen Morgenstunde immer noch im hohen Gras fing. Wie flauschig weiche Watte. An der Stelle, wo der Pfad von der Lichtung in den Wald hineinführte, stoppte er. Tief sog er den Duft nach feuchter, erdiger Luft ein und schloss die Augen. Kindheitserinnerungen durchströmten ihn. Sein Vater auf einem Traktor. Er auf dem Beifahrersitz. Hinter ihnen schaufelte der Pflug die Erde um. Er hörte die tiefe, volltönende Stimme seines Vaters, die *Im Märzen der Bauer* sang.

Eugen Lehmkuhl öffnete die Augen und holte tief Luft.

Die Erinnerungen verblassten. Du wirst auf deine alten Tage sentimental, dachte er und wandte sich um. Mit dem Ärmel wischte er sich über seine feucht gewordenen Augen.

Der Pfad war eher ein Wildwechsel, und so konnte er nur gebückt gehen. Es gab zwar weiter links von ihm einen breiteren Weg, aber der führte über einen Wanderparklatz und war gut fünfhundert Meter länger.

Hundert Meter weiter schnitt der Pfad eine alte Forststraße. Er trat unter den Bäumen hervor und gönnte seinem Rücken eine Verschnaufpause. Aus der Jackentasche kramte er den Tabak heraus und stopfte sich eine Pfeife. Die würde er gleich auf der Heimfahrt genießen. Elsbeth mochte es nicht, wenn er im Auto rauchte. Doch in diesem Punkt hatte sie ihren Dickkopf bisher nicht durchsetzen können. Während er das Mundstück säuberte, fielen ihm Reifenspuren auf, die sich in den feuchten Boden gedrückt hatten.

Verwundert runzelte er die Stirn und hockte sich hin.

Die Zufahrt zum Forstweg war unten an der Bundesstraße mit einem rostigen Schlagbaum versperrt, und ein rundes weiß-rotes Schild verbot die Durchfahrt. Derjenige, der hier entlanggefahren war, hatte sich die Mühe gemacht, den Schlagbaum hochzustemmen. War er nicht sogar mit einem Schloss gesichert? Ohne Schlüssel wäre dem nur mit einem Bolzenschneider beizukommen. Wohin führte der Weg überhaupt?

Er grübelte darüber nach und fuhr dabei mit den Fingern das matschige Profil entlang.

Auf dem Hinweg waren die noch nicht dort gewesen,

da war er sich sicher. Oder doch? Er sah sich um. Rechts von ihm knickte die alte Forststraße in fünfzig Metern Entfernung nach links ab.

Nichts Auffälliges war zu sehen.

Sein Magen knurrte.

Egal, dachte er, wenn hier jemand meinte, auf eigene Faust auf Safari gehen zu müssen, konnte er ihn ohnehin nicht aufhalten. Das würde ihn nicht von dem Gänsebraten abhalten, den Elsbeth heute zubereitete. Er stemmte sich in die Höhe.

Plötzlich hörte er einen aufheulenden Motor und, wenn ihn nicht alles täuschte, durchdrehende Reifen. Das singende Geräusch kannte er nur zu gut. Schon oft war er mit dem kleinen Fiat Panda seiner Frau stecken geblieben. Daher mochte er den Kleinwagen nicht, aber wenn sein Geländewagen in der Inspektion war, musste er auf die Rostlaube, wie er ihn nannte, zurückgreifen.

Er folgte dem Weg in die Richtung, aus dem die Geräusche kamen. Wer auch immer so blöd gewesen war, hier entlangzufahren: Er schien Hilfe zu benötigen.

Beherzt schritt er aus, und kurz darauf sah er vor sich einen himmelblauen Transporter. Die Hinterräder rotierten wie Hamsterräder, ohne dass der Wagen sich von der Stelle rührte. Der aufgewühlte Schlamm trommelte gegen das Blech und verteilte sich meterweit hinter dem Fahrzeug. Eine graue Abgaswolke nebelte das Heck ein. Mit Kennerblick schätzte Lehmkuhl die Chancen ab, den Wagen wieder flottzumachen. Die Forststraße zog sich an dieser Stelle einen bewaldeten Hügel entlang. Rechts war das Terrain höher als links. Ein schmaler Bach kreuzte den Weg und hatte ihn aufgeweicht. Mit ein wenig Schwung wäre der Fahrer über die Stelle hinweggeglitten.

»Anfänger«, murmelte Lehmkuhl. »Ein bisschen Reisig unter die Räder legen und fertig.« Er ging näher, bedacht darauf, keinen Schlammspritzer abzubekommen. In sicherer Entfernung stellte er sich so, dass der Fahrer ihn im Seitenspiegel sehen musste. Trotzdem dauerte es fast eine Minute, bis er endlich bemerkt wurde.

Der Fahrer nahm den Fuß vom Gas, und die Räder blieben stehen. Der Motor tuckerte im Leerlauf weiter.

Lehmkuhl hob die Hand und lächelte in Richtung des Spiegels. »Hallo! Kann ich Ihnen helfen?«, rief er laut.

Er trat näher an die Fahrertür heran. »Sie müssen nur ein paar Äste vor die Reifen legen.«

Einige Sekunden wartete Lehmkuhl auf eine Reaktion. Warum stieg niemand aus? War der Mann taub? Oder blind? Lehmkuhl versuchte das Gesicht des Fahrers in der dunklen Fahrerkabine zu entdecken. »Hören Sie?«, setzte er erneut an. »Ich bin Jäger«, fügte er hinzu. Vielleicht hatte der Mann seine Waffe gesehen und reagierte deshalb ängstlich. »Reisig unter die Räder. Hilft garantiert.«

Der Motor hustete eine Fehlzündung, lief dann wieder einigermaßen rund. Ansonsten geschah nichts.

Lehmkuhl wurde es zu blöd. Mit einem großen Schritt überwand er die matschige Fahrrinne und stellte sich neben die Fahrertür. »Guten Tag, mein Name ist Lehmkuhl, ich …« Überrascht brach er ab. Obwohl der Motor immer noch lief, war die Fahrerkabine leer. Gegenüber stand die Beifahrertür offen.

»Ja, verflucht«, rief Lehmkuhl aus. »Ist das hier versteckte Kamera oder so was?«

Plötzlich hörte er hinter sich das Zerbrechen eines Astes.

Er wirbelte herum.

Doch es war bereits zu spät.

35

Schmitz betrat den abgetrennten Bereich, der ihre Einsatzzentrale bildete, und tippte sich zur Begrüßung lässig an die Stirn. »Da bin ich wieder.«

Landgräf wunderte sich über die verdreckte Kleidung, die Schmitz trug. Was hatte er auf dem Fabrikgelände denn derart herumwühlen müssen? Die Jacke glänzte an den Schultern schmutzig feucht, Schlammspritzer klebten an der Hose und die ehemals hellen Turnschuhe sahen aus wie eingefärbt.

Dorothee Ritter rümpfte die Nase. »Sie sehen aus, werter Herr Kollege, als hätten Sie Schweine zur Weide getrieben. Und wenn ich aufrichtig bin, dann riechen Sie auch so.«

Schmitz lachte dröhnend. »Da setzt man sich hundertzwanzigprozentig für seinen Job ein, und das ist dann der Dank. Bin ausgerutscht, passiert schon mal.« Rücklings setzte er sich auf einen Stuhl neben Landgräf und drückte diesem freundlich die Schulter. »Alles klar bei dir?«, fragte er.

»Alles bestens, danke«, antwortete Landgräf. Er war fast gerührt, dass sein alter Kumpel sich nach seinem Befinden erkundigte.

»Schön.« Aufmunternd nickte Schmitz ihm zu, wandte sich dann an die anderen. »Leider habe ich kaum Neuigkeiten. Die Spurensicherung dreht immer noch jeden Ziegelstein um. Die Überbleibsel des Sprengkörpers sind unterwegs ins Labor. Ein paar Reifenspuren konnten wir ebenfalls sichern. Sie bestätigen den Bericht der Augenzeugin. Ach ja, eine zweite Bombe haben wir auf dem Gelände nicht finden können. Aber damit war auch nicht zu rechnen.«

»Bin auf den Laborbericht gespannt«, sagte Schmadtke. »Ich bin sicher, dass wir es mit C-4-Sprengstoff oder etwas in der Art zu tun haben.«

Für Schmitz fasste er noch einmal zusammen, was sie wussten.

Schmitz' Miene verdüsterte sich, und als Schmadtke die Ankündigung der nächsten Bombe erwähnte, entfuhr ihm ein »Ach du heilige Scheiße«.

»Apropos heilig«, warf Dorothee Ritter ein und wedelte mit ihrem Smartphone herum. »Ich habe eine Nachricht von ganz oben erhalten.«

»Sie haben einen Draht zum Herrgott?«, fragte Schmitz. »Beneidenswert.«

»Sehr komisch, Herr Kollege«, stellte Dorothee Ritter nüchtern fest. »Nein, ganz so hohe Verbindungen habe selbst ich nicht. Aber es hat ein Telefonat aus dem Vatikan gegeben, und zwar ins Kanzleramt. Details sind irrelevant, doch kurz gesagt wurde Kritik an unserer Strategie geübt. Der Vatikan hat kein Verständnis dafür, dass wir Roman Winter im Dom festsetzen.«

»Ist aber das gängige Vorgehen in einer solchen Situation«, gab Schmadtke zu bedenken. »Spätestens seit Gladbeck hat jeder einen Horror davor, dass Geiselnehmer auf Wanderschaft gehen …«

Schmadtke spielte auf die Geiselnahme von 1988 an, als zwei bewaffnete Männer eine Filiale der Deutschen Bank in Gladbeck überfielen. Anschließend flüchteten sie mit mehreren Geiseln drei Tage lang quer durch Deutschland und die Niederlande. Während der Flucht erschossen die Geiselnehmer einen fünfzehnjährigen Jungen in einem entführten Linienbus. Eine zweite Geisel kam bei dem abschließenden Polizeizugriff auf der Autobahn ums Leben. Die Polizeitaktik des späten Zugriffs und der Zubilligung der Bewegungsfreiheit war heftig kritisiert worden. Den Einsatzleitungen wurden massive Fehler in der Organisation und psychologisches Ungeschick vorgeworfen. Aber auch die Journalisten bekamen ihr Fett weg.

Die Exekutive hatte daraus gelernt, und seitdem galt der Grundsatz: festsetzen und isolieren.

»Ganz recht«, stimmte Dorothee Ritter zu. »Im Kanzleramt ist man allerdings der Meinung, dass ein Plan B hermuss.«

»Und wie soll der aussehen?«, fragte Schmitz und pulte seelenruhig mit einer deformierten Büroklammer Dreck unter den Fingernägeln hervor. »Wir können den Spinner kaum mit einem Stück Kuchen herauslocken.«

»Aber mit fünfzig Millionen«, sagte Dorothee Ritter gelassen.

Schmadtke hielt inne und fixierte sie. »Was soll das heißen?«

Dorothee Ritter zuckte mit den Schultern. »Es ist nicht meine Entscheidung.«

»Die wollen …«, Schmadtke hob den Arm und wedelte sekundenlang sprachlos mit der Hand in Domrichtung. »Die wollen Nero einfach ziehen lassen? Dann können wir ja direkt hier sitzen bleiben und auf den nächsten Terroristen warten – das haben Sie vorhin ja selbst angedeutet, Frau Ritter.«

»Irrelevant. Neue Rahmenbedingungen schaffen neue Handlungsoptionen. Außerdem bin ich überzeugt, dass sich noch Gelegenheiten ergeben werden, Winter das Handwerk zu legen«, erläuterte sie.

»Mag sein«, sagte Schmadtke. Er stemmte die Fäuste auf den Tisch. »Nur: Die Millionen, die wir nach Kuba überweisen müssen, sehen wir nicht wieder, selbst wenn wir Winter hinterher erwischen. Die sind futsch.« Er schlug mit der flachen Hand auf den Tisch. »Das muss allen Beteiligten klar sein.«

»Dem Vatikan wurden unsere Bedenken mitgeteilt«, sagte Dorothee Winter. »Es wurde Verständnis geäußert. Trotzdem drängt der Vatikan auf freien Abzug Winters und hat, damit die Entscheidung leichter fällt, sogar die finanziellen Mittel zur Verfügung gestellt.«

»Wahnsinn«, entfuhr es Schmitz.

»Ach, dann ist die Sache ja geregelt«, knurrte Schmadtke. Er fühlte sich überfahren. Plötzlich sah er müde und verletzt aus. »Aber noch bin ich hier der Einsatzleiter, oder?«, fragte er.

»Wir werden zweigleisig operieren«, entgegnete Dorothee Ritter. »Hier geht alles wie gewohnt weiter. Sie sind und bleiben der Chef. Um Plan B habe ich mich bereits gekümmert. Die Vorbereitungen laufen.«

»Na schön«, murmelte Schmadtke kraftlos, »dann schlage ich vor …«

Er kam nicht weiter. Ein Kollege steckte den Kopf zu ihnen herein. »Der Psychologe ist jetzt da«, teilte er mit. Sein Blick suchte Schmadtke. »Er möchte sofort loslegen und erwartet Sie am Hauptportal.«

Schmadtke drückte sich hoch. »Ich komme. Lebrowski, Sie kommen auch mit«, fügte er an die Polizeipsychologin gewandt hinzu.

Die anderen erhoben sich ebenfalls.

»Was ist mit mir?«, fragte Landgräf. Wenn er nicht mehr als Unterhändler zur Verfügung stehen musste, konnte er andere Aufgaben übernehmen. Doch er erhielt keine Antwort, denn Dorothee Ritter eilte mit Schmadtke und Susann Lebrowski bereits in Richtung Tür.

Schmitz sah Landgräf an und grinste. »Das hat den Alten ganz schön getroffen.«

»Du scheinst nicht traurig darüber zu sein«, sagte Landgräf.

Schmitz machte eine wegwerfende Bewegung. »Das war kaum anders zu erwarten.«

»Ach ja?«

»Sicher. Oder hast du geglaubt, die riskieren ernsthaft, dass im Dom eine Bombe hochgeht?«

Landgräf zuckte mit den Schultern. Die Ereignisse der vergangenen Stunden hatten ihn völlig unvorbereitet erwischt. Er war viel zu sehr mit sich selbst beschäftigt gewesen, als dass er sich noch Gedanken über eine Strategie hätte machen können. »Ehrlich gesagt, habe nicht weiter darüber nachgedacht.«

Mit spitzen Fingern zupfte Schmitz an seinem Jackenärmel. »Alles wird gut, du wirst schon sehen.« Verschwörerisch zwinkerte er Landgräf zu.

Wieder streckte ein Polizist den Kopf zu ihnen herein. »Tschuldigung, könnte einer von Ihnen vielleicht mal zu Frau Winter gehen. Sie möchte eine Aussage machen. Anscheinend geht es um den möglichen Aufenthaltsort ihrer Tochter.«

36

Ines Winter saß in dem provisorischen Behandlungszimmer auf einem Stuhl. Sie hatte die Fäuste geballt und starrte vor sich auf den Boden. Wie konnte Roman ihr nur so etwas antun? Patricia für seine kranken Zwecke zu missbrauchen? Nie hätte sie das für möglich gehalten. Er hatte sich doch immer so gut mit ihr verstanden, hatte sie geradezu vergöttert. Und ihr jeden Wunsch von den Augen abgelesen, sie mit Geschenken überhäuft.

Als sie klein war, hatte er ihr ständig neue Barbiepuppen gekauft. Und später mit derselben Selbstverständlichkeit ein schickes Auto und sogar die Wohnung. Oft hatte Ines ihn gebeten, Patricia nicht so zu verwöhnen. Doch er hatte sie nur ausgelacht und darauf hingewiesen, dass man nur einmal lebte, und irgendwann resignierte sie einfach. Sonderbarerweise jedoch hatte Patricia trotz aller materiellen Aufmerksamkeiten Roman als Stiefvater nie voll und ganz akzeptiert. Oft konnte Ines einen Widerstand von Patricia spüren, der Roman auf Distanz hielt.

Dennoch war eingetreten, was Ines befürchtet hatte: Patricia lernte den Luxus zu lieben. Konsum spielte eine nur allzu wichtige Rolle in ihrem Leben. Für sie war nur das Beste gut genug. Seit Romans Insolvenz war ihr Verhältnis schlagartig schlechter geworden. Patricia ließ sich kaum mehr bei ihnen blicken, rief nur noch selten an. Sie schien es als persönlichen Affront zu werten, dass ihre Eltern ihr nicht mehr den Lebensstandard finanzieren konnten, an den sie sich gewöhnt hatte. Marcos war ihr in dieser Hinsicht auch keine große Hilfe. Er jobbte im Ausland, reiste von einem Bau zum nächsten, arbeitete allerdings nur als gewöhnlicher Bauarbeiter. Die Branche steckte weltweit in einer Krise, und das bekam er zu spüren. Aber all diese Sorgen waren jetzt völlig nebensächlich angesichts der Ungeheuerlichkeit, die Ines heute erfahren musste. Sie konnte es noch immer nicht glauben, wollte es nicht glauben …

»Frau Winter? Dürfen wir hereinkommen?«

Ines schreckte zusammen. Ein Hüne von Kerl betrat den Raum. Seine Kleidung war verdreckt, als hätte er gerade einen Garten umgegraben. Neben ihm stand der hagere Mann mit Glatze, den sie bereits auf dem Video gesehen hatte und der auch eben in dem Besprechungszimmer anwesend gewesen war.

»Hauptkommissar Manfred Schmitz«, stellte sich der Hüne vor. »Und das ist mein Kollege Martin Landgräf.« Er wies mit der Hand auf den hageren Mann.

Ines betrachtete Schmitz näher. Er hatte Augen, die sie sofort anzogen. Sie strahlten Mitgefühl und Entschlossenheit zugleich aus. Doch in diesen Augen war noch mehr, was sie nicht sofort beim Namen nennen konnte …

»Dürfen wir?«, wiederholte Schmitz seine Frage.

»Ja … ja …«, stotterte sie und sah verschüchtert zu Boden.

Die beiden Polizisten zogen sich Stühle heran und setzten sich zu ihr. Schmitz suchte den Blickkontakt, lächelte sie an, um ihr Mut zu machen.

Ines erwiderte tapfer das Lächeln. Camira erhob sich und schnüffelte an Landgräfs Hose. Mit einem Lächeln im Gesicht streichelte er die Schäferhündin.

»Sie scheint Sie zu mögen«, sagte Ines.

»Schönes Tier«, erwiderte Landgräf.

»Frau Winter«, sagte Schmitz, der zur Sache kommen wollte, »Sie haben unserem Kollegen gesagt, dass Sie eine Aussage machen möchten – dass Sie vielleicht wissen, wo Ihre Tochter sein könnte.«

Augenblicklich schossen Ines wieder Tränen in die Augen. »Ich denke … Ja …, vielleicht«, brachte Ines hervor. Die Angst um Patricia und der Hass auf Roman schnürten ihr die Kehle zu. Für einen Moment trübte sich ihr Blick. Sie hatte das Gefühl, jeden Moment in Ohnmacht zu fallen. Sie stützte sich an dem Tisch ab, atmete tief durch. Doch es war zu spät.

»Hinlegen!«, drang es wie durch Watte zu ihr durch.

Starke Hände packten sie und hoben sie hoch. Sie registrierte etwas Hartes an ihrem Rücken und etwas Feuchtes im Gesicht.

Dann spürte sie nichts mehr.

37

Roman steckte eine weitere Tablette in den Mund und schluckte sie ohne Wasser. Die Schmerzen in der Schulter waren inzwischen erträglich, und das sollte auch so bleiben. Wenn nur die verdammte Müdigkeit nicht wäre. Sobald er sich fünf Minuten hinsetzte, merkte er, wie er Gefahr lief einzunicken.

Spätestens um fünfzehn Uhr werden sie nicht mehr umhinkönnen, meine Forderungen zu erfüllen, beruhigte er sich selbst. Es war fast elf. Noch vier Stunden.

Roman saß da und lauschte. Schon seltsam, was man alles hörte, wenn man in solch einem gewaltigen Bau ganz allein war. Völlig still war es eigentlich nie. Von Zeit zu Zeit pfiff ein Luftzug durch die Seitenschiffe und ließ die Bleiglasfenster knistern. Irgendwo flatterte eine Taube. Vermutlich dieselbe, die er vorhin mit dem Schuss aufgeschreckt hatte. Von ferne drang das Wummern eines schweren Dieselmotors dumpf an seine Ohren. Ein Zeichen dafür, dass der Schiffsverkehr auf dem Rhein bisher nicht aufgehalten wurde.

Gut. Denn das war für die Ausführung seines Plans wichtig. Er sah auf die Armbanduhr. In etwa zweieinhalb

Stunden, um Punkt dreizehn Uhr dreißig, würde ein Güterzug im Industriegebiet Dormagen losfahren. Dieser Zug war sein nächstes Zielobjekt. Wenige Minuten nach der Abfahrt unterquerte der Zug in Richtung Köln fahrend die Straße Mörterweg kurz hinter Roggendorf.

Von der Brücke, die dort über die Gleise führte, hatte er beim ersten Probelauf eine Tasche mit alten Zeitungen auf einen der Kesselwagen fallen lassen. Leider war sie vom runden Stahl abgeprallt und in der Böschung gelandet.

So war er auf die Idee mit dem schweren Magneten gekommen. Auf einen weiteren Test hatte er verzichtet. Irgendein vorwitziger Bahnwärter könnte sich schließlich Gedanken darüber machen, warum eine Tasche mit einem Magneten an einem Kesselwagen haftete, und die Polizei verständigen. Um trotzdem sicherzugehen, dass alles wie gewünscht klappte, hatte er den präparierten Rucksack mehrmals vom Balkon seiner Wohnung auf den unten stehenden Müllcontainer fallen lassen. Das zusätzliche Gewicht des Magneten stabilisierte die Tasche auf dem Weg nach unten. Sobald sie auf den Stahldeckel des Containers aufgeschlagen war, hatte sie förmlich daran geklebt. Von zehn Durchgängen war nur einer gescheitert, und das nur, weil er aus Unachtsamkeit den Magneten nicht auf dem Boden des Rucksacks deponiert hatte, sondern über den Zeitungen.

Er war überzeugt, dass die Bombe hafte.

Um fünfzehn Uhr würde der Zug durch den Kölner Süden rollen, vierzig Kesselwagen gefüllt mit extrem giftiger Blausäure. Und selbst wenn die Einsatzkräfte den

Transport im Norden vor den Toren Kölns stoppten, würde es trotzdem zu einer verheerenden Katastrophe kommen. Dann würde es eben nicht die Südstadt treffen, sondern Leverkusen.

Ein wohliges Gefühl durchströmte Roman. Er war stolz darauf, den Plan mit dem Zug ausgeheckt zu haben. Auf so etwas musste man erst mal kommen, da war Köpfchen gefragt. Als er irgendwann darüber las, dass täglich unzählige Züge mit hochgiftigen Substanzen durch Deutschland fuhren und nicht einmal großräumig um Ballungszentren herumgeleitet wurden, hatte er es zunächst nicht glauben wollen. Tagelang recherchierte er im Internet. Ein faszinierendes Thema. Er las über den Einsatz von Giftgas im Ersten Weltkrieg, machte sich schlau über Senfgas, Tabun und Sarin.

Rasch war er zu der Erkenntnis gekommen, dass der grausame Tod durch ein chemisches Gift seinen Zwecken sehr entgegenkam. Nicht von einer Sekunde auf die andere durch eine Bombe zerfetzt, Ende aus und rasch vorbei. Nein, ein langsames Ersticken unter schmerzhaften Krämpfen bei vollem Bewusstsein. Aus den zerrissenen Kesselwagen würde eine riesige Giftgaswolke aufsteigen und bei der derzeitigen Windrichtung von West nach Ost über die Stadt ziehen. Zwar bestand die klitzekleine Möglichkeit, dass er selbst von der giftigen Wolke etwas abkriegte, doch wenn es hart auf hart kam, würde er nicht lange leiden müssen, er musste nur den Zünder loslassen.

Roman sah sich um. Sein Blick fiel auf das sogenannte Richter-Fenster, benannt nach diesem Künstler, der es gestaltet hatte. Konfetti, dachte Roman, bunt zusammengeklebtes Konfetti, wirr aneinandergereiht. Oder Bonbonpapier. Kölner Karneval im Kirchenfenster. Wie passend für diese Stadt, dachte er. Trotzdem, ihm gefiel das Fenster nicht. In seinen Augen war es einfallslos. Jedes Kindergartenkind hätte ein schöneres Motiv entworfen. Aber was soll's, dachte Roman, wenn er gezwungen sein sollte, die Bombe zu zünden, dann würden alle Buntglasfenster hier zu Konfetti verarbeitet.

»Konfetti!«, rief Roman in das stille Kirchenschiff hinein und lauschte auf das Echo.

Ein Windhauch strich über seine Wange.

Jemand hatte die Tür am Hauptportal geöffnet. Hoffnung keimte in seiner Brust auf. Wartete draußen ein Fahrzeug, das ihn zum Flughafen brachte?

Schritte näherten sich, dann tauchten ein Mann und eine Frau aus dem diffusen Halbdunkel des Kirchenschiffs auf, kamen zielstrebig auf ihn zu und postierten sich am Fuß der Treppe zum Holzpodium. Die Frau hatte graue Haare, stahlblaue Augen und ein überhebliches Grinsen im Gesicht. Roman schüttelte sich. Sie war ihm nicht geheuer, erinnerte ihn an seine Mutter. Die hatte auch immer bereits im Voraus gewusst, was er angestellt hatte.

»Dorothee Ritter, Bundeskriminalamt«, sagte die Grauhaarige schließlich und legte ihre flache Hand auf ihre Brust, wies dann auf den Mann an ihrer Seite. »Mein Kollege Richard Überkley.«

Auf keinen Fall würde er sich schwach zeigen oder Gesprächsbereitschaft signalisieren. Er wollte hören, was sie unternahmen, um seine Forderungen zu erfüllen, und nichts anderes.

»Ich höre?«, sagte Roman daher nur.

Die Frau antwortete nicht gleich, sondern steckte sich seelenruhig eine Zigarette an. Ihre Bewegungen waren provokativ lässig.

Wieder kam ihm das Bild seiner Mutter in den Sinn, wie sie ihm eine Strafpredigt hielt. Wahnsinnige Angst hatte ihn jedes Mal gepackt. Nicht so sehr vor ihren Worten. Die hörte er irgendwann gar nicht mehr. Aber vor der kleinen, stockfinsteren Kammer links am Fuß der Kellertreppe, vor der hatte er sich gefürchtet. Je nach Schwere des Vergehens musste er dort Stunden ausharren, manchmal sogar über Nacht. Gelegentlich träumte er noch von den feuchten Wänden, den dicken, fetten Spinnen, die über ihm an der Decke herumkrabbelten. Immer wieder hoffte er dann, sein Vater würde ihm einmal gegen die Mutter beistehen. Doch der kümmerte sich überhaupt nicht um ihn, trieb sich lieber herum, war beim Golf, ritt aus, flüchtete vor seiner Verantwortung. Er hatte ihn im Stich gelassen. Dort unten in dem feuchten Kellerloch schwor Roman sich inbrünstig, sich als Erwachsener nie wieder von einer Frau demütigen zu lassen. Angestrengt unterdrückte er ein wütendes Stöhnen und tastete nach den Pistolen in seinem Hosenbund.

Die Frau stieß Rauch aus und kniff die Augen zusammen.

»Wir möchten mit Ihnen reden«, sagte sie schließlich mit rauer Stimme.

»Reden?«, fuhr Roman sie wütend an. »Was gibt es denn noch zu reden? Es ist alles gesagt. Wenn sie eine

Katastrophe verhindern wollen, erfüllen Sie meine Forderung! So einfach ist das.«

Der Mann, den diese Frau als Überkley vorgestellt hatte, räusperte sich. Er war noch eine ganze Ecke älter als sie, mit einem schlohweißen Bart, aber noch vollem, lockigem Haar, was ihm ein gutmütiges und würdiges Aussehen verlieh. Roman wunderte sich. Musste der Mann nicht längst in Rente sein?

»Herr Winter«, begann der Alte jetzt, »wir wissen inzwischen fast alles über Sie.«

»Schön für Sie.« Damit war zu rechnen. Irgendwann mussten sie ja seine Identität lüften. Sicher hatten sie ein Bild von ihm veröffentlicht und die Bevölkerung um Mithilfe gebeten. »Das ändert nichts an der Situation.«

»Völlig richtig«, sagte Überkley. Seine Augen strahlten freundlich.

Was für ein Kontrast zu dieser Ritter, dachte Roman.

»Aus Ihrer Erfahrung als erfolgreicher Bauunternehmer wissen Sie, wie wichtig Verhandlungen sind«, fuhr der Mann fort. »Kommen Sie uns entgegen und erleichtern Sie es uns, Ihre Forderungen zu erfüllen. Eine Hand wäscht die andere. Deswegen möchten wir erneut den Versuch unternehmen, mit Ihnen zu reden. Das werden Sie vielleicht verstehen.«

Was für ein Schleimer, dachte Winter. Spielt hier den lieben Großvater, oder was? Aber auf die Show würde er nicht reinfallen.

»Wir sind hier nicht auf dem Basar«, sagte Roman. »Es gibt nichts zu verhandeln.«

»Dann zeigen Sie sich gönnerhaft. Wie ein König, der

barmherzig einen Delinquenten begnadigt. Es wird Ihre Position verbessern, das verspreche ich Ihnen.« Er zwinkerte. »Darüber hinaus ist es bestimmt ein tolles Gefühl. Wer hat schon die Macht, jemanden vor dem Tod zu bewahren? Sie haben sie.«

Erneut loderte Romans Wut auf. Glaubten die wirklich, er würde auf solch einen Unsinn hereinfallen? War es denn so schwer zu verstehen, dass er nicht mehr reden wollte? Dass es Zeit für Taten war? Sie nahmen ihn nicht ernst. Warum sonst schickten sie ihm diesen altersschwachen Weihnachtsmann? Er musste ein Exempel statuieren, etwas tun, um seine Entschlossenheit zu demonstrieren. Offensichtlich war sein bisheriges Vorgehen nicht konsequent genug gewesen.

Die Gedanken kreisten in seinem Kopf. Gleichzeitig spürte er die große Erschöpfung in seinen Gliedern. Die Kopfschmerzen meldeten sich zurück. Er hätte noch einmal ausschlafen, einen Tag später die Aktion starten sollen, fit und ausgeruht. Fahrlässig hatte er die Warnung seines Komplizen in den Wind geschlagen. Andererseits, wer hätte denn ahnen können, dass diese minderbemittelten Bullen es wagen würden, auf ihn zu schießen? Ohne die Schmerzen und die Tabletten, die seine Müdigkeit verstärkten, wäre er jetzt fit wie ein Turnschuh. Aber so? Wenn wider Erwarten die Gaswolke nicht ausreichen würde, um die Forderungen durchzusetzen, war erst morgen gegen Mittag die Zündung der nächsten Bombe geplant.

Schweiß brach ihm aus. Niemals konnte er weitere einundzwanzig Stunden die Augen offen halten. Wollte er die Aktion erfolgreich zu Ende bringen, musste der Druck erhöht werden. Seine Zielstrebigkeit durfte keine moralischen Bedenken, kein Zögern mehr erkennen lassen. Am allerbesten wäre, sie würden ihn als unberechenbaren Wahnsinnigen klassifizieren. Und er wusste auch schon, wie er das bewerkstelligen konnte.

Entschlossen ging er einen Schritt auf die beiden zu, zog dabei eine Pistole aus dem Hosenbund. Er bemerkte ein unruhiges Flackern in Überkleys Augen. Die Frau dagegen schien unbeeindruckt. Sie nahm nur einen weiteren Zug von ihrer Zigarette. Die Glut leuchtete auf.

»Die Waffe benötigen Sie doch nicht.« Der alte Mann deutete mit dem Kinn auf Romans Hand mit dem Zünder. »Das reicht völlig aus.«

Unschlüssig sah Roman auf die Pistole.

»Ihre Entscheidung«, fügte Überkley hinzu.

Roman seufzte und sah die beiden an. »Tut mir leid, aber im Moment fühle ich mich mit der Waffe einfach besser«, sagte er dann.

»Wie Sie meinen«, sagte Überkley.

Insgeheim zollte Roman dem Alten Respekt. Er hatte die Entscheidung hingenommen, als ob es sich um eine vollkommen belanglose Angelegenheit handeln würde. Der Mann hatte Erfahrung, daran bestand keinerlei Zweifel.

»Okay«, gab Roman sich versöhnlich. »Worüber wollen Sie reden?«

Überkley verschränkte die Arme vor der Brust. »Überzeugen Sie mich davon, dass Ihr Plan funktioniert. Ich werde versuchen, Mängel aufzudecken, die Sie vielleicht noch gar nicht gesehen haben.« Er lachte verhalten. »Man kennt das schließlich: Betriebsblindheit. Also – ich werde ganz offen mit Ihnen diskutieren. Dabei möchte ich Ihnen versichern: Kommen wir zu dem Ergebnis, Ihr Plan ist wasserdicht oder zumindest mit einer sehr hohen Wahrscheinlichkeit durchführbar, werden Ihre Forderungen umgehend erfüllt.« Er hob den Zeigefinger. »Keine Verzögerungstaktiken und keine Tricks mehr. Versprochen.«

Gerissener Hund, dachte Roman. Er legte den Lauf der Pistole auf die Hand mit dem Zünder und mimte den Nachdenklichen. »Hört sich … akzeptabel an.« Obwohl er sich auf Überkley konzentrierte, bemerkte er das überhebliche Lächeln in den Mundwinkeln der Frau.

Warte ab, dachte er, das Grinsen wird dir gleich vergehen.

Wenn doch nur die Kopfschmerzen nicht wären.

38

»Hallo! Frau Winter! Hören Sie mich?«

Ines blinzelte in das viel zu grelle Licht. »Was …?« Ihr Blick klärte sich. Ein Kopf schob sich von rechts über sie, eine Frau mit schulterlangen Haaren und Hornbrille auf der Nase lächelte ihr zuversichtlich zu. Sie trug ein Stethoskop um den Hals und eine orangefarbene Weste über ihrem weißen Poloshirt.

»Keine Sorge«, sagte sie, »bloß ein kleiner Schwächeanfall. Ich habe Ihnen eine Infusion gesetzt. Einfach zur Sicherheit.«

Ines lag auf einer erhöhten Liege, eine Nadel steckte in ihrem Handrücken. Ein Schlauch führte von dort zu einer Flasche, die an einem metallenen Ständer hing.

Etwas Feuchtes wischte ihr über den linken Unterarm.

Langsam drehte sie den Kopf. Nur nicht wieder eine wilde Karussellfahrt heraufbeschwören.

Mit rauer Zunge leckte Camira über ihren Arm, Schmitz und Landgräf standen daneben und schauten mit sorgenvollen Mienen auf sie herab.

»Sie braucht noch ein bisschen Schonung«, sagte die Ärztin zu ihnen. »Wenn das ein weiteres Mal vorkommt, nehme ich sie mit.« Sie verabschiedete sich mit einem Kopfnicken und eilte davon.

»Sie machen ja Sachen«, sagte der hagere Polizist. Er schenkte ihr ein aufmunterndes Lächeln.

Ines schluckte trocken. »Kann ich etwas Wasser haben?« Ihr Hals fühlte sich wie Schmiergelpapier an.

»Natürlich«, sagte der andere, der Große in der Jeansjacke. Er wandte sich ab und beauftragte einen in der Nähe stehenden Polizisten damit. Kurz darauf brachte er eine Flasche Wasser und einen Becher.

Ines richtete sich auf und nahm den Becher entgegen. Gierig trank sie.

»Langsam«, mahnte der große Polizist.

Ines setzte ab, gab dem Polizisten den Becher zurück und ließ sich zurücksinken.

»Wir haben genug Zeit verloren«, sagte sie. Diesmal kämpfte sie erfolgreich gegen ihre Panikattacke an. Die Polizisten sahen sie erwartungsvoll an. »Es gibt da eine Hütte in der Eifel«, begann sie. »In der Nähe von Bad Münstereifel, südöstlich der Steinbachtalsperre. Wenn Sie mir eine Karte geben, kann ich Ihnen die Stelle zeigen, zumindest ungefähr. Roman hat die Hütte vor mir immer geheim gehalten.«

»Und woher wissen Sie davon?«, fragte der mit der Glatze.

»Ich bin ihm ohne sein Wissen gefolgt.«

»Aus welchem Grund, wenn ich fragen darf?«, warf sein Kollege ein.

Ines lachte bitter. »Oh, ganz einfach. Damals habe ich gedacht, er hätte was mit einer anderen. Immer wieder verschwand er für Stunden, manchmal auch über Nacht, war nirgends zu erreichen. Da schrillten bei mir alle Alarmglocken.« Sie ballte die Fäuste. »Wenn er fremdgegangen wäre, hätte ich ihm das niemals verziehen.« Kurz horchte sie in sich hinein und spürte Widerstand. Ja, vermutlich hätte sie ihm selbst das durchgehen lassen, so naiv und blöd, wie sie gewesen war.

»Zur Rede gestellt haben Sie ihn nicht?«, fragte der Große.

Sie schnaubte verächtlich. »Um dafür eine Tracht Prügel zu kassieren? Glauben Sie mir, so war es für mich gesünder.«

Die beiden Polizisten nickten verständnisvoll.

Ines atmete tief durch, bevor sie fortfuhr.

»Ich hatte mir den Wagen einer Freundin geliehen«, erzählte sie weiter. »Ich dachte, dass er zu irgendeiner Adresse in der Stadt fährt. Stattdessen ging es also über Land. Wie ich es geschafft habe, ihm zu folgen, ohne aufzufallen, weiß ich beim besten Willen nicht mehr. Ich musste sehr großen Abstand halten, habe den Wagen aber zum Glück nie aus den Augen verloren.«

Sie sah den großen Polizisten an. »Kann ich noch einen Schluck Wasser haben?«

Er füllte den Becher neu und reichte ihn ihr. »Der Weg führt also direkt zur Hütte?«

Sie nickte.

»Und als Sie dort waren, haben Sie ihn beobachtet?«

Gierig trank sie. »Ja.« Sie nickte.

»Was haben Sie gesehen?«

»Um ehrlich zu sein, nichts Besonderes. Ich hatte erwartet, dass er sich mit einer Frau trifft. Dem war nicht so. Er war die ganze Zeit allein. Ich weiß nicht, was er dort getrieben hat. Jedenfalls kam er irgendwann wieder heraus und fuhr fort. Jetzt erst fiel mir auch auf, dass er feste Wanderschuhe anhatte. Die trug er sonst nie. Die Hütte hat er verriegelt und die Fensterläden geschlossen, sodass ich keinen Blick hineinwerfen konnte. Ich habe inzwischen in unseren Papieren nachgeschaut. Roman hat die Hütte und das Waldgrundstück von seiner Mutter geerbt. Wie er es geschafft hat, den Besitz vor den Insolvenzverwaltern zu verbergen, ist mir schleierhaft.«

»Er könnte es vorher verkauft haben«, wandte Schmitz ein, verschränkte die Arme vor der Brust und rieb sich das Kinn. Seine Bartstoppeln knisterten.

»Glaube ich nicht. Vor einigen Monaten war er für fast zwei Wochen verschwunden. Ich vermute, er war in der Hütte, denn ich habe gesehen, wie er die Wanderschuhe ins Auto packte.«

Camira winselte und blickte sehnsüchtig auf den Becher in Ines' Hand.

Schmitz wandte sich zu den Kollegen um, die im Hintergrund beschäftigt waren. Er machte einem von ihnen Handzeichen und rief: »Bringen Sie uns eine Schale mit Wasser. Für den Hund. Und jemand von der Hundestaffel soll Hundefutter besorgen.«

Ines sah ihn dankbar an. »Das ist sehr nett von Ihnen.«

Der große Mann wehrte mit der Hand bescheiden ab. »Und bringt mir mal ein Notebook mit Internetverbindung«, rief er dem Kollegen hinterher, der sich bereits auf den Weg machte.

Nachdenklich kraulte Landgräf Camira den Kopf. »Wenn ich richtig verstehe, liegt die Hütte also ziemlich einsam. Winter geht davon aus, dass niemand etwas von ihr weiß. Über die Autobahn ist sie ziemlich schnell zu erreichen. Trotzdem ist sie so weit ab vom Schuss, dass selbst bei der intensivsten Suche niemand von unseren Leuten darauf stoßen würde.«

»Hört sich nach dem perfekten Versteck an«, brummte Schmitz.

Eine Frau in blauer Uniform brachte Wasser in einer Porzellanschüssel, in der anderen Hand balancierte sie ein Notebook.

»Respekt«, sagte Schmitz.

»Drei Jahre Bedienung in der Disco. Allein von den Anwärterbezügen kann man keine großen Sprünge machen«, erläuterte sie die Herkunft ihrer Fähigkeit. Mit einer fließenden Bewegung legte sie ihm das Gerät auf den Schoß und stellte die Schüssel vor Camira auf den Boden. »Chappi dauert etwas. Und jetzt zeige ich dir noch, wie man das Trinkgeld erhöht.« Mit aufreizenden Hüftschwüngen schlenderte sie davon.

Sehnsüchtig sah Schmitz ihr hinterher.

»Vergiss es. Die ist zu jung für dich«, brummte Landgräf und schnappte sich den Computer. Flink rief er einen Map-Service auf und gab das Stichwort »Münstereifel« ein. Dann hielt er Ines den Monitor hin. »Wo in etwa befindet sich das Grundstück?«

Ines fuhr in Gedanken die Strecke ab. Dann zeigte sie auf eine Stelle. »Ungefähr hier«, sagte sie und tippte auf den Monitor.

Landgräf zoomte näher heran.

»Weiter rechts«, wies Ines ihn an.

Er zog die Landkarte weiter nach links und zoomte noch einmal näher heran. Ines zeigte mit dem Finger auf einen schmalen weißen Weg. »Das ist der Weg. Und dort, wo er diese Lichtung kreuzt, steht die Hütte.«

»Sicher?«, fragte Schmitz und notierte sich bereits die Geodaten.

»Ganz sicher.«

Landgräf wartete, bis Schmitz fertig war, klappte das Gerät zu und stellte es hinter sich auf einen Tisch. »Los, wir müssen sofort dahin.«

»Hey, Moment mal«, bremste Schmitz ihn. »*Wir* müssen dahin? Du bist immer noch außer Dienst.«

»Ihr könnt ja wohl jeden Mann gebrauchen. Also, was ist jetzt, fahren wir?«

»Das muss ich erst mit Schmadtke besprechen.«

»Was gibt es da zu besprechen? In den Dom hat er mich selbst reingeschickt. Dafür war ich gut genug.«

Schmitz verlor langsam die Geduld. »Mit gut genug hat das nichts zu tun, das weißt du ganz genau, sondern es geht darum, dass …«

»Bitte«, unterbrach Ines sie. Sie war den Tränen nah. »Bitte, retten Sie meine Tochter!«

Die beiden Polizisten schwiegen betreten.

»Natürlich«, sagte Landgräf schließlich. »Nur noch eine Frage, Frau Winter, dann machen wir uns auf den Weg.« Zustimmung heischend sah Landgräf Schmitz an.

Der nickte.

»Was können Sie uns über Ihren Schwiegersohn Marcos Endras erzählen?«, fragte Landgräf.

Verständnislos sah Ines von einem zum anderen. »Marcos? Wieso fragen Sie?« Sie stockte. »Glauben Sie, er könnte etwas mit der Sache …?«

Sie sprach nicht weiter. Die Erkenntnis traf sie wie ein Hammerschlag.

39

Geduldig hatte Roman dem alten Mann Rede und Antwort gestanden. Es war für ihn sogar ein Spaß gewesen, genau zu schildern, wie er die Bombe gebaut hatte. Was das anging, gab es nichts zu verbergen. Verstohlen beobachtete er unterdessen Dorothee Ritter, die es vorgezogen hatte, sich auf einer Bank niederzulassen. Vermutlich trug sie eine Waffe bei sich. Er musste sie im Auge behalten.

»Okay«, sagte Überkley schließlich, »fünf Kilo Sprengstoff stellen eine erhebliche Bedrohung dar, gar keine Frage.«

Mann, was für ein Schwätzer, dachte Roman, nickte aber selbstgefällig. »Wie schön, dass Sie mir glauben.«

»Kommen wir auf Kuba zu sprechen«, schlug Überkley vor. »Ein fernes, für Sie unbekanntes Land?«

»Vor sechs Jahren habe ich dort einige Urlaubstage verbracht.« Das war schlichtweg gelogen. Aber sollten die dort draußen sich ruhig an dieser Information die Zähne ausbeißen.

»Hat es Ihnen gefallen?«

»Es war wundervoll.«

»Schön, doch es ist natürlich ein Unterschied, ob man irgendwo für eine begrenzte Zeit Urlaub macht oder dort sein ganzes Leben zubringen muss.«

»Glauben Sie mir: Mit gefüllten Taschen kann man sich fast überall das Leben höchst angenehm gestalten. Und alles ist besser als der Betonsilo, in dem ich zurzeit hause.«

»Trotzdem wird es eine Umstellung für Sie werden. Es ist kein freies Land. Sie werden sich einschränken müssen.«

Was du nicht sagst, du alter Knacker. Zum ersten Mal versuchst du auf subtile Art und Weise auf mich einzuwirken, dachte Roman. Es wird Zeit, dir das Maul zu stopfen. »Vielleicht wird es nur ein Zwischenaufenthalt werden. Wer weiß, wohin es mich noch treiben wird.«

»Oh«, stieß Überkley aus und wiegte den Kopf.

»Was heißt hier ›Oh‹?«

»Ich will Sie nicht verunsichern …« Überkley schürzte die Lippen.

»Raus damit«, fuhr Roman ihn an.

»Ich gebe nur Folgendes zu bedenken«, begann Überkley und kraulte sich nachdenklich den weißen Bart. »Wenn Sie Ihr Vorhaben hier wirklich durchziehen, sind Sie definitiv ein international gesuchter Verbrecher. Sobald Sie Kuba verlassen, werden Sie überall auf der Welt nur noch gejagt und auf der Flucht sein.«

»O Mist, daran hab ich ja noch gar nicht gedacht«, rief Roman verächtlich. Es reichte ihm langsam. Der Alte schien ihn für völlig dämlich zu halten. »Wollen Sie mir empfehlen, lieber mit Ihnen hier rauszuspazieren und alles rückgängig zu machen?« Es sollte spöttisch klingen, doch seine Stimme überschlug sich fast vor Wut.

Aus dem Augenwinkel bemerkte er, wie diese Ritter die Stirn runzelte. Sie hatte offensichtlich den Wechsel seiner Stimmung bemerkt und spannte sich an.

»Ich bin kein Staatsanwalt«, fuhr Überkley fort. »Aber ich denke, Sie würden mit ein paar Jahren davonkommen, insbesondere wenn Sie freiwillig das Handtuch werfen. Das wird zu Ihren Gunsten gewertet.«

»Dann habe ich also die Wahl zwischen einigen Jahren Knast und lebenslänglich auf Kuba?«, fasste Roman zusammen.

»Sieht so aus.«

Roman sah Überkley direkt an. »Wissen Sie was?«, fragte er.

»Ja?«, brummte der alte Mann. Erwartungsvoll blickte er zu ihm hoch, auf seinem Gesicht zeigte sich ein Hoffnungsschimmer.

»Sie irren sich. Ich habe keine Wahl.« Roman hockte sich hin, stützte die Hand mit der Pistole auf das angewinkelte Knie und feuerte auf Überkley. Der Rückschlag schmerzte, als würde jemand mit einem Hammer seine Schulter traktieren. Fast hätte er das Gleichgewicht verloren.

Dorothee Ritter sprang wie von der Tarantel gestochen auf und fuhr mit der Hand unter ihren Blazer, wo sie garantiert ihre Waffe hatte.

Roman schwenkte mit dem ganzen Körper ein wenig nach rechts und feuerte erneut.

Ihre Kniescheibe explodierte in einer Wolke aus Fleisch

und Blut. Sie knickte ein und fiel grunzend zu Boden. Mit weit aufgerissenen Augen starrte sie ihn an. Unter ihrem Bein breitete sich eine dunkelrote Lache aus.

Am liebsten hätte Roman einen weiteren Schuss auf sie abgegeben. Doch die mörderischen Schmerzen in der Schulter waren kaum zum Aushalten. Er musste sich voll und ganz darauf konzentrieren, nicht das Bewusstsein zu verlieren.

Seltsamerweise hielt sich Überkley immer noch auf den Beinen, war nur einige Schritte zurückgetaumelt und blickte verblüfft auf seine Brust. Das beigefarbene Hemd färbte sich dort, wo die Kugel eingetreten war, rot. Dann erst verdrehte der Alte die Augäpfel und sackte wie in Zeitlupe in sich zusammen. Sein Kopf krachte auf die Steinfliesen. Einige Male zuckte er unkontrolliert, als ob man ihn unter Strom gesetzt hätte, dann erschlaffte er.

Roman stand ächzend auf, ging an den Rand des Podests und stieg vorsichtig die Stufen hinunter. Als Dorothee Ritter sah, dass er auf sie zukam, versuchte sie in Panik vor ihm davonzukriechen. Wimmernd drehte sie sich auf den Bauch, robbte auf Ellenbogen vorwärts und stieß sich mit dem unverletzten Bein ab.

Roman blieb vor ihr stehen. Er musste grinsen, als er sah, wie ihr Fuß im eigenen Blut wegrutschte und so keinen Halt fand.

»Du könntest in einem Slapstickfilm auftreten, Fotze.«

Er ließ sich mit dem linken Knie auf ihren Rücken fallen. Zappelnd bemühte sie sich, ihn abzuschütteln. Roman bohrte den Lauf der Pistole seitlich in ihre Wunde am Bein.

Die Frau schrie markerschütternd auf, würgte und erbrach sich.

Säuerlicher Geruch stieg Roman in die Nase.

»Kotz dich ruhig aus«, rief er. »Bloß rühr dich gefälligst nicht vom Fleck, verstanden?« Er steckte die Pistole in seinen Bund und tastete die Polizistin ab. In der Tasche ihres Blazers fand er ein Smartphone. Er legte es neben sich auf dem Boden ab. Mehr schien sie nicht dabeizuhaben. »Wo ist deine Knarre?«

Sie reagierte nicht auf seine Frage.

Mit festem Griff packte er in ihre Haare, drehte ihren Kopf und drückte sie mit der Wange in ihr Erbrochenes. »Ich hab dich was gefragt.«

Verwirrt schielte sie zu ihm herauf. Aus ihrem Mundwinkel hing ein Schleimfaden herab.

»Bist du bewaffnet?«, schrie Roman sie an.

Dorothee Ritter zuckte am ganzen Leib. »Nein«, presste sie mit tonloser Stimme heraus.

In diesem Moment hörte Roman schnelle Schritte. Er rappelte sich auf, stolperte zurück und hielt, so gut es ging, die Pistole vor sich.

Ein Mann und eine Frau rannten durch den Hauptgang auf ihn zu. Die Frau erkannte er wieder, es war die Psychologin von heute Morgen.

Der Mann hielt den Arm ausgestreckt und zielte mit einer Pistole auf ihn.

»Zurück!«, brüllte Roman aus Leibeskräften und wedelte mit dem Zünder in der Luft herum. Seine Stimme rollte durch das Kirchenschiff wie ein Überschallknall und stoppte die beiden. »Noch einen Schritt näher und ihr könnt euch zu den anderen legen.« Mit dem Pistolenlauf deutete er auf Überkley und Ritter. »Mir ist alles scheißegal, hört ihr? Ich leg euch um!«

Sein Puls raste. Die Müdigkeit, die ihn vorhin noch gequält hatte, war wie weggeblasen. Ihm fiel sogar der Name des Miststücks wieder ein: Lebrowski. Sie stand wie zur Salzsäule erstarrt im Gang und hielt sich den Handrücken vor den Mund. Entsetzt starrte sie auf Dorothee Ritter, die aufstöhnte und ihr flehentlich den Arm entgegenhob.

Der Mann neben Lebrowski senkte den Arm mit der Waffe. Selbst aus dieser Entfernung von gut zwanzig Metern sah Roman die Fassungslosigkeit in seinen Augen.

»Sie sind wahnsinnig«, sagte Lebrowski, sie flüsterte fast.

Roman straffte sich stolz. Endlich hatte er diese Leute da, wo er sie haben wollte. Ab sofort würden sie keine Spielchen mehr mit ihm treiben. Er hatte ihnen Respekt eingeflößt. Jetzt würden sie tun, was er von ihnen verlangte.

»Waffe auf den Boden!«, schrie er. »Und dann in meine Richtung treten.«

Der Mann zögerte noch kurz, folgte sichtbar unwillig Romans Anweisung. Metallisch schepperte die Pistole über den Steinboden, kaum anderthalb Meter an Ritters bleichem Gesicht vorbei.

Roman stoppte die Waffe mit dem Fuß.

»Wir müssen Hilfe holen.« Lebrowski wollte sich abwenden, doch Roman hielt sie auf.

»Hiergeblieben!«

Entgeistert sah sie ihn an. »Sie verblutet, wenn ihr nicht geholfen wird.

»Kümmer dich um sie!«, wies Roman sie an. »Nimm deinen schicken Gürtel und binde ihr das Bein ab. Und du«, er deutete auf den Mann, »du setzt dich hier vorn in die erste Bankreihe. Hast du einen Namen?«

Willenlos setzte sich der Mann in die Bank. »Schmadtke, Kurt Schmadtke.«

Indes zog Susann Lebrowski die Verletzte aus ihrem Erbrochenen heraus, drehte sie auf den Rücken und begann das Bein abzubinden.

»Ich will hier niemanden mehr sehen«, rief Roman ins Kirchengewölbe, wo er die Kameras und Mikrofone vermutete. »Sobald hier noch eine Tür geöffnet wird, knalle ich euren Schmadtke ab.« Zufrieden bemerkte er, wie dieser zusammenzuckte. »Und wenn das nicht reicht, die Schlampen auch.«

»Arschloch«, hörte er sie murmeln.

Er trat zu ihr und zielte auf ihren Schädel. »Was hast du gesagt?«

Sie zog den Gürtel durch die Schnalle und sah auf. »Arschloch!«

Roman schmunzelte. So viel Mut hatte er der Kleinen gar nicht zugetraut. Vielleicht sollte er die Kratzbürste in einen Beichtstuhl ziehen und mal so richtig rannehmen. Ihren Widerstand brechen, sie demütigen, dazu hatte er Lust. Allein bei dem Gedanken wurde sein Schwanz steif. Aber das Pochen in seiner Schulter mahnte ihn, hier keine Experimente zu veranstalten. Er berührte mit der Schuhspitze die klaffende Wunde der grauhaarigen Frau.

Dorothee Ritter schrie auf und hyperventilierte.

Schmadtke sprang auf, doch Romans warnendes »Na, na, na« und der Lauf seiner Kanone stoppten ihn. Kraftlos ließ er sich wieder zurück auf die Bank fallen.

»Verbinde das«, wies er Lebrowski an, die mit geballten Fäusten vor ihm kniete. »Ist ja ekelerregend, da die ganze Zeit draufstarren zu müssen.«

»Damit werden Sie niemals durchkommen«, zischte Susann Lebrowski. Sie zog ihre Jacke aus und fing an, Stoffstreifen zu reißen.

In diesem Moment summte Ritters Smartphone – vibrierend lag das Gerät auf dem Fußboden.

Roman hockte sich daneben und legte die Pistole griffbereit neben sich. Demonstrativ wedelte er mit dem Zünder in der Luft herum. »Keine Dummheiten, verstanden?«, sagte er, hob das Handy auf und nahm das Gespräch an. »Ja?«

»Frau Ritter?«, meldete sich eine Männerstimme.

Roman wunderte sich. Da war jemand ganz offensichtlich nicht auf dem Laufenden. Mit möglichst weiblicher Stimme summte er daher ein bejahendes »Mhm«.

»Bestens«, freute sich der Mann. »Also Folgendes …«

Roman schwieg und hörte gespannt zu, was der ihm unbekannte Anrufer zu sagen hatte.

40

Mitleidig blickte Landgräf Ines Winter an. Kreidebleich lag sie auf der fahrbaren Liege. Tränen rollten ihr über die Wangen und benetzten die Papierunterlage, auf der ihr Kopf ruhte. Was hatte die Frau in den letzten Stunden nicht alles erleben müssen? Halb totgeschlagen von dem eigenen Ehemann, ein ermordeter Geliebter, die Angst um ihre Tochter, der Gewissenskonflikt um den vermeintlichen Verrat an ihrem Mann und jetzt auch noch Marcos Endras als potenzieller Mittäter eines Verbrechens.

Tapfer hatte sie in den letzten Minuten alles über ihren Schwiegersohn preisgegeben, was sie wusste. Dabei war ihm schnell klar geworden, dass sie diesen Marcos fast wie einen eigenen Sohn liebte. Mehrmals hatte sie sein ausgeglichenes, zuvorkommendes, friedliebendes und freundliches Wesen hervorgehoben.

»Das kann nicht sein«, hauchte sie. »Nicht Marcos, o Gott, bitte nicht Marcos.«

»Nun beruhigen Sie sich wieder. Wir haben bislang keinerlei Verdachtsmomente«, versuchte Landgräf sie zu trösten. »Und nach dem, was Sie uns geschildert haben, ist es eher unwahrscheinlich, dass Ihr Schwiegersohn zulassen würde, dass Ihrer Tochter etwas geschieht. Wir müssen nur jeder Spur nachgehen.« Selbst in seinen eigenen Ohren hörten sich seine Worte hohl an. Die Tatsache, dass Marcos als Sprengmeister gearbeitet hatte, und seine enge Verbindung zu Roman Winter, ja womöglich seine Abhängigkeit von ihm, machten ihn zu einem der Hauptverdächtigen in diesem Fall.

»Wir sollten uns beeilen«, sagte Schmitz und schickte sich an, zum Ausgang zu gehen.

Landgräf griff Ines Winters Hand und drückte sie. »Alles wird gut.« Zuversichtlich lächelte er.

»Retten Sie meine Tochter!«, sagte sie wieder und ließ ihren Tränen freien Lauf.

»Ich verspreche Ihnen: Ich tue alles, was in meiner Macht steht, damit Sie Ihre Tochter wiedersehen.« Landgräf wandte sich ab und eilte hinter Schmitz her.

»Wirst du auf deine alten Tage jetzt sentimental, oder was?«, raunte der ihm zu. »Und was machst du, wenn wir keinen Erfolg haben?« Schmitz stieß die Tür des Domforums auf.

Darauf wusste Landgräf keine Antwort.

Mit halsbrecherischem Tempo jagte Schmitz den 3er BMW mit Blaulicht über die Rheinuferstraße in Richtung Süden. Das Martinshorn mussten sie nur selten einschalten. Entgegen Landgräfs Erwartung schienen die Kölner nicht aufs Land zu flüchten, sondern blieben brav zu Hause und suchten Schutz in ihren eigenen vier Wänden.

»Wir nehmen die A4 bis Kreuz West und dann weiter über die A1«, erklärte Schmitz. »Ist nicht der kürzeste, aber für dieses Zweihundert-PS-Monster hier der schnellste Weg.«

»Der schnellste Weg ins Jenseits«, murmelte Landgräf und hielt sich krampfhaft am Haltebügel fest. Als Beifahrer wurde ihm ziemlich leicht übel. Sich in einem Verkehrsmittel jemand anderem anvertrauen zu müssen, fiel ihm schwer. Ein Grund, warum er auch in kein Flugzeug einstieg.

Schmitz musste lachen und schaltete hoch. Links flogen die Kranhäuser an ihnen vorbei, dahinter floss der Rhein in Richtung Nordsee.

Eine Frauenstimme krächzte aus dem Funksprechgerät. »Einsatzzentrale an Arnold ..., an Manfred Schmitz.«

Landgräf runzelte die Stirn. »Was ist das denn für ein laienhafter Anruf?«

»Die weiß nicht, welchen Wagen ich genommen habe. Geh mal ran«, forderte Schmitz. Konzentriert schaute er nach vorn. Der Verkehr hatte sich gerade etwas verdichtet. Landgräf griff zum Mikro und meldete sich. »Arnold 7 hört.«

»Ihr müsst sofort zurückkommen«, forderte die aufgeregte Frauenstimme.

»Wir können jetzt nicht«, brüllte Schmitz über den Lärm des Motors hinweg, als Landgräf gerade den Knopf drückte, um nach dem Grund zu fragen. »Ruf Schmadtke an.«

Landgräf ließ den Sprechknopf los. Sekundenlang schwieg der Lautsprecher.

»Das ist ja das Problem«, meldete sich die Frau wieder. »Es hat einen ... Vorfall gegeben.«

»Geht es auch genauer?«, rief Landgräf ins Mikro.

»Äh … Also, Geiselnahme im Dom, Schmadtke und diese Lebrowski. Eine Schwerverletzte, ein Toter«, haspelte sie herunter, ohne die internen Polizeicodes zu benutzen. Landgräf ahnte, dass die Frau um ihre Fassung rang und sich nur mit Mühe beherrschen konnte. Ein wenig Nachsicht war wohl angebracht.

Heftig trat Schmitz in die Bremsen, fuhr rechts ran und hielt.

»Mist«, fluchte Schmitz. Er umklammerte das Lenkrad, die Fingerknöchel traten weiß hervor.

»Umkehren?«, fragte Landgräf.

»Muss ich wohl«, sagte Schmitz.

»Wir kommen«, gab Landgräf durch.

Hart rammte Schmitz den Rückwärtsgang rein und gab Gas, trat die Kupplung und drehte das Lenkrad ruckartig um einhundertachtzig Grad. Der Wagen wirbelte herum. Sofort ging Schmitz in den nächsten Gang und beschleunigte. »Wenn Kurt ausfällt, muss ich die Leitung übernehmen.«

»Und das Versteck?«

»Ich schicke gleich die Jungs vom LKA hin.«

»Lass mich das machen.«

Schmitz kreuzte die Straßenbahnschienen und wechselte die Straßenseite. Der Wagen schlingerte kurz, fing sich dann wieder. »Du bist nicht im Dienst.«

»Da scheiß ich drauf«, erregte sich Landgräf. »Bisher wurde darauf auch keine Rücksicht genommen.«

»Mag sein. Aber du warst nicht allein, wir hatten ein Auge auf dich.«

»Ich brauche kein Kindermädchen.«

Auf der Zufahrt zum Schokoladenmuseum stoppte Schmitz und drehte sich auf dem Sitz zu Landgräf. »Martin, Mann, nimm das doch nicht so persönlich. Versetz dich bitte mal in meine Position. Einen dienstunfähigen Polizeibeamten kann ich nicht einplanen. Darf ich nicht. Was ist, wenn etwas schiefgeht? Stell dir den Wirbel bloß vor, der dann losbricht. Dass Schmadtke dich überhaupt eingesetzt hat, war ausgesprochen leichtsinnig, wenn du mich fragst.«

Entschlossen reckte Landgräf das Kinn vor. »Was soll ich stattdessen machen? In der Einsatzzentrale rumsitzen und Däumchen drehen? Mensch, Manni, ich fühle mich fit, ich kann euch helfen. Lass mich mit den LKA-Männern losziehen. Du wirst sehen …«

»Nein!« Schmitz löste Landgräfs Sicherheitsgurt, beugte sich über ihn und stieß die Beifahrertür auf. »Du hast für heute Dienstschluss.«

»Spinnst du jetzt total?« Ärgerlich schmiss Landgräf das Mikro auf die Mittelkonsole.

Aus Schmitz' Gesicht wich die Härte. »Mach es mir nicht so schwer. Du hast für heute genug geleistet. Ruh dich aus, drück deine Frau von mir. Und die Kinder«, sagte er mit warmer Stimme. Spielerisch puffte er mit der Faust auf Landgräfs Schulter. »Wir kriegen das auch ohne Super-Martin hin.«

Widerstand flackerte in Landgräf auf. Er konnte doch jetzt nicht einfach aufhören. Er wollte Nero das Handwerk legen. Er strotzte vor Energie wie schon lange nicht mehr. Aber was blieb ihm anderes übrig? Die Chancen,

Schmitz, den verdammten Sturkopf, umzustimmen, waren gleich null. Und wenn er ehrlich war, musste er ihm sogar zustimmen. Vermutlich hätte er an seiner Stelle auch nicht anders entschieden.

»Gib dir einen Ruck, Martin.« Schmitz sah ihn aufmunternd an. »Denk an deine Frau, an die Kinder. Sie brauchen dich. Ihnen ist nicht geholfen, wenn du erneut schlappmachst.«

Resigniert senkte Landgräf den Kopf. »Mir geht es gut«, brummte er.

»Dann sieh zu, dass das so bleibt.« Sanft schob Schmitz ihn hinaus.

Widerstandslos ließ Landgräf es zu. Müde hob er die Hand zum Abschied, doch Schmitz zog bereits die Beifahrertür zu und katapultierte den Wagen zurück auf die Straße.

Unschlüssig blickte Landgräf ihm hinterher. Sollte er über die Deutzer Brücke nach Hause marschieren? Vielleicht war es wirklich das Beste. Vielleicht war die Aufregung wirklich nicht gut für sein Herz – Bypass hin oder her. Häufig spürte man die Überanstrengungen erst in der anschließenden Ruhephase. Herzrhythmusstörungen, Luftnot …

»Bullshit!«, spie er aus und trat nach einem Stein am Straßenrand. Im hohen Bogen flog er davon. Ein blechernes Geräusch verriet ihm, dass er wohl eines der parkenden Autos getroffen haben musste. Doch das war ihm jetzt ziemlich egal. Landgräf rieb sich das Kinn. Offiziell konnte er nichts mehr ausrichten, würde bei Schmitz nur erneut abblitzen, wenn er um einen Einsatz bettelte. Aber niemand konnte ihm verbieten, einen Ausflug in die Eifel zu unternehmen.

Resignation und Enttäuschung fielen von ihm ab. Genau, das war es! Einfach den Weg des geringsten Widerstands wählen, um ans Ziel zu gelangen. Und schließlich hatte er gegenüber Ines Winter ein Versprechen einzulösen.

Da gab es nur ein Problem. Er besaß zwar einen Führerschein für fast alles, was fahrbar war. Sogar Panzer hatte er während seiner Zeit bei der Bundeswehr durch die Wahner Heide gesteuert. Nur hatten seine Frau und er nach seiner Rückkehr aus der Reha beschlossen, aus gesundheitlichen Gründen auf ein Auto zu verzichten und stattdessen auf das Fahrrad umzusteigen.

Ein fahrbarer Untersatz musste her. Schließlich konnte er nicht bis nach Bad Münstereifel mit dem Rad fahren.

Da kam ihm eine Idee.

41

»Haben Sie verstanden?«, fragte die Männerstimme in einem brüsken Ton, der keinen Einwand zuließ.

»Ja, natürlich«, antwortete Roman, ohne weiter seine Stimme zu verstellen. »Aber ich glaube, ich reiche sie mal weiter …« Er nahm das Handy vom Ohr und schlidderte es über den Boden zu Schmadtke rüber. »Geh du mal ran.«

Der bückte sich und griff sich das Gerät. Ohne Roman aus den Augen zu lassen, drückte er es sich ans Ohr. »Ja?« Angespannt horchte er. Selbst ohne gedrückte Lautsprechertaste war zu hören, wie der Anrufer herumbrüllte.

»Ja verdammt«, quäkte es aus dem Gerät, »was sind Sie denn für ein Spaßvogel? Ich will die Ritter zurück, und zwar sofort!«

Vernehmlich räusperte sich Schmadtke. »Kurt Schmadtke. Ich leite hier den Einsatz«, sagte er ins Mikro. »Dorothee Ritter ist schwer verletzt. Sie haben eben die ganze Zeit mit Roman Winter gesprochen – auch bekannt als Nero.«

Roman lachte auf. Er amüsierte sich köstlich.

»Herr Winter hat mir das Handy gegeben«, fuhr Schmadtke fort. »Durch eine unbedachte ..., durch einen Fehler meinerseits bin ich seine Geisel geworden.« Fragend blickte er Roman an.

Der nickte ihm aufmunternd zu. »Lassen Sie sich nicht stören. Telefonieren Sie, telefonieren Sie.«

Er rappelte sich hoch und nahm die Pistole wieder in die Hand, ging auf die am Boden liegende Dorothee Ritter zu. Sie hatte die Augen geschlossen, jegliche Farbe war aus ihrem Gesicht gewichen. Sie glich seiner Mutter nach ihrem Todeskampf. Seine Finger kribbelten, als er sich an das euphorische Gefühl erinnerte, das ihn damals durchströmt hatte. Ihr wild zappelnder Körper unter der Bettdecke, während er ihr das Kissen aufs Gesicht drückte, der müde Versuch der Gegenwehr. Endlich hatte er ihr die ungezählten Stunden der Angst heimzahlen können.

Dorothee Ritters Unterkiefer bebte. Hin und wieder wimmerte sie kaum vernehmlich. Vermutlich der Schock, dachte Roman. Oder die Schmerzen. Susann Lebrowski war dabei, einen langen Stoffstreifen um das Knie zu wickeln. Sie würdigte ihn keines Blickes, arbeitete routiniert und zielgerichtet. Ihre Haare klebten schweißnass im Nacken.

Roman steckte seine Pistole in den Hosenbund und kramte einen Tablettenstreifen aus seiner Hosentasche. Er warf einen auf Dorothee Ritters Bauch, zog dann wieder seine Waffe. »Gib ihr ein paar davon«, sagte er. »Kann man ja nicht mit ansehen.«

»Sie muss in eine Klinik«, sagte Susann Lebrowski, ohne aufzublicken

»Quatsch. Es blutet ja kaum noch«, stellte Roman fest. »Sie wird es schaffen.«

Jetzt hob Susann Lebrowski den Blick. »Bitte«, sagte sie. »Sie hat viel Blut verloren. Ihr Kreislauf muss stabilisiert werden.«

Roman schürzte die Lippen, als überlege er.

Ein Hoffnungsschimmer glänzte in Susann Lebrowskis Augen. »Ich ziehe sie dort zum Nebeneingang.« Sie deutete auf die Tür, die in Richtung Hauptbahnhof hinausführte. »Bevor das Rettungsteam sie übernimmt, bin ich wieder hier an Ort und Stelle. Einen Fluchtversuch werde ich nicht unternehmen, versprochen.«

Dieser flehentliche Unterton in ihrer Stimme gefiel Roman. So liebte er die Weiber: wenn sie keine Widerworte geben, wenn sie sich vor dem Mann erniedrigten, um seine Gunst winselten.

»Kein Fluchtversuch?«, wiederholte er. »Und keine Tricks?«

»Ja, ich schwöre es!«

Roman schürzte die Lippen. »Ich weiß nicht … Ich bin schon mal reingelegt worden.«

Susann Lebrowski hielt die Luft an.

»Ich glaube«, fing er an, machte dann eine Kunstpause, »ich glaube …, das ist mir zu riskant. Nein, wenn du meinst, hier den Samariter spielen zu müssen, nur zu, aber ohne Hilfe von außen, verstanden?« Er genoss es, wie sie in sich zusammensackte. Sie rang ganz offensichtlich mit den Tränen.

»Sie Unmensch«, zischte sie. »Das werden Sie am Ende büßen, das garantiere ich Ihnen.«

Mit zittrigen Fingern löste sie zwei Tabletten aus der Verpackung und schob Dorothee Ritter eine zwischen die Lippen.

»Da muss ich Sie erneut enttäuschen«, sagte Roman und grinste auf die junge Frau hinab. »Ich bin ziemlich sicher, dass ich am Ende gar nichts büßen werde. Denn das Glück scheint mir ganz offensichtlich hold zu sein.«

Susann Lebrowski sah fragend zu ihm auf.

Ohne weiter darauf einzugehen, wandte Roman sich um und ging die Stufen zu dem Holzpodest hinauf. Sie würde noch früh genug erfahren, was er damit gemeint hatte.

42

Luca Baresi strich mit seiner ölverschmierten Hand über das Blech des roten Alfa Romeo Montreal, den er gerade eben erst von seinem Transportanhänger auf den Innenhof hatte rollen lassen. Der Lack war verblasst und blätterte großflächig ab, die Kotflügel und die Chromteile sahen aus, als seien sie mit rostigen Pocken übersät.

»Du bekommst von mir ein neues Leben«, sagte der untersetzte Mann und lächelte glücklich. »Du wirst wie Phönix aus der Asche aufsteigen.«

Endlich hatte er sich seinen Jugendtraum erfüllt. Einen echten Alfa Montreal, so einen wie sein Onkel Stefano ihn bei der Mille Miglia Anfang der Siebziger gefahren hatte. Mit dem gleichen Wagen war Stefano wenig später während eines Deutschlandbesuchs bei ihnen vorbeigekommen.

Es war die Zeit gewesen, als Volkswagen noch vom Käfer lebte, Opel kantige Kadetts fertigte und Ford, na ja, die hatten immerhin den Capri im Programm.

Der Alfa seines Onkels war für ihn die Venus von Milo in Automobilgestalt. Die weiche, fließende Linienführung und die beiden schlitzartigen Scheinwerfer verzauberten ihn bis zum heutigen Tag.

Noch gut konnte sich Baresi an das Röhren des Sportauspuffs erinnern, wenn sein Onkel in der von den grauen Wohnblocks in Köln-Kalk gesäumten Straße den Motor hochjagte. Die Häuserwände hatten den infernalischen Sound noch verstärkt. Stolz hatte Baresi auf dem Beifahrersitz gesessen und die neidischen Blicke der Nachbarn genossen, die aus ihren Fenstern glotzten. Vor allem deutsche Familien, die ihn und seinesgleichen »Spaghettifresser« nannten.

Als Kind konnte er einfach nicht verstehen, warum seiner Familie so viel Verachtung entgegenschlug. Sie hatten ihnen, den *tedesci*, doch nichts getan, waren immer freundlich, zuvorkommend, ja geradezu unterwürfig gewesen.

Erst viel später war ihm klar geworden, dass Ausländer als Sündenböcke herhalten mussten. Immer schon haben die Menschen sich Minderheiten gesucht, denen sie die Schuld an allem Möglichen geben konnten. Ob nun Hexen, Juden, Farbige oder eben Ausländer. Offensichtlich war es leichter, anderen die Verantwortung zuzuschieben, als nach den wahren Ursachen für Missstände zu suchen.

Baresi seufzte. Seinen Onkel Stefano und den Alfa hatte er damals bei dem Besuch zum letzten Mal gesehen. Auf der Heimfahrt verunglückte Stefano tödlich, ein Alpenpass, eine zu schnell gefahrene Serpentine, ein Sturz hundert Meter in die Tiefe. Auch deutsches Blech hätte den Insassen vor den schrecklichen Folgen nicht schützen können.

Nach dem Unfall war Baresi der Verdacht gekommen, ein neidischer *tedesco* könnte bei Nacht und Nebel die Bremsschläuche des Alfa Montreal angeschnitten haben. Tagelang hatte er jeden Fleck auf der Straße untersucht, um den Bösewicht zu überführen. Doch außer schmierigem Öl, das aus dem Taunus seines Vaters tropfte, konnte er absolut nichts Verräterrisches finden.

Mit klopfendem Herzen öffnete Baresi die Tür. Die Scharniere quietschten wie die Sprungfedern eines alten Sofas. Vorsichtig schob er sich auf den zerschlissenen Kunstledersitz hinters Lenkrad. Im Wageninneren roch es nach Katzenpisse. Der Wagen hatte schließlich ein Jahrzehnt in einer Scheune gestanden. Sogar ein Mäusenest hatte er im Radlauf hinten rechts gefunden.

Aber Baresi störte sich nicht daran. In seiner gut gehenden Hinterhofwerkstatt hatte er schon so manchen Schatz gehoben. Sein handwerkliches Geschick im Umgang mit Kraftfahrzeugen war legendär. Wenn die Vertragswerkstätten versagten, kam man zu ihm, zu dem Spaghettifresser im Severinsviertel, dem dicken Itaker mit den goldenen Fingern. Es war eine Genugtuung für ihn, seine eigene Form der Rache an den *tedesci*, die ihn und seine Familie so lange Zeit voller Verachtung behandelt hatten.

Rache ist ein Gericht, das am besten kalt serviert wird. Den Spruch kannte er von einem guten Freund, mit dem er bereits so manche Flasche Brunello von Pieve Santa Restituta geleert hatte. Versonnen strich Baresi über das dreispeichige Holzlenkrad mit dem Alfa-Romeo-Emblem in der Mitte. Könnte er seinem *amico* doch dieses traumhafte Vehikel zeigen. Doch leider ging es ihm derzeit nicht besonders. Sie hatten sich schon lange nicht mehr getroffen.

Aus der Brusttasche seiner Latzhose holte er ein Tuch hervor und wischte den Staub vom Armaturenbrett. »Du wirst es gut bei mir haben«, murmelte er und strich zärtlich über die Innenverkleidung der Tür. »Ich zerlege dich bis zur kleinsten Schraube. Du musst aber keine Angst haben, es wird nicht wehtun. Ich werde äußerst vorsichtig sein. Wenn dann alles sauber und neu ist, baue ich dich wieder zusammen. Du wirst so lieblich aussehen wie eine *sposina*, glänzen wie …

Baresi konnte sein Gedankenspiel nicht zu Ende führen, denn in diesem Moment betrat eine hagere Gestalt den Hof. Baresi erkannte den Mann zunächst nicht, doch dann traf ihn die Erkenntnis wie ein Faustschlag. Das konnte ja nicht wahr sein! Sein *amico tedesco*! Allerdings war er ja nur noch ein Schatten seiner selbst!

»Luca?«, rief der Mann und blieb stehen.

Schnaufend wuchtete sich Baresi aus dem Wagen und starrte den Mann über die geöffnete Tür hinweg an.

»Martin?«

Der lachte. »Da bist du ja, alter Spaghettifresser. Was hast du dir denn da für einen Schrotthaufen zugelegt?«

»*Merda*«, fluchte Baresi. Er ging um die Tür herum und trat zu Martin Landgräf. »Martin …« Er zog ihn in die Arme und lachte. Heute musste sein Glückstag sein – er hatte seinen Traumwagen bekommen und auch noch seinen Freund wiedergefunden.

Er trat einen Schritt zurück. »Du siehst … äh … verändert aus«, begann er. Baresi strich sich über seinen fassartigen Bauch. »Früher sahen wir uns ähnlicher.«

Landgräf lachte. »Ist nur äußerlich«, sagte er dann.

Freudig klatschte Baresi in die Hände. »Du hast recht, das ist alles unwichtig. Lass uns zur Feier des Tages eine Flasche aufmachen. Ich habe einen exzellenten Tenuta San Guido Sassicaia im Keller.«

Landgräf verzog das Gesicht. »Tut mir leid. Vielleicht ein andermal. Weißt du, ich bin im Einsatz.«

»Einsatz? Bist du denn wieder im Dienst? Ich dachte …«

»Nicht direkt«, unterbrach ihn Landgräf, »aber das ist eine längere Geschichte. Ich brauche dringend etwas zum Fahren.« Entschuldigend zuckte er mit den Schultern. »Ich habe meinen Wagen verkauft, und jetzt stehe ich ein bisschen belämmert da.«

Baresi runzelte die Stirn. »Verkauft? Und keinen neuen gekauft?«

»So ist es. Ich habe gehofft, du könntest mir aushelfen.«

Nachdenklich strich sich Baresi über seinen Bauch. Wie konnte man denn ohne fahrbaren Untersatz leben? Zu Fuß zum Bäcker? In den Supermarkt? Wo kam man denn da hin? Wenn so etwas um sich greifen würde, wäre er ja arbeitslos. Sein alter Freund hatte merkwürdige neue Gewohnheiten angenommen. »Du kannst meinen Ritmo nehmen.« Er deutete auf einen verbeulten Fiat, der in der hinteren Ecke des Hofs stand, seit zwei Jahrzehnten sein zuverlässiger Partner auf allen Straßen.

Zweifelnd warf Landgräf einen Blick auf den Wagen.

»Nett von dir. Ich habe aber eher ein Auge auf deine Enduro geworfen. Weißt du, ich brauche etwas Geländegängiges.«

»Was hast du denn vor?«

»Einen Ausflug in die Eifel.«

»Eifel?«

»Hab da was zu erledigen … « Landgräf hielt inne.

Baresi schaute ihn besorgt an. »Hast du Probleme? Soll ich meine Brüder anrufen?«

»Nein, nein«, wiegelte Landgräf ab. »Keine Probleme. Ich muss nur was überprüfen.«

Luca Baresi seufzte. Mehr würde er aus Martin Landgräf nicht herausbekommen. Das kannte er schon. Bedauernd hob er die Hände. »Leider hab ich die Maschine nicht mehr.«

Er sah Landgräfs enttäuschten Gesichtsausdruck und lachte. »Na, dann komm mal mit. Der große Luca Baresi wäre nicht groß, wenn er nicht eine Überraschung für dich in der Garage hätte. Und nicht nur das: Ich hab da noch etwas, was ich dir mit auf den Weg geben werde.«

43

»In diesen Minuten wird das Geld nach Kuba überwiesen«, sagte Schmadtke. Er senkte das Handy und drückte die Austaste. »Das Bargeld und das Flugzeug dauern ein wenig länger. Aber bis drei Uhr sollte es funktionieren. Wie es scheint, haben Sie gewonnen.«

Zufrieden nickte Roman. Was Schmadtke von dem Anrufer erfahren hatte, war so ziemlich, was er selbst bereits wusste. Nicht in allen Details, aber die entscheidende Botschaft hatte der gleich zu Anfang erfahren, als der andere noch glaubte, Ritter am Apparat zu haben: das Geld stand bereit und sollte überwiesen werden.

Susann Lebrowski warf ihm einen vernichtenden Blick zu. Fürsorglich hatte sie die Überreste ihres Blazers unter Dorothee Ritters Kopf geschoben und hielt ihre Hand.

»Siehst du, ich bekomme, was ich will«, sagte Roman mit selbstgefälligem Ton und bemühte sich gar nicht, seine Genugtuung zu verbergen, »und zwar indem ich die Leute dazu zwinge. Das Recht des Stärkeren. So einfach geht das.«

»Verschonen Sie mich mit Ihren widerwärtigen Weisheiten«, zischte Susann Lebrowski.

Roman sah sie bewundernd an. »Du solltest mit mir mitkommen. Ich könnte dir noch einiges beibringen.«

»Vorher friert die Hölle zu.«

Roman schürzte die Lippen. »Ja, ich denke, ich nehme dich mit. Wir beide passen gut zusammen.«

Ängstlich wich sie seinem Blick aus.

Na, geht doch, dachte Roman. Ein wenig Respekt sollte die Kleine schon haben. Er nahm die Wanderung auf dem Holzpodest wieder auf. Seine Kopfschmerzen waren verschwunden, stattdessen plagte ihn jetzt ein Augenflimmern, das ihn nervös machte. Sicher der Kreislauf. Er brauchte wohl einfach ein wenig Bewegung.

Roman sah auf seine Uhr. Es war kurz nach halb zwölf. In spätestens dreieinhalb Stunden war er in der Luft und auf dem Weg in eine sonnige Zukunft. Wie schön sich letztlich doch alles fügte. Gut, der alte Mann, dessen lebloser Körper auf den Steinfliesen lag, hatte dran glauben müssen. Aber über kurz oder lang wäre er ohnehin abgekratzt, so war ihm vielleicht ein unwürdiges Dasein als Pflegefall erspart geblieben. Die Sichtweise gefiel Roman, und er musste grinsen.

Verstohlen blickte er in seine leicht offen stehende Jackentasche. Das Display seines Handys blieb dunkel. Wie lange konnte so eine Überweisung dauern? Verflucht, darüber hatte er sich keine Gedanken gemacht. Er blieb stehen. »Euch ist hoffentlich klar, dass der Geldeingang in Kuba überwacht wird?«

»Kein Problem«, antwortete Schmadtke. »Die Banken stehen in Kontakt. Die Gutschrift erfolgt in Echtzeit.«

»Das hoffe ich für dich«, sagte Roman und schlenderte

weiter. Sobald das Geld auf dem Konto eingegangen war, sollte er eine SMS erhalten.

Den Güterzug mit der Blausäure würde er trotzdem hochjagen. Die Bullen unter Stress zu setzen, konnte für die Flucht nicht schaden.

Nur um die Kinder, die unweigerlich auch betroffen sein würden, tat es ihm leid.

44

Fast wäre Landgräf an dem von Büschen halb verdeckten Waldweg vorbeigerast. Im letzten Moment sah er die aufrecht stehende Schranke. Er bremste das Quad und kam schleudernd auf dem Schotter am Straßenrand zum Stehen. Die ersten Kilometer aus Köln raus hatte er noch vorsichtig den Gasgriff betätigt. Doch rasch gewöhnte er sich an das Gefährt und war mit ihm mittlerweile zur Einheit verschmolzen.

Er nahm den Helm ab und sah sich um. Der Motor blubberte im Leerlauf, in der Luft hing der Geruch von feuchter Erde. Der Pfad zog sich leicht ansteigend in den Wald hinein. Wucherndes Unkraut in den Fahrspuren zeugte davon, dass der Weg in letzter Zeit selten benutzt worden war. Einige Ginsterbüsche wuchsen an den sonnigen Stellen der Böschung, ein Eichhörnchen flitzte rechts von ihm in das Unterholz.

Bei Luca Baresi hatte Landgräf vorsorglich noch in einen Straßenplan geschaut. Von hier aus, das wusste er, musste er dem Waldweg noch etwa zwei Kilometer bis zur Hütte folgen. Er schätzte ab, wie weit er heranfahren konnte, ohne aufzufallen. Der Motorlärm sollte seine Ankunft nicht verraten – den Überraschungseffekt wollte er weiterhin auf seiner Seite wissen. Wenn er langsam fuhr und keinen großen Lärm verursachte, konnte er gut noch einen Kilometer zurücklegen.

Er legte den Helm in das Topcase, das am Heck des Quads angebracht war, und kuppelte ein. Geschmeidig schoss das Fahrzeug los. Ohne Probleme pflügten die breiten Reifen durch das Unkraut.

Aufmerksam beobachtete Landgräf den Kilometerzähler. Nach achthundert Metern näherte er sich einer Stelle, an der ein kleiner Bach über den Weg lief und den Boden aufgeweicht hatte. Er gab etwas Gas, um mit Schwung darüber hinwegzurollen. Die Räder drehten durch und wirbelten mit dem Schlamm etwas auf, das Landgräfs Interesse weckte. Hinter der Schlammkuhle hielt er an und wandte sich um.

Was lag dort im Dreck?

Er stieg ab und balancierte über Steine zurück zu der Stelle, wo das Ding hingeflogen war. Mit spitzen Fingern hob er es auf.

Der Hut eines Jägers.

Ohne Erfolg suchte Landgräf nach einem Namensschild in der Hutkrempe. Seltsam. Mit der Qualität von Hüten und deren Preisen kannte er sich nicht aus, aber die Ausführung wirkte hochwertig. Sogar ein Gamsbart klebte nass am Stoff. So etwas ließ man bestimmt nicht einfach liegen.

Landgräf erhob sich nachdenklich, warf den Hut an den Wegesrand und sah sich um. Er bemerkte frisch aussehende Reifenspuren in der feuchten Erde. Auch war eine Stelle aufgewühlt, möglicherweise das Resultat durchdrehender Räder. Vielleicht war es besser, ab hier zu Fuß zu gehen.

Fünfzig Meter vor ihm auf der rechten Seite flachte der Hang ab. Ein mannshoher und etwa sechs Meter langer Holzstoß wartete auf den Abtransport. Dickes Moos überzog die Stämme. Offenbar führte niemand mehr das Holz auf einer Liste für ein Sägewerk.

Langsam fuhr er das Quad hinter das aufgeschichtete Holz und nutzte einige herumliegende Zweige, um es zu tarnen. Aus der Sitzbank holte er das kleine Päckchen heraus, das Luca ihm für die Fahrt in die Hand gedrückt hatte.

Landgräf wickelte den öligen Stoff ab und entnahm ihm die Glock. Der schwarze Stahl der Pistole schimmerte matt, der Griff lag kühl in seiner Handfläche. Er prüfte das Magazin und zog den Lauf einmal durch, befestigte Lucas Holster sorgfältig an seinem Gürtel und steckte die Waffe hinein.

Er hatte nicht schlecht gestaunt, als Baresi ihm die Waffe in die Hand drückte. »Legal?«, wollte er wissen. Sein Freund schmunzelte bloß schelmisch und antwortete: »Lebensversicherung.«

Landgräf folgte dem ansteigenden Weg, der sich in einem langen Rechtsschwenk um den Hang herumzog. Konzentriert horchte er auf Motorengeräusche, jederzeit bereit, sich zwischen den Bäumen zu verbergen.

Nach zehn Minuten Fußmarsch sah er in der Ferne eine Lichtung. Er verließ den Weg und schlich gebückt durch das Unterholz bis zum Waldrand. Hinter dem mächtigen

Stamm einer riesigen Buche versteckte er sich. Vor ihm breitete sich eine Lichtung in der Größe eines Fußballfelds aus. Der Weg, dem er eben noch gefolgt war, führte geradewegs über die Wiese und in den gegenüberliegenden Wald hinein. Kurz davor zweigte nach links ein Pfad ab, breit genug für ein Auto. Er endete dreißig Meter weiter vor einer verwitterten Holzhütte. Zwei kleine Sprossenfenster rahmten die Eingangstür ein, über der ein Hirschgeweih hing. Aus dem Schornstein stieg eine schmale Rauchfahne auf. Neben der Hütte, im Schatten der Bäume, parkte ein himmelblauer Ford Transit.

45

Das Handy in Romans Tasche vibrierte. Er schaute sich um. Susann Lebrowski war mit der verwundeten Polizistin beschäftigt, und dieser Schmadtke saß auf der Kirchenbank und hielt die Augen geschlossen. Roman steckte sich die Pistole in den Hosenbund, wandte sich etwas ab und drückte heimlich die Taste für die SMS-Anzeige. Vom beleuchteten Display las er vier Buchstaben ab: »gika«. Es bedeutete: »Geld in Kuba angekommen«.

Er drückte die SMS weg und wandte sich wieder den anderen zu. Die halbe Miete war im Sack, dachte er. Er konnte ein Lächeln nicht unterdrücken. Am liebsten hätte er ein Triumphgeheul ausgestoßen. Geschafft! Trotz der Improvisation war sein Plan aufgegangen. Der Staat tanzte nach seiner Pfeife.

Ein Problem stellte jetzt vor allem seine Schulter dar, die wieder stärker zu schmerzen begonnen hatte. Er würde noch eine Pille schlucken müssen. Es half alles nichts. Eilig kramte er die Packung aus der Hosentasche, entnahm ihr eine weitere Tablette und steckte sie in den Mund, spülte sie mit einem großen Schluck aus der Wasserflasche hinunter. Sofort meldete sich seine überfüllte Blase.

Mist, daran hatte er in seiner Begeisterung gar nicht mehr gedacht. Er musterte seine drei Geiseln. Dieser Schmadtke hockte wie ein Häufchen Elend auf der Bank, und Susann Lebrowski sprach beruhigend auf die am Boden liegende Verletzte ein. Sie schienen endgültig resigniert zu haben.

Rückwärts ging Roman zu der Seite der Holzplattform, die auf der Seite des Dreikönigsschreins lag. Er drehte sich so, dass er die Geiseln aus dem Augenwinkel sehen konnte. Er rechnete allerdings nicht mit einem Angriff. Sie hätten erst aufspringen, die Stufen hoch und dann über das ganze Podest auf ihn zustürmen müssen. Bis sie ihn erreichten, würde er die Pistole sogar in aller Ruhe nachladen können.

Er nestelte sein Glied aus der Hose. Er musste aufpassen, dass er die Waffe nicht verlor. Der ausladende Sprengstoffgürtel machte die Sache nicht leichter. Endlich spürte er die kalte Luft an seiner Eichel. Einige Sekunden dauerte es, bis sich sein Blasenmuskel entspannte. Ein heißer Strahl schoss im hohen Bogen heraus und bespritzte die Steinfliesen am Fuß der Treppe.

Erleichtert seufzte Roman auf. Er hätte es keine Sekunde länger ausgehalten.

Kurz schloss er die Augen und genoss es, Millionen von Christen zu provozieren, indem er sich erlaubte, in eins der bedeutendsten Bauwerke des christlichen Abendlands zu urinieren.

46

Jörg Seinfeld gähnte. Seit dem frühen Morgen betrachtete er die Videoaufzeichnungen aus dem Dom, achtete auf Details, schrieb Untertitel, wenn ihm etwas auffiel. Kein Wunder, dass die Konzentration nachließ.

Normalerweise hätte er sich längst eine Pause gegönnt und sich ablösen lassen. Stattdessen hielt er aus, spulte vor und zurück und versuchte eine bestimmte Stelle wiederzufinden. Er wusste nicht zu sagen, was es war, aber er hatte ganz einfach das dumme Gefühl, etwas Wichtiges übersehen zu haben.

Mit der Maus drückte er einen Button auf dem Bildschirm und verringerte so die Wiedergabegeschwindigkeit. In Zeitlupe kroch die Aufnahme dahin. Sie zeigte Roman Winter, wie er auf dem Holzpodest saß. Die Uhr am unteren Rand zeigt neun Minuten nach zehn.

Jörg Seinfeld verfluchte den Mann auf dem Monitor. An diesem Wochenende wollte er mit seinen Kumpels nach Mallorca fliegen. Als am Morgen das Telefon geklingelt hatte, dachte er, es sei einer von den Jungs, der ihn abholte, um mit ihm zum Flughafen zu fahren. Wäre er doch nur nicht rangegangen. Ein Blick auf das Display und er hätte das Übel verhindern können. Aber nein, er schaute erst gar nicht hin. Und dann war sein Chef in der Leitung gewesen. Ein Irrer hielt die ganze Stadt in Schach. Im Dom musste eine Videoüberwachung installiert werden, und er war nun einmal der Videospezialist und daher unabkömmlich. Die Jungs waren inzwischen längst am Strand und hatten die ersten Sangrias intus.

Seinfeld schaltete auf Einzelbildwiedergabe um und klickte Bild für Bild weiter. 10:10:15 zeigte die digitale Uhr.

Er fröstelte. Am Strand würde ihm jetzt die Sonne auf den Pelz brennen. Dreimal im Jahr ein verlängertes Wochenende auf Malle, mehr benötigte er nicht an Urlaub. Ansonsten stand er rund um die Uhr zur Verfügung. Aber das hier war wirklich das Letzte. Das hatte er heute Morgen auch seinem Chef Noske gesagt, bloß genutzt hatte es nichts. Zugegeben, das war schließlich kein ganz alltäglicher Fall. Trotzdem: Musste der Irre denn ausgerechnet an diesem Wochenende hier auftauchen! Die Welt war ungerecht, eindeutig …

Plötzlich stutzte er. Klickte zurück und vergrößerte den Ausschnitt um Winters Hand. Die Müdigkeit und der Frust fielen schlagartig von ihm ab. Das war es! Eindeutig, es gab keinen Zweifel.

Seinfeld ruckte hoch und sah sich suchend um. Von der Nische aus, in der arbeitete, konnte er in den Bereich der Sanitäter sehen. Bei der Liege neben Winters Ehefrau entdeckte er Schmitz, der die Einsatzleitung übernommen hatte. Nachdenklich tippte der etwas in sein Handy und schien die Welt um sich herum vergessen zu haben. Als ob er Seinfelds Blick bemerkt hätte, schaute er auf.

Seinfeld winkte ihm, näher zu kommen.

Schmitz nickte, wechselte noch einige Worte mit Winters Ehefrau und kam zu ihm rüber. »Was gibt's?«

»Ich habe da was entdeckt.« Seinfeld klickte mit der Maus und ließ die Aufzeichnung in normaler Geschwindigkeit laufen, anschließend stoppte er. »Was aufgefallen?«

»Nein«, gab Schmitz zu.

Noske kam zu ihnen. »Was herausgefunden?«

»Ich denke schon«, sagte Seinfeld.

»Also, ich habe nichts bemerkt«, brummte Schmitz.

»Lass noch mal sehen«, sagte Noske.

»Achtet auf die Hand mit dem Zünder.« Er klickte wieder mit der Maus.

Noske und Schmitz beugten sich über seine Schultern. Noske sah es als Erster.

»Das ist ja …«, entfuhr es Noske. »Vergrößern und in Zeitlupe!«

Stolz fuhr Seinfeld die Aufzeichnung erneut an. Er freute sich, die Stelle doch noch gefunden zu haben. Auf sein Bauchgefühl war eben Verlass.

Konzentriert sahen sie zu, bis die Szene endete.

»Unglaublich«, sagte Noske und richtete sich auf.

»Habe ich das gerade richtig gesehen?«, fragte Schmitz.

»Ja«, bestätigte Seinfeld und wandte sich zu den beiden um. »Es war schwer zu entdecken. Seine Hand wird vom Schatten seines Körpers abgedunkelt. Ich musste die Szene erst ein wenig aufhellen und kontrastieren. Also, der Typ ist definitiv kurz eingenickt. Dabei hat er für gut fünf Sekunden den Zünder losgelassen.«

»Heilige Scheiße.« Noske sah Schmitz entgeistert an. »Das kann doch wohl nicht sein, oder?«

»Offensichtlich schon.«

»Moment«, warf Schmitz ein, »soll das heißen, er hat gar keine Bombe?«

»Nein. Nicht unbedingt. Es heißt erst einmal nur, dass es einen Zeitpuffer gibt, bis die Bombe zündet«, erklärte Noske. »Fünf Sekunden sind sicher.«

»Fünf Sekunden reichen aus, um vom Seiteneingang zum Podest zu stürmen«, überlegte Seinfeld laut.

»Er ist bewaffnet«, wandte Schmitz ein.

Noske rieb sich das Kinn. »Wir zünden eine Blendgranate, und bevor er den Zeigefinger krümmen kann, ist bereits der Zugriff erfolgt. Dabei werden wir von zwei Seiten angreifen. Das wird ihn verwirren und, mit ein wenig Glück, sogar paralysieren. Das sollte reichen.«

Nachdenklich kratzte sich Schmitz im Nacken. »Ich weiß nicht.«

»Was stört dich an dem Plan?«

»Wir wissen nicht, ob er sich nicht anders gegen einen Zugriff abgesichert hat«, gab Schmitz zu bedenken. »Zum Beispiel könnte ein rasches zweimaliges Drücken des Schalters den Sprengkörper zur Explosion bringen. Dagegen wären wir machtlos.«

»Was schlägst du vor?«, fragte Noske.

Schmitz sah von einem zum anderen. »Wir müssen dafür sorgen, dass Winter keine Gelegenheit mehr zum Handeln bekommt.«

»Finaler Rettungsschuss«, sagte Seinfeld.

»Ja«, bestätigte Schmitz. »Nur so können wir sicher sein, dass Winter die Bombe nicht auf einem anderen Weg zündet.«

»Da hast du recht«, stimmte Noske zögernd zu. »Trotzdem gefällt mir der Gedanke nicht.«

Schmitz hob beschwörend die Hände. »Und wenn wir ihn ziehen lassen und er unterwegs die Bombe zündet? Im Flugzeug, über bewohntem Gebiet? Wie viele Todesopfer gäbe es dann zu beklagen?«, warf Schmitz hastig Fragen auf. »Wir wissen jetzt, dass wir an ihn rankommen und die Explosion verhindern können. Die Chance dürfen wir uns nicht entgehen lassen.«

Zögerlich nickte Noske. »Na, schön. Dann rede mit dem Staatsanwalt darüber. Ich will, dass das von allen Instanzen abgesegnet wird.« Er straffte sich. »In der Zwischenzeit sprech mit meinem SEK.«

Schmitz wandte sich zum Gehen. »Alles klar, ich kümmer mich drum.« Er klopfte Seinfeld auf die Schulter. »Gute Arbeit. Glückwunsch.«

47

Landgräf fluchte stumm. Er hätte an ein Fernglas denken sollen. Aus der Entfernung konnte er wenig erkennen. In der Hütte war jemand. Ein Schatten war bereits mehrmals hinter dem Fenster vorbeigehuscht. Aber er vermochte nicht zu sagen, ob es sich um eine oder mehrere Personen handelte.

Er holte sein Handy aus der Jackentasche und wählte Schmitz' Nummer.

»Ja?«, hörte er die Stimme seines Kollegen.

»Ich bin bei der Hütte.«

Eine Sekunde lang herrschte Schweigen. Dann fuhr ihn Schmitz an: »Du bist *wo*? Ja, bist du denn von allen guten Geistern verlassen?«

»Der hellblaue Transit steht hier.«

»Verdammt, Martin, dir ist doch hoffentlich klar, dass ich durch dein eigenmächtiges Handeln einen Scheißärger bekomme.«

»Reg dich ab«, murrte Landgräf. »Sag mir lieber, wo vom Dörp und Wildrup sind.«

Wieder herrschte sekundenlanges Schweigen. »Die müssten längst da sein.«

»Können die sich verfahren haben? Haben die etwa kein Navi?«

»Weiß ich nicht«, brummte Schmitz. »Pass auf, bleib, wo du bist. Ich schicke Verstärkung, okay?«

»Verdammt, aber mach schnell. Wenn die Tochter wirklich hier ist …«, antwortete Landgräf.

»Du bleibst, wo du bist, hörst du?«, unterbrach ihn Schmitz.

»Ja, ja«, gab Landgräf zurück und drückte das Gespräch weg.

Schmitz glaubte wohl nicht ernsthaft, dass er hier im Busch hocken blieb und Däumchen drehte, bis die Kavallerie eintraf. Landgräf sondierte das Gelände. Am besten wäre es, im Schutz des Waldes die Lichtung zu umgehen und sich von der Rückseite der Hütte zu nähern. Mit ein wenig Geschick sollte das gelingen, ohne dass ihn jemand bemerkte. Wenn dann vom Dörp und Wildrup eintrafen, könnten sie den oder die Insassen des Hauses gut in die Zange nehmen.

Er schlich zurück in den Wald und trat im Schutz der Bäume den Weg rund um die Wiese an. Immer wieder rutschte er auf dem abschüssigen Boden ab. Die Laubbäume wurden seltener und machten Fichten mit tief hängenden Ästen Platz. Geduckt und mit den Armen das Gesicht schützend, arbeitete Landgräf sich vor. Das Gehen wurde zunehmend beschwerlich. Er kam ins Schwitzen, sein Hemd klebte am Rücken. Nach gut zwanzig Minuten erreichte er einen Bach, der hier verlief. Er bückte sich, schöpfte mit der hohlen Hand Wasser und trank. Das Wasser kühlte angenehm seinen trockenen Hals. Dann schlich er weiter. Ein Kaninchen, das von ihm aufgeschreckt worden war, raste im Zickzack davon.

Eine Viertelstunde später tauchte vor Landgräf die dunkle Rückwand der Hütte auf. Mit Genugtuung stellte er fest, dass sie fensterlos war. Rechter Hand, neben dem Haus, stand der Transit, mit der Front in seine Richtung. Die Fahrerkabine war leer. Es war kein neues Modell – die Farbe war stumpf, der Kotflügel rostig.

Landgräf hockte sich hinter einen Stamm, wartete und horchte. Außer dem Gezwitscher der Vögel war nichts zu hören. Er schüttelte den Kopf. Seit seinem Telefonat mit Schmitz waren jetzt fast zwanzig Minuten vergangen, und noch immer fehlte jede Spur sowohl von vom Dörp und Wildrup als auch von irgendwelchen Einsatzkräften. Verdammt, was war da los? Selbst wenn die Jungs vom LKA sich verfahren hätten, konnte das unmöglich so lange dauern.

Landgräf beschloss, näher heranzugehen. Vorsichtig schlich er weiter. Er erreichte die Rückwand, tastete sich geduckt bis zur Ecke und spähte um sie herum. Auf dieser Seite gab es ein kleines Fenster, dessen Läden geschlossen waren. Landgräf zog die Glock aus dem Holster und wollte sich gerade daranmachen, zwischen Wagen und Hauswand zur Frontseite zu schleichen, als er ein Poltern hörte. Er zuckte zusammen und ging auf die Knie in Deckung. Das Herz hämmerte ihm bis in den Hals. Irritiert blickte er sich um. Das Geräusch war aus dem Transit gekommen, der jetzt leicht schwankte. Jemand schien sich im Wageninnern zu befinden.

Eine Weile verharrte Landgräf in der Hocke. Wieder

drang Poltern aus dem Wageninnern. Landgräf streckte die linke Hand aus und fasste nach dem Griff der Seitentür zum Laderaum. Die Glock im Anschlag, drückte er den Griff zur Seite und öffnete vorsichtig die Tür.

Ein gefesselter und geknebelter Mann wand sich auf dem Boden des Wagens. Er trug Jägerkleidung. Aus panisch geweiteten Augen sah er zu Landgräf auf. Blut klebte ihm an der Schläfe.

Landgräf machte einen Schritt nach vorn und kontrollierte den Laderaum. Aber da war sonst niemand. Er steckte die Glock zurück in das Holster und legte dem Mann beruhigend eine Hand auf die Schulter. »Ich bin Polizist«, flüsterte er. »Ich werde Ihnen jetzt den Knebel abnehmen, und Sie werden keinen Ton von sich geben! Verstanden?«

Der Mann nickte heftig.

Landgräf zog das Tuch, mit dem der Mann geknebelt war, herunter.

Der Mann japste nach Luft.

»Wie heißen Sie?«, flüsterte Landgräf und drehte den Mann vorsichtig auf die Seite, um ihn von seiner Handfessel zu befreien, die aus Gewebeband bestand.

»Lehmkuhl … Eugen Lehmkuhl«, japste der Mann.

In diesem Moment hörte Landgräf ein Motorengeräusch, das sich rasch näherte. Er hoffte inständig, dass es die Kollegen vom LKA oder die Leute vom SEK waren, wickelte das Gewebeband schneller ab. Endlich hatte er die Hände des Mannes befreit.

Mit einem erleichterten Stöhnen riss Lehmkuhl die Arme nach vorn.

»Jetzt die Füße! Können Sie das selbst?«, zischte Landgräf ihm zu. Der Mann nickte und machte sich an seiner Fußfessel zu schaffen.

Das Motorengeräusch war inzwischen erstorben. Landgräf wollte gerade einen Blick aus dem Wagen riskieren, als sich eine hünenhafte Gestalt vor ihm aufbaute, in der Hand eine Waffe. Schmitz.

Landgräfs Schreckstarre verwandelte sich in Erleichterung.

»Manfred«, flüsterte er. »Gott sei Dank, du bist da. Wo sind die anderen ...?« Er kam nicht weiter, denn in diesem Moment hob Schmitz die Waffe.

»Hände hoch!«, kommandierte er und schwenkte die Waffe von Landgräf zu dem Mann auf dem Boden des Transits und wieder zurück. »Und rauskommen!«

Landgräf verließ den Wagen und stellte sich mit erhobenen Armen neben die Wagentür. Was wurde hier gespielt? Hinter Schmitz tauchte eine schlanke junge Frau auf, die Landgräf entgeistert anstarrte. »Was ...?«, begann sie, brach dann aber ab.

Die Frau kam Landgräf bekannt vor, als hätte er sie irgendwo schon einmal gesehen. Eine neue Kollegin? Doch er kam nicht drauf.

»Hab alles im Griff«, sagte Schmitz zu der jungen Frau.

Ungelenk kletterte jetzt auch Lehmkuhl aus dem Transit. Die Federung quietschte altersschwach.

»Scheiße«, zischte Schmitz. »Wer ist das?«, fragte er über die Schulter hinweg.

»Erklär ich dir gleich«, wich sie aus.

Plötzlich wusste Landgräf, warum die junge Frau ihm

so bekannt vorkam – sie glich Ines Winter bis aufs Haar. Die gleichen Gesichtszüge, die gleiche Figur. Konnte es wirklich sein, dass er Patricia Endras vor sich hatte? Aber wieso lief sie frei herum? Zusammen mit Schmitz?

Langsam bewegte sich Schmitz rückwärts und machte eine auffordernde Bewegung mit seiner Pistole.

»Flossen oben lassen und schön langsam mitkommen.«

Plötzlich ahnte Landgräf, was hier gespielt wurde. Zorn flackerte in ihm auf, brannte in seiner Kehle, geschürt durch bodenlose Enttäuschung. »Du …«, stieß er aus.

Schmitz zuckte mit den Schultern. »Du hättest nie herkommen dürfen, Martin.«

48

Die Ärztin zog den Schlauch für die Infusion ab. »Den Zugang lasse ich noch einen Moment stecken«, sagte sie.

Ines hob ihre Hand und betrachtete die Nadel, die unter der Haut in ihrer Vene steckte. Es verursachte ihr keine Unannehmlichkeiten. »Ich denke, ich bin über den Berg«, meinte sie zuversichtlich, richtete sich auf und ließ die Beine über die Liege baumeln.

Die Ärztin half ihr aufzustehen und führte sie zu einem Stuhl.

Camira kroch unter der Liege hervor, gähnte mit weit aufgerissenem Maul und tapste an ihre Seite.

Von dort, wo sie saß, konnte sie einen Blick in den foyerartigen großen Raum werfen, in dem unzählige Leute hin und her liefen, telefonierten, auf Computerbildschirme starrten, zusammenstanden und sich berieten. Einzelne Rufe drangen durch das Stimmengewirr.

Ihr wurde es schwer ums Herz. Das Ganze hier geschah nur, weil Roman durchgedreht war. Ohne Zweifel trug sie daran eine Mitschuld. Hätte sie sich eher von ihm losgesagt, wäre das alles nicht geschehen und sie hätte sich schon viel früher bei der Polizei melden sollen. Stattdessen ließ sie Roman machen, ignorierte sein Nero-Spiel, hielt den Mund und schloss ganz fest die Augen.

Sie ballte ihre Hände zu Fäusten, wütend auf sich selbst und auf ihre Feigheit. Schmerzend drückten sich ihre Fingernägel in die Handflächen. Ihr Hals wurde eng, sie hatte Mühe zu atmen. Sie musste raus an die frische Luft, sonst würde sie noch ersticken. Ines stand auf und suchte einen der Polizisten, die mit ihr gesprochen hatten, konnte aber kein bekanntes Gesicht entdecken.

»Ich bin mal kurz frische Luft schnappen«, teilte sie daher einer Frau am nächsten Tisch mit, die vor einem Notebook saß.

Die Frau sah kurz von ihrem Bildschirm auf und nickte. Ines hatte keine Ahnung, ob die Polizistin ihr wirklich zugehört hatte. Doch das machte ja nichts, sie ging ja nur vor die Tür.

»Komm Camira«, sagte sie, humpelte zum Seitenausgang und zog die Tür auf.

In dem Moment hörte sie eine Männerstimme rufen: »Mensch, weiß jemand, wo Schmitz steckt? Ein Marcos Endras will den Einsatzleiter sprechen.«

Ines wirbelte herum, ihr Herz pochte wie wild.

Marcos! Das konnte nicht wahr sein.

49

Angela Fuhrmann saß allein in der Sakristei des Kölner Doms. Akribisch kontrollierte sie ihr Gewehr mit dem aufgeschraubten Laserfernrohr. Wenige Minuten noch, dann würde sie von einem Domschweizer über nicht öffentliche Gänge nach oben auf die Seitenempore geführt.

Sie streckte die rechte Hand aus und betrachtete ihre Finger. Ein leichtes Zittern. Zwar war sie Noske dankbar für die Chance, ihr Versagen vom Vormittag auszubügeln. Doch einen Menschen gezielt auszuschalten und dabei seinen Tod in Kauf zu nehmen, das war nicht ohne.

Immer wieder sah sie Roman Winters unterschiedlich farbene Augen vor sich, wie sie sie triumphierend angestarrt hatten. Bald würden sie ins schwarze Nichts des Jenseits blicken, getötet durch eine Kugel, die sie abgefeuert hatte.

Ihr Magen rumorte.

Während eines Einsatzes, bei dem es darum ging, schneller als der Gegner zu sein, spürte sie nie Zweifel. Wenn es sein musste, feuerte sie, ohne nachzudenken. Auge um Auge, Zahn um Zahn, wie eine Maschine.

Aber hier? War das nicht in gewisser Weise feige? Jemanden ohne Vorwarnung einfach abzuknallen?

Sie kontrollierte zum dritten Mal das Magazin und ließ es mit einem metallischen Klacken einrasten.

Er hat es verdient, dachte sie. Er bedroht Tausende von Menschen, tötet kaltblütig und mitleidlos. Wer weiß, was er für fünfzehn Uhr geplant hat.

Sie überlegte. Wenn sie Winter ausschaltete, würde sein Tod die angekündigte Detonation nicht verhindern, sondern die Situation eher sogar verschlimmern. Schließlich konnte ein Toter keine Informationen mehr preisgeben. Hatten die Verantwortlichen darüber wirklich nachgedacht?

Nur wusste sie schließlich nicht, wie weit der Stand der Ermittlungen war. Vielleicht verfolgte man ja eine heiße Spur und hatte die Bombe sogar schon gefunden.

Und wer war sie, dass sie Befehle infrage stellte! Sie musste sie lediglich ausführen, Ende und aus. Es würde schon alles seine Richtigkeit haben. Schließlich war das Sondereinsatzkommando keine wilde Söldnertruppe, sondern Bestandteil der rechtsstaatlichen Exekutive. Nichts geschah aus Willkür oder gar im rechtsfreien Raum.

Trotzdem bohrte der Zweifel in ihr. Sie hätte Nein sagen sollen, als Noske sie ausgesucht hatte. Allein ihr Ehrgeiz, die Scharte von heute Morgen wettzumachen, hatte sie zustimmen lassen.

Sie wog das Für und Wider ab, Noske zu bitten, sie von der Anweisung zu entbinden. Er würde mit Sicherheit Verständnis zeigen. Insgeheim wäre er jedoch enttäuscht, sich in ihr geirrt zu haben. Zukünftig würde er es sich zweimal überlegen, ihr eine schwierige Aufgabe zu übertragen. Für ihre Karriere würde das einen Knick bedeuten und ein Aufstieg in die Führungsriege damit fast unmöglich.

»Du wirst gleich abgeholt«, hörte sie Noskes Stimme im Ohrknopf.

Es war die letzte Gelegenheit. Wenn sie den Job nicht übernehmen wollte, wenn ihr lieber war, dass ein anderer für sie einsprang, dann musste sie es jetzt sagen. Ein Wort genügte. Jetzt oder nie.

Sie ließ die Chance verstreichen und bestätigte nur mit einem kurzen: »Verstanden.«

Ihr Magen verkrampfte sich, sie hatte einen bitteren Geschmack im Mund.

»Alles in Ordnung?«, fragte Noske.

»Bestens.«

Die Tür knarrte.

Sie sah auf. Ein schlanker Mann, bekleidet mit dem roten Talar der Domschweizer, steckte den Kopf herein.

»Sind Sie bereit?«, fragte er und lächelte freundlich.

Angela Fuhrmann nickte entschlossen, packte das Gewehr und stand auf.

»Ja.«

50

Ohne lange nachzudenken, ging Ines zu dem Mann, der den Anruf entgegengenommen hatte, und entriss ihm den Telefonhörer.

»Du Schwein!«, schrie sie ins Telefon. »Was hast du mit Patricia gemacht?« Tränen der Wut liefen ihr über die Wangen.

Perplex schaute der Mann sie an. »Was fällt Ihnen ein? Geben Sie mir sofort den Hörer zurück!«

Ines wich vor ihm zurück. Verunsichert blieb er stehen und sah sich hilflos um.

Dann Marcos' Stimme. »Ines?« Die Verbindung rauschte, ab und sie hörte einen störenden Piepton.

»Ja«, rief sie aus. »Das hast du nicht erwartet, was?« Der Zorn schnürte ihr die Kehle zu.

Mehrere Beamte hatten sich zu ihnen gesellt. Alle im Raum starrten herüber, doch niemand schritt ein. Hinter dem Sichtschutz kam Noske hervor und näherte sich. Er machte Ines schon von Weitem Zeichen, sie solle weitersprechen. Die anderen zogen sich zurück. Noske selbst stellte sich neben eine Kollegin, die an einem Notebook saß, und drückte sich einen Kopfhörer ans Ohr.

»Was ist mit Patricia?«, fragte Marcos Endras in diesem Moment. Seine Stimme klang besorgt.

»Das fragst du noch?«, schrie Ines wie von Sinnen. »Wo hast du sie vergraben? Sag es mir. Wo?«

»Was … was redest du denn da? Ich … verstehe nicht.«

Ines schluchzte laut auf. »Wie konntest du ihr nur so etwas antun? Sie ist deine Frau, sie liebt dich.«

Sekundenlang blieb es still in der Leitung. Dann kam Endras' Stimme wieder.

»Ines, ich verstehe nicht … Ich habe keine Ahnung, wovon du redest … Du machst mir Angst … Was ist mit Patricia?«

»Du Scheusal! Spiel nicht den Unschuldigen!«

»Ines, bitte, sag es mir!«

»Bitte, Marcos …« Ines Winter ließ ihren Tränen freien Lauf. Die Wut in ihrer Stimme war einem Flehen gewichen: »Bitte, sag mir, wo Patricia ist!« Sie begann am ganzen Körper zu zittern.

»Ines, wirklich, ich habe keine Ahnung. Ich schwöre es dir.«

Sie bemerkte, wie Noske ihr ein Zeichen gab, dann flüsterte er ihr zu: »Der Anruf kommt aus Brasilien.«

Es dauerte einen Moment, bis Ines verstand, was das bedeutete. »Brasilien?«, sagte sie.

»Ja, ich bin in Brasilien«, gab Endras zurück. »Jetzt erzähl mir bitte endlich, was vorgefallen ist. Soll ich zurückkommen? Das geht nur nicht so schnell … Einen Tag werde ich bestimmt unterwegs sein, eher zwei.«

Die Verbindung wurde schlechter, sie verstand ihn kaum noch. Ines schloss die Augen, ihr Zorn verrauchte.

Marcos konnte unmöglich aktiv daran beteiligt sein, Patricia gefangen zu halten. Und wenn sie ehrlich war, hatte sie es sowieso nie für möglich gehalten, dass Marcos ihrer Tochter etwas antun könnte.

»Roman …«, begann sie. Es fiel ihr schwer zu erzählen, was geschehen war. Es kam ihr alles wie ein Albtraum vor, aus dem sie sich seit Stunden vergeblich zu erwachen bemühte. Sie schluckte. »Roman hat eine Bombe und hat sich damit im Kölner Dom verschanzt.« Sie wischte sich mit dem Ärmel die Wangen trocken. »Er hat Patricia lebendig … vergraben.«

»O mein Gott!«, rief Endras aus.

»Sei ehrlich zu mir, Marcos! Hast du irgendwas mit der Bombe zu tun? Hast du Roman Sprengstoff besorgt? Hast du …«

»Ines«, fiel ihr Marcos ins Wort, »Ines, glaub mir, damit habe ich nichts zu tun. Das heißt …« Er brach ab, schwieg einen Moment. »Ach du Scheiße! Jetzt verstehe ich.«

»Was? Was meinst du?«

»Es ist Sprengstoff verschwunden. Kurz vor der Insolvenz. Es waren immer wieder kleine Mengen. Roman hat mich gebeten, die Sache zu verschleiern. Er hat gesagt, er wisse nicht, wie das passieren konnte, und wollte keinen unnötigen Ärger haben. Ich tat ihm den Gefallen, ohne groß darüber nachzudenken. Er hatte ja schon Probleme genug. Ich verdammter Idiot.«

Ines bemerkte, wie Noske ihr ein Zeichen gab, ihm den Hörer zu geben. Erschöpft reichte sie den Apparat weiter.

»Hallo, hier spricht Günther Noske, Leiter des Sondereinsatzkommandos. Ich würde gern von Ihnen wissen, wann Sie das letzte Mal mit Ihrer Frau gesprochen haben?«

Die Verbindung brummte inzwischen ziemlich heftig. Es stand zu befürchten, dass sie jeden Moment zusammenbrechen würde.

»Hören Sie, ich habe Patricia seit über einem halben Jahr nicht mehr gesehen. Ihre Mutter weiß noch nichts davon – wir sind nicht mehr zusammen …«

»Weiß der Stiefvater davon?« Noske sah sich zu Ines Winter um, die auf einem Stuhl Platz genommen hatte. Ihre Hündin war zu ihr gekommen und legte den Kopf in ihren Schoß.

Das Rauschen und Brummen in der Leitung wurde stärker. »Und ob Roman davon wusste. Er hat Patricia in ihrem Entschluss sogar unterstützt. Sie hat einen anderen kennengelernt. Keine Ahnung, wie und wo. Aber Roman hat mit dem Mistkerl sogar noch rumgekumpelt. Ich konnte es überhaupt nicht fassen. Hab den Typen einmal mit ihm zusammen gesehen. Seinen Namen weiß ich nicht. Ziemlich großer Kerl, nicht mehr der Jüngste …«

Der Rest ging in einem Rauschen unter, dann brach die Verbindung vollends ab.

Noske stellte den Hörer zurück in die Ladestation.

Ines Winter sah ihn erwartungsvoll an. Schließlich sagte er: »Frau Winter, ich glaube, wir müssen noch einmal über Ihre Tochter sprechen.«

51

»Los, mach voran!« Schmitz stieß Landgräf den Pistolenlauf in den Rücken und schubste ihn in die Kammer, die sich linker Hand in der Hütte befand.

Landgräf stolperte und prallte gegen Lehmkuhl. Hinter ihm warf Schmitz die Tür zu und verriegelte sie. Landgräf wirbelte herum. Hämmerte gegen die Tür.

»Manni, lass uns darüber reden. Das bist du mir schuldig. Das bist du unserer Freundschaft schuldig«, appellierte er ohne große Hoffnung auf Schmitz' Gewissen. »Damit kommst du nicht durch! Du weißt doch, wie das läuft!«

»Das sehe ich etwas anders«, sagte Schmitz auf der anderen Seite der Tür. Landgräf hörte, wie sich die Schritte seines alten Freundes entfernten. Dann blieb Schmitz noch einmal stehen. »Ich habe dir immer wieder gesagt: Geh nach Hause zu deiner Familie«, rief Schmitz ihm zu. »Aber nein, du musst ja unbedingt den Helden spielen. Ich habe die ganze Zeit versucht, meine Hand schützend über dich zu halten. Mann, was glaubst du, wie ich mich gefühlt habe, als du plötzlich im Dom aufgetaucht bist. Solche Zufälle passieren eigentlich nicht.«

Landgräf legte die Stirn gegen die Tür. Er hatte ihn zum Reden gebracht. Immerhin etwas. Als Schmitz ihn zuvor entwaffnet und ihm das Handy abgenommen hatte, war das ohne ein Wort geschehen. Nur in seinen Augen lag ein stummer Vorwurf.

»Ich kann nicht glauben, dass du kaltblütig Tausende von Menschen opfern willst«, fuhr Landgräf fort.

Lehmkuhl riss ihn an der Schulter herum. »Sind Sie verrückt?«, flüsterte er. »Reizen Sie den Kerl nicht auch noch!«

»Es sollte alles bloß ein großer Bluff sein«, fuhr Schmitz fort. »Ohne Tote und Verletzte.«

Landgräf schüttelte Lehmkuhls Hand ab. »Das ist aber schon bei diesem Schatzsucher in der verlassenen Fabrik gehörig schiefgegangen.«

»Das war … nicht gewollt.«

»Trotzdem ist er tot, zerrissen von eurer Bombe. Und als Nächstes musste der Vermittler dran glauben, Überkley. Sollte das auch nur ein Bluff sein? Oder Dorothee Ritter …«

»Winter ist durchgedreht, verdammt«, fiel Schmitz ihm ins Wort. »Wir waren mit der Vorbereitung noch nicht so weit. Aber Winter musste ja unbedingt heute loslegen. Ich konnte ihn nicht mehr davon abbringen. Auffliegen lassen wollte er mich, falls ich nicht mitziehen würde. Alles ist mit der heißen Nadel gestrickt, und so passieren halt … Missgeschicke.«

»Missgeschicke? Das waren kaltblütige Morde! Mensch, Manni, hör dir mal selbst zu.« Wütend hieb Landgräf mit der Faust gegen das Holz. Er konnte es nicht fassen, was aus seinem alten Freund geworden war. Doch ganz mochte er die Hoffnung noch nicht aufgegeben, ihn zur Umkehr zu bewegen.

»Manni, sieh es ein. Die Sache ist aus dem Ruder gelaufen. Hör auf! Stell dich den Behörden, bevor erst ein größeres Unglück geschieht. Was ist um fünfzehn Uhr? Was hat Winter vor?«

»Ach«, entgegnete Schmitz, »das ist sicher nicht als ein Hirngespinst.«

Landgräf stutzte. »Hirngespinst?«

Schmitz schwieg einen Moment. Dann hörte Landgräf, wie er näher zur Tür trat.

»Hör zu, Martin. Winter hatte die Idee, einen Güterzug mitten in Köln hochzujagen. In den Kesselwagen schwappt hoch konzentrierte Blausäure. Nein, keine Sorge. Die Bombe, die dafür vorgesehen war, habe ich heute Morgen, als die anderen das Fabrikgelände untersucht haben, im Niehler Hafen deponiert. In einem alten, verlassenen Frachtschiff. Ich bin da zwar ein wenig vom Plan abgewichen, und Roman wird Bauklötze staunen, falls er es noch miterleben sollte. Aber um den Druck zu erhöhen, muss man ja nicht die ganze Stadt vergiften. Patricia und ich werden das Spektakel jedenfalls nicht mehr abwarten, weil wir um kurz nach zwei in Richtung London abheben. Das Pflaster hier wird uns langsam zu heiß.«

»Dahin bist du also heute Morgen verschwunden.«

»Tja, das wird ein ziemliches Feuerwerk geben.«

Landgräf dachte fieberhaft nach. Wenn Schmitz recht hatte und alles nur ein großer Bluff war, dann konnte die ganze Sache genauso gut nach hinten losgehen.

»Okay, ich verstehe«, sagte er schließlich. »Aber bisher habt ihr noch nichts erreicht. Was, wenn es nicht klappt? Was, wenn Winter das Bargeld nicht bekommt?« Er hörte draußen einen Kofferraumdeckel zuschlagen.

Verächtlich lachte Schmitz. »Ach, das Bargeld. Tja, das hat Patricia und mich nie interessiert.« Seine Stimme klang jetzt weit weg.

Landgräf überlegte fieberhaft. Es ging ihm nicht um das Bargeld? Worum dann? Plötzlich fiel bei ihm der Groschen. »Ihr habt es auf die Millionen abgesehen, die offiziell an Kuba gezahlt werden, stimmt's?«, kombinierte er. »Ihr habt da irgendeinen Deal mit denen in Übersee. Roman ist euch völlig egal.«

»Schlaues Bürschchen. Bravo. Deswegen habe ich mit dir auch immer so gern zusammengearbeitet, Martin.«

Schmitz lief jetzt polternd auf und ab. Dinge wurden abgestellt und herumgeschoben. Anscheinend bereiteten sie ihre Abreise vor.

»Patricia hat das gemanagt«, fuhr Schmitz fort. »Sie ist in der Welt rumgekommen. Irgendwann hatte sie was mit einem von der dortigen Regierung …«

Landgräf hörte Patricia etwas einwenden, verstand die Worte allerdings nicht.

Schmitz lachte. »Okay, ich wurde gerade korrigiert. War wohl niemand aus der Regierung, sondern ein hohes Tier in der Zentralbank. Der Typ hat dort die Fäden in der Hand, und so fügte sich ein Rädchen ins andere«, sagte Schmitz. »Sie ist schon ein gerissenes Luder. Mann, dafür liebe ich sie – mit der kannst du Pferde stehlen.«

»Und auf den Banker verlässt du dich ebenfalls? Er

dürfte kaum gut auf sie zu sprechen sein, jetzt wo du ins Spiel gekommen bist, oder täusche ich mich da?«, wandte Landgräf ein. Ein schwacher Vorstoß, Schmitz aus dem Konzept zu bringen.

»Haha, netter Versuch, Martin«, Schmitz lachte. »Keine Angst: Patricia und der kubanische Finanzmogul verstehen sich nach wie vor blendend. Da gibt es keine Eifersucht.«

»Wie habt ihr beide euch kennengelernt?«, fragte Landgräf aufs Geratewohl. Er war sich hundertprozentig sicher, dass Winter und seine Stieftochter Schmitz nur benutzten, weil sie einen Maulwurf bei der Polizei brauchten, und begriff nicht, dass Manfred das nicht selbst sah …

»Kennengelernt? Damals bei der Verfolgung, als du zusammengeklappt bist«, gab Schmitz bereitwillig zur Antwort. »Das weißt du natürlich gar nicht: Ich habe Winter dann geschnappt.«

»Was?«, rief Landgräf aus.

»Da staunst du, nicht?«

»Aber …« Landgräf konnte es nicht fassen.

Schmitz fuhr fort: »Winter kam mir ziemlich gelegen. Seitdem mich meine Frau verlassen hat und ich Unterhalt zahlen muss, langt es mit dem Geld vorne und hinten nicht. Und zudem der Job. Ich weiß wirklich nicht, wie andere das so lange aushalten. Da reißt man sich monatelang den Arsch auf, um irgendwelche schweren Jungs zu schnappen, und am Ende haut sie irgend so ein Staranwalt auf Bewährung wieder raus. Ist doch ein Scheißspiel.« Etwas polterte über die Dielen. »Als Roman vor mir lag, winselte er herum, flehte mich an, ihn gehen zu lassen. Da hat es bei mir Klick gemacht. Ich fand den Gedanken faszinierend, die Seite zu wechseln. Und als ich ihn ein wenig unter Druck gesetzt habe, ist er mir entgegengekommen.«

»Alles ging also von dir aus?« Landgräf konnte es nicht fassen. Das war eine unerwartete Wendung und verhieß nichts Gutes.

»Ja. Und kurz darauf stellte er mir Patricia vor. Sie war die treibende Kraft bei unserem Projekt. Sie hält es nun einmal nicht aus, ohne Luxus zu leben. Sie würde alles tun für Kohle, glaub mir. Ist ein wenig vom Stiefvater verzogen worden, du verstehst schon.«

»Winter hat ihr den Arsch hinterhergetragen, und dafür liebte sie ihn abgöttisch. Und als es ihm plötzlich finanziell an den Kragen ging und nichts mehr übrig war, heckten sie gemeinsam einen Plan aus, um wieder an Geld zu kommen. Ist doch so, oder?«

»Hm, nicht ganz.« Er lachte. »Patricia hasst Winter aus tiefster Seele.«

»Ich habe eher das Gefühl, sie ist seine beste Schülerin.«

»Sie verabscheut ihn für das, was er mit ihrer Mutter anstellt.«

»Trotzdem macht sie mit ihm gemeinsame Sache? Das passt eigentlich nicht zusammen. Mensch, Manni, ihr seid drauf und dran, den Dom hochzujagen. Wenn du mich fragst, können die zwischenmenschlichen Differenzen der beiden nicht allzu gravierend sein.«

»Die Bombe, die Roman am Leib trägt, ist ein Blindgänger.«

»Was?«

»Na ja, zumindest fast. Patricia hat den Gürtel konstruiert. Sie hat sich alles Nötige bei dem guten Marcos abgeschaut. Er war ihr unfreiwilliger Lehrmeister.« Wieder lachte er leise. »Die Explosionsstärke des Sprengstoffgürtels reicht gerade mal aus, um ihren Träger ins Jenseits zu befördern. Na ja, vielleicht würde es zusätzlich die erwischen, die im Augenblick der Detonation direkt danebenstehen. Mehr nicht. Und der Zünder in seiner Hand ist ein Witz. In Wirklichkeit wird der Sprengsatz durch ein Handysignal gezündet. Ein Anruf von uns genügt. Aber ich denke, so weit muss es gar nicht kommen.«

»Wieso?«

Etwas Schweres polterte zu Boden. Ein Gluckern war zu hören wie von auslaufendem Wasser.

»Ich habe den finalen Rettungsschuss ins Spiel gebracht. Einem eifrigen Kollegen von uns ist bei der Videoanalyse aufgefallen, dass Roman, der Idiot, kurz eingenickt ist und für fünf Sekunden den Zünder losgelassen hat. Jetzt wollen sie ihn übertölpeln. Kann sich nur noch um Minuten handeln.«

»Ich denke, ihr wolltet nicht, dass jemand zu Schaden kommt«, rief Landgräf. »Trotzdem wollt ihr Winter über die Klinge springen lassen?«

»Was riecht denn hier so?«, brummte Lehmkuhl hinter ihm. »Das ist … Benzin.«

»Benzin«, hauchte Landgräf entsetzt. Panik erfasste ihn.

»Tja, so war der ursprüngliche Plan, Martin«, sagte in

diesem Moment Schmitz in seinem gewohnt ruhigen Ton. »Aber wie gesagt, Winter hat mit seiner voreiligen Handlungsweise alles durcheinandergebracht. Und jetzt müssen wir dafür sorgen, dass wir selbst nicht zu Schaden kommen.«

52

Angela Fuhrmanns Hände schwitzten. Sie lag flach mit dem Bauch auf dem kalten Steinboden. Durch einen schießschartenartigen Spalt in der Balustrade zielte sie aus dreißig Metern Höhe schräg abwärts genau auf Winters Kopf. Das Gewehr lag sicher auf einem mit Bleikügelchen gefüllten Kissen und belastete die Armmuskeln kaum. Sie war darauf trainiert, stundenlang in einer solchen Position auszuharren. Doch wenn alles nach Plan lief, würde sie bereits in Kürze diesen Platz verlassen können.

Winter zog auf dem Holzpodest unablässig seine Bahnen wie ein Raubtier im Käfig. Seine Geiseln würdigte er keines Blickes. Vor einer Minute hatte er kurz die Augen nach oben gerichtet. Und obwohl er genau in ihre Richtung geschaut hatte, war sich Angela Fuhrmann sicher, nicht entdeckt worden zu sein. Der schwarze, matt lackierte Gewehrlauf war im Schatten des mächtigen Tragpfeilers, der über ihr aufragte, aus der Entfernung unmöglich auszumachen. Ein sicheres Versteck, aus dem sie die tödliche Kugel abfeuern konnte. Kein Duell, sondern eine Hinrichtung.

Die Skrupel ließen sich nie ganz verdrängen. Der Vorwurf, jemanden hinterrücks zu erschießen, ebenso wenig. Abzuknallen wie einen Hund, wie ihr Vater immer zu sagen pflegte, wenn die Sprache auf das Thema kam. Für ihn als linken Kommunalpolitiker war der finale Rettungsschuss die wiedereingeführte Todesstrafe. Seit dem Tag, als sie ihm erzählt hatte, dass sie um eine Versetzung zum Sondereinsatzkommando gebeten hatte, war er nicht müde geworden, ihr vor Augen zu führen, dass der Tag kommen würde, an dem sie jemanden kaltblütig erschießen musste. Auf Befehl, ohne vorangegangenes Gerichtsverfahren oder Urteil. Sie hatte die Notwendigkeit des finalen Rettungsschusses vehement verteidigt, doch innerlich stets gespürt, dass sie nicht hundertprozentig glaubte, was sie sagte. Und sich mit dem Gedanken beruhigt, wie unwahrscheinlich es war, überhaupt in eine solche Situation zu kommen.

Und jetzt lag sie hier und zielte auf den Kopf eines Menschen.

Dabei war es ihr bei der Versetzung in erster Linie um die sportliche Herausforderung gegangen. Sie liebte es, sich mit anderen zu messen, und die Momente des Triumphes waren für sie Seelenbalsam. Ihr alter Abteilungsleiter bei der Streife hatte wenig für Polizeimeisterschaften übriggehabt. Dagegen stand Noske seit jeher in dem Ruf, Wettkämpfe aller Art zu fördern. Was hatte also für sie nähergelegen, als alle Hebel in Bewegung zu setzen, um in sein Team zu kommen? Und hier war sie nun …

Sie drückte den Gewehrlauf fester an ihre Wange, um sich zu konzentrieren, alle Gedanken auszuschalten.

Langsam suchte sie mit dem Zielfernrohr den Raum unter ihr ab. Überkley lag in einer dunklen Blutlache am Boden. Dorothee Ritter hatte den Kopf auf Susann Lebrowskis Schoß gebettet und schien halb bewusstlos dahinzudämmern. Schmadtke saß mit hängenden Schultern auf der Bank.

In Angela Fuhrmanns Ohrknopf knackte es. Sofort nahm sie Winter wieder ins Visier.

»Bereit?«, hörte sie Noskes Stimme.

Angela Fuhrmanns Magen krampfte sich zusammen. Jetzt war es also so weit. Sie klopfte mit dem Zeigefinger zweimal gegen das Mikrofon und gab damit ihr Okay.

»Das Team steht in Position«, sagte Noske. »Auf mein Kommando.«

Sie berührte den Abzug, zog leicht an und zielte auf Winters Kopf ab.

53

Sie hörten, wie jenseits der Tür gestritten wurde. Patricia Endras redete hektisch auf Schmitz ein. Der schien sie zu beschwichtigen, schließlich wurde er lauter: »Geh ins Auto! Sofort!« Man hörte eilige Schritte. Draußen rief Patricia flehend: »Manfred, nicht! Manfred!« Der schrie zurück: »Steig ein!«

Mit beiden Fäusten hämmerte Landgräf gegen die Tür. »Manni!«, schrie er. »Manni! Das kannst du nicht tun! Das ist die Sache nicht wert! Du bist kein Mörder, Manni!«

Man hörte etwas ratschen.

»Ein Streichholz. Er hat ein Streichholz angezündet«, stieß Lehmkuhl hervor und sackte kraftlos auf den Boden.

Im nächsten Moment hörten sie ein zischendes Geräusch, dann einen Knall. Von der Druckwelle erbebte die Tür und krachte in den Angeln.

»O Gott!«, rief Lehmkuhl aus. »Er hat es tatsächlich getan, er hat die Hütte angezündet!« Er sprang auf, riss Landgräf am Ärmel. »Wir müssen hier raus, Mann, wir müssen hier raus!«

Landgräf sah sich panisch um. Das einzige Fenster des

kleinen Raums war verrammelt. Das hatte er bereits von außen gesehen. Einen anderen Fluchtweg gab es nicht. Unter der Tür war jetzt ein heller Feuerschein zu sehen. Man konnte die Hitze bereits spüren.

Ein Automotor heulte auf. Der Wagen entfernte sich, und kurze Zeit später war das Brummen in der Ferne verklungen. Schmitz und Patricia Endras waren tatsächlich davongefahren und überließen sie ihrem Schicksal.

»Wir müssen was unternehmen!«, schrie Lehmkuhl und schüttelte ihn an den Schultern.

Landgräf sah sich erneut um.

Der Raum maß gerade mal zwei Quadratmeter. Es war offensichtlich die Vorratskammer der Hütte mit schmalen Regalen an den Wänden, auf denen mehrere Kartons standen. Dort war kein Entkommen. Es blieb ihnen nur der Weg durch die Tür, unter der jetzt bereits beißender Qualm hindurchdrang.

Lehmkuhl war seinen Blicken gefolgt. »Wir müssen versuchen, die Tür aus den Angeln zu brechen«, rief er aus, schob Landgräf kurzerhand zur Seite und warf sich mit der Schulter gegen die Tür.

Landgräf schüttelte den Kopf.

»Das bringt nichts«, sagte er. »Die Tür geht zu unserer Seite auf. Und den Rahmen werden Sie nicht einfach rausbrechen können.«

»Verdammt«, fluchte Lehmkuhl. »Wir brauchen irgendeinen Hebel, eine Eisenstange, irgendwas.« Er wandte sich ab und wühlte in den Kartons auf den Regalböden. »Konserven, nichts als Konserven.« Wütend schmiss er sie zu Boden. Die Dosen rollten über die Dielen.

Das Feuer auf der anderen Seite der Tür wurde heftiger und die Hitze langsam unerträglich. Der dichter werdende Rauch brannte Landgräf beißend in der Kehle. Sein Blick fiel in die obere Ecke, knapp unter dem Dach, zur Rückfront hin. Durch einen runden Lamelleneinsatz in der Wand drang Tageslicht herein. Ohne groß nachzudenken, drückte sich Landgräf an Lehmkuhl vorbei, stellte sich auf den ersten Regalboden und streckte die Hand aus. Der Kunststoffeinsatz ließ sich ohne Weiteres herausreißen, und das Loch gähnte Landgräf verheißungsvoll an. Vielleicht gelang es ihm ja, hier ein Stück Holz herauszubrechen und die Lücke dann zu verbreitern. Landgräf griff mit beiden Händen in die runde Öffnung und zog mit aller Kraft. Das dicke Brett gab keinen Millimeter nach.

»So kommen wir auch nicht weiter«, schrie Lehmkuhl über das Prasseln des Feuers hinweg und bekam einen Hustenanfall.

Landgräf stieg von dem Regal herunter. Von der Anstrengung schwindelte ihm, die Luft reichte kaum noch zum Atmen.

Lehmkuhl hustete nach wie vor. Landgräf trat zu ihm. Der Mann japste nach Luft, schwankte hin und her. Landgräf wollte ihn stützen, doch es war zu spät. Lehmkuhl wurde ohnmächtig. Mit einer fahrigen Armbewegung versuchte er sich am Regal festzuhalten, bevor er zusammenbrach.

Dabei riss er einen Karton mit herunter, dessen Inhalt sich auf den Boden ergoss. Etwas Dunkles kullerte vor Landgräfs Füßen. Etwas Schweres, Metallisches.

Landgräf bückte sich danach.

Der Gegenstand war eiförmig, die geriffelte Oberfläche schmiegte sich gut in seine Hand. Roman Winter hatte sich ganz offensichtlich nicht nur mit Sprengstoff eingedeckt. Wofür auch immer er eine Handgranate habe wollte – Landgräf war ihm in diesem Moment geradezu dankbar dafür.

54

Angela Fuhrmann war wie betäubt. Die Stimme Noskes drang nur wie aus weiter Ferne zu ihr durch.

»Noch zehn«, sagte die Stimme. »Alle auf Position!«

Ihr Herz raste, das Fadenkreuz tanzte über Winters Hinterkopf. Schweiß lief ihr in die Augen und trübte den Blick.

»Neun!«

Tief holte sie Luft, versuchte so, ihren Pulsschlag zu beruhigen. Unzählige Male hatte es auf dem Schießstand funktioniert. Doch hier schien es wirkungslos zu sein.

»Acht!«

Ihr Finger krümmte sich weiter, zog stärker am Abzug. Roman Winter drehte sich, und sie sah seine unterschiedlichen Augen.

»Sieben!«

In ihren Ohren rauschte es.

»Sechs!«

Sie stellte sich vor, wie Winters Kopf durch ihre Kugel zerplatzte und sich sein Hirn als blutig-breiige Masse über das Holzpodest verteilte. Sie würgte Galle.

»Fünf!«

Herrje, was für eine Scheiße, fluchte sie stumm. Sie hatte schließlich nur an Wettkämpfen teilnehmen, niemals einen Wehrlosen töten wollen, es sei denn aus Notwehr. Ihre Hände fingen an zu flattern, die Muskeln wollten ihr nicht mehr gehorchen, der Lauf zuckte auf und ab.

»Vier!«

Sie konnte es nicht. Nicht so, nicht hinterrücks. Das Zittern erfasste ihren ganzen Körper und ließ ihn erbeben. Unmöglich, so das Ziel anzuvisieren. Panik ergriff sie. Wenn sie versagte, schwebten die Kollegen, die in wenigen Augenblicken durch die Seiteneingänge auf Winter zustürmen würden, in höchster Gefahr. Winter war bewaffnet und …

»Drei!«

»Nein«, hauchte sie ins Mikrofon.

»Zwei!«

Ihre Zunge fühlte sich an wie angeschwollen. Als müsste sie an ihr ersticken. Nur mit übermenschlicher Kraft konnte sie murmeln: »Abbruch! Abbruch! Abbruch!«

»*Was?*«, fauchte Noske.

Sie unterdrückte ein Schluchzen. »Abbruch!«

»Abbruch!«, schrie Noske. »Nicht zugreifen. Stopp!«

Aber es war zu spät.

Das Seitenportal, das zum Hauptbahnhof hinausführte, wurde aufgestoßen, und ein Kollege vom Sondereinsatzkommando stürmte herein.

Wie in Zeitlupe verfolgte Angela Fuhrmann durch das Zielfernrohr die Szene.

Plötzlich stoppte der Mann und blieb unschlüssig

einige Meter vor Winter stehen. Er legte die Hand an sein Ohr und schien jetzt erst registriert zu haben, dass Noske den Abbruch angeordnet hatte.

Sein Gegenüber, Roman Winter, erholte sich überraschend schnell von dem Schock. Er hob seinen Arm mit der Pistole.

Angela Fuhrmann stieß einen erstickten Schrei aus. Ihr Kollege war in höchster Gefahr. Sie durfte keine Sekunde zögern.

Sie zielte und drückte mit ruhiger Hand ab.

55

Landgräfs erster Gedanke war gewesen, mit der Handgranate die Tür herauszusprengen. Aber er konnte sie unmöglich hier in diesem engen Raum zur Explosion bringen. Die Granate würde nicht nur die Tür in Stücke reißen, sondern sie beide gleich mit. Und selbst wenn sie es wie durch ein Wunder überleben sollten, bliebe da noch immer die Feuerhölle, die auf der anderen Seite der Tür tobte. Dort durchzurennen bedeutete mit Sicherheit, Selbstmord zu begehen.

Vom Rauch tränten seine Augen inzwischen so sehr, dass er kaum den Sicherheitsstift sah. Hektisch tastete er mit den Fingern über den Stahl, spürte endlich den Ring, zog ihn heraus und warf ihn fort. Schwankend hielt er sich an einem der Regalböden fest und kletterte ein Stück hoch. Vor Anstrengung hämmerte sein Herz, sein Kopf fühlte sich an, als ob er gleich platzen würde. Er streckte die Hand aus, schob die Granate durch das Lüftungsloch und ließ sie auf der Außenseite fallen.

»Gott steh uns bei«, ächzte er und stieg vom Regal. Er schob den leblosen Körper von Lehmkuhl so weit wie möglich an die andere Wand. Dann kauerte er sich schützend über ihn, hielt sich selbst die Ohren zu und zählte die Sekunden. Wie lange dauerte es, bis eine Handgranate zündete? Damals, beim Bund, hatten sie es geübt: Ring mit dem Splint ziehen, im hohen Bogen werfen und in Deckung gehen. Waren es fünf Sekunden bis zur Detonation gewesen? Sechs? Würde diese hier überhaupt zünden, oder war es nur eine Attrappe?

Dann erfolgte die Explosion. Das Getöse traf ihn wie ein Schlag in die Magengrube. Die Druckwelle presste ihn zu Boden. Holzstücke und Erdklumpen peitschten ihm ins Gesicht. Es verschlug ihm den Atem, und er wagte noch lange nicht die Augen zu öffnen. Hörte das denn gar nicht auf, dachte er, bis er merkte, dass alles still war. Nur das Dröhnen in seinen Ohren war von der Explosion geblieben war.

Schließlich öffnete Landgräf die Augen. Er sah sich um. Die Granate hatte einen Großteil der Rückfront der Hütte weggerissen und mit ihr ein gutes Stück der Trennwand zum Hauptraum, der lichterloh in Flammen stand.

Lehmkuhl war noch immer bewusstlos.

Mühsam erhob Landgräf sich, stand auf wackeligen Beinen. Er musste den Mann hier fortschaffen, packte ihn am Kragen seines Jankers und zog ihn ins Freie. Keine Sekunde zu früh, denn die Flammen leckten inzwischen auch in den Vorratsraum.

Schweißgebadet und vor Anstrengung schwer atmend, sah Landgräf sich um. Neben der Hütte stand noch immer der Ford Transit. Wenigstens etwas.

Er hockte sich neben Lehmkuhl, tätschelte ihm die

Wange. »He, Mann, aufwachen!«, rief er. »Kommen Sie! Wir müssen von hier weg!«

In diesem Moment ertönte ein Knall. Landgräf zuckte zusammen. Er fuhr herum. War das ein Schuss gewesen? Nein, die Flammen hatten die Hauswand zum Einstürzen gebracht. Landgräfs Blick fiel auf den Transit. Dessen himmelblauer Lack warf an der Seite, die der Hütte zugewandt war, Blasen. Jetzt knallte es wieder, und der Wagen sackte in eine leichte Schräglage. Zwei Reifen waren geplatzt.

Endlich kam auch Lehmkuhl wieder zu sich.

»Was ist los. Wo … wo bin ich?«, stammelte er.

Landgräf half seiner Erinnerung auf die Sprünge.

»Wir müssen hier weg«, sagte er. Die Hitze, die von der brennenden Hütte ausging, war unerträglich. Schon hatten einzelne Äste der Fichten, die hier standen, Feuer gefangen.

»Kommen Sie, wenigstens bis da vorne hin, zu der Wiese. Dort sind wir sicherer als in einem brennenden Wald.«

Er half Lehmkuhl auf und stützte ihn. Gemeinsam stolperten sie vorwärts. Landgräf konnte nur hoffen, dass der Schein der Flammen weithin sichtbar war und dass irgendein Spaziergänger mit seinem Handy die Feuerwehr verständigte.

56

Ohne die Decke am Boden, auf der er plötzlich ausrutschte, wäre er jetzt vermutlich tot. Die Kugel war nur einen Meter neben Roman in den Boden eingeschlagen.

Instinktiv sprang er vom Podest herunter, über Ritter hinweg, und schnappte sich Susann Lebrowski. Den linken Arm um ihren Hals geschlungen, riss er sie in die Höhe und hielt sie wie einen lebenden Schild vor sich, immer darauf bedacht, seinen Kopf hinter ihren zu halten. Die rechte Schulter protestierte heiß pulsierend gegen die sportliche Einlage, seine Kopfschmerzen explodierten und ließen ihn würgen. Er stieß auf, ein säuerlicher Geschmack brannte auf seiner Zunge.

Er drückte den Lauf der Pistole gegen Susann Lebrowskis Schläfe. Im nächsten Moment strich etwas brennend über seine Schulter. Ein weiterer Knall rollte durch das Kirchenschiff. Ein Streifschuss hatte den Stoff seiner Jacke aufgerissen, Blut sickerte aus der Wunde. Blitzartig drehte er Susann Lebrowski in die Schussrichtung. »Halt!«, schrie er und spannte den Hahn. »Keiner rührt sich, oder ich puste der Kleinen hier den Kopf weg.«

»Okay, okay, keine Panik«, sagte Schmadtke, der aufgesprungen war. »Ganz ruhig.« Seine Stimme zitterte.

Der Polizist, der eben zur Tür reingestürmt war, hob die Hände.

Die Bestürzung in den Augen des jungen Burschen gefiel Roman. Er hatte vermutlich nie in Erwägung gezogen, dass eine solche Aktion auch gründlich schiefgehen konnte. Jetzt stand er da und fürchtete um sein Leben. Immer wieder ging sein flatternder Blick zu dem regungslosen Überkley.

Scheiß dir ruhig in die Hose, du kleiner Wichser, dachte Roman. Geschieht dir nur recht.

Laut brüllte er: »Ihr seid ja total hirnverbrannt.« Susann Lebrowski zuckte in seinen Armen zusammen. »Keine Sorge, Schätzchen«, raunte er ihr ins Ohr. »Dir wird nichts passieren. Aber ich muss dich jetzt mitnehmen, du bist meine Lebensversicherung. Das verstehst du doch wohl?« Er grinste. »Und wenn wir das alles hinter uns haben, machen wir es uns so richtig gemütlich.«

Er fühlte sich euphorisch. Er war wieder Herr der Lage, und alles hörte auf sein Kommando. Er hatte rein instinktiv reagiert und die Situation gemeistert. Nur begann sich jetzt erneut das Räderwerk in seinem Kopf zu drehen und warf Fragen auf. Warum riskierten sie, ihn zu erschießen? Die Bombe würde schließlich alles im Umkreis von mindestens hundert Metern in Schutt und Asche legen. Und warum hatte Schmitz ihn nicht gewarnt, wenn er den Einsatz schon nicht verhindern konnte?

»Die Kollegen hier sind nicht blöd«, hatte Schmitz ihm heute frühmorgens am Telefon erklärt. »Wenn der Plan funktionieren soll, müssen wir noch weitere Vorbereitungen treffen. Wir dürfen nichts übers Knie brechen.«

Er sei ein Angsthase, verhöhnte Roman ihn daraufhin, bevor er auflegte und kurz darauf siegessicher in den Dom marschierte. Vielleicht hätte er doch auf Schmitz hören sollen.

Sehnsüchtig dachte er an die Handgranate in seiner Hütte. Er hatte sie bei einer zwielichtigen Pokerrunde gewonnen. Lieber wäre ihm die Breitling-Uhr gewesen, die der Spielpartner in der Runde vorher gesetzt hatte. Doch mit seinem Zehner-Pärchen konnte er nicht mitgehen. Dafür erspielte er anschließend mit einem Full House die Handgranate. So war das Schicksal: Das, was man sich am meisten wünscht, schnappt sich ein anderer.

Mit der Granate hätte er zeigen können, wie ernst es ihm war, ohne sich selbst in die Luft zu sprengen. Der Scharfschütze wäre leicht mit einem guten Wurf in sein Versteck auszuschalten gewesen. Es hätte ordentlich gescheppert und seine Entschlossenheit unterstrichen.

Ein beklemmender Gedanke drängte sich in den Vordergrund. War er vielleicht zu berechenbar geworden? Dachten sie, seine Reaktionen seien vorherbar? Versuchten sie ihn deswegen zu übertölpeln?

Eine Kursänderung im rechten Moment schützte vor Torpedos, hatte sein Patenonkel immer gesagt, der im Krieg auf einem Handelsschiff zur See gefahren war. Eine Weisheit, die er erfolgreich auch in seinem späteren Leben beherzigte. Als in den Siebzigern das Öl knapp wurde und die Benzinpreise explodierten, verlegte er sich darauf, in Solarzellen zu investieren. Zu einer Zeit, als das noch als Weltraumtechnik galt und sich niemand eine flächendeckende Nutzung auf der Erde vorstellen konnte. Jahre später übergab der Patenonkel seinem Sohn ein florierendes Solarzellenimperium.

Das Ganze hier entwickelte sich zusehends zu einer Hängepartie, dachte Roman.

Möglicherweise half es, nach der harten Tour ein wenig Menschlichkeit zu zeigen. Ja, genau, wechsle den Kurs, sagte er sich. Besser neue Wege ausprobieren, als immer gegen eine Wand zu rennen.

Eindringlich sah er den jungen Polizisten an.

»Du kannst gehen«, entschied Roman und winkte mit dem Pistolenlauf zur Tür. »Los, hau ab.«

Er fühlte sich ohnehin sicherer, wenn der Typ nicht in seiner Nähe war. So konnte er zwei Fliegen mit einer Klappe schlagen.

»Nehmt es als entgegenkommende Geste«, sagte er. »Ich hätte dich auch umlegen können, verstehst du?«

Der Mann nickte, seine Augen leuchteten auf.

»Keine Toten mehr, wenn ihr endlich tut, was ich verlange.« Roman deutete mit der Pistole auf Dorothee Ritter. »Und wenn du keine Tricks versuchst, kannst du die da mitnehmen.«

Schmadtke atmete erleichtert auf.

Der Polizist kam mit erhobenen Händen näher, hockte sich dann vor Dorothee Ritter hin. Behutsam schob er einen Arm unter ihren Nacken, den anderen unter ihre Beine. »Ich wäre so weit.«

»Zieh ab!« Roman wartete, bis die Tür hinter ihm zuschlug. »So, Leute«, sagte er und deutete Schmadtke mit einem Wedeln der Pistole an, mitzukommen. »Wir ziehen uns in einen der Beichtstühle zurück. Hier wird es mir zu brenzlig.« Rückwärts gehend zerrte er Susann Lebrowski mit sich, sicherte dabei so gut es ging nach allen Seiten. »Wenn wir die neue Position bezogen haben, rufst du ein paar Leute an«, forderte er von Schmadtke.

Sobald sie einen der Beichtstühle erreicht hatten, zog Roman den Vorhang zur Seite, trat rückwärts ein und setzte sich. Susann Lebrowski drückte er auf seinen Oberschenkel. Sie roch nach Schweiß und zugleich nach einem blumigen Parfum. Eine interessante Mischung, die Roman ungemein gefiel.

Schmadtke setzte sich auf seinen Wink hin auf die nächstgelegene Bank.

»So, und jetzt zu unserem Telefonanruf«, sagte Roman. »Erklär deinen Freunden, dass ich jetzt zur Genüge meine Friedfertigkeit gezeigt habe. Ich will keine Toten mehr, ich will bloß hier raus. Von deinem Anruf an haben sie dreißig Minuten Zeit ...« Roman sah auf seine Uhr und dachte kurz nach. »Ach was, sagen wir sechzig, dann haben wir es Viertel vor drei. Und wenn alles an Ort und Stelle ist, dann verrate ich euch auch, wo ich meine liebe Stieftochter vergraben habe. Ist das ein Angebot?«

Schmadtke seufzte. »Hm, ich gebe das so weiter. Aber ich kenne die Abläufe. Es wird länger dauern.«

»Die sollen sich ins Zeug legen. Denn wenn ich in einer Stunde nicht auf dem Weg nach Kuba bin, werte ich dies, gerade nach meiner Großzügigkeit in den letzten Minuten, als Affront. Und in dem Fall muss ich ein Zeichen setzen.«

»Ein Zeichen?«, fragte Schmadtke und nahm bereits das Smartphone zur Hand.

Roman grinste übers ganze Gesicht. »Eine Kugel, genau in dein Herz.«

57

Als sie die Wiese erreichten, blieben sie stehen und holten Luft. Plötzlich stieg aus dem verkohlten Transit eine Stichflamme auf. Ein lauter Knall folgte, weiße Funken sprühten nach allen Seiten.

Erschrocken fuhren Landgräf und Lehmkuhl zusammen.

»Was zum Teufel …?«, presste Lehmkuhl hervor.

»Der Tank«, sagte Landgräf.

Lehmkuhl nickte. Er japste.

»Geht's Ihnen nicht gut?«, fragte Landgräf besorgt. Lehmkuhl sah aus, als würde er einen Asthmaanfall bekommen.

Müde hob Lehmkuhl eine Hand. »Geht schon, nur …« Er hustete. »Verdammt«, röchelte er. »Ich glaube, der Rauch hat mir die Lunge verätzt.«

Zuversichtlich tätschelte Landgräf ihm die Schulter. »Keine Sorge, wird schon wieder.« Er horchte auf. In weiter Ferne meinte er Martinshörner zu hören. Aber das Prasseln des Feuers war zu laut, als dass er sich sicher sein konnte. Er wandte sich in die Richtung, aus der die Wagen kommen mussten. Jetzt war es deutlich zu hören.

»Gott sei Dank«, sagte er und drehte sich zu Lehmkuhl um, der ihn fragend anblickte. »Gleich trifft Hilfe ein … Hören Sie«, fuhr er fort, »ich kann nicht bleiben. Ich habe etwas Dringendes zu erledigen. Meinen Sie, Sie kommen allein zurecht?«

Lehmkuhl sah ihn an. Dann streckte er Landgräf seine Hand entgegen.

»Danke«, sagte er mit rauer Stimme. »Sie haben mir das Leben gerettet.«

Landgräf lächelte dem Mann freundlich zu. Dann lief er den Weg hinunter zu der Stelle, wo er sein Quad versteckt hatte.

58

»Frau Winter?« Die Frau, die im Seiteneingang des Domforums erschien, erkannte Ines als die Frau wieder, bei der sie sich vorhin abgemeldet hatte – die so überaus konzentriert mit ihrem Computer beschäftigt gewesen war.

»Ja«, sagte Ines und rappelte sich von dem Betonpoller hoch, auf dem sie gesessen und gedankenverloren Camira das Fell gekrault hatte. Sicher gab es wieder irgendwelche Fragen zu Roman.

»Bleiben Sie ruhig sitzen«, sagte die Frau freundlich und streckte ihr ein Handy hin. »Da möchte Sie jemand sprechen. Jemand, der sich Sorgen um Sie macht.«

Erstaunt nahm Ines das Gerät entgegen. Jemand, der sich Sorgen um sie machte? Sie konnte sich nicht denken, wer das sein sollte. Seit Monaten bestand schließlich keinerlei Kontakt mehr zu irgendwem, zu keiner Menschenseele. Alle Freunde und Bekannte hatten sich zurückgezogen und sie ihrem Schicksal überlassen.

Die Frau lächelte ihr freundlich zu und verschwand wieder im Inneren des Domforums.

Zögerlich hob Ines das Handy an ihr Ohr.

»Ja?«, fragte sie zögernd. Sie war fest überzeugt, dass sich da jemand einen ganz üblen Scherz mit ihr erlaubte.

»Mama?«

Ines schlug die Hand vor den Mund. Augenblicklich rollten ihr Tränen über die Wangen. »Patricia«, stöhnte sie. Die Erleichterung, ihre Tochter lebend am Telefon zu hören, raubte ihr fast die Stimme. »Ich habe mir solche Sorgen gemacht.«

»Hör zu, ich habe wenig Zeit«, sagte Patricia. »Ich ... Wir, also ich habe einen neuen Freund ...«

»Das weiß ich bereits«, unterbrach Ines sie. »Aber ich verstehe nicht ...«

»Mama, hör mir zu. Es ist wichtig. Also, mein Freund, der ist Polizist. Und er hat gerade eine Nachricht erhalten. Es ist schwer zu erklären. Er ... kennt dich – hat dich heute Morgen verhört ...«

»Etwa Schmitz?« Ines runzelte die Stirn. Oder meinte sie den anderen, diesen hageren? Aber von dem hatte sie den Namen vergessen, irgendetwas mit L, da war sie sich sicher. Das wurde ja immer komplizierter.

»Ja, Manfred Schmitz«, bestätigte Patricia. »Also es ist so ...«

»Warum kommt er nicht mit dir hierher? Er muss doch ...«

»Bitte, lass mich endlich ausreden, Mama! Es ist schon alles kompliziert genug. «

Ines wollte etwas sagen, aber ihr war klar, dass Patricia keinen Widerspruch duldete. Und das Wichtigste wusste sie ohnehin bereits: Patricia lebte.

»Schön, leg los.«

Mit wachsendem Erstaunen hörte Ines sich an, was Patricia ihr zu sagen hatte.

59

Der Fahrtwind kühlte sein erhitztes Gesicht und riss an seiner Jacke. Landgräf drehte voll auf. Willig stürmte das Quad voran, dumpf hallte das Röhren des Motors von den Wänden des Rheinufertunnels wider. Im nächsten Moment schoss er aus dem Tunnel heraus, bremste scharf und bog in Richtung Bahnhof ab. Die Maschine bockte, schlingerte etwas, zog dann wieder souverän ihre Bahn. Auf der Trankgasse sperrte ein quer stehender Polizeiwagen die Straße ab. Ein Kollege der Streife hielt eine Kelle hoch und wies ihn an, stehen zu bleiben.

Landgräf drosselte das Tempo, dachte aber gar nicht daran, sich aufhalten zu lassen. Mit einem gewagten Schlenker fuhr er um den Polizisten und seinen Wagen herum. Keine Minute später rumpelte er die flachen Stufen direkt vor dem Domforum hoch, preschte auf das Hauptportal des Doms zu und bremste.

»Ja, was soll das denn werden?«, schrie ihn der wachhabende Polizist am Eingang an und zuckte mit der Hand zum Holster. Dann erkannte er ihn.

»Martin? Wieder hier? Ich dachte, du wärst aus der Sache raus?«

Landgräf winkte ab. »Ist eine lange Geschichte.« Er drehte den Zündschlüssel, der Motor erstarb.

»Wenn du Noske suchst«, er wies mit der Hand in Richtung Domforum, »der ist drinnen und hat einen mittleren Tobsuchtsanfall.«

»Was ist passiert?«

»Nero sollte ausgeschaltet werden. Ist aber missglückt. Und jetzt will der Verrückte Schmadtke abknallen, wenn er nicht in« – er sah auf die Uhr – »etwa fünf Minuten auf dem Weg nach Kuba ist.«

»Und? Lässt man ihn ziehen?«

»Keine Ahnung, ich habe damit nichts zu tun.« Er zwinkerte Landgräf zu. »Allerdings berichtet der Flurfunk, Kuba hat die Einreiseerlaubnis zurückgezogen. Die sind anscheinend gar nicht begeistert, dass wir versuchen, einen Schwerverbrecher zu ihnen abzuschieben. Seltsam, oder? Heute Morgen klang das noch ganz anders.«

Für Landgräf ergab das durchaus einen Sinn. Patricia Endras konnte kein Interesse daran haben, ihren Stiefvater auf der Insel wiederzusehen nach allem, was vorgefallen war. Sie dürfte ihre Verbindung genutzt haben. Bestimmt war das von vornherein so geplant gewesen.

»Fünf Minuten, sagst du? Na, dann bin ich ja gerade noch rechtzeitig gekommen.« Landgräf legte die Hand auf den Türgriff des Portals, wandte sich nochmals um. »Ach ja, sag Noske, Patricia Endras ist putzmunter und mit Manfred Schmitz auf dem Weg nach London. Sie stecken beide in der Sache drin. Erklärungen liefere ich später nach. Er soll sehen, dass sie in England von Scotland Yard empfangen werden. Und dann muss ein Trupp zum Niehler Hafen: Dort dümpelt ein alter Kahn vor sich hin, der um Punkt drei Uhr in die Luft fliegt. Weiträumig absichern.« Mit diesen Worten öffnete er die Tür und betrat das Gotteshaus.

Stille empfing ihn. Alles wirkte so friedlich, nichts deutete auf das Geschehen der letzten Stunden hin. Kurz hielt er inne und sammelte sich. Schwindel packte ihn. Rasch stützte er sich an einem geschnitzten Ornament an der Lehne einer Bank ab. Sein Blick verschwamm, er kniff die Augen zusammen, riss sie wieder auf. Jetzt nur nicht schlappmachen, spornte er sich selbst an.

Fünf Minuten.

In fünf Minuten musste er Winter dazu bringen aufzugeben oder ihn zumindest davon überzeugen, Schmadtke am Leben zu lassen. Landgräf atmete tief durch und ging weiter.

Ein Kollege vom SEK, der im Schatten eines Pfeilers lauerte, sah ihn erstaunt an.

Abwehrend hob Landgräf eine Hand.

Der Mann wirkte zwar irritiert, ließ ihn aber gewähren.

Verwundert stellte Landgräf fest, dass Winter verschwunden war. Das Podest in der Mitte des Doms war leer. Lediglich die Decke und die Kissen, die er sich hatte bringen lassen, waren noch da.

»Was wollen Sie denn hier?«, hörte er plötzlich Winters Stimme aus einer der Seitenkapellen zur Linken.

Landgräf ging auf die Kapelle zu. Dort saß Winter in einem Beichtstuhl mit Susann Lebrowski auf seinem Schoß.

Landgräf brach der Schweiß aus. Was hatte Schmitz gesagt? Wenn man bei der Explosion nicht direkt neben der Bombe stand, dann würde nur Winter durch sie umkommen. Jetzt klebte Susann Lebrowski förmlich mit dem Rücken an dem Sprengstoff. Wann würde Schmitz das Handysignal senden? Jede Sekunde konnte die Detonation erfolgen.

Sie schwebte in allerhöchster Gefahr.

60

Niemand schien sich für sie zu interessieren. Ab und an nickte ihr ein patrouillierender Polizist zu, mehr Aufmerksamkeit erhielt sie nicht. Camira gesellte sich wieder zu ihr, nachdem sie sich an einer Laterne erleichtert hatte.

Ein Fahrer auf einem Quad war eben im halsbrecherischen Tempo die Treppe zum Domvorplatz hochgeprescht, direkt bis vor das Hauptportal.

Ines hatte nicht weiter auf ihn geachtet. Mit schweißnassen Fingern umklammerte sie das Handy.

Sie konnte noch immer nicht fassen, was Patricia ihr gerade erzählt hatte. Ihre eigene Tochter auf der Flucht mit einem Polizisten, der die Seite gewechselt hatte. Auf ihre erste Erleichterung, Patricia am Leben zu wissen, war der nächste Schock gefolgt. Das Ganze kam ihr vor wie ein böser Traum, aus dem es kein Erwachen gab.

Ines war wie gelähmt. Es gab nichts, was sie tun konnte, um Patricia zu helfen. Und vielleicht wollte sie es auch gar nicht. Patricia musste selbst zusehen, wie sie aus dem Schlamassel herauskam. Ein anderer Gedanke, ebenso euphorisierend und verabscheuungswürdig, drängte sich dagegen in ihr Bewusstsein. Tief im Innern ihrer geschundenen Seele kristallisierte sich der Wunsch nach Rache heraus. Primitiv, aber überaus verheißungsvoll.

Mit zittrigen Fingern tippte sie eine Ziffer in das Handy, dann eine weitere.

Das war einfach gewesen.

Doch hatte sie auch die Kraft, auf Senden zu drücken?

61

Mit weichen Knien ging Landgräf auf den Beichtstuhl zu, umrundete die Bänke und traf dort auf Schmadtke, der ein Smartphone in Händen hielt. Er nickte ihm zu. Schmadtke brachte ein gequältes Lächeln zustande.

»Sie hätte ich hier als Letztes erwartet«, grunzte Winter. Dunkle Ringe verschatteten seine Augen. Die Pistole hielt er auf Susann Lebrowskis blassen Hals gerichtet. Flehend sah sie Landgräf an.

Winter grinste schief. »Wollen Sie mich abholen? Sind Sie mein Chauffeur?«, fragte er.

Landgräf stellte sich neben Schmadtke. »Ihr Plan ist gescheitert.«

Höhnisch stieß Winter Luft aus. »Pah! Was du nicht sagst. Noch halte ich alle Trümpfe in der Hand.«

Landgräf entschied sich für einen Frontalangriff. Je schneller er Susann Lebrowski auf Abstand zu Winter bringen konnte, umso besser. »Ihre Komplizen sind auf dem Weg nach London. Sie sind allein, niemand ist mehr in der Nähe, der Ihnen hilft.«

Unruhe flackerte in Winters Augen. »Ach nee? Und wer soll das, bitte schön, sein? Meine Komplizen?«

»Mein Kollege Manfred Schmitz und Ihre Stieftochter«, antwortete Landgräf. »Es ging den beiden nur um die fünfundzwanzig Millionen, die bereits in Kuba auf dem Konto gelandet sind. Sie und das restliche Geld sind ihnen vollkommen egal.«

Winters Kiefer mahlten, als würde er auf einem zähen Stück Fleisch kauen. »Ist das jetzt ein neuer Versuch, mich zum Aufgeben zu bewegen? Ich habe es satt. Vergiss es.«

Landgräf deutete auf Winters Bauch. »Ich an Ihrer Stelle würde den Gürtel abnehmen. Der Zünder in Ihrer Hand ist eine Attrappe, damit können Sie nichts ausrichten.«

»Ach ja?« Winter schüttelte den Kopf. »Seid ihr jetzt komplett übergeschnappt? Ich soll es drauf ankommen lassen, oder was?«

Mit dem Handrücken wischte sich Landgräf Schweiß von der Stirn. »Es ist so, wie ich es sage. Die Sprengkraft der Bombe reicht gerade aus, um Sie zu töten. Der Plan …«

Das Klingeln des Smartphones in Schmadtkes Hand unterbrach ihn. Er sah zuerst das Telefon, dann Winter an. »Eine MMS«, sagte er schließlich. »Jemand schickt mir einen Film.«

Winter stutzte. »Herkommen, aber schön vorsichtig.«

Langsam erhob sich Schmadtke und ging einen Schritt auf den Beichtstuhl zu. Er drückte auf den Touchscreen, um den Film abzuspielen, und hielt Winter das Display hin.

Landgräf stellte sich so, dass er ebenfalls auf das Gerät schauen konnte. Die Filmsequenz zeigte Winter, wie er im Dom auf dem Podest saß. Ein roter Kreis erschien um seine Hand, die den Zünder hielt. Es war gerade noch zu erkennen, wie er ihn losließ. Eine Sekundenanzeige lief an und endete nach fünf Sekunden. Dann schreckte Winter zusammen und griff wieder fest zu.

»Das ist ein Trick«, knurrte Winter. »Zusammengeschnitten und retuschiert, so was kennt man.«

»Nein«, sagte Landgräf und dankte stumm den Kollegen, die offensichtlich aufmerksam ihr Gespräch verfolgten. »Es ist der Beweis für das, was ich Ihnen gerade gesagt habe. Der Zünder ist ein Spielzeug, mehr nicht.«

Winters Blick hatte sich verfinstert, als ihm dämmerte, was das bedeutete.

Das Smartphone klingelte erneut.

»Eine SMS«, sagte Schmadtke und sah Winter an.

»Lies vor, verdammt!«, brüllte der.

Mit dem Daumen drückte Schmadtke auf den Touchscreen. »Vom Leiter des SEK«, teilte Schmadtke mit. »Er schreibt: Entscheidung für finalen Rettungsschuss erging aufgrund der Erkenntnis, dass der Zünder eine Attrappe ist.«

Mit wutverzerrtem Gesicht sprang Winter auf und schleuderte Susann Lebrowski von sich. Sie taumelte vorwärts in Landgräfs Arme.

»Das ist eine Finte!«, schrie Winter und wedelte mit der Pistole in der Luft herum. »Sie wollen mich reinlegen.« Seine Augen flackerten unkontrolliert.

»Sind Sie wirklich bereit zu sterben?«, fragte Landgräf.

Winter richtete die Waffe auf ihn. »Und du? Vielleicht nehme ich dich mit!«

»Hören Sie«, sagte Landgräf so ruhig wie möglich, »das Spiel ist aus. Man hat Sie reingelegt. Es liegt jetzt an Ihnen, dafür zu sorgen, dass nicht alles noch schlimmer wird.«

Mit zusammengepressten Lippen starrte Winter ihn an. Jegliche Farbe war ihm aus dem Gesicht gewichen. »Sie lügen!«, kreischte er. »Ich will jetzt zu meinem Jet. Ich habe schon viel zu lange gewartet.« Er richtete die Waffe fahrig auf Landgräf und drückte ab. Die Kugel pfiff über ihn hinweg und durchschlug hinter ihm ein Fenster. Glas klirrte.

Landgräf war zusammengezuckt und hatte die Augen geschlossen. Er blinzelte. Was konnte er noch tun, um diesen Wahnsinnigen zum Aufgeben zu bewegen?

Aus den Tiefen des Kirchenschiffs hörte er scharrende Geräusche. Noske brachte ganz offensichtlich seine Jungs in Stellung. Landgräf schob Susann Lebrowski zur Seite und beugte sich vor. »Winter, hören Sie mir zu. Sie haben vielleicht nur noch Sekunden, Ihr Leben zu retten. Ist das so schwer zu verstehen?«

Winter trat aus dem Beichtstuhl. Seine irritierend unterschiedlichen Augen funkelten wütend. Er drückte den Pistolenlauf auf Landgräfs Brust. »Ich werde dir zeigen, was ich darüber denke«, spie er aus. Speicheltröpfchen benetzten Landgräfs Gesicht. »Dein letztes Stündchen hat …«

Weiter kam er nicht. Blitzartig schlug Landgräf die Pistole zur Seite, mit dem Ballen der anderen Hand zielte er auf das verletzte Schultergelenk. Es knirschte, als Landgräf den Treffer landete.

Winter schrie auf. Ein weiterer Schuss löste sich und traf Susann Lebrowski, die zu Boden ging – zum Glück war sie offensichtlich nur am Fuß getroffen worden. Landgräf nutzte die kurzzeitige Verwirrung und hieb mit voller Wucht gegen die Hand, die die Pistole hielt. Sie flog im hohen Bogen davon, polterte in einigen Metern Entfernung auf den Boden und rutschte noch ein Stück über die Steinfliesen.

Winter stand da, atmete schwer, und für einen Moment sah es so aus, als ob er aufgeben wollte. Doch dann warf er sich nach vorn und sprang Landgräf förmlich an.

Der taumelte zurück, stolperte und fiel der Länge nach hin, landete auf dem Boden und Winter mit ihm. Eine Weile rangen sie, aber Winter, mit dem Zünder in der Hand und seiner verletzten Schulter, hatte keine Chance. Landgräf war bald über ihm und versetzte ihm einen gezielten Schlag auf die Schläfe.

Benommen öffnete Winter die Hand, und der Zünder fiel heraus. Hektisch blinkend blieb er gut dreißig Zentimeter neben ihnen liegen.

Winters Blick schärfte sich wieder. Entsetzt riss er die Augen auf. »Der Zünder!«

Landgräf schaute sich um. Schmadtke hatte inzwischen Winters Waffe sichergestellt. Er sprang auf und nahm sie ihm ab. Im nächsten Moment hielt er Winter damit in Schach, der sich mit schmerzverzerrtem Gesicht auf dem Boden wand.

»Es ist vorbei, Winter«, sagte Landgräf. »Los, stehen Sie auf und dann schnallen Sie schön langsam den Sprenggürtel ab.«

Hasserfüllt sah Winter ihn an. »Du kannst mich mal.« Stöhnend drehte er sich auf die Seite und schob sich auf die Knie.

»Raus mit euch«, raunte Landgräf Schmadtke zu, der die verletzte Susann Lebrowski stützte.

Umgehend folgten die beiden seiner Anweisung.

Inzwischen stand Winter wieder. Betrachtete resigniert den auf dem Boden liegenden Zünder. »Offensichtlich hast du die Wahrheit gesagt«, murmelte er undeutlich.

»Legen Sie den Sprenggürtel ab«, forderte Landgräf erneut.

Schritte näherten sich. Vermutlich Noskes Männer. Es konnte sich nur noch um Sekunden handeln, bis der erste neben ihm auftauchte.

Trotzdem schien Winter überhaupt nicht ans Aufgeben zu denken. Er setzte den linken Fuß vor und zog den rechten hinter sich her. Wie in Zeitlupe bewegte er sich so auf Landgräf zu. Ein Grinsen umspielte seine Lippen. »Ich gehe nicht in den Knast.«

»Bleiben Sie stehen!«, brüllte Landgräf und prüfte mit dem Daumen, ob die Pistole entsichert war.

»Leck mich!« Winter setzte den linken Fuß vor und ballte die Fäuste. Mit der linken Hand fummelte er hinter dem Rücken am Hosenbund.

Zu allem entschlossen spannte Landgräf den Hahn.

Plötzlich hielt Winter wieder eine Waffe in der Hand.

62

Ines' Daumen schwebte über dem Sendenknopf des Handys. Sie hatte die Nummer eingegeben, die Patricia ihr genannt hatte.

Das berauschende Gefühl, Macht über Romans Leben zu haben, wollte sie auskosten. So ähnlich hatten sich bestimmt die Cäsaren gefühlt, wenn sie über Leben oder Tod eines Gladiatoren entschieden. Den Daumen nach oben oder nach unten, Zentimeter, die den entscheidenden Unterschied ausmachten.

Niemals wieder würde er sie schlagen oder demütigen. Sie würde frei und unabhängig sein, musste nie wieder jemandem gehorchen. Was sie vor einigen Stunden noch geängstigt hatte, erschien ihr inzwischen verlockend.

Ihre Entscheidung war bereits gefallen.

Sie drückte die Taste.

Eine Sekunde später stand sie auf, schaltete das Handy aus und warf es in den nächsten Gully. Selbst wenn man es finden sollte – nachweisen konnte man ihr nichts, da der Empfänger durch die Explosion restlos zerstört würde. Das hatte Patricia ihr versichert.

Sie zog die Leine aus der Tasche, befestigte sie an Camiras Halsband und humpelte die Straße hinunter, vorbei an den Polizisten bei den Sperren, die sie ungehindert passieren ließen.

Vor ihr lag die Freiheit.

Zurück blieb ihr altes Leben.

63

Du oder ich, dachte Landgräf. Doch ein Blitz blendete ihn in dem Moment, als er abdrücken wollte. Ein dumpfes Wummern drang an seine Ohren. Er riss die Arme nach oben und schützte seine Augen. Eine Druckwelle erfasste seinen Körper und stieß ihn zurück.

Als er die Augen wieder öffnete, brauchte er einen Moment, um die Situation zu begreifen.

Winter stand breitbeinig da und blickte an sich herab. Seine Pistole polterte zu Boden. Der Pullover klebte in Fetzen über dem, was mal sein Bauch gewesen war und wo jetzt eine großflächige Wunde klaffte. Eine Darmschlaufe hing heraus, und Winter versuchte mit fahrigen Bewegungen, sie zurückzustopfen. Der süßliche Geruch nach verbranntem Fleisch ließ Landgräf würgen.

»O mein Gott«, flüsterte jemand neben ihm. Erschrocken zuckte er zusammen, registrierte dann, dass Noske an seiner Seite stand.

Jetzt blickte Winter zu ihnen auf, öffnete den Mund, als ob er etwas sagen wollte. Doch aus seinem Hals drang nur ein Gurgeln, gefolgt von einem Schwall Blut. Hilfesuchend streckte er die Hände aus und zuckte mit dem linken Fuß vor.

»Sanitäter!«, brüllte Noske über die Schulter.

In diesem Moment brach Winter zusammen. Landgräf war sich sicher, dass die Sanitäter nichts mehr für ihn tun konnten. Die gebrochenen Augen mit den unterschiedlichen Farben schauten ihn an. Sie wirkten friedlich, jegliche Aggressivität war aus ihnen verschwunden.

Landgräf wandte sich ab. »Gott sei seiner Seele gnädig«, flüsterte er und verließ den Dom.

Epilog

Doktor Kredelbach kam ins Zimmer gerauscht und schüttelte überschwänglich Landgräfs Hand.

»Schön, Sie wiederzusehen«, rief er gut gelaunt und ließ seinen schlaksigen Körper auf den für ihn viel zu kleinen Drehsessel hinter dem Schreibtisch fallen. Dann wühlte er in Landgräfs Patientenakte und kontrollierte einige Werte im Computer. »Sieht alles bestens aus. Das CT vor zwei Wochen hat nichts Ungewöhnliches ergeben. Ihre Narben sind gut verheilt, die Bypässe arbeiten vorbildlich.« Zufrieden nickte er Landgräf zu. »Und? Wie fühlen Sie sich?«, fragte er, riss das Blutdruckmessgerät aus der Schublade und setzte sich auf die Tischkante.

»Sehr gut«, antwortete Landgräf.

Skeptisch zog Kredelbach eine Augenbraue nach oben. »Kein Jammern, kein Klagen? Ganz neue Töne. Was ist passiert?« Er stülpte die Manschette über Landgräfs Oberarm und pumpte sie auf.

»Nichts Besonderes.« Außer dass ich an meine Grenzen gehen musste und ein Stück weit darüber hinaus, dachte Landgräf. Diese Erfahrung hat mir die Erkenntnis eingebracht, dass ich körperlich zurzeit in Bestform bin und an meinem Leben hänge wie eine Klette an einem Wollpullover. Doch das alles musste er dem Doktor nicht erzählen. Heute wollte er nur so schnell wie möglich wieder raus. Die Sonne lachte, und es gab wichtigere Dinge zu erledigen, als in einer nach Desinfektionsmitteln riechenden Arztpraxis zu sitzen.

»Tja, Blutdruck einwandfrei«, sagte Kredelbach, nahm die Manschette ab und legte das Blutdruckmessgerät zur Seite. Er kratzte sich am Kinn und musterte Landgräf. »Uneingeschränkt dienstfähig, würde ich sagen.«

Landgräf rutschte auf seinem Stuhl herum. »Vielleicht ... Äh, also die Hitze, die setzt mir schon ein wenig zu. Ja, im Herbst, wenn es kühler ist ... Äh, dann ...«

Kredelbach lachte. »Ja, der Sommer hat es dieses Jahr in sich. Ziemlich warm. Da sollte man als Herzpatient tatsächlich vorsichtig sein.«

Er setzte sich wieder hinter den Tisch, füllte ein Attest aus und reichte es Landgräf. »Wir sehen uns in vier Wochen wieder.«

»Kein Problem«, sagte Landgräf und verabschiedete sich.

Auf der Straße prallte er mit einer Frau zusammen, die gerade die Praxis betreten wollte.

»Passen Sie doch auf«, fuhr die Frau ihn an.

»Entschuldigen Sie ... Susann?«

»Martin?«

Linkisch umarmte er sie. »Ich habe gedacht, du liegst noch im Krankenhaus.«

»Ist nur ein Durchschuss gewesen.« Sie lachte. »Nach zwei Wochen ist mir die Decke auf den Kopf gefallen.«

»Kann ich gut verstehen.« Er deutete mit dem Daumen

über die Schulter. »Sag bloß, du bist Patientin vom Kredelbach?«

»Der ist mir empfohlen worden.« Sie stellte sich auf das unverletzte Bein und wedelte mit einer Krücke in der Luft herum. »Und ich habe es nicht weit. Ich wohne ja nur zwei Querstraßen von hier.«

»Verstehe.«

»Hast du das von der Ritter gehört?«

»Nein, was denn?«

»Amputiert, über dem Knie. Da war nichts mehr zu machen.«

»Verdammt!«

»Ich habe sie besucht. Sie hat den Ausdruck ›irrelevant‹ benutzt.«

»Die ist nicht kleinzukriegen.«

Susann Lebrowskis Miene umwölkte sich. »Sie sah nicht gut aus. Sie schauspielert, da bin ich mir sicher.«

Landgräf nickte. Er ahnte, wie Dorothee Ritter sich fühlen musste. Sie stand dort, wo er vor nicht allzu langer Zeit selbst gestanden hatte. »Sie wird darüber hinwegkommen«, sagte er. »Sie ist eine starke Frau.«

Unsicher zuckte Susann Lebrowski mit den Schultern. »Hoffentlich. Trotzdem schrecklich, das Ganze.«

»Wir können froh sein, dass die Bombe auf dem Frachter ein Blindgänger war. Wer weiß, wie viele Opfer wir sonst noch zu beklagen hätten. Was macht die Fahndung nach Schmitz und Endras? Gibt es etwas Neues?« Die beiden hatten es tatsächlich geschafft, nach London zu gelangen und unterzutauchen. Die Kollegen vom Scotland Yard waren am Flughafen zu spät gekommen.

»Nach Kuba sind sie auf keinen Fall. Das heißt, sie müssen noch irgendwo in England sein.«

»Früher oder später wird man sie schnappen«, sagte Landgräf.

Susann nickte. Dann sahen sie sich einen Moment verlegen an.

Landgräf seufzte. »Ich muss dann mal.«

»Ja, ja, ich auch, mein Termin.« Sie deutete mit dem Kinn zur Tür und lächelte. Ihre Haare wehten im warmen Sommerwind, eine Strähne verfing sich in ihren langen Wimpern.

Zum Abschied drückte Landgräf sie kurz und hielt ihr die Tür auf. Er konnte sich nicht von ihrem Anblick losreißen. Erst als sie im Aufzug verschwand, drehte er sich um und schlenderte zu seinem Quad.

Wenn er doch nur ein paar Jahre jünger wäre …

Er stutzte und wunderte sich über seine Gedanken. »Du hast eine liebe Frau und wunderbare Kinder«, lachte er und meinte es ernst. Aber ein wenig flirten, dazu verspürte er schon Lust.

Ein Passant sah ihn verstört an und eilte hastig weiter.

»Alles in Ordnung, keine Angst«, rief ihm Landgräf hinterher, nahm den Helm aus dem Topcase und zog ihn über. Elegant schwang setzte er sich auf den Sitz und startete den Motor.

Er gab Gas und schoss in den Verkehr hinein. Luca Baresi wartete mit einer exquisiten Flasche Wein auf ihn. Und am Abend wollten sie alle zusammen grillen.

Landgräf jubelte innerlich. Sein Leben hatte sich noch nie von einer besseren Seite gezeigt.

Danksagung

Nach einem Projekt ist vor einem Projekt.

Doch bevor ich mich mit neuen Geschichten beschäftige, möchte ich innehalten und mich bei allen engagierten Helfern, ohne die die Verwirklichung des Romans nicht möglich gewesen wäre, bedanken. Einige möchte ich stellvertretend für all die anderen namentlich erwähnen:

Bei Staatsanwalt Harald Hürtgen möchte ich mich für die zahlreichen Tipps und Anregungen bedanken, die er mir im Laufe eines jeden Projektes zukommen lässt.

Meinem Syndikatskollegen Norbert Horst danke ich für den anschaulichen Einblick in die Polizeiarbeit.

Vielen Dank an das Polizeipräsidium Köln für die Erläuterung der organisatorischen Abläufe innerhalb der Dienststelle.

Markus Naegele danke ich für die hervorragende Zusammenarbeit und das Vertrauen, das er mir vom Start des Projektes entgegengebracht hat.

Meinem Lektor Heiko Arntz danke ich für die konstruktive Textanalyse und für die angenehme Kooperation.

Weiterer Dank gilt meinem Literaturagenten Lars

Schultze-Kossack für seinen beharrlichen Einsatz, das richtige Heim für meine Story zu finden.

Meinem Freund und Schriftstellerkollegen Arno Strobel danke ich für seinen Zuspruch und Unterstützung in diesem Projekt.

Ein besonderer Dank gilt meiner Frau Susanne. Ihre Geduld mit dem schreibenden Ehemann ist sensationell und ohne ihren Zuspruch hätte ich vielleicht zwischendurch das Handtuch geworfen.

Zum Schluss möchte ich mich bei Ihnen bedanken, liebe Leserin, lieber Leser, für Ihr Interesse an Amen. Ich hoffe, wir lesen uns bald wieder.